엄흥섭
선집

엄흥섭
선집

이승윤 엮음

현대문학

〈한국문학의 재발견-작고문인선집〉을 펴내며

한국현대문학은 지난 백여 년 동안 상당한 문학적 축적을 이루었다. 한국의 근대사는 새로운 문학의 씨가 싹을 틔워 성장하고 좋은 결실을 맺기에는 너무나 가혹한 난세였지만, 한국현대문학은 많은 꽃을 피웠고 괄목할 만한 결실을 축적했다. 뿐만 아니라 스스로의 힘으로 시대정신과 문화의 중심에 서서 한편으로 시대의 어둠에 항거했고 또 한편으로는 시대의 아픔을 위무해왔다.

이제 한국현대문학사는 한눈으로 대중할 수 없는 당당하고 커다란 흐름이 되었다. 백여 년의 세월은 그것을 뒤돌아보는 것조차 점점 어렵게 만들며, 엄청난 양적인 팽창은 보존과 기억의 영역 밖으로 넘쳐나고 있다. 그리하여 문학사의 주류를 형성하는 일부 시인·작가들의 작품을 제외한 나머지 많은 문학적 유산들은 자칫 일실의 위험에 처해 있는 것처럼 보인다.

물론 문학사적 선택의 폭은 세월이 흐르면서 점점 좁아질 수밖에 없고, 보편적 의의를 지니지 못한 작품들은 망각의 뒤편으로 사라지는 것이 순리다. 그러나 아주 없어져서는 안 된다. 그것들은 그것들 나름대로 소중한 문학적 유물이다. 그것들은 미래의 새로운 문학의 씨앗을 품고 있을 수도 있고, 새로운 창조의 촉매 기능을 숨기고 있을 수도 있다. 단지 유의미한 과거라는 차원에서 그것들은 잘 정리되고 보존되어야 한다. 월북 작가들의 작품도 마찬가지이다. 기존 문학사에서 상대적으로 소외된 작가들을 주목하다보니 자연히 월북 작가들이 다수 포함되었다. 그러나 월북 작가들의 월북 후 작품들은 그것을 산출한 특수한 시대적 상황의 고려 위에서 분별 있게 이해되어야 할 것이다.

　이러한 당위적 인식이, 2006년 한국문화예술위원회의 문학소위원회에서 정식으로 논의되었다. 그 결과, 한국의 문화예술의 바탕을 공고히하기 위한 공적 작업의 일환으로, 문학사의 변두리에 방치되어 있다시피한 한국문학의 유산들을 체계적으로 정리, 보존하기로 결정되었다. 그리고 작업의 과정에서 새로운 의미나 새로운 자료가 재발견될 가능성도 예측되었다. 그러나 방대한 문학적 유산을 정리하고 보존하는 것은 시간과경비와 품이 많이 드는 어려운 일이다. 최초로 이 선집을 구상하고 기획하고 실천에 옮겼던 한국문화예술위원회의 위원들과 담당자들, 그리고문학적 안목과 학문적 성실성을 갖고 참여해준 연구자들, 또 문학출판의권위와 경륜을 바탕으로 출판을 맡아준 현대문학사가 있었기에 이 어려운 일이 가능하게 되었다. 이런 사업을 해낼 수 있을 만큼 우리의 문화적역량이 성장했다는 뿌듯함도 느낀다.

　〈한국문학의 재발견-작고문인선집〉은 한국현대문학의 내일을 위해서 한국현대문학의 어제를 잘 보관해둘 수 있는 공간으로서 마련된 것이다. 문인이나 문학연구자들뿐만 아니라 더 많은 사람들이 이 공간에서시대를 달리하며 새로운 의미와 가치를 발견하기를 기대해본다.

2010년 3월

출판위원 염무웅, 이남호, 강진호, 방민호

　엄흥섭은 한국문학사에서 경계에 서 있는 작가이다. 그가 경계인이
라는 진술은 그의 작품과 문학적 실천이 어떤 하나의 경향으로 쉽게 재
단되지 않는다는 것을 의미한다. 1930년대부터 해방기에 이르기까지 발
표한 작품의 경향과 그가 걸어온 전기적 사실은 그가 프로문학과 통속문
학, 좌익과 우익, 남과 북 사이에서 끊임없이 부유하고 있음을 확인시켜
준다.

　1929년 그는 이후 카프의 맹원으로 활동하면서 본격적으로 마르크시
즘과 카프의 강령에 입각한 소설들을 창작하기 시작한다. 소자본가의 결
속으로 대자본과의 투쟁을 그린 「파산선고」(1930년), 어민들의 빈궁화
를 그린 「출범전후」(1930년) 등을 통해 자신의 신념을 충실히 그려 보였
고, 이들 작품을 두고 카프의 많은 평자들은 그의 소설을 일종의 전형적
소설로 평가하기도 하였다.

　하지만 1931년 5월 엄흥섭은 이른바 '《군기軍旗》 사건'으로 인해 카
프로부터 제명되기에 이른다. 제명 이후에도 엄흥섭의 창작활동은 왕
성하게 이루어진다. 엄흥섭은 외적으로는 조직의 밖으로 밀려나게 되
었지만 여전히 내용상 프로 계열의 작품들을 창작하였다. 제명 직후 발
표한 단편 「그대의 힘은 약하다」와 「온정주의자」는 오히려 카프 시절보
다 볼셰비키적 논리에 충실하고 있음을 방증하는 작품들이다. 「절연」
(1934년), 「과세」(1936년), 「힘」(1936년) 등이 이 시기에 발표한 작품
들이다. 1930년대 중반까지 엄흥섭의 창작활동은 계급문학에 기초한 일
정한 경향으로 평가할 수 있을 것이다.

1930년대 후반에 이르면 등단 당시 오히려 단점으로 지적받기도 했던 '과도한 열정'은 간데없고 전형적인 통속의 길로 빠져버리고 만다. 이 시기 작가는 이전에 보인 지식인의 투쟁적 면모에 대한 강조가 아닌 '계몽적 면모'에 초점을 두고 있다. 총독부 기관지였던 《매일신보》에 연재되었던 「행복」(1938년)을 필두로 「인생사막」(1940년), 「봉화」(1943년) 등이 모두 노골적인 통속성을 지닌 작품들이다.

해방 이후 엄흥섭은 다시 현실로, 리얼리즘의 세계로 돌아온다. 1945년 엄흥섭은 이기영, 한설야 등과 함께 '조선문학가동맹' 중앙집행위원으로 가담하는 한편 소설부 위원으로 활동한다. 당시 그는 적극적인 언론활동과 작품활동을 병행한다. 그는 해방 후 월북하기까지 약 5년여의 기간 동안 16편의 작품을 발표하고, 4권의 소설집을 출간한다. 이 시기 엄흥섭의 소설은 대부분 민족 해방과 일제 잔재 청산, 자주적 민족국가 건설을 형상화한 단편들이다. 「귀환일기」(1946년), 「빙야」(1946년), 「쫓겨 온 사나이」(1946년), 「발전」(1947년) 등이 여기에 해당한다. 월북 후 엄흥섭은 북한에서 당과 집권층의 배려 아래에서 활발한 작품활동을 벌여나간다.

이 선집은 엄흥섭의 단편소설을 위주로 묶은 것이다. 단편소설을 대상으로 한 것은 그의 문학적 성과가 주로 단편을 통해 성취되었다고 판단하였기 때문이다. 「다시 넘는 고개」(1953년), 「복숭아나무」(1957년) 두 작품은 월북 후의 작품이다. 책으로는 처음 소개되는 작품들이다. 문

학적 가치와 매체, 시기별 특성을 고려하여 선정한 17개의 작품들은 일
제강점기에서 해방, 한국전쟁을 관통하는 엄흥섭의 작품세계를 일목요
연하게 확인하는 기회가 될 것이다. 계급문학에서 통속 연애소설에 이르
기까지, 아동문학에서 본격문학, 그리고 진주에서 평양까지 그가 걸어온
길은 한국문학사와 한국근현대사의 파란만장한 이력을 고스란히 체화하
고 있다. 하지만 그의 작품은 그의 창작 시절을 포함하여 지금까지도 온
전한 평가의 대상이 되지 못하였다. 이 선집을 통해 엄흥섭의 소설적 성
과가 새롭게 평가되었으면 하는 바람이다.

이 책은 한국문화예술위원회의 〈한국문학의 재발견-작고문인선집〉
기획 아래 세상에 나오게 되었다. 원고를 모으고 작품을 선정하는 것은
편자의 몫이지만, 그것이 반듯한 책으로 나올 수 있었던 것은 현대문학
관계자분들의 노고 덕분이었다. 월북 작가와 북한문학에 대한 관심이 확
장되고 소박한 결과물이나마 제출할 수 있었던 데에는 지난 2년간 함께
달려온 『불멸의 력사』 프로젝트 팀의 여러 선생님의 조언과 격려가 큰
힘이 되었다. 모두에게 감사의 마음을 전한다.

2010년 3월
이승윤

1. 이 작품집에 실려 있는 작품들은 1930년 1월부터 1957년 7월까지 발표된 엄흥섭의 단편소설들
   이다.
2. 작품의 배열은 발표순을 원칙으로 하였고, 출전은 작품의 말미에 밝혔으며, 어려운 단어의 주
   석은 각주로 처리하였다.
3. 지문은 현대 표준어로 고치되 어법은 원문 그대로 살리고, 대화 내용의 경우는 가능한 한 방언
   을 그대로 살렸다.
4. 현대어 표기는 국립국어원의 표준국어대사전을 기준으로 삼았다.
5. 한자는 가능한 한 줄이고 해독의 편리를 위하여 필요하다고 판단되는 경우에만 병기하였다.
6. 너무 긴 문장은 쉼표를 넣어 읽기 쉽도록 하고, 원문의 오자는 바로잡았다. 문맥상 맞지 않는 단
   어나 글자는 문맥에 맞게 고쳤으며, 보이지 않는 글자나 문장은 □로 처리하였다.
7. 독백은 ' '로, 대화는 " "로, 작품은 「 」로, 단행본은 『 』로, 잡지와 신문은 《 》의 기호로 표
   시하였다.

차례

흘러간 마을

1

산! 산! 산! 산 밑에 우뚝 솟은 별장. 별장 앞에 달(月) 잠긴 호수. 호수를 막은 높은 방축. 방축 밑에 조금 떨어져 꾸물거리는 게딱지 같은 조그마한 마을. 밭과 논 사이를 뚫어 달빛 싣고 굽이굽이 흐르는 맑은 시내. 시꺼먼 거인같이 큰 솔밭이 꽉 들어찬 나지막한 산을 하얗게 테두리한 신작로.

무섭게도 고요한 이 마을의 어렴풋한 정서는 꿈에 보는 활동사진 같았다.

일곱 별이 까막까막 졸고 있다. 버레* 소리 멀리서 꽂혔다. 고요한 순간은 계속되었다.

해소海嘯가 일어나기 전의 엄숙한 바다처럼 죽은 듯한 이 마을엔 별안간에 큰 사건이 생겼다. 우뚝 솟은 별장에서 하늘을 찌를 듯한 사나운 불길이 일어났다는 것이다.

불길은 호숫물을 새빨간 피처럼 이글이글 끓으며 산덩이라도 태워

| * 버레: 벌레.

13

삼킬 것처럼 무서운 아가리를 벌리었다.

"불이야! 불이야!"

별장지기 영감이 마을로 뛰어다니며 목이 찢어지도록 고함을 쳐도 사람 하나 뛰어나오지 않았다.

워낙 밤이 깊었으니까 잠이 곤히 들어서 그럴 듯도 하거니와 홍염 속에 총소리 같은 기왓장 튀는 소리를 듣고서도 내다보지 않았다면 이 마을 사람들은 자기들의 계획적 방화나 아닌가 하여 세상 사람에게 의심받을 일이 아닐까?

사나운 불길은 조금도 용서 없었다.

삼십 평 기지의 아름드리 기둥과 덩실한* 이층 난간은 두 시간 동안도 못 되어 참담하게도 불 속에 꺼꾸러져 재가 되었다.

2

불 속에 타버린 별장은 백만장자 최병식의 향락장이었다.

남선에서도 색향인 진주에다 제삼주택을 두고 거기에서 십 리쯤 떨어진 데 별장을 두게 된 것이었다.

최병식의 향락사업은 기생첩, 학생첩을 얻어 주택을 넷씩 다섯씩 두는 것과 별장을 여기저기 세우는 그것뿐만은 물론 아니었다.

꽃과 새와 나비의 봄에는 제일주택인 서울과 제이주택인 평양 사이에서 거들거리고**, 여름은 진해 석왕사나 원산에서 피서를 하고, 가을이면 금강산의 폭포와 단풍을 맛보다가 차차 찬바람이 불면 훨씬 남쪽인

---

* 덩실하다: 건물 따위가 웅장하고 시원스럽게 높다.
** 거들거리다: '거드럭거리다'의 준말. 거만스럽게 잘난 체하며 자꾸 버릇없이 굴다.

따뜻한 온천을 찾아오는 게 근래 그의 연중행사의 중요 목차인 것을 세상 사람은 다 알고 있는 바이다.

그는 이제 오십이 둘을 넘은 인생의 만년에 이르렀으면서도 전용의專用醫를 네댓씩 두어 불로초, 불사약을 애써 구하였다. 갖은 보약과 갖은 선약의 위대한 힘은 그로 하여금 삼사십의 장년으로 보이게 하였으며 계집을 하루라도 떠나서는 견딜 수 없는 색마를 만들고도 남았다.

그의 가는 곳마다 그의 앉는 곳마다 계집이 따랐다. 향락과 환락은 따라다녔다.

세계 일주는 못했어도 일본을 거쳐 미국까지는 갔다 왔고 만주를 지나 북경 상해 방면도 휘둘러 왔으니 이만하면 넉넉한 대장부요 훌륭한 선배라고 그는 스스로 만족하여왔다.

그의 오십 주년 생일 축하연이 서울에서 벌어졌을 때 그는 지방 명기로 평양의 R이라는 기생과 진주의 H라는 기생을 초대하였다. R과 H는 그의 안경眼境 속에 살짝 들어 그는 먼저 R을, 다음에 H를 첩으로 맞았다. H를 셋째 첩으로 맞이한 지 석 달이 지난 작년 봄 어느 날 밤 최와 H를 실은 자동차가 달 밝은 교외로 천천히 지나가는데 별안간 괴상한 사나이가 나타나서 자동차를 위협하고 최와 H에게 가해하려 하였다. 괴상한 사나이는 복면을 하고 한 손에 날카로운 단도를 들었었다.

최는 현금을 탈탈 털어 벌벌 떨며 내어주었으나 괴상한 사나이는 돈 뭉치로 최와 H의 얼굴을 때렸을 따름이다. 그때에 저편에서 자동차가 날러오게 되어 괴상한 사나이는 번개같이 수풀 속으로 사라져버렸었다.

H만은 그 괴상한 사나이가 누구였던 것을 어렴풋이 알 수 있었으나 그는 죽어도 입을 열지 않기로 결심하였다.

H는 밤마다 복면한 괴상한 사나이가 칼을 들고 나타나 "이년아! 이놈아! 응……" 하고 사랑을 저주하는 꿈을 꾸었다.

그의 고통은 컸다. 그의 극도로 공포된 감정은 밤으로 잠을 못 자게 하였다.

원래 감정적인 H는 신경이 점점 쇠약해졌다. 그는 기어이 극도 신경 쇠약에까지 이르게 되었다.

최는 전용의가 시키는 대로 산수 맑은 곳에다 별장을 짓고서 H를 정양시키려 하였다.

그리하여 그는 진주와의 사이에 자동차 교통이 편리한 것과 자기의 살림이 있다는 것과 멀리 지리산이 바라다 보이는 한가하고 아른아른한 경치와 남강으로 흘러들어가는 제법 맑고 넓은 시내가 그의 늙어가는 마음에 들게 되어 진주에서 십 리가 될락 말락 한 P라는 마을에 별장을 짓기에 착수하였었다.

3

날마다 수백 명의 노동자는 별장 터를 중심으로 모여들어서 일들을 하였다.

최의 계획은 컸다. 별장 앞에는 반드시 호수가 있어야 하고 호수 가운데는 섬을 만들고 섬 위에다가는 팔각 초당을 날아갈 듯이 짓고 그 전후좌우로는 향나무, 단풍나무, 다박솔들을 심고서는 괴상야릇한 돌덩이를 진열해야 한다는 그의 동양화적 취미는 수백 명의 노동자를 시켜 일변 방축을 쌓고 흐르는 시냇물을 끊어 방축 안에 잡아넣기로 하였다.

그들은 자기들과는 아무 관계없는 별장과 방축이건만 애써 나무를 심고 터를 다지고 땅을 파고 방축을 쌓았다.

최가 별장을 짓는 데 대하여 모든 사람들은 아무 불평도 없는 것 같왔다. 그는 복 많은 사람이니까…… 백만장자이니까…… 의례히 그러려니…… 하는 미적지근한 감격이 가슴에 물결쳤을 뿐이었다.

그러나 여기에다 방축을 쌓는 데 대하여 반대하는 사람도 없지 않았다. 그것은 바로 방축 밑에 자기 마을이 있는 이 동리 사람이었다.

만일 홍수가 져서 방축이 터지는 날이면 삼십여 호의 이 마을의 생명이 위태하게 되기 때문이다.

이 마을의 젊은 사나이들은 처음부터 극력 반대하였다.

"누구든지 방축 쌓는 데 품 팔면 다리를 분지른다……."

이런 선언을 하고 팔을 걷고 나선 사나이가 있으니 그는 본래 성질이 우락부락하고 이 마을에 무슨 일이 있을 때면 의례히 자기가 앞장을 서는 고 서방이었다.

고 서방은 사오 년 전에 어디서 이 마을로 떠들어온 사람이었다. 그는 머리를 깎고 일본에 가서 공장 일꾼 노릇도 해보았고 하관이나 부산에서 지게품팔이도 해본 사나이였다.

그는 작년 초봄부터 단연히 무엇을 결심한 듯이 이 마을에 처박히어 진주 밖에는 더 멀리 나가지 않았다.

그러다가 그는 작년 첫 여름에 최 부호의 자동차에 폭행했다는 혐의로 경찰의 손에 체포된 열두 사람 중의 하나가 되어 석 달 만에야 증거불충분으로 방면된 일도 있었다.

고 서방은 거리로 뛰어다니며 힘차게 외쳤다.

"사람들아! 한 부자의 별장을 짓기 위하여 우리 이백여 명의 생명이 위태한 짓들을 하고 말 텐가!?"

그의 외치는 힘은 기어이 품팔이 터에서 이 마을 사람들을 빼앗아 오고야 말았다. 그러나 최 부호는 ○○을 시켜 십 리나 떨어진 다른 마을의 사람들과 읍 사람들을 불러다가 더한층 굉장히 일을 시작하였다.

고 서방은 자기 마을의 사활 문제를 등에 지고 생각던 끝에 여러 친구를 모아 군청으로 뭉치어 갔다. 그래서 군수 앞에서 여러 가지 조건을 들어 방축을 못 쌓게 하여달라는 간절한 진정을 하였다. 그러나 그들의 진정은 실패하고 말았다. 고 서방은 주먹을 불끈 쥐었다.

"암! 그렇지! 별수가 무엇 있나! 흥! 보자! 끝을 보자!"

4

아조 여름이 되었다. 산과 들에 녹음이 우거졌다.

높이 한 길이 넘고 길이 백 간이 훨씬 넘는 굉장한 방축은 새벽부터 저녁때까지의 수백 명의 노동자의 백날이 넘는 힘으로야 겨우 쌓이고 말았다.

별장 건축은 아직도 끝을 못 마쳤다. 옆으로 흐르는 시냇물을 끌어들였기 때문에 방축 안에는 날마다 날마다 물줄기가 모여들었다.

물이 차차 깊어간 뒤에 최는 남강에 매어두었든 그의 보트를 갖다 띄웠다.

그는 물속에 고기를 잡아넣고 아침저녁이면 배를 타고 앉아서 고기 새끼와 장난을 하는 것이 큰일이었다.

날마다 자동차가 별장 앞까지 오고 가고 야단을 부렸다.

고 서방을 비롯하여 이 마을 사람들은 공포와 불안 속에서 아침저녁을 맞았다.

내일을 바라고 오늘을 사는 이 마을 사람들의 실끝 같은 '삶'의 애착은 날마다 날마다 산으로 들로 지게를 지워 내쫓았다.

뜨거운 햇빛에 그들의 얼굴과 살은 몹시도 탔다.

그들은 살려고 살려고 몹시 헤매어도 게딱지 같은 오막살이를 면치 못하며 보리밥 된장덩이로도 배를 못 채운다.

노을이 사라지고 별들이 번득번득 날 때라야 피곤에 시달린 다리들을 끌고 오막살이를 찾아든다.

극장, 활동사진, 음악, 무도, 강연회, 전람회, 운동회가 이 마을 사람들과는 멀리 떨어진 딴 세상에 있다.

자동차, 전차, 기차, 기선이며 라디오, 전신, 전화 오색전 등의 아기자기한 현대 문명은 이 마을 사람들과는 아무 관계없는 딴 세상에만 있다는 것이다.

담배 연기에 어린 침침한 등잔불을 둘러싸고 화투나 투전으로 노름을 하는 것이 이 사람들에게는 큰 위안거리였다.

그들에게는 달과 솔과 새와 꽃을 그린 울긋불긋한 화투짝이 유일한 회화다. 모여 앉아 장에 갔다 온 이야기, 나무 팔다 뺨 맞았다는 억울한 이야기, 세상살이 한탄이 유일한 강연회다. 상사뒤여, 산타령, 아리랑이 가끔 흥을 돋우는 그들의 음악이다.

충렬던, 추월색, 춘향던이 그들에겐 밥과 같은 예술의 전부다.

강렬한 음향, 화려한 색채의 나열, 직선과 곡선, 곡선과 직선의 표현파의 그림 같은 도회 정조가 이 마을의 상투쟁이들에게는 아무 관계가 없다는 것이다.

5

여름의 햇볕은 쨍쨍 쪼였다. 조금씩 흐르던 시냇물도 이제는 바닥에 쩨작쩨작 말랐다. 별장 앞 호수는 날마다 뜨거운 볕에 끓었다. 죄 없는 고기새끼들이 하이얀 배때기를 하늘에 향하여 여기저기 떠 있고 길가에 나무와 풀들은 끓는 물에 삶아낸 것처럼 시들시들 생기를 잃었다.

가물음은 심하였다. 한 달 전에 비 맛을 본 못자리판은 바싹 볶아대어 성냥알을 대기만 하여도 타버릴 것 같았다.

구름이 한 점만 한 구석에서 떠돌고 바람 끝이 조금만 방구를 뀌어도 이 마을 사람들은 손뼉을 치고 기뻐하였다. 그러나 하늘은 한 달을 넘도록 죄 없는 이 백성을 절망과 불안 속으로 잡아넣고 말았다.

최 부호도 비를 몹시 기다렸다. 수만 정보의 대지주인 그는 별장 앞 호수에 물이 가득히 고이기도 간절히 바랐다.

백 도가 넘는 지독한 더위가 사흘 동안이나 계속되는 어느 날 저녁때였다. 하늘은 갑자기 시꺼먼 장막 속에 파묻히고 말았다. 이윽고 주먹만씩 한 빗방울이 떨어지더니 얼마 못 되어 창대 같은 빗줄기가 좍좍 내리쏟아졌다.

비는 그날 밤에도 꼭 그대로 쏟아졌다. 번개가 번쩍번쩍 뇌성이 하늘이 무너지는 것 같은 한껏 긴장된 위험한 공기 속에도 이 마을 사람들은 논꼬보를* 보느라고 잠 한숨을 못 이루었다.

비는 그 이튿날 저녁때까지도 쉬지 않고 쏟아졌다. 북덕 황톳물은 시내가 좁게 차며 밀며 흘러갔다. 비는 자꾸 퍼부었다. 호수의 물은 자꾸 불기 시작하였다.

사흘 동안을 쉴 새 없이 퍼붓던 비는 나흘째 밤에는 더욱 심했다. 창대 같은 빗줄기 캄캄한 깊은 밤중—천병만마千兵萬馬가 내달리는 것 같은 물 흐르는 소리—번쩍이는 번개—우르르 하다가는 어느 구석에서 딱 하는 강렬한 분위기—장엄하고 무시무시한 이 정서, 그 속에 이 마을 사

| * 논꼬: 논의 물꼬.

람들은 쥐 죽은 듯이 엎드리었다.

비는 새벽에 닭이 울 때까지도 그치지 않았다.

'방축이 터지지나 않을까?'

고 서방은 모기, 빈대, 벼룩이 꾹꾹 찌르는 갈자리 방에서 벌떡 일어나서 혼자 중얼거렸다.

그는 무엇을 생각한 것처럼 캄캄한 거리 위로 빗줄기를 뚜드려 맞으며 달음질쳤다.

이윽고 그는 허둥지둥 뛰어 돌아오며 고함질렀다.

"사람들아! 일어나라! 방축이 터지겠다."

빗소리에 섞인 그의 고함은 어렴풋이 이 마을에 물결쳤다.

그는 구장네* 집에 가서 징을 들고 나와 우! 우! 울렸다.

남녀노소 이백여 명은 쏟아지는 빗줄기를 뚜드려 맞으며 캄캄한 골목에서 솥단지, 농짝, 보퉁이들을 져 내었다.

"사람들아! 어서 가자. 산으로 산으로. 어름어름하다가는 물속에 파묻힌다……"

고 서방이 이백여 명을 데리고 뒷산으로 피난했을 때는 벌써 포악한 운명의 괴마怪魔가 아가리를 벌리고 있던 것이다.

별장 앞 호수가 방축을 자꾸 넘으며 농짝 같은 시냇물은 방천을 헐고 논두렁을 부수고 이 마을을 향하여 사자 같은 아가리를 벌리는 것을 그들은 희미한 새벽에야 비로소 알게 되었다.

물이 넘어 흙을 깎아내리는 방축은 한가운데가 턱 하면서 갈라지고야 말았다. 그 순간이다. 산덩이 같은 물결은 게딱지 같은 집들을 한숨에 네 개나 쓰러트리었다.

---

* 구장區長: 예전에, 시골 동네의 우두머리를 이르던 말.

21

"아이고 어떡하나! 집이 떠내려가네…… 아……이……고……."

여편네들은 모두 복장을 치며 울었다. 아이들도 모두 따라 울었다. 비는 자꾸 퍼부었다.

번개가 연방 번뜩이고 뇌성이 하늘을 깨치는 것 같았다.

탁류는 조금도 사정없었다.

새벽이 훨씬 밝았을 때에야 떠내려간 집이며 쓰러진 집이며 탁류가 방 안까지 스쳐간 집이며 울타리가 부서져서 떠내려간 것이며 못자리판과 뾰속거리던 밭곡식의 흙어 스쳐간 것들의 참담한 광경이 고 서방을 비롯한 젊은 친구들의 가슴에다 불을 붙였다.

이 마을 사람들이 더한층 놀란 것은 갈자리 밑에 품 팔아 번 돈 사십 전을 가질러 갔던 어떤 늙은 할머니가 미처 나오기도 전에 방축이 터져서 탁류 속에 무참히도 흘러 내려갔다는 것이다.

숲속 높은 별장은 털끝도 까딱없었다. 덩그렇게 위엄을 빼고 흘러간 마을의 참경을 비웃고만 있었다.

6

찌프트르하던* 날씨가 사흘이 지난 뒤에야 확 터졌다. 최 부호는 흘러간 이 마을 사람들에게 대하여 털끝만 한 동정도 없었다.

방축이 터지고 난 뒤에 그는 얼씬거리지도 않았다. 다만 뚱뚱보 별장지기 영감이 별장을 지키고 있었다.

흘러간 집터와 쓰러진 집터에다 말뚝을 치고 거적으로 하늘을 가린

| * 찌프트르하다: '찌푸리다'의 북한어. 날씨가 매우 음산하게 흐려지다.

이 마을 사람들은 속절없는 새거지가 되었다. 떼거지가 되었다. 여편네들은 어린것들을 앞세우고 바가지를 들고 나섰다.

사나이들은 모기에게 지독히 뜯기고 나서 그래도 새벽부터 먼 마을로 품 팔러 다녔다.

탁류 속에 떠내려간 못자리판과 방축, 논두렁, 밭두렁, 방천이 무너져서 흙 속에 파묻혀버린 못자리판들은 흉년을 똑똑히 말하고도 남았다.

고 서방은 여러 가지로 생각던 끝에 친구 몇몇을 데리고 일본에라도 가서 석탄이라도 파볼까 했다. 그리하여 주재소에 여행 허가를 원해보았으나 ××× 냉정한 태도로 허가치 않았다.

여편네들은 십 리나 되는 읍으로 일거리를 찾아 헤매었다. 그러나 일거리는 없었다. 그들은 산비탈과 밭두렁에서 풀뿌리를 캐고 나무껍질을 벗기었다.

사나이들은 먼 마을로 초벌 김매기와 보리타작하러 다니었다. 그들은 이렇게 해서 목숨만 살아내려왔다.

7

잊었던 방축이 감쪽같이 다시 쌓이고 방축 안 호수에 새파란 하늘이 거꾸로 비쳤을 때는 벌써 추석을 앞둔 가을이었다.

높직한 별장에서는 날마다 거문고, 가야금이, 가늘고 높은 계집의 목소리 속에 섞여 이 마을을 흔들었다.

잿빛 안개가 자욱이 끼고 풀 끝에 이슬이 아롱아롱하는 아침 고 서방은 콩밭 모퉁이에서 곰방대를 빨다가 한 포기에 열 개도 못 연 콩 포기에서 시선을 피하였다. 그의 시선은 다시 패지 못할 나락밭으로 옮기었다.

"흥! 흉년이다!! 방축이 터져서…… 마을이 떠나려가고…… 제……
길헐, 이놈의 것……."

고 서방은 본능적으로 주먹을 단단히 쥐었다.

그리고 밤마다 젊은 친구들과 모여서 이야기하던 모든 것들을 한번
되풀이하였다. 그는 갑자기 일종의 쾌감과 승리감을 느끼면서 한 번 더
부르짖었다.

"그렇다! 내게는 큰 힘이 있다. 우리에겐 큰 힘이 있다……."

추석날이 왔다.

최 부호의 추석놀이는 별장 낙성식 겸 굉장히 벌어졌다.

자동차가 아침부터 이 별장까지 몇 번이나 오고 갔는지는 신작로에
일어난 먼지만 보고도 넉넉히 헤아릴 수 있었다.

별장 마당에 만국기가 펄렁거리고 장구 소리, 노랫소리 굉장히 났을
때엔 아이들은 모두 몰려가서 구경하였다. 그러나 얼마 못 되어 다시 쫓
기어 왔다.

'추석', '명절!' 이상야릇한 이 명사가 가진 봉건적 관습은 고 서방을
비롯한 젊은 사람들의 땀에 저린 삼베 등거리와 꾹꾹 찌르던 흙 잠뱅이
를 벗기고 새로 빤 무명 중의* 적삼을 입히었다.

껄껄한 탁배기 한 잔에 쌉쌀한 명태 쪽이나마 오락과 향락에 주린 이
마을 사람들에게는 둘도 없는 위안거리였다.

점심때가 훨씬 지난 뒤에 별장의 유흥은 훨씬 가경으로 들어갔다.

호리호리한 계집의 날씬날씬한 허리를 기름진 양돼지 같은 사나이들
이 얼싸안고 벌름벌름 춤추는 꼴은 이 마을의 여인들을 한껏 놀라게 하

| * 중의中衣: 남자의 여름 홑바지.

고도 남았다.

환락의 붉은 놀(霞)을 보낸 별장은 다시 은빛 같은 보름달을 맞았다.

고 서방과 젊은 사람들은 오늘이야말로 마음이 이상하게도 흥분되었다.

자동차가 또 왔다. 한 참에 네 대가 꼬리를 물고 소리소리 높이 지르며 별장 앞에다 여러 계집과 많은 사나이들을 토했다.

달빛 잠긴 호수에 보트 놀이가 시작되었다. 고 서방과 젊은 사람들은 주막으로 밀렸다. 주막의 탁배기는 이 사람들을 더욱 흥분케 하였다. 한 잔 술에 껍데기만 취한 이 사람들은 징, 꽹매기,* 북, 장구로 온 마을을 요란스럽게 했다.

"쿵매캥 쿵매캥 쿵쿵쿵매캥." 이런 느린 가락에서 "캥매캥매캥매캐갱 캥매캥매캥매캐갱." 이런 자진가락으로 옮겼을 때는 아이들 늙은이 여편네들이 모두 몰려나와 섰고 젊은 사람들은 어깨와 팔과 다리와 다리가 한데 뭉치며 뛰며 춤추며 상사뒤여를 부르기 시작했다.

고 서방이 앞잡이 서서 노래를 한마디 먹이고 나면 백여 명 뭉치는 상사뒤여를 연해 불렀다.

어깨와 어깨를 겨누어라 상—사—뒤—여

힘차게 앞으로 나아가자 상—사—뒤—여

열두 달 하루도 안 놀아야 상—사—뒤—여

우리네 살림이 왜 이런고 상—사—뒤—여

상사뒤여 뭉치는 온 마을을 한 바퀴 휘둘러서 방축 위로 올라섰다.

| * 꽹매기: '꽹과리'의 북한어.

달 비친 별장 난간에는 술과 계집에 취한 많은 사나이들이 노래와 웃음을 요란스럽게 토하며 가야금과 장구를 괴롭게 울렸다.

상사뒤여 뭉치는 방축 위를 거쳐서 별장을 향하여 쳐들어갔다. 고서방의 앞잡이 노래가 더한층 높았을 때는 상사뒤여 소리도 더한층 높았다.

최 부자 방축이 툭 터져서 상―사―뒤―여
우리네 마을이 흘러갔네 상―사―뒤―여
별장과 방축은 뉘 덕인가 상―사―뒤―여
우리네 피땀이 뭉쳐서 됐지 상―사―뒤―여

계집의 한편 무릎을 베고 눈을 지그시 감고서 기름진 뱃가죽을 슬슬 만지는 최 부호는 갑자기 가까이 온 상사뒤여 소리에 정신을 차렸다. 상사뒤여 뭉치는 별장 마당까지 다다랐다.

"이게 무슨 짓들이야! 남의 별장에 왜 이리 몰려오는 거야?"

최는 벌떡 일어서서 내려다보며 고함쳤다.

상사뒤여 뭉치는 더 소리를 높이 질렀다.

별장이…… 될 줄 아네 상―사―뒤―여
죽어도 우리 할 일 하고야 말세 상―사―뒤―여

《조선지광》, 1930년 1월

파산선고 破産宣告

1

수십만의 대자본을 가지고 ×양의 상공계商工界를 제멋대로 주무르며 바야흐로 전 조선의 소자본 경제계를 흔들던 중국인 왕정선王正善은 그가 ×양에 들어온 지 오 년 동안에 갑자기 몰락을 당하고 말았다.

수십만의 대자본가 왕정선이가 하루아침에 몰락하고 말 줄이야 세상 사람은 누구나 꿈꾸지 않던 일이다.

그러기에 사람의 일이란 게 알 수 없는 것이다. 왕은 오늘에 있어 큰 뜻을 품고 들어왔던 ×양을 눈물 지우며 떠나지 않고는 안 될 참담한 처지에 이르게 되었다.

그가 ×양에 들어온 때는 벌써 오 년 전의 옛날이었다. 그는 상업商業에 대한 교묘한 수단과 간사한 정책을 갖지 못한 ×양 사람들을 힘껏 업신여길 뿐더러 자기만 한 대자본을 가지고 상공계에 나온 이가 ×양에 없었다는 것을 다행으로 하여 제 일착으로 자기 나라의 생산품인 주단, 포목의 거산을 시작했다.

그의 대량적大量的 무역貿易의 검은 손은 ×양의 소자본가들을 꼼짝 못하게 눌러버리는 동시에 북선 지방의 모든 상계를 뿌리까지 흔들기 시작했다.

왕은 그의 본국 상해에 있는 S상공회(왕과 같은 대자본가가 모여서 만들은 단체)와 밀접한 관계를 두고 ×양과의 무역은 전혀 자기 개인이 독점獨占하고 말았으니 다른 사람은 감히 손도 댈 수 없이 되었으며 만일 무역을 하고 싶은 사람이 있다 할지라도 S상공회에서는 왕가가 의외 사람에게 한하여는 폭리를 남기려고 가격을 훨씬 올려 손해를 나게 만들어놓았으니 왕가의 그의 본국에 대한 세력과 대자본가들은 필연적으로 몰락의 경지를 걷고 있었다.

××주의는 극도로 무르녹아온 지금의 도회 사람들로 하여금 찰나적 향락과 관능적 환락에서 더 매이게 하는 마녀魔女의 임무任務를 잊지 않고 계속한다.

마녀에게 마취된 인간들은 그의 씩씩한 생각과 불붙는 가슴과 날카로운 감정을 모두 잊어버린 듯이 행락의 거리로— 방향 없이 방황하고 있다.

왕은 기어이 대성공을 했다.

그는 ×양 한복판에다 삼층 빌딩을 짓고 백화상(아니 만화상)까지 시작했다.

유한계급 유산계급에게 한하여 필요한 천 가지 만 가지 고급 상품은 수많은 ×양의 실속 없는 사람들의 마음을 흔들어놓았다. 유혹해내고 말았다.

무명저고리나 삼베치마보다도 그들은 숙고사저고리와 세루치마를 동경하고 밀기름과 아주까리기름보다도 그들은 값진 포마—뜨와* 고급 향수를 동경하며 무명두루마기나 짚신보다도 양복에 구두를 동경하게

---

* 포마—뜨: 포마드pomade. 머리털에 바르는 반고체의 진득진득한 기름. 광택과 방향芳香을 내는데, 머리를 매만져서 다듬기 위하여 주로 남자가 사용한다.

되었다. 이것은 마녀 같은 ××주의가 도회를 침윤하고도 많은 사람들을 허영에로, 공상에로, 향락에로 몰아넣었기 때문이다. 이리하여 사람을 짓밟는데 ××계급은 다시금 소자본 계급을 짓밟는 것이다.

몰락 과정에 해매는 소자본가들은 왕가의 심부름꾼 노릇만 했다. 다시 말하면 왕가에게 이용당하고 말았다는 것이다. 그것은 그들의 애타는 노력에 비하여 너무나 이익이 적었다는 것이다. 노력이 착취와 이익 외 농단을* 당한 그들은

"조선놈의 사업이란 게 돈이 있어야 되지……."

이런 소리들을 만나면 하고 보면 했다.

"저놈의 세력을 막아낼 장사 없나?"

조금 두뇌가 꿀린** 사람이면 모이는 곳마다 주먹을 쥤다 폈다 하면서 그 어떠한 대책을 강구하려 하였다.

"가만 있거라! 저놈을 꽉 쓰러트릴 좋은 수가 있다!"

이런 소리들을 했다.

한참 떠들던 물산장려도 효과가 없다. 아무리 미웁고 뱃속이 아파도 왕가의 물건을 떼어다가 팔아주지 않으면 얼마나마의 이익이라도 떨어지지 않는 것이다.

대자본가 밑에 있는 소자본가는 틀림없는 노동자다. 노동자들은 언제나 자본가들에게 노력과 시간을 ××당하고만 말 것인가?

---

* 농단龍斷: 이익이나 권리를 독차지함을 이르는 말. 어떤 사람이 시장에서 높은 곳에 올라가 사방을 둘러보고 물건을 사 모아 비싸게 팔아 상업상의 이익을 독점하였다는 데서 유래한다.
** 꿀리다: 힘이나 능력이 남에게 눌리다.

2

소자본계급을 망라한 ×양 상우회가 어떤 조용한 곳에서 열렸을 때 신명상회信明商會 주인 박춘필은 무엇을 한참 생각하고 앉았다가 이런 이야기를 끄집어냈다.

"여러분! 왕가가 날로 날로 번창해가는 것은 무슨 이유이며, 우리들이 날로 날로 파멸해가는 것은 무슨 이유인 줄 아십니까!"

"거기에 대해서 우리는 다 같이 ××하여 우리들의 이윤利潤 ××당해서는 안 될 것입니다."

"그렇습니다…… 자! 여러분! 우리는 구제적 대책을 강구합시다. 하루바삐……."

"……."

많은 사람들은 한껏 흥분된 정신 속에서 주먹을 쥐었다 폈다 하였다.

3

상우회가 열리고 사흘이 지난 뒤에 왕가에게는 갑자기 대경기大景氣가 벌어졌다.

그것은 소자본가들이 그의 상품을 대량적大量的으로 주문해 가는 것이었다.

열흘 동안이 될락 말락 할 때 왕의 대상품은 ×양의 상인들의 손에다 공급供給되고 말았다. 왕은 지금까지의 ×양 상인들의 신용을 돕게 믿고 주문하는 대로 외상으로 모두 넘기었다.

월말이 되었다! 왕은 집금원을 돌렸다. 그러나 성적은 불량하였다.

뜻하지 않았든 일이매 왕은 놀라지 않을 수 없었다.

왕은 그들이 무슨 계획적 수단으로 자기를 망치려 하지나 않는가? 하는 염려한 의심이 떠돌았다.

그러나 어쩐지 청산은 마음대로 진행되지 않았다. 그러는 한편으로 날마다 한두 사람씩은 상점 문을 처닫고 파산破産의 선고宣告를 했다.

파산을 선고한 상점은 과연 파산을 선고 않고는 안 되게 되어 있었다. A가 파산선고를 하면 A는 발서* 자기의 소유로는 아무것도 없었다.

며칠 전까지 상점의 건물과 상품을 쌓아놓았던 상점에서 하루아침 갑자기 파산선고를 하는 데에 왕은 심장이 타는 것처럼 겁이 나지 않을 수 없었다.

왕은 파산선고 하는 상점의 소유를 차압差押하려 했으나 소유권을 조사해본 결과 소유권은 모조리 없었다. 아무래도 그들이 계획으로 한 일인 듯하면서도 증거가 없는 일이매 대책을 강구할 수 없었다.

제일 첫날 두 사람이 파산을 선고하고 나자 그다음 날 세 사람, 그다음에 네 사람, 그다음에 다섯 사람…… 이렇게 급수級數적으로 자기 상품의 소매인들은 모조리 다 파산을 선고하고 말았다.

직설적으로 문제는 벌어졌다. 각 신문지는 "×양의 경제계는 중국인 왕가의 대자본가적×× 몰락하고 말았다."고—.

"나날이 늘어나는 파산선고! 그들은 장차 무엇을 먹고 무엇을 입을 것인가."

붓대를 같이하여 만천하에 호소했다. 직설적으로 왕가의 비난은 벼락같이 일어났다.

왕은 ×양에 자리를 붙이고 있을 수 없었다. 우락부락한 ×양의 사람

* 발서: 벌써.

31

들의 성질을 자기가 항상 두려워하던 터에 설상가상으로 사회적 비난을 받는 몸이라 그는 ×양 한껏 두려웠고 있기 싫었다.

이리하여 대자본가 왕정선은 감쪽같이 몰락을 당하고 참담한 눈물을 흘리면서 ×양을 떠나갔다.

《대중공론》, 1930년 6월

지옥탈출 地獄脱出

1

비둘기* 같은 한 쌍의 젊은 남녀가 녹음이 우거진 장춘단의 숲 사이로 한가로운 행진을 짓고 있다.

표현파식 파라솔이 여자의 트레머리를 약간 감추었으나 생고사 깨끼 저고리와 물빛 보이루의** 짧은 스커트 밑으로 갸름한 두 다리가 빠질 데 없이 균정된 것으로 보아 1930년의 모던걸로서는 별로 유감이 없겠으며 나팔식 흰 세루 양복바지 끝이 흰 가죽구두를 코끝만 남기고 회색 바탕에 흰 점이 박힌 뉴—스타일의 저고리가 마르지 않은 그의 몸에 꼭 들어맞아 모던보이로서 흠잡을 데가 별로 없다.

기름 내암새와 먼지에 파묻힌 서울의 거리를 피하여 파릇파릇한 새싹이 나올 때부터 그들 두 남녀는 이렇게 공원 산보를 시작한 것이었다.

그들의 사이는 부부가 아니면 연인끼리인 것은 틀림없는 일이다.

실로 보는 사람으로 하여금 부러울 만큼 행복스러운 그들이었다.

---

* 비닭이: '비둘기'의 방언.
** 보이루ボイル: 보일voile. 날과 씨를 세게 꼰 연사撚絲로, 평직平織으로 성기게 짠 얇은 직물. 여름철 여성복·아동복 감이나 셔츠·스카프·커튼 감으로 쓰임. 대개는 당시 모던걸에게 유행했던 벰베르크사의 실로 짠 레이온 치마를 일컫는 말.

"영순! 좋지 않우? 저—기 수양버들 좀 봐!"

"글쎄요……."

"발서 연꽃이 피려는 게지! 잘도 간다!"

"……."

그들은 숲속 벤치에 걸터앉았다.

"괴롭지 않우?"

사나이가 또 한 번 물었을 때 영순은 가만히 대답했다.

"아니어요."

"지난밤에 늦잠을 잤으니까 말이야. 하하."

사나이는 깔깔 웃으며 영순의 표정을 읽으려 했다.

"허리와 어깨가 조금쯤은 아퍼요…… 그러나 뭐……."

영순은 어쩐지 말대답하기가 싫어졌다. 그러나 이 사나이가 자기의 남편이라는 무서운 관념이 영순의 양심을 속이려 하였다.

'그렇다. 나는 벌써 이 사나이의 아내다! 앞으로 나의 운명은?'

하고 영순은 앞일을 생각하려다가 어깨를 흔들며

"무얼 그렇게 생각해 글쎄."

하고 벙긋이 웃는 사나이의 얼굴을 쳐다보고 다시 마음에 없는 애교를 던졌다.

"아이유! 깜작이야! 왜 그리 놀라게만 하셔요. ……호호."

영순의 부드러운 손은 사나이의 넓적한 손에 꼭 쥐이고 말았다.

영순은 아무런 충동도 느끼지 못하였다. 영순은 시선을 건너편으로 던졌다.

공기 맑고 숲 우거진 산비탈마다 양자줏빛 문화주택들이 공중을 찌르고 낮은 골목 개천가로는 게딱지나 성냥갑 같은 적은 집들이 깔리어 있다.

"영순이! 이야기 좀 해보오! 요새는 왜 그래졌어⋯⋯."

사나이는 이런 청을 하면서 쥐었던 영순의 손등에다 키스를 하려 한다.

"말어요. 저기 사람 오지 않어요!"

영순은 가는 소리로 폭 찌르며 손을 얼른 뿌리쳤다.

"야, 잘들 놀아라. 흥 재미가 옥실옥실이로구나―."

그들 등 뒤편으로 멀찍이 이런 소리가 들렸다. 사나이는 영순이가 손을 뿌리치는 것이 너무 정한 듯하였든지 불쾌한 듯이 성냥을 홱 그러대며 담배를 벌신벌신 빨기 시작한다.

영순도 불쾌하였다. 아무리 그 사나이가 자기를 뜨겁게 사랑한다 하더라도 점점 저급해가는 □시의 태도에 불쾌를 아니 느낄 수 없었다. 그러는 동시에 히야까시* 받는 자기의 내면이 너무나 값없이 된 것 같아 더한층 불쾌를 느끼는 것이었다.

자기의 입은 비단 옷과 자기의 긴 백금반지까지도 자기를 비웃고 모욕하는 것 같아 애착을 느낄 수 없었다.

"다른 데로 자리를 옮깁시다."

사나이는 그곳을 일어서려 했으나 영순은 너무나 열없음을 느끼었다.

"좀 앉으셔요!"

사나이가 도로 앉자 등 뒤에서는 깔깔대는 웃음소리가 들려왔다.

그들은 몇 사람이나 되며 무엇 하는 사람이며 왜 자기 두 사람을 이렇게 놀려대나 싶으매 한껏 그들이 밉고 불쾌도 하였으나 한편으로 이렇게까지 놀림을 당하게 된 자기의 인격이 한없이 부끄러움을 깨닫게 되었다.

'그렇다. 이제부터는 아무리 나오자고 졸라도 이런 데에 안 나올 터이다⋯⋯.'

---

* 히야까시ひやかし [冷(や)かし] : 놀림. 야유. 조롱.

영순은 이렇게 속생각을 하면서 등 뒤편을 돌이켜 봤다.

녹음이 햇빛을 막아 컴컴한 저편 숲 사이에 사오 인의 젊은 사나이들이 어렴풋이 보였다. 그들의 입은 옷은 땟국이 흘렀다. 영순은 번개가 머리에 떠올라왔다.

'그들은 직공? 노동자? 아니 실직군? 아니 무직군?'

2

오정午正을 알리는 공장의 사이렌은 수만 노동자의 울분을 합한 것같이도 우렁찬 음향은 하늘과 땅을 흔들었다.

사나이는 불쾌한 오늘의 기분을 이기지 못하여 공원의 사잇길을 두어 번 돌아 택시를 불러 몸을 실었다. 영순도 같이 몸을 실었다.

"어디까지세요!"

"한강까지―."

운전수와 사나이 사이에 이야기가 그치자 택시는 아스팔트 거리 위를 미끄러지기 시작했다. 자동차가 커브를 돌 때 사나이는 영순의 통통한 어깨와 허리에 강렬한 접촉을 느끼었다.

영순의 시선이 운전수의 뒷꼭지에 머무를 때 영순은 점점 놀라지 않을 수 없었다.

오른편 귓밥 뒤로 박힌 시꺼먼 사마귀가 영순의 두 눈에 똑똑히 비쳤을 때

'아! 확실히 성호 씨인데…… 아! 어쩌면 그이가 저렇게 변했을까? 그때가 벌써 삼 년이 되었지만…….'

영순은 뛰어가 성호의 가슴에 안기어 마음껏 울고 싶었으나 자기는

벌써 곁에 앉은 경식이란 사나이의 아내였다.

　자동차가 두 줄 서로 위를 곱게 굼구를* 때 영순의 머릿속에선 옛날의 기억의 실마리가 별안간 풀리기 시작했다.

*

　삼 년 전─ 성호와 영순─.

　봄날의 따뜻한 광선이 부드럽게도 풀밭에 앉은 두 청춘의 얼굴에 새어 비쳤다.

　"성호 씨! 어쩌실 터야요? 이젠 학교는 그만이시지요!"

　영순은 성호가 학교 맹휴사건으로 오학년에서 희생당한 뒤의 그의 밟을 길을 걱정하지 않을 수 없었다.

　"걱정할 것 없습니다. 희생을 두려워할 내가 아닙니다. 앞으로 ×우기 위해서 살아나갈 방도를 구해야지요……."

　하던 성호의 그 음성! 자기가 B여학교 때의 맹휴사건의 중요인물이 되었던 것도 성호의 암시를 많이 받았었다는 것! 성호가 자기와 마지막 떠날 때에 하던,

　"나는 기약할 수만은 없습니다. 나의 지금의 환경과 처지가 영순 씨와 나의 사이를 떨어지게 만들지 않습니까! 그러나 결코 영순 씨를 사랑하는 마음만은 언제든지 변치 않겠지요!"

　이지적이면서도 정열적이던 모든 로맨틱한 이야기!

　성호가 아무 기약도 없이 막연한 작별을 짓고 간 뒤의 영순 자기의 태도! 그는 저으기 가슴이 아프지 않을 수 없었다.

　영순은 성호와 작별한 뒤 다섯 달 동안에 완전히 그의 기억이 사라지

| * 굼굴다: 구르다.

37

기 시작하였다. 그것은 어떤 동기로 좋지 못한 동무의 집에 끌리어갔다
가 우연히 알게 된 경식 때문이었다.

겉모양이 말쑥한 경식은 그때 모 전문학교의 학생이었다.

재산가의 아들로서 한 개의 영순쯤은 어떻게 해서라도 자기의 손속
에 넣을 수 있으리라 단단히 믿었었다.

영순은 나이 어린 처녀요 세상을 똑바로 볼 줄 모르는 만큼 그의 마
수에 걸려들지 않을 수 없었던 것이었다.

그리하여 그는 경식과 올봄까지도 달콤한 연애 속에서 꿈꾸다가 B여
학교를 마친 것을 기회로 경식과 결혼까지 하고 말게 되었던 것이다.

신혼생활의 분홍색 행복— 꿈 같은 사랑의 짙어져가는 맛은 경식과
영순이 다 같이 느껴야 할 것이었건마는 영순은 필연적으로 경식과의 무
의미한 부르주아 생활에 권태를 느끼지 않을 수 없었다.

그러는 동시에 옛날의 성호가 그의 가슴속에서 새로 나타났었다. 성
호를 만나봤으면! 싶은 어렴풋한 생각이 절망에 가까운 한 줄기의 희망
에 빛을 던져주었다.

그러던 요즈음의 그에게 별안간 나타난 성호! 그는 뛰어가서 강렬하
게 키스하고 싶었다. 자동차가 한강철교 위에 스톱을 하고 두 남녀를 고
요히 토했다.

영순은 시선을 옆으로 돌려 운전수를 물끄러미 쳐다봤으나 성호는
조금도 부자연한 기색이 없이 모른 척하였다.

영순은 자동차의 번호를 암기하였다. 이런 딴생각을 하는 줄을 모르
고 경식이는 어리석은 이야기를 또 끄집어냈다.

"우리 저—리 내려가서 뽀—트나 탑시다 그려!"

새파란 물결 위로 네댓 개의 뽀—트가 활개를 치며 불규칙하게 미끄
러져 다닌다.

영순은 자동차가 사라지는 저편을 물끄러미 쳐다보면서 경식을 따라 철교 밑으로 내려왔다.

둘씩 짝지은 젊은 남녀가 영순과 경식뿐만은 아니었다.

선선한 강바람에 살빛 풀빛 보이루 치마가 살에부터 팔랑거리면 엉덩이의 곡선은 마치 대리석 조각을 연상시킨다.

장춘단— 남산— 청양이*— 한강—.

부르주아 남녀들은 짝을 지어 봄과 여름을 이렇게 향락하는 반면에 우뚝 솟은 굴뚝, 시꺼먼 연기, 그 속에서 먼지와 기름 냄새에 어린 수백만의 노동자는 날마다 심장이 타고 핏방울이 말라 들어갈 뿐이다.

3

그 뒤 며칠이 지나 영순은 경식의 청을 거절하지 못하고 단성사에서 봉절封切되는** 〈신혼생활〉이란 영화를 구경 갔었다.

영순은 만일 성호가 길거리에서나 혹 보지 않았을까? 또는 이 극장 안에 어디 숨어서 자기 두 사람의 행동을 살피지 않을까 하는 조마조마하는 마음을 걷잡을 수 없었다.

스크린에 나타나는 두 남녀의 신혼생활! 어떤 여직공과 남직공 두 남녀의 연애시대부터 결혼생활까지 이르는 모—든 로맨틱한 장면과 그 반면에 어떤 B라는 여성이 S라는 사나이에게 유혹되어 차차 짓밟혀 들어가는 격분할 장면! 이런 콘트라스트***가 오늘밤의 영순의 가슴을 몹시도

---

* 청양이: 청량리.
** 봉절封切: 봉하여 두었던 것을 떼거나 엶. 새 영화를 처음으로 상영함.
*** 콘트라스트contrast: 대비.

흔들었다.

영순은 자기와 어깨를 마주대고 앉은 경식의 불쾌한 얼굴을 어렴풋한 광선 속에서 찾아낼 수 있었다.

스크린은 더한층 클라이맥스에 이르렀다. B라는 가냘픈 한 여성이 부호의 아들이요 명망가요 대학 나온 지식군이요 훌륭한 이 사회의 청년 신사 S라는 사나이의 황금의 마수 속에 정조를 빼앗기려는 참담한 장면은 전개되었다.

영순은 옆눈으로 경식의 더한층 불쾌한 얼굴을 흘겨봤다.

영순은 스크린을 통하여 자기의 과거와 현재를 돌이켜보고 장래를 의심하지 않을 수 없었다.

영순의 경식에게 대한 환멸은 날마다 가속도적으로 발전해갔다.

경식과 결혼한 것! 영순으로 하여금 결혼까지 않으면 안 되게 된 무엇이 있었다면 그 죄는 결코 영순의 죄는 아니었다.

영순은 결혼 이전부터 닥쳐올 불행을 느끼지 않은 바가 아니었으나 한때의 의식이 바로 서지 못한 허물로 경식의 강제적 수단에 대항할 수 없었던 것이었다.

4

영순은 성호가 가진 자동차의 번호 247을 근거 삼아 비로소 성호가 금강자동차부에 있다는 것을 여러 날 뒤에 가만히 알게 되었다.

영순은 어떻게 하면 그를 만날 수 있을까? 그리고 그가 반가이 자기를 대해줄까? 하여 여러 가지 고민하던 끝에 편지를 써 부쳤다.

경식은 날마다 밤이면 늦게야 들어왔다. 점점 경식은 그의 본성이 탄

로되기 시작하였다. 들어올 때의 경식은 알코올에 푹 취해 들어왔다.

양복을 받아 걸지 않거나 넥타이를 풀어주지 않거나 스붕*까지 벗겨주지 않으면 경식은 눈을 부라리고 고함질렀다.

"왜? 그리 영리치 못해! 글쎄……"

이런 소리를 들을 때 영순은 구역이 날 듯이 불쾌하였다.

짧은 여름 밤 열두 시가 훨씬 지나도록 영순은 경식이를 남편이라고 기다렸다. 그러나 이것은 처음 몇 번이였다.

"어느새 잔담! 무어야 이게!"

어떤 날 밤 그가 돌아올 때까지 기다리지 못하여 쓰러져 자고 있는 영순을 술 취한 경식이는 발길로 차서 놀라게 하였다.

점점 폭로되는 경식의 너무나 여성 모욕의 사실은 영순의 가슴에 꼭꼭 뿌리박아두었다. 영순은 이를 악물고 주먹을 쥐었다.

'나는 이 환경에서 하루라도 뛰어나가야 할 것이다. 물질을 무기로 삼아 여성의 생명을 짓밟는 이런 따위에 걸린 나는 너무나 어리석었다……'

땀내가 푹푹 나는 경식의 가슴에 안길 때마다 영순은 한없이 불쾌하였다.

'에! 더러워 성욕만 아는 사나이!'

경식의 가슴을 떠나 돌아누울 때마다 영순은 속으로 중얼거렸다.

'내 몸이 이렇게 발서 경식에게 더럽히고서도 옛날의 성호 씨를 만날 수 있을까?'

취해 떨어진 경식이가 코를 골고 잘 때 영순은 이런 생각에 잠이 오지 않았다.

| * 스붕: 즈봉(←〈프〉jupon), 양복바지.

아침에는 으레 열한 시까지는 일어나지 않는다. 영순이는 자기까지도 못 일어나게 다리 감고 굼구르는 경식의 등쌀에 새벽부터 옷을 가만히 주워 입고 멀찍이 떨어져 자지 않으면 안 된다.

영순이가 이런 태도를 가질수록 경식이는 더한층 본성을 발로했다.

"이것 보지. 또 입었어. 어서 벗어!"

눈에 핏대 선 경식은 문 열고 나가려는 영순의 다리목을 끌고 잡아앉힌 뒤에 팔을 끌어 품속에 잡아넣고 왼몸을 포옹한다. 모자 안에 참새처럼 영순은 파닥거리며

"좀 이지理智로 살아갑시다. 여보!"

폭 찌르고는 잡힌 팔을 냉정하게 뿌리친다. 이럴 때면 경식은 조금도 부끄러운 기색이 없이 핏대 선 눈방울을 더욱 부라리며 영순의 엉덩이를 발길로 차서 쓰러뜨린다. 몇 번이나 이런 꼴을 당한 영순이는 앞으로의 그의 폭악暴惡이 더 심해질 것을 느끼지 않을 수 없었다.

여기에 있어 영순은 느끼었다.

"경식과 결혼하지 않았던들 얼마나 나는 행복하였을 것이냐! 나와 계급이 다르고 나와 생활환경이 다른 경식— 그는 재산가의 아들, 나는 소작인의 딸! 왜! 내가 결혼을 하고 말았던고!"

영순은 그의 오빠가 늘 자기에게 들려주던 말을 똑똑히 이 자리에서 깨닫게 되었다.

"너는 결혼함으로써 안락과 행복을 구하여서는 못쓴다. 우리들에게 있어 결혼이란 것은 오직 동지와 동지의 악수가 아니면 안 된다. 너를 지극히 사랑할 사람은 네가 속屬한 프롤레타리아다. 새××를 건설하기 위한 전위××인 프롤레타리아다. 너는 이런 용감한 사나이의 사랑을 받아야 할 것이며 주어야 할 것이다……."

영순은 오빠의 말이 똑똑히 다시금 살아났다.

"내가 속한 계급! 그렇다! 프롤레타리아다……. 그렇다. 나를 지극히 사랑할 사람, 내가 사랑할 사람은 용감한 내가 속한 계급에 있다!"

5

영순이가 두 번이나 성호에게 편지를 하였어도 만나자는 장소에서 영순은 성호를 만나지 못하였다. 영순은 용기를 내어 성호가 노동하는 금강자동차를 찾아갔다.

"이성호란 사람이요? 사오일 전에 나갔습니다. 어디로 갔는지도 자세히 알 수 없습니다……."

영순은 이 말을 듣고 가슴속이 덜컥 내려앉았다. 지금까지 믿어오던 한 줄기 희망이 여지없이 낙망이었다. 그러나 영순은 태연한 태도로

"왜 여기서 나갔습니까? 좀 알려주세요……."

나이 어린 견습생에게 가만 물었을 때

"저— 며칠 전 자동차에 오른팔을 다치고 지금 동대문 병원에서 치료 중입니다."

견습생은 친절하게 말해주었다. 안경 쓴 사무원의 냉정한 태도와 이 견습생의 친절한 태도! 영순은 더한층 뜻이 굳어졌다.

"성호 씨 모—든 것을 다 용서해주세요."

영순은 침대에 누운 성호의 얼굴을 물끄러미 쳐다보며 흑흑 느끼었다.

"벌써 영순 씨는 남의 아내가 아니십니까?"

성호의 이 말은 영순의 가슴을 무겁게도 눌렀다.

"그러나 성호 씨……."

영순은 성호의 가슴에 쓰러져 성호의 옷자락을 적시었다.

"영순 씨가 나를 지극히 사랑하고 내가 또 영순 씨를 지극히 사랑함으로써 문제는 단순히 해결될 것입니다. 그러나 그저 맹목적 사랑만으로는 우리가 어떻게 살아나가겠습니까……."

성호의 이 말은 뜻깊은 말이었다.

"모—든 것을 이해해주시는 성호 씨! 어젯밤 나는 경식이와 아주 관계를 끊었어요! 그러는 것이 내게 하루라도 유리할 것 같았어요……."

영순의 눈물 어린 눈앞에는 지난밤의 모든 일이 떠올랐다.

"당신은 너무나 내 인격을 무시하지 않습니까!"

"뭐! 인격? 똥격? 그래 이 위에 더 어쩌란 말이야! 이만큼 훌륭한 주택에 영양 많은 음식에 값진 의복에! 무엇이 불만이야?!"

"나는 그런 것 다 싫습니다. 당신의 너무나 나를 한 물건으로만 취급하려는 것, 너무나 저급해가는 성욕적 속취미…… 그것은 오직 나에게 대한 모욕이지요. 그리고 인격의 유린이지요!"

"이것이 무슨 소리야! 싫다! 흥! 잘났다. 몇 놈 죽이겠는데……."

분에 타는 경식의 손바닥이 자기의 뺨에 착 하고 올라붙는 순간

"누구의 앞이라고 주둥이를 벌려! 망할 년 같으니……."

하면서 발길로 자기의 허리를 꺾어 차던 기억! 그때에 자기가

"나는 개 같은 너와는 살 수 없다! 너는 사람의 탈을 쓰고 나를 속이었다!"

발악하며 이를 악물 때 경식의 손에 자기의 머리가 홰홰 감기어 벽에 여러 번 부딪치던 장면! 가던 사람들이 기웃거리며 삐죽이던* 것, 겨우 이웃 사람의 말림으로 쌈이 끝이었던 것…… 경식의 곁에서 자다가는 또 모욕을 당할 것 같아 밤중에 뛰어나와 동무의 집을 찾아가서 자지

| * 삐죽이다: 비웃거나 언짢거나 울려고 할 때 소리 없이 입을 내밀고 실룩이다.

도 못하고 뜬눈으로 날을 샌 것…… 지난 동안에 일어난 이 많은 사건의 장면이 순서 없이 급속도로 눈앞에 번개쳤다.

"그러셨다면 어떤 방도를 취하실 터입니까?"

성호의 이 말은 냉정한 말도 같았으나 부드럽게 영순의 귀에 새어들었다.

"……"

영순은 아무 말도 하지 않고 느끼기만 하다가

"모든 것을 성호 씨에게 맡기겠습니다. 이 한 몸이야 어디 간들 굶어 죽겠습니까—."

새 결심을 성호에게 보이었다.

6

성호가 부상된 팔이 완전히 낫고 난 뒤 이틀이나 지나 서울 거리에는 갑자기 자동차 한 대도 구경할 수 없었다.

꼬리와 꼬리를 물고 향락하는 남녀를 싣고 환락으로 달음질치는 많은 자동차들이 하루아침에 똑같이 쉬었다. 온 거리가 쓸쓸하기 짝이 없다.

"에이, 먼지가 안 나 좋군!"

코를 막고서야 지나가던 사람들이 활개 펴고 다닐 수 있었다. 그날 신문에는 다음 같은 기사가 게재되었다.

시내버스 · 택시 · 총 파업
출근자 전무 · 교통 혼잡
이십 개 조 요구조건 제출

시내에 산재한 부영 버스 종업원 일동과 개인 경영 택시 운전수 일동은 합류하여 돌연 맹파를 하였다는데 요구조건은 대개가 대우 개선, 임금 인상, 무리한 해고 반대, 해고자 복직…… 등등이었다 하며 ××당국에서는 불온분자의 선동이 없나 하여 경계가 엄중하다더라.

성호는 영순과 삼천동 조그만 오막살이 한 간 방을 얻었다. 그리하여 밥 한 그릇을 두 사람이 나누어 먹었다.

성호는 이번 맹파로 인하여 희생당할 각오가 없진 않았으나 더욱이 영순이가 걱정되지 않을 수 없었다.

자기의 팔이 자동차의 기계에 다쳤을 때 경영자 K는 냉정하게도 자기에게 대해주었던 것, 치료비도 반절밖에 부담치 않겠다는 그들의 지독한 대우! 낮이나 밤이나 사나이와 계집을 싣고 거리를 달음질쳐야 하는 자기들의 악착스런 현실! 성호는 그와 뜻을 같이한 여러 동무와 여러 달 동안 물샐틈없는 전술을 계획하여왔던 것이다.

성호와 운명을 같이한 수백 명 그들의 힘은 과연 이렇게 위대하였다.

삼 일 동안은 버스와 택시가 꼼짝 않았다. 나흘째 되는 날 신문엔 다음 같은 기사의 미다시가[*] 게재되었다.

버스·택시 맹파 원만 해결. 요구조건 대부분 승인. 명조부터 운전 개시. 희생자는 하나도 없다고.

성호는 다시 운전대에 몸을 실었다. 곁에 앉은 영순이의 어깨가 자기의 어깨에 접촉될 때 성호는 부드러운 행복을 느끼었다.

| *미다시み-だし [見出し]: 표제標題, 표제어.

뒤에 탄 살찐 양복장이가 스톱 부르면 영순이는 얼른 내려 나올 문을 열어주고 탈 사람을 태우고 나선 문을 가만히 닫고 성호의 곁에 와서 얌전히 앉는다.

이렇게 얌전한 미인이 자동차 조수라는 듯이 타는 녀석들 시선을 던지며 침도 흘렸다. 영순은 이 생활이 얼마나 행복스러운지 몰랐다. 지난날 황금의 지옥 속에서 경식에게 자기의 인격 전부를 짓밟히는 것을 성호와의 이 생활에 대조해볼 때 얼마나 영순은 감격되었는지 모른다.

여름 햇빛이 쨍쨍 내려쪼였다. 수차水車부가 땀을 흘리며 거리 위에 물을 뿌리고 지나친다.

성호의 택시 속에는 청량리까지 태워달라는 모던걸과 모던보이 한 쌍이 탔다. 그들의 의장 최고급! 그들은 이 시대를 이 문명을 잘 향락할 수 있는 특수계급의 남녀였다. 영순은 분과 향수로 곱게 화장한 그 여자의 내면생활을 의심하지 않을 수 없었다.

뒤에 탄 모던걸이 사나이의 어깨 위에 손을 얹고 아양 부리는 양이 운전대 유리창에 어렴풋이 비추었다. 영순은 입을 삐쭉며 '너희들이 암만 좋아도 우리들 사이만은 못할걸!' 하는 듯이 자기의 한 손으로 성호의 허리를 껴안으며 성호에게 뒤를 좀 돌아보라는 듯이 빵긋 웃었다. 성호는 모두 알고 있는 듯이 빵그리 웃으며 아무 말 없이 운전만을 계속한다. 저편으로부터 택시 하나가 자기들 차와 어긋날 때 성호는 손을 들어 그편 운전수와 인사를 바꾸었다. 청량리를 향하여 달음질치는 이 자동차! 자동차 속에는 완전히 두 계급이 대립되어 있다. 지금은 그들 두 남녀를 실어다주는 한 개의 충실한 노동 같지만 머지않은 앞날에 우리들의 새날이 온다는 굳센 신념이 성호와 영순의 눈앞과 움츠린 입가에는 똑똑히 떠돌았다. 충실한 연애의 상대자는 자기가 속한 계급 속에서만 찾아낼 수 있을 것이며 동일한 계급 속에서 찾아낸 연인은 사명과 임무를 같이한 동지와 동지의 뜨거운 결합이 아니면 안 된다.

《대중공론》, 1930년 7월

출범전후出帆前後

1

하루— 이틀— 열흘.

물결은 고함치고 달빛은 깨어졌다.

첫가을의 밤바다는 조그만 고기잡이 마을 사람들을 몹시도 뒤숭숭하게 하였다.

"엄마! 아버지는 언제나, 돌아온다우?"

"아버지가 올 때는 고기 많이 잡아가지고 온다지!"

"오늘밤도 아버지들은 안 오고 마나배."

"글쎄 말이다. 벌써 열흘이 지내도록 소식이 없구나……."

"이번 풍파가 암만해도…… 마음을 놓을 수가 없구나……."

젊은 아낙네와 아이들은 늙은이들과 날마다 밤마다 함께 나와 눈을 밝혀 먼 바다 저편을 물끄러미 쳐다보는 것이다.

하늘 저편 먼 곳에서 구름 한 점이 이상하게만 떠돌아도 이내 사람들은 자기들의 남편이나 아들이 돌아오는 배인 줄 알고 손뼉을 치고 기뻐했다.

그러나 배는 기어이 돌아오지 않았다.

전 같으면 오래 되어 닷새 동안이면 돌아왔을 터인데 이렇게 열흘이 넘도록 돌아오지 않아 풍랑에 파선이나 되지 않았을까 하는 아릿아릿한 불안을 마을 사람들에게 주는 것이다.

2

열흘 전—.

이백 명의 어부들은 열 척의 어선에다 바다에서 먹을 보리, 쌀, 된장, 간장을 싣고 이 마을을 떠났다.

물결이 출렁출렁 뱃장을 두드리고 바람이 펄렁펄렁 돛폭을 흔들 때 이백 명의 어부는 사랑하는 아내, 귀여운 아들딸과 늙은 어머니들을 떨치고 바닷길 천리 멀고 먼 곳으로 고기잡이 길을 떠나는 것이다.

뱃머리가 빙 돌아 물결 위에 미끄러지기 시작하면 젖먹이 아이 안은 아낙네, 손자 업은 늙은이들이 공포와 불안에 젖은 표정으로 정신없이 뱃장을 쳐다보고 배에 탄 사나이들은 어여디야 뱃노래를 부르며 팔을 흔들어 들어가달라는 뜻을 표하는 것이다.

늙은이, 젊은이, 아이들 그 가운데는 어여쁜 처녀들까지 군데군데 끼어서 뱃사람을 보낸다.

어선 제8호에는 이 마을의 젊은 사나이 열용이가 서서 자기를 보내는 어머니와 누이동생과 그리고 자기가 사랑하는 봉선이라는 어여쁜 처녀를 번차례로 바라보며 팔을 흔든다.

보내는 사람— 가는 사람— 물결이 출렁. 바람이 일고 배 폭이 펄렁, 배가 달아날 때— 일 마정— 이 마정— 오 리— 십 리 지평선 저편으로 넘어져 사라질 때 보내는 사람, 가는 사람들 사이에는 끊임없는 부탁의 군호가 오고 간다. 잘 다녀오라, 잘 다녀오소, 잘 다녀오세요— 걱정 말아, 걱정 말우, 걱정 마세요— 소리의 부탁이 들리지 않을 먼 거리.

가는 사람의 뱃장에서는 푸른 기 여러 번 펄렁거리고 보내는 사람의 언덕에서는 붉은 깃발이 여기저기 흔들리었다.

푸른 기는 안심하라는 부탁이요 붉은 기는 풍랑에 주의하라는 경계다.

붉은 기와 푸른 기는 서로 보이지 않을 때까지 흔들리었다.

손바닥만 하던 뱃폭들이 차차 콩낱만 해지고 난 뒤에 한 척 두 척씩 지평선 저쪽으로 완전히 사라지고 난 뒤에는 아낙네의 눈에서는 하염없는 눈물이 떨어지는 것이었다.

일 년 동안에 하루도 편히 쉴 사이 없이 고기잡이로만 떠도는 이 어부의 생활! 자주 만나는 풍파! 이복에 장사되는 비창悲愴한 사실이 일 년에 칠팔 차가 넘는 것이다.

이백여 호가 넘는 이 어촌에 고기잡이로 나가는 장정이 삼백 명이나 되어야 할 터이지만 해마다 수십 명씩은 창파에 풍랑 만나 원한 많은 수중고혼이 되기 때문에 이 마을에는 젊은 과부와 스무 살이 훨씬 넘도록 시집 못 간 처녀들이 남자의 수보다 훨씬 많은 것이다.

남편을 잃은 젊은 아낙네, 아들을 잃은 늙은이, 연모하던 총각을 잃은 처녀들— 그들의 생활은 너무나 살풍경한 것이다.

바닷물이 들어왔다가 해만을 싣고 나간 뒤에는 속옷만 입은 아낙네, 처녀, 소녀들이 통통한 다리들을 둥둥 걷고 뻘 물에 파묻힌 조개를 잡는다.

이백 명의 고기잡이가 떠난 지 사흘째 되던 날 밤부터 고요하던 바다에선 갑자기 풍파가 일어나기 시작했다.

폭풍우, 천둥, 번개, 무시무시한 하늘의 시위示威는 어촌의 부녀들과 어린아이들을 몹시 떨리게 하였다.

풍랑이 심하고 하늘이 울면 옛날부터 이 어촌 사람들은 울며불며 바다에 나간 아들, 남편의 배가 파선되었으리라는 생각으로 제삿밥을 차려 놓고 대성통곡으로 한 많은 그들의 생활을 슬퍼하는 것이었다.

3

발에 밟히어 쪼그라진 성냥갑 같은 이백여 호의 이 사람들의 마을 한복판에 우뚝 솟은 양철집과 기와집은 K어업회사다.

이 양철집과 기와집은 오 년 전에 생기었다. 어업회사가 생기고 난 뒤에 이 마을 어부들은 제 마음대로 바다에 나가 고기를 잡아올 수 없었다. 조개 한 개라도 회사 모르게 잡을 수 없게 되었으며 뼈가 빠지게 잡아놓은 고기라도 꽁지 한 토막 얻어먹기가 힘들게 되었다.

그리하여 이 마을 어부들은 모조리 어업회사에 붙어 고기 잡아주는 일개 노동자가 되고 말았다.

생기 팔팔한 젊은 어부들이 회사에 들지 않고 개인으로 어부 노릇을 하려고 몇 번이나 발악을 했었으나 형세는 이기지 못하였다.

어업회사는 어떤 괴물이 세운 것이며 어떤 괴물이 숨어 있는 곳인가.

넓은 바다에 자유로 고기 잡던 이 어부에게 어업령漁業令이란 무서운 법령이 생겨 젊은 어부들의 원기를 산나무 꺾듯 꺾어버린 것이다.

자유를 잃고 노력을 착취당하는 것은 농민이 지주에게 착취당하는 것이나 직공이 공장주에게 착취당하는 것이나 똑같은 착취다.

어부와 농부와 직공은 다 같은 자본가의 험악한 발길에 짓밟히고 착취당하는 노동자다.

자본주의는 이렇게 농촌, 도회를 삼키고 또다시 어촌에까지 아가리를 벌린 것이다.

순풍에 돛을 달고 이백 명의 어부가 북소리 울리면서 조기, 갈치, 청어, 도미, 뱃장에 가득히 잡아 돌아올 때 옛날 같으면 얼마나 기뻤을 것이었건만 오히려 그들은 착취의 비애를 느끼는 것이다.

뱃장에 가득 찬 생선— 그것은 바로 회사의 창고 속으로 한 마리도 빠짐없이 운반된다.

4

열 척의 배가 떠날 때에 세 사람의 어선 감독은 증기선을 타고서 뒤에 따라갔다.

양 같은 어부들도 착취의 비애만 느끼고 살 수는 없었으며 언제까지든지 회사 밑에서 충실한 품팔이꾼이 될 수는 없었다.

그래서 어부들 사이에는 그동안 사오 차의 회사에 대한 불평을 품고 동맹파업을 한 일이 있었다. 가시가 세워가는 어부들에게 회사는 폭악한 감독을 내어 반드시 다시 고기 잡을 때에는 증기선을 태워 뒤를 딸려 보내는 것이다.

조기나 청어 광어 도미 같은 것들이 제철에는 얼마나 잡히나?

철용이가 탄 제8호 어선이 사흘 동안에 조기를 일만 오천 마리를 잡게 된다. 열 사람의 어부가 사흘에 일만 오천 마리면 하루에 오천 마리, 한 사람 평균이 오백 마리, 한 마리에 평균 일 전씩만 쳐도 한 사람이 하루에 버는 돈이 오 원 벌이다.

값이 헐한 조기 같은 것이 그렇지 좀 값나가는 도미라거나 민어, 상어 같은 것을 잡으면 하루 한 사람 평균액이 십 원을 넘을 때가 예사이다.

이렇게 얻는 바다의 이익을 어업회사는 가만히 앉아서 착취하고 어부는 하루에 몇 십 전에 지나지 못하는 억울한 임금을 받게 되는 것이었다.

하루에 몇 십 전을 바라고(그러나 만일 다른 어선보다 수확이 적을 때면 임금을 깎는다. 마치 제사공장 직공의 임금을 깎듯이.) 풍랑 심한 바다에 위태한 고기잡이의 길을 떠나는 것이었다.

회사의 폭악과 어부의 내면생활을 더 깊이 살피기 위하여 회사가 꾸며놓은 규칙이라는 것을 들여다보자.

제13조— 어부가 회사나 감독의 명령 없이 잡아온 고기 중에서 한 마리라도 임의로 가져가지 못함. 만일 규칙을 위반하는 자는 부정죄로 처벌하는 동시에 임금 중에서 가져간 물품의 배액을 감함.

제14조— 어부가 회사나 감독의 명령 없이 잡아온 고기 중에서 숨기어 가는 것을 보고 회사나 감독에게 그 령을 보고하는 자에게는 특별상을 주는 동시에 임금을 인상해줌.

제15조— 어부가 잡아온 고기 중에서 매득賣得해가고 싶을 때는 감독에게 신청하되 필요에 의하여 감독이 거절하는 때는 절대로 매득할 수 없음.

매득할 물건의 가격은 회사에서 정하되 임금 중에서 제할 수 있음.

이 세 가지 조건만을 두고 보더라도 얼마나 어업회사라는 것이 어부들의 피땀을 빨아먹는 것인가를 잘 알 수 있는 것이다.

봄에 조기, 상어, 홍어로부터 겨울에 대구, 청어 도미들에 이르기까지 이름 모를 가지각색 생선은 이 어부들의 손으로 잡혀 회사에 넘어가고 회사는 다시 어시장으로 넘기되 팔구 배의 폭리를 착취하는 것이다.

회사라는 착취 기관이 중앙에 서서 전후좌우의 어부, 생선행상, 소매업자들의 피와 땀을 빤다.

노동자 농민이 썩어빠진 한 마리의 조기를 살 때 그 이익의 전부는 벌써 회사의 금괴 속으로 쏙쏙 들어가는 것이다.

5

K회사의 착취 범위는 그것뿐만이 아니었다. 이 어촌에다 주점酒店을 굉장히 벌려놓고 어여쁜 매소부賣笑婦를 점주에 앉히었다.

일용 잡화상까지도 어부들의 힘으로는 경영할 수 없는 큰 규모로 개설하고 몇 품 못 되는 임금을 다시 또 착취하려는 것이다.

하루에 사오십 전 벌어 그것은 낭만적, 순간적인 어부의 생활에 있어 한때의 술값도 못 되는 것이다.

석유값, 담뱃값은 어디서 얻으며 가족이 날마다 살아나갈 양식은 어디서 생길 것인가! 여기에는 애끓는 이야기가 숨어 있다. 헐벗고 굶주리는 이 어촌의 젊은 부녀들은 회사가 알면 모조리 빼앗기기 때문에 바닷가에 파묻힌 조개를 잡아서 근근이 살아나간다.

조개를 잡아도 회사가 알면 모조리 빼앗기기 때문에 부녀들은 어두운 밤 바닷물이 빠졌을 때쯤 되어 살짝살짝 걸어 나가 옷들을 벗고 허벅다리까지 빠지는 뻘 속에 뛰어들어 발끝으로 더듬어서 조개를 잡는다.

밤이라도 감독이 순시하기 때문에 달밤에는 잡을 수 없게 되지만 젊은 여인 처녀들은 발가숭이가 되어 하이얀 살에다 뻘흙을 칠하고 보호색保護色이 되기 때문에 보름달이 아니면 들키지 않고 잡을 수 있다. 초저녁부터 새벽까지 잡아야 한 바구니씩이나 잡는다. 그들은 새벽에 사십 리나 떨어진 읍으로 팔러 가는 것이다.

새벽에 가야 들키지도 않고 또 저녁때나 들어올 수 있기 때문이다.

돌 깔린 산길, 똥 깔린 논길을 그들은 맨발로 걸어간다.

돌부리에 발가락을 차여 피가 흐르고 가시에 발바닥을 찔려 힘줄이 아파도 젊은 부녀들은 용감하게 오고 갔다.

왕복 팔십 리, 새벽부터 밤중까지에 버는 돈 그것은 사오십 전에 지나지 못했다.

팔러 갈 때의 부녀들의 가슴은 언제든지 조마조마했다. 그것은 K어업회사에 대하여 무슨 죄나 지은 것 같은 눈물 나게도 정직한 양심의 가책이다. 회사를 모르게 조개를 잡았다는ㅡ.

이렇게 달과 해가 거듭하는 동안에 이것은 일종의 습관이 되며 작업화하고 말게 되었다.

그러나 이것도 결국 K회사가 알게 되어 읍내로 들어가는 중도에다 감독을 두고 조개 잡아가는 사람이면 허가가 있나 일일이 간섭하고 조사했다.

부녀들은 이 지독한 K회사의 태도에 점점 짓밟히었다.

이리하여 살 길은 없어진다. 남편이나 아들이 바다에 나갔다가 풍랑 속에 장사된 집안은 무엇을 먹고 어찌 살 것인가.

회사는 큰 자선사업이나 하는 것처럼 부녀들에게 고기를 도매로 넘길 터이니 팔라고 선언했다.

그러나 도매로 사가지고 읍으로 가는 동안 여름이면 고기가 상하여 오히려 밑지고 마는 것이다.

6

젊은 부녀, 늙은 부녀가 모조리 근읍으로 시장으로 생선을 팔러 나가고 난 뒤에는 이 어촌은 어린아이와 처녀들만이 남아 있게 된다.

K어업회사에 남아 있는 어선 감독들은 날마다 이 처녀들을 놀려 함부로 처녀 있는 집을 드나든다.

뚱뚱한 감독들의 몸집 사납게 생긴 눈구녁, 그리고 갈라진 수염, 감독 녀석들은 날마다 술들을 처먹고 물 길러 가는 처녀 빨래하는 처녀들의 팔목을 함부로 잡아당기며 유혹하려 하는 것이다.

바다에 나간 젊은 사나이 철용이의 연인 봉순이는 처녀 중에서도 어여쁜 미인이었다.

그가 어머니가 장에 가고 없는 뒤에 어린 동생과 집을 지키고 있을 때였다.

별안간 달려든 것이 전승이라는 뚱뚱보 감독 녀석이었다. 뚱뚱보는 봉순이 팔을 비틀어 억지로 입을 맞추려고 대어들 때 봉순이는 결사적으로 고함을 질러 이웃 사람이 구원을 청하였으나 이웃에 큰 사람 하나 없고 아이들만 와르르 몰려왔다.

몰려온 아이들이 돼지 같은 뚱뚱보를 쳐다보고 섰다가 봉순이가 살려달라는 고함소리에 용기들을 얻어 벌떼같이 달려들어 뚱뚱보의 살을 물고 꼬집어 뜯었다.

색마 감독놈들의 짐승 같은 행동은 이 어촌의 처녀들의 깨끗한 젖가슴을 더럽혀놓았으며 젊은 과부들의 정조를 여지없이 짓밟는 것이었다.

7

열 척의 고깃배는 떠난 지 열사흘 만에 겨우 여섯 척이 감독 탄 증기선과 함께 돌아왔다.

네 척은 돌아오지 않았다. 영영 돌아오지 않았다. 돌아온 여섯 척 사람들은 얼굴이 외꽃처럼 노랗고 기운들이 풀리었다.

마을에서 울음소리가 하늘을 찌를 듯이 진동했다.

돌아오지 않은 네 척의 어선은 무서운 풍랑 속에 복선이 되었다는 것이다. 죽은 사람이 사십여 명, 중상 경상자가 오십여 명! 하늘은 죄 없는 이 어부에게 너무도 횡포했다.

누구를 살리려고 누구의 배를 채우려고 이 사람들은 어부가 된 것인가.

풍랑에 파선되어 참사한 유족에게는 위로금을 지불한다는 회사의 규칙은 형식뿐이었다. 준다준다 속여 내려왔을 뿐이요, 한 번도 위로금을 받아본 사람은 없었다.

"만일 이번도 또 속인다면? 놈들을 거저 둘 줄 아나?"

젊은 어부들 사이에는 굳은 결심의 빛을 보였다.

봉순의 아버지와 오빠는 돌아오지 않은 사람의 하나였다.

수중고혼水中孤魂 된 삼십 여명의 가족 백여 명의 뭉치는 사흘 밤, 사흘 낮을 울음 속에 한 잠을 못 이루었다.

"어떡하란 말이냐, 내 아들을 내어놓아라."

"남편을 내어놓아라."

"아버지를 내어놓아라."

"오빠를 내어놓아라."

백여 명의 뭉치는 울며불며 K회사 사무실로 몰리어갔다.

K회사 중역 이하 감독에 이르기까지 놈들은 냉정하게 코웃음을 치고 늙은이들의 등을 밀어냈다.

놈들은 회사의 철문을 굳이 닫고 감쪽같이 숨어버렸다.

주먹! 철문을 두드리는 주먹 발길, 철문을 걷어차는 발길, 백여 명의 군중은 분함을 참을 수 없었다.

*

 밤이다, 그날 밤이다. 억울 침통, 흥분의 정서가 가닥가닥 한데 뭉쳐 마을의 기분은 한껏 긴장되는 동시에 산란해졌다.
 우물, 캄캄한 우물가에서 시꺼먼 그림자들이 허덕이었다.
 사람을 구해달라는 비명의 소리가 어렴풋이 철용의 귀에 들려왔다.
 철용이가 뛰어갔을 때 철용이는 놀라지 않을 수 없었다. 그것은 자기가 사랑하는 봉순이를 악마 같은 뚱뚱보 감독 녀석이 허리를 틀어 안고 금수 같은 행동을 연출하려는 순간이었다.
 철용은 벼락같은 주먹으로 뒤통바지를* 치갈이었다.** 술에 취한 뚱뚱보 놈은 땅바닥에 푹 쓰러졌다.
 철용의 가슴은 불길이 일어나고 정의의 주먹은 떨렸다. 봉순은 철용의 구원으로 살아났다.
 "이놈들— 한 칼에 무찌르고도 분을 참을 수 없는 놈들!"
 "놈들, 회사! 회사가 다 뭐냐! 우리들의 피와 땀을 쭉쭉 빨아 배지를*** 채우고 우리들의 부녀들의 정조를 짓밟는 짐승 같은 놈들— 놈들을 그대로 둘 수는 없다!"
 "놈들의 철면피 같은 개가죽을 보아라. 애처로운 수중고혼 수백 명의 동무를 우리는 생각해보자! 우리는 더 참을 수 없다. 우리는 놈들과 생사를 결단하지 않으면 안 될 것이다."

---

* 뒤통바지: 북한어, '뒤통수'를 속되게 이르는 말.
** 치갈이다: 힘차게 때리거나 울려다.
*** 배지: '배'를 속되게 이르는 말.

철용이는 부르짖으며 골목으로 허둥지둥 쫓아다니었다.

사람들이 뛰어나왔다. 여편네들은 새삼스럽게 울음보를 터트리었다.

캄캄한 이 어촌이 발칵 뒤집어졌다.

골목에서 나오는 군중! ××로 몰려가는 군중! 철용이가 앞잡이 선 이 군중은 사나운 물결이 쳐들어가듯이 치밀어갔다.

바다물결이 뒤집어졌다. 폭풍은 일어났다.

사나운 해소海嘯의 고함 소리는 풍랑에 희생된 수백 동무의 K회사를 저주하는 부르짖음이다.

쳐들어가는 산동무의 의분과 용기를 돋우는 격려의 군호다.

캄캄한 이 밤 한데 뭉친 커다란 힘은 갈수록 강해졌다.

*

그들은 칼과 분을 무서워하지 않는다. 그들의 폭발된 정의감과 의분은 아무런 해결이나 단락이 없이는 식어지지 않는다.

—피와 땀을 ××당하는 노동자! 그들의 최후의 발악은 반드시 승리를 가져오고 마는 것이다—.

물결은 점점 요란한 소리를 지르고 몰려간 군중의 고함 소리는 갈수록 험악했다. 캄캄한 밤 고요하던 이 어촌은 무서운 싸움터로 변해져버렸다.

《대중공론》, 1930년 9월

그대의 힘은 약하다

―P군의 최근상最近相―

살을 도려내는 칼날 같은 바람은 졸고 있는 도시都市의 첫 새벽 거리를 몹시도 흔들고 있다.

오늘도 P군은 눈을 감은 채 주섬주섬 옷을 더듬어 입고 방문을 열었다.

몸서리가 치이는 찬 새벽 공기! 그 가운데를 P군은 얼음덩어리 같은 자전거 핸들을 붙들고 목장으로 향했다.

벌써 장작 소나무를 실은 구루마― 구루마를 끄는 황소의 입과 코에서는 하―얀 김이 나오자마자 얼어붙어 고드름이 되어버린다.

P군은 코를 골고 쓰러져 자는 양羊들을 한 마리씩 사정없이 두드려 깨웠다.

채유실採乳室 8호로 한 마리씩 두 마리씩 몰아넣고 P군은 양의 젖통을 차례차례 쥐어짠다.

"……누구를 위하여 너희들은(양들) 이곳에 붙들려 왔으며 나는 또한 누구를 위하여 첫 새벽과 아침저녁으로 너희들의 귀여운 젖(乳)을 이렇게 함부로 착취하지 않으면 안 되니……?"

이를 갈고 두 주먹을 불끈 쥐던 첫 번 이곳에 올 때의 P군의 신경도 거의 이제는 완전히 마비가 되어버리고 다만 본능적으로— 무의식적으로 이 짓을 않고는 입에 풀칠을 못할 지경이다— 라는 어렴풋한 생각에 취하여 아주 평범한 일과가 되고 말았다.

"아이 복 상 큰일났수! 양이 두 마리나 죽었수……."

목장지기의 놀란 보고를 듣고

"응? 기어이 죽었어?"

P군은 짜던 젖통을 놓고 정신을 잃었다.

무서운 추위가 며칠을 지나치는 동안 병들었던 어미 양 두 마리가 채유실 한 모퉁이에서 무참하게 얼어 죽었던 것이다.

하루에도 세 번 네 번씩이나 짜내니 아무리 유도乳道가 좋은 양이라 하기를 폭포수가 아닌 이상 목장주의 요구대로와 이상대로 짜나오지 않는 것이다.

P군은 정신을 잃은 채 우두커니 섰다.

날마다 짜내고 짜내어 점점 뼈만 남아가는 양떼들— 오늘 새벽에 죽어간 두 마리 양은 과연 지금 뼈만 남은 그들의 삶을 여지없이 조롱하고 비웃는 것이 아닐까—.

P군은 부질없이 흥분된 기분을 뚜벅뚜벅 나는 감독의 구두 소리를 듣고 나서 겨우 진정하였다.

그러나 뜯길 대로 뜯기고 빨릴 대로 빨리다가 기어이 죽고 말은 '양의 죽음'은 과연 무엇을 상징象徵한 것이며 무엇을 암시한 것인가를 느끼지 않을 수 없었다.

2

검열檢閱 맡은 백여 개의 젖병을 헝겊 주머니 속에 깊이 집어넣어 자전거에다 달고 P군은 아직도 전차가 자고 있는 어두운 새벽 거리를 쏜살같이 달리기 시작한다.

바람에 윙윙 떨고 서 있는 전신주! 그것이 P군에게 첫 새벽부터의 친구다. 까막까막 찬 공기 속에서 졸고 있는 길가의 전등이 P군에게는 또 한 둘도 없는 위안의 등대다. 눈이 겹겹으로 쌓이고 쌓여 꽁꽁 얼어붙은 좁은 골목으로 P군의 자전거 타이어가 굼굴기 시작한다.

기와집 대문밑 구멍으로 철없는 개새끼가 컹컹 짖고 나타났다.

개새끼는 마치 자기 집 주인의 물건을 도적해 가는 도적놈과도 같이 목숨을 바치고 P군에게 아가리를 벌리고 엉엉거리며 대어들었다.

이렇게 개새끼들에게 창피당하는 것은 한 번 두 번이 아니었으나 P군은 오늘따라 마음이 몹시도 흥분된 데다가 달려드는 개란 놈 이빨에 걸려 오직 단벌치기의 코르덴* 스봉 가래쟁이가** 짝— 하고 찢어졌을 때 불같이 일어나는 증오감은 기어이 P군으로 하여금 자전거를 멈추게 하였으며 달려드는 개새끼의 대가리를 젖병으로 사정없이 바수어트리게 하고 말았다.

P군은 몹시도 불쾌하고 까닭 없이 흥분되었다.

자기가 일개 우유배달을 하는 노동자라고 개새끼까지도 업신여기나 생각하면 분함은 좀처럼 풀리지 않았다.

굳게 닫힌 어떤 대문짝을 P군은 두드린다.

* 코르덴: 코듀로이corduroy.
** 가래쟁이: 가랑이.

곤한 잠자리에서 일어나는 행랑할멈이 P군이 주는 젖병을 받아 들고

"아이구 오죽이나 춥겠수. 곤하겠수! 여보!"

선잠 깬 말끝을 흐리며 안으로 들어간다.

행랑할멈은 조금 만에 어제 낮에 가져온 빈 젖병과 바꿔다준다.

벌써 석 달 동안이나 이 집에 양유 배달을 하는 동안 새벽마다 단잠을 깨고 병을 받아 들어가는 이 충실한 행랑할멈! P군은 이러한 행랑할멈을 하나둘을 보지는 않았다.

그의 자전거 타이어가 창신동昌信洞으로부터 동대문 안으로— 다시 종로 남북 각동을 이리저리 빠져 굼구는 동안 수많은 행랑할멈과 어멈을 보았다.

퉁실한 틀문— 높은 이층 삼층의 문화주택들을 들락거리게 되는 P군의 눈에는 날마다 게다짝 신은 '오마니'를 발견할 수 있었다. 날마다 그들과 한 마디나 두 마디쯤의 말까지도 주고받을 수 있었다.

P군의 자전거는 종로 복판을 뚫고— 남북의 각 골목을 거의 지나치다시피 한 뒤— 그러나 높은 집 대문 앞에만 정거를 하는 것이다. —문화주택이 즐비하게 싸인 남산 부근을 향하여 살인적 스피드로 굼구르기 시작한다.

3

P군은 이제 완전히 일개 노동자로서 싸움터에 나섰다.

그는 팔 개월 전에 서울에 올라왔다.

서울에 올라오기 전의 P군은 그의 고향인 M천에서 그래도 상당한 신망을 받아오던 청년운동자의 한 사람이었다. 그는 신간회 해소위원의 한

사람으로 꽤 많은 활동을 하였으며 소학 정도의 노동야학까지 힘을 쓰던 그였다.

그러나 선풍은 일어났다. 야학강습회 간판 떼고 굳게 닫힌 야학 문 앞에 배움에 주린 수백 명 노동 소년소녀들이 연거푸 사흘 밤 동안을 흘린 눈물은 의분의 물결에 가슴이 뛰는 P군에게 더욱더 굳센 파동을 주었던 것이다.

P군은 봉건적 인습으로써 자기의 자유를 구속하려는 완고한 부모의 간섭을 떠날 생각이 더욱더 커졌다. P군은 기어이 그의 집에서 방축放逐당하고 말았다. 그리하여 P군은 서울로 올라왔다. 막연한 동경憧憬이다.

알몸뚱이로 올라온 P군에게는 실낱같은 도움이 비쳤다.

그것은 서울에 자기의 죽마지우요 또한 동지요 또한 처남인 활영이가 어느 여학교에 교원생활을 하고 있는 것을 믿었던 까닭이다.

다만 한 달이나 두 달 쯤은 활영에게 신세를 질 셈치고 그동안에 여러 방면으로 운동하여 다만 밥벌이라도 취직을 하도록 힘쓰겠다는 순진한 생각이 P군의 큰 복안이었다.

P군은 올라오자마자 활영이의 하숙에서 두 달 동안이나 신세를 졌다. 그러나 P군의 복안대로 취직은 되지 못하였다.

그동안에 그의 아내가 두 살 된 어린것을 들쳐 업고 갑자기 뛰어올라왔다. 자식을 방축했으니 며느리도 소용없다는 선고를 받고 결국 남편을 찾아 서울로 올라온 것이다.

활영이의 주선으로 그들 부부는 셋방을 하나 얻었다. 그리하여 P군은 살 방책을 생각던 끝에 서 푼짜리 조그만 반찬가게를 시작했다. 그러나 서 푼짜리 장사는 오히려 집세에다 털어넣기에도 모자랐다.

P군은 그의 아내가 뛰어올라옴으로써 큰 고통을 얻은 줄을 잘 안다. 그리하여 자기의 입장이 퍽 자유롭지 못하게 '삶'에 얽매이게 된 것도 잘

안다.

'내게 가정이 다 뭐냐! 내게 아내가, 자식이 다 무어냐.'

P군은 모든 것을 부인否認하였다. 만일 아내가 자기에게 조그마한 불평을 말하였거나 불만족한 내색을 보였다거나 했다면 P군은 벌써 아내와 인연을 끊었을 것은 사실이다. 그러나 그는 자기의 아내가 속된 모던걸이 아닌 줄을 잘 알고 있다. 자기가 늘 하고자 하는 것이나 생각는 바를 자기의 아내는 잘 이해하고 있는 줄을 또한 잘 알고 있다. 그러므로 P군은 어떻게 해서라도 자기의 아내만큼은 배를 곯리지 않겠다는 충실한 남편으로서의 의무감을 느끼게 된 것이다.

자기 두 부부가 활영이의 신세를 지고 있는 동안 설상가상으로 활영이의 아내가 아이를 데리고 올라왔다. —식구가 늘었다. 식구는 두 집 식구로 갈라졌다. 활영이는 집세가 좀 헐은 청량리에다 방 두 칸을 얻었다. 이 통에 P군 부부는 그의 방 한 칸을 차지하게 되었다.

활영이 아내가 올라오고 난 뒤부터는 P는 활영이의 신세를 질 수 없었다. 그동안 학교— 신문사— 잡지사— 서점— 심지어 직업소개소까지 샅샅이 취직처를 뒤졌으나 한 개도 걸리지 않았다.

자존심, 체면, 염치, 이러한 탈(假面)을 P는 완전히 벗어버리고— 오직 살기 위하여— 최후로 우유배달부가 되어버리고 만 것이다.

4

P군은 과거 팔 개월 간의 토막 역사를 생각하면서 자전거 핸들을 굳세게 잡았다. 남산南山 일대를 미친놈처럼 한바탕 쏘다니고 난 뒤에야 동쪽이 붉어온다.

겨울의 아침 해— 음산한 아침 해— 높은 집 그늘 밑에의 아침 해는 P군에게는 불 꺼진 화로다.

그는 아침밥 때를 맞추어 집으로 돌아온다.

그의 지친 다리와 팔은 문턱에 걸친 그대로 방 안으로 쓰러져버리고 만다.

얼음장 같은 방바닥은 P군의 돌같이 얼은 몸뚱이를 오직 비웃을 뿐이다.

부엌에서 아내가 아침을 가지고 들어온다—. 어미 등에 업혔던 어린 것은 콧물을 좌르르 흘리면서 "압바 맘마 압바 맘마"를 소리친다.

P군은 점점 영양 부족에 누렇게 말라들어가는 아내의 얼굴을 해 비치는 아침에만 더욱 똑똑히 볼 수 있었다.

아내의 영양 부족은 어린것에게 미친 지 이미 오래다. 흔하게 나던 젖(乳)줄기가 이제는 아주 말라버렸는지 아이는 젖꼭지를 물고 빨다가는 "으아으아" 울어버리기가 태사였다. 어린것은 벌써 두 달 전부터 젖배를 곯은 표가 확실히 몸뚱이에 나타났다. 통통하던 양볼의 살이 빠지고 눈만 커다랗게 우뚝 솟았다. 손가락 허벅지가 말할 수 없이 말라들어 갔다.

P군은 아내와 어린것이 이렇게 영양 부족으로 말라들어가는 꼴을 보면서는 차마 밥알을 제대로 넘길 수가 없었다.

활영이가 문을 열고 나오는 모양이다. 뚫어진 문구멍 너머로 보이는 활영이— 그는 아침을 먹고 학교에 가는 길이다. 털목도리로 목을 감고 외투를 푹 올려 입었다.

활영이 두어 달 전까지도 날마다 아침이면 자기 방에 내려와 자기와 여러 가지 살아갈 이야기도 하였고 어린것도 안아주었다. 그러나 지금은 활영이의 태도가 그전보다 아주 변해버리고 말았다.

P군은 방문도 열어보지 않고— 말 한마디 던지지도 않고 마치 딴 남 같이 자기 부부를 대하는 활영이가 점점 미워졌다.

P군은 무쪽김치를 깨물며 활영이의 한 짓을 또 한 번 되풀이했다.

'흥! 그럴 터이지! 이 사회의 당당한 여학교 선생이 나 같은 일개 우유배달부와 인사를 하고 있었대서야 말이 되나!'

P군은 속으로 중얼거리며 그동안 여러 차례를 자기가 오후 배달을 마치고 자전거로 거리를 지나칠 때 활영이와 정면으로 여러 번 마주치게 된 일이 있었다. 그러나 활영이는 얼른 먼저 외면을 하거나 고개를 숙이거나 하여 못 본 체하고 여러 번을 지나쳤던 것이다.

'……이놈 아니꼬운 놈! 네 누이와 살지 않으면 그만이다!'

이런 생각까지 날만큼 P군은 구역이 났다. 불쾌하였다.

그러나 P군은 스스로 자기를 위로하였다.

'활영이로서는 당연한 태도겠지.'

활영이의 소뿌르* 근성— 또한 조그만 인텔리의 근성이 날로 똑똑하게 나타나는 것을 P군은 점점 깨달았다.

P군은 활영이가 먹다가 남아서 가져온 찌꺼기인 듯한 동태지짐 부스러기 그릇을 왈칵 상 밑으로 내려놓았다. 그리고 중얼거렸다.

"흥! 제게 신세를 좀 지고 있다고 사람을 이렇게도 업신여긴다고 괘씸한 놈 같으니…… 어디 보자……."

곁에 앉아 어린애에게 밥물(암죽)을 더 먹이던 아내가 P의 태도에 눈치를 챈 듯이

"형제간이란 것도 결국 내가 없으면 아무 소용이 없는 거야요."

나지막한 말로써 P를 위로하려 한다.

| * 소뿌르: 소 부르주아.

일금 오십 전에 목을 매여 첫 새벽부터 자전거 핸들을 붙잡는 P군에게 비하여 활영이는 물질적으로나 시간적으로나 삼사 배의 여유를 가졌다.

P군은 결코 활영의 덕을— 도움을 받기를 원하는 것은 아니었다.

그러나 활영이는 요즈음 와서 그들 부부의 몸치장과 옷치장 하는 데에 수입의 대부분을 뚜드려 넣는 것을 볼 수 있었다.

활영이의 어린것은 이 추운 겨울에도 털모자, 털 재킷을 입어 자기의 어린것처럼 얼지 않을 것도 P군은 잘 알고 있다.

벌써부터 활영이의 청으로 활영이의 어린것은 P가 가져다주는 양의 젖을 먹는다. 그러나 자기의 어린것은 젖배를 판판 골리면서도 젖 한 병 가져다 젖배를 채워주지 못한다.

《비판》, 1932년 1월

숭어

1

숭어마을은 산 가운데 처박힌 조그만 어촌漁村이다.

질솥을 빼어 폭 엎어놓은 것 같은 북쪽의 높직한 바위산은 이 마을의 뒤를 지키고 황소 등줄기 같은 남쪽의 나지막한 황토산은 이 마을의 앞 울타리며 새악시 가르마길 같은 동쪽의 잔솔밭 고갯길은 이 마을의 옆을 지키는 샛문이다.

만일 서쪽으로도 산이 둘러쳐 막혔더라면 숭어마을은 우물 안 개구리처럼 돈짝만 한 하늘 조각밖에 구경 못하겠지만 자연의 조화造化는 과연 위대한 것이어서 동쪽에서 굽이쳐 흘러내려온 한 줄기 시내 가닥이 마냥 실오라기처럼 내뻗을 수 있을 만큼 서쪽은 너무도 속 시원하게 툭 터져 넓은 들판이 훤하게 내려다보인다.

이 숭어마을의 앞을 굽이쳐 흘러내리는 시내는 서쪽 들판을 십 리나 흘러내려 실오라기처럼 아슬아슬 보이지 않는 데서 H강 지류支流인 삼계천三溪川으로 합류해버리었다.

숭어마을 사람들은 이 시내 이름을 옥내玉川라 불렀다.

시내 바닥이 환하게 다 들여다보일 만큼 맑은 물줄기가 옥 같은 물방울을 지우며 찰랑찰랑 흘러내려가기 때문이다. 칠팔월 제철을 만나면 잉어, 숭어, 가물치, 은어, 장어 같은 민물고기들이 떼를 지어 숭어마을까지 올라온다.

그중에서 숭어가 제일 많이 잡힌다. 그러기 때문에 마을 이름이 '숭어마을'이다.

그러나 어느 때 누구의 입으로 이 이름을 지었는지는 아는 사람은 하나도 없다.

이 마을이 시내보다 먼저 생겼으면 달리 마을 이름이 있음직한 일이지만 칠십이 넘은 이 마을의 늙은이들도 '숭어마을'이란 이름 이외에는 다른 이름을 그들의 조상으로부터 이어 듣지 못한 것을 보면 이 마을은 시내보다 확실히 나중에 생긴 것을 알 수 있다.

칠십이 넘은 노인의 말에 의하면 자기들이 십사오 세이던, 지금부터 육십여 년 전 그때에도 사십여 호의 호수戶數가 살았다 하며 그들의 증조, 고조까지도 이 마을에서 살았다 하니 적어도 이 마을에 인가人家가 생기고 부락部落이 이뤄지게 된 것은 오백여 년 전, 옛날의 일이 아니면 안 된다. 아니 그보다도 더 먼 원시시대부터일지도 모른다.

2

늦은 여름 저녁 햇살이 내려쪼인다.

오십여 호나 되는 숭어마을의 초가지붕들이 이 구석 저 구석 산골짜기 수수밭 모퉁이에 흩어져 하얗게 센 박통을 두세 개씩 궁굴리고 콩밭 언덕 감나무 도토리나무에서 매암이 떼가 요란하게 울기 시작한다.

춘보는 담배를 곰방대에 붙여 물고 마루 밑에서 숫돌을 끄집어내어 마당 한 귀퉁이 울타리 그늘에 박아놓고는 부엌에 들어가 이 빠진 밥사발에 구멍 물을 반쯤 떠다놓고 바지개에서* 낫을 빼가지고 부득부득 갈기 시작했다.

"저녁때 낫만 갈면 뭘 혀 글쎄. 반찬을 뭘 먹어. 콩밭, 열무나 솎아 오래두……."

물동이를 인 춘보 마누라가 한 손으로 동이 몸뚱이에 넘쳐흐르는 물방울을 훑어 뿌리며 마당으로 들어온다.

"가만있어 낫 갈아놓고 갈 테니……."

춘보는 낫 이를 엄지손가락 배때기로 가만히 눌러봤다.

물항아리에 동이물을 붓느라고 츠르르 소리가 났다.

춘보는 낫을 갈아 바지개에 얹어놓고 건너편 산 밑 서 마지기 콩밭으로 건너갔다.

춘보는 콩 포기 사이에서 듬성듬성 열무를 솎았다.

첫여름 콩씨를 뿌릴 때 밭 임자인 산 너머 김 참봉이 콩밭에 열무씨를 같이 뿌리면 콩 농사가 안 된다고 못 뿌리게 한 것을 춘보는 군이 열무씨를 뿌려두었다.

가을에 콩 타작에 콩 되나 얻어먹는다 하지마는 웬 여름내 열무김치 한 그릇 못 담아먹을 일을 생각하니 슬며시 골이 올라왔다.

무씨를 뿌린 춘보는 기어이 김 참봉에게 불리어갔다.

"그럼 자넨 열무 지어 먹은 값을 콩 타작에서 제할 터이니 그리 알게……."

춘보는 김 참봉에게서 이런 말을 듣고 나자

"여보, 참봉 어른! 열무를 갈어먹는다구 콩이 안 되면 얼마나 안 됩니

---

* 바지개: 발채. 짐을 싣기 위하여 지게에 얹는 소쿠리 모양의 물건. 싸리나 대오리로 둥글넓적하게 조개 모양으로 결어서 접었다 폈다 할 수 있게 되어 있다. 끈으로 두 개의 고리를 달아서 얹을 때 지겟가지에 끼운다.

까―. 온, 없는 놈 사정을 그렇게 몰라서야 온."

하고 한바탕 뻗대었다―.

춘보는 이런 것들을 생각하면서 열무 망태를 메고 콩밭 모퉁이를 돌아 나섰다.

산그늘에서 갑자기 볕으로 나서자 서쪽으로 다 기울어진 저녁 해가 눈을 부신다. 앞정강이에 수그러진 나락 모가지가 걷어차이는 논두렁을 건너서 옥내 언덕에 올라서자 네댓 마리의 손바닥 같은 붕어가 펄떡이며 옅은 물을 타고 위로 위로 거슬러 올라간다.

춘보는 아까운 놈을 놓쳤다고 일변 후회하였다.

춘보는 옥내에 뛰어들어 웅덩이 물에서 열무를 씻었다.

열무벼락김치에 꽁보리밥을 고추장에 비벼 먹고 난 춘보는 지게를 지고 뒷산 쪽으로 걸어갔다.

저녁 해가 넘어가고 벌써 캄캄해왔다.

춘보는 어떤 콩밭 모퉁이에 앉아서 사방을 휘휘 둘러보고는 바지개에서 낫을 들고 바위틈을 기어 올라가 싸릿대를 닥치는 대로 베었다.

춘보는 은근히 켕기어왔다.

거의 한 발씩이나 되는 싸릿대를 한 아름 베어 안아가지고 내려오기란 마치 큰 죄나 지은 것처럼 가슴이 두근두근하기 시작했다.

춘보는 바지개에 담아 짊어지고 또 한 번 사방을 휘휘 둘러보면서 휘청걸음으로 집으로 행하였다.

춘보는 싸릿짐을 뒤안에다 부려놓고 아내와 둘이서 얼른 다듬어버렸다.

다듬은 싸리를 춘보는 꼬아놓았던 가는 새끼로 발을 엮기 시작했다.

"아부지 이걸루 미기* 잡어?"

| * 미기: 메기.

네 살 난 딸년 옥순이가 발 엮는 춘보의 얼굴을 어둠 속으로 노리면서 떠듬떠듬 입을 열었다.

"그래! 미기 잡어 너 한 마리 구어주마!"

"아이 좋아, 나는 미기가 제일 좋아…… 맛있구."

춘보는 딸년의 재롱을 들은 둥 만 둥 엮은 발을 뚤뚤 말아 치워버렸다.

3

이지러진 스무날 달이 뾰죠름히 떠올라왔다.

춘보는 담배를 펴 물고 고 서방네 팽나무 밑으로 걸어갔다.

이 팽나무 밑은 봄에서부터 가을까지 이 마을 사람들의 벽 없는 회의실이었다.

풀을 태우는 연기가 팽나무 밑을 흐른다.

"춘본가 어서 오게!"

"어서 오게!"

"어서 오게!"

춘보는 고 서방, 박 서방, 진 서방들의 인사를 받고 가마니때기 한 귀퉁이에다 궁둥이를 붙이었다.

최 생원, 진 생원은 코들을 골고 잔다.

"제一기 어서 비가 좀 쏟아져야 고깃마리나 올라올 터인데!"

"내일 저녁에는 비가 오리!"

"흥, 자네 이인異人이로군!"

"비가 와야 제一기 배추 부친 것도 싹이 터오를 터인데, 큰일 났어."

"그저 오늘 밤이라도 비가 좀 쏟아졌으면 당장에 숭어 바지개나 잡을 터인데……."

"아—니 내일은 꼭 비가 올 기여, 내기허자구. 어저께 밤보다도 오늘 밤이 더운 것만 보더라도 내일은 올 기여!"

"좌우간 비 오기 전에 발, 소쿠리들이나 튼튼히 장만해두어야 헐걸."

그들은 이런 이야기를 주고받았다.

이튿날이었다.

이상하게도 하늘은 아침부터 검정 구름에 덮이고 바람 한 점 불지 않으며 무덕지근한* 공기가 삼복중이나 마찬가지로 푹푹 내려쪼였다.

춘보는 새벽에 십 리나 넘는 S읍으로 마을 젊은 친구와 한 짐에 십오 전 남는 장작을 팔러 갔다가 돌아오는 길에 콩알만씩 한 빗방울을 뚜드려 맞았다.

춘보를 비롯하여 마을의 젊은 패들은 우장雨裝을 입고 대발과 싸리발과 용수, 소쿠리, 양철통들을 들고 뛰어나오고 늙은이 여편네들까지도 우장을 입고 뛰어나오기 시작했다.

춘보는 이 마을의 젊은 사람들 가운데에서 물고기 잡는 데에 상당한 기술을 가지고 있다.

춘보를 비롯한 삼십여 명의 젊은 친구들은 육칠 명씩 대여섯 패로 나누었다.

갑, 을, 병, 정, 무, 다섯 패는 각각 이백여 메돌씩** 간격을 두고 흩어졌다.

그들의 한패에는 다 각각 대발, 싸리발, 소쿠리, 용수, 양철통이 준비되어 있다.

---

* 무덕지근: 후텁지근, 열기가 차서 조금 답답할 정도로 더운 느낌.
** 메돌: 미터meter의 음역.

첫 번 그들은 흘러내리는 물결에 대발을 비스듬히 이쪽 언덕에서 저쪽 언덕에까지 사이를 남기지 않고 단단히 눕혀 쳐놓고 양편에서 발끝을 두 사람이 붙들고 있으면 삼사 인은 저— 아래쪽 패들이 받쳐놓은 바로 위에서부터 싸리발을 시내 바닥에 착 붙여 끌며 양편 귀퉁이를 단단히 막아 올라오면서 고기를 위로 자꾸자꾸 몰아 올라온다.

춘보는 한 손으로 용수를 들고 무에든지 대발 위로 뛰어오르기만 기다리고 있다.

대발 위로 손바닥 같은 붕어가 뛰어오른다. 춘보는 벼락같이 꼬리를 붙들어선 용수 속에 넣는다.

이윽고 싸리발과 대발 사이가 가까워오자 대발 위로 숭어 떼가 둘씩 셋씩 뛰어오른다. 놋날* 같은 빗줄기를 무릅쓰고 그들은 대발 위에 뛰어오르는 숭어, 잉어, 가물치에게 정신을 쏠리었다.

대발 위에 은빛 뱃가죽을 번득이며 뛰어오르는 숭어 떼를 한 손으로 단박에 빠치지 않고 집는 재주는 온 마을에서 춘보를 당할 사람이 없었다.

대발과 몰아 올린 싸리발 사이가 착 붙게 될 때 춘보는 아랫패와 윗패에게 손을 공중으로 흔들어 다 잡았다는 뜻을 표하였다.

다른 패들도 거의 비슷한 시간에 이웃패에게 손을 흔들어 발들을 걸어 올리게 되었다.

이리하여 일차—次의 숭어잡이가 끝나고 또다시 서너 시간 뒤에 제이차가 시작되었다.

비가 한창 쏟아졌기 때문에 시냇물은 황토물이다.

황토물인데도 고기 떼가 올라온다. 삼차 사차까지 하는 동안에 이 마을 사람들은 잠을 못 자고 그대로 밤을 밝힌다.

| * 놋날: 돗자리 따위를 엮을 때 날로 쓰는 노끈.

밤중에도 고기 떼는 올라온다. 그놈들의 눈은 어둡지도 않은 모양이다.

아니 고기를 잡기 위해서 대나무 횃불을 켜들어 옥내물이 너무 환해져 천당이나 들어오는 듯이 서로 밀치며 광명을 탐내면서 거슬러 올라오는지도 모르겠다.

이렇게 이차, 삼차, 사차까지 벌어지는 것은 일 년 중에도 한 번이나 두 번, 많아야 세 번쯤밖에 없는 대규모의 성사盛事다.

춘보를 비롯한 젊은 사람들은 잡은 고기 떼를 짊어지고 고 서방네 팽나무 밑 넓은 마당으로 갔다.

춘보는 고기를 잡는 데 남보다 뛰어난 기술을 가진 만큼 잡은 고기를 나누는 데도 한몫 권리가 당당하다.

삼십여 개의 통과 그릇이 죽 팽나무 아래 입들을 벌리고 있다.

공평하게 삼십여 개로 나누어지자 사람들은 아직도 끄먹끄먹 주둥이를 움직이며 물을 찾는 고기 떼를 안고 제집으로 흩어져갔다.

4

춘보가 제몫아치를 담은 물통의 것을 가지고 집에 들어왔을 때는 거의 날이 다 밝은 새벽이었다.

어제 새벽부터 어디다가 엉덩짝 조금 붙여보기는 고사하고 고기잡이에 미쳐서 깜빡 저녁을 굶은 것이 새삼스럽게 느껴지자 갑자기 뱃가죽이 등에 붙는 듯하더니 배가 몹시도 고파오기 시작한다.

그것보다도 담배가 갑자기 생각났다.

"좀, 한숨 자우, 곤하겠수!"

아내가 아침을 지으려고 보리쌀을 씻으러 우물로 나가면서 춘보의 얼굴을 힐끔 쳐다본다.

"날이 다 샜는데 지금 눈 붙였다 큰일 나게……."

춘보는 이렇게 대답하고서는 담뱃대에 성냥을 그어댔다.

담배 연기를 빨아 푸— 하고 한 모금 내뿜으며 춘보는 문밖을 맨발로 걸어 나가는 아내의 발뒤꿈치를 쳐다봤다.

그 흔해 빠진 고무신 한 켤레 못 사다 준 자기가 새삼스럽게 원망되자 선뜻 생각나는 것이 어제 저녁때부터 지금까지 고생하고 잡아온 숭어 세 마리, 잉어 한 마리, 가물치 둘, 미여기* 하나가 갑자기 장에 가지고 가서 팔아가지고 그 돈으로 무엇보다도 먼저 아내의 고무신을 사고 싶은 생각이었다.

사실 춘보는 어렸을 때부터 이 시내에서 숭어를 잡았으나 한 마리 먹어보지는 못하였다.

미여기, 붕어, 송사리 떼는 더러 풋고추를 넣고 조려 먹은 일이 있으나 숭어나 잉어 같은 큰 놈은 사실 어떻게 먹어야 맛이 있을까를 생각하기보다도 장에 가지고 가면 몇 십 전이나 받을까를 먼저 생각하는 것이었다.

숭어를 잡는 철이 대개는 추석철을 앞둔 때이기 때문에 숭어를 잡아서 제각각 장으로 가서 팔아다 어린 자식들의 추석치레를 사가지고 오는 것은 거의 이 숭어마을의 습관이요 풍속의 하나다.

춘보는 담뱃대를 털고 슬며시 일어나서 통 속에다 손을 넣어 한 놈을 건져봤다.

파닥파닥 꿈틀거린다. 또 다른 놈을 건드려봤다. 숭어, 잉어, 미여기, 모조리 살아 있다.

춘보는 갑자기 용기가 뛰어올랐다.

| * 미여기: 메기.

죽은 뒤에 파는 것보다는 기왕에 팔려면 한시라도 싱싱하게 살아 있을 때 파는 것이 한 푼이라도 값을 더 받을 것이라 했다.

아내가 보리쌀을 씻어가지고 들어오자 춘보는

"이걸 어떻게 헐까? 지져 먹어버릴까?"

하고 일부러 아내의 속을 훑었다.

"여보! 당신두 딱허우, 죽기 전에 김 참봉네 집에나 갖다 주고 와요."

"김 참봉네 집에?"

춘보는 소리를 높이고 아내를 물끄러미 쳐다봤다.

암만해도 콩밭에 열무를 갈지 말라는 것을 명령을 어기고 열무를 갈았기 때문에 올 가을에는 정녕코 그나마 보리갈이조차 못하고 빼앗기고 말 것 같은 위룽뒤룽을* 아내는 벌써 느낀 것이다.

"난 장에 가지고 팔아버릴 작정을 했지!"

춘보는 멍하고 통엣고기를 들여다보고 있다.

"압바!"

딸년 옥순이가 부스스 일어나 눈을 부비면서 춘보의 곁으로 대어든다.

옥순이년은 통속에서 꿈틀 하는 소리를 듣기가 바쁘게 통을 들여다보면서

"아부지 미기 잡었어? 미기 나 구어주어……."

춘보는 옥순이가 조르는 바람에 미여기를 꺼내어봤다.

"한 마리 더 팔면 몇 푼이 더 올라구……."

춘보는 미여기를 잡어 쥐고 세숫대야에다 따로 담았다.

미여기놈은 숭어, 잉어, 놈들 틈에 짓눌리다가 제 세상이나 만난 듯이 생기를 펄펄 내기 시작했다.

| * 위룽뒤룽: 분위기나 형세 따위가 불안정한 모양.

아내는 옥순이년을 흘기면서 미여기를 다시 통에다 집어넣는다.

춘보는 어느 틈에 마루에 쓰러진 채 꼬박 한숨이 깊이 들었다.

아내가 흔드는 바람에 깨었을 때는 벌써 아침 밥상을 가져다놓았다.

반찬이라고는 어제 콩밭에서 솎아 온 열무벼락절이와 된장에 풋고추, 그것뿐이다.

춘보는 어젯밤 굶은 것을 생각하고 닥치는 대로 퍼 먹다가 선뜻 고기가 들은 물통으로 눈을 옮겼다.

"저걸 남을 주어? 더구나 아내의 말처럼 김 참봉에게 선사를 해? 그까짓 선사를 한다고 밭을 잡어 떼지 않을 리 있을라구……."

춘보는 이런 생각을 하면서 아내의 심경을 또 한 번 그려봤다.

밑바닥 뚫린 고무신짝 하나 없는 그로서 응당 신발을 바라고 있음직하건마는 통엣고기를 팔지 말고 밭 임자 김 참봉에게 선사하자는 아내의 말소리가 또 한 번 귀에 울려 나오자 춘보는 어느 틈에 밥덩이가 목구멍에 걸리는 것 같았다.

5

춘보는 고기통을 들고 동편 산마루로 올라섰다.

갑자기 선선한 바람이 획 하고 불어쳐 온다.

훤하게 툭 터진 동쪽 넓은 벌판, 그 벌판 한가운데 햇볕을 받아 눈이 부시는 양철지붕들이 여기저기 기와집들과 섞여 팔백여 호가 오물오물 붙어 있는 S읍의 전모가 아슬아슬 내려다보인다.

춘보는 한참 동안을 껑충껑충 고갯길을 내려가다가 중턱 늙은 소나무 밑까지 와서 발길을 멈추고 통 속을 들여다봤다.

절반이나 고기놈들은 얼이 빠졌다. 양철통이 고개를 넘어오는 동안에 햇볕에 달아서 속엣 물이 미적지근하다. 춘보는 삼거리길을 왼쪽으로 휘어들어 약물터로 내려갔다. 미적지근한 통엣 물을 따라 버리고 바위틈에서 흘러내리는 찬물을 바가지로 받아 부었다.

통속의 고기떼는 소생수나 만난 듯이 펄떡펄떡 아가리들을 벌리고 숨들을 쉬었다.

춘보는 싸릿가지를 두어 개 꺾어서 잎사귀를 훑어 물에 띄웠다.

춘보는 솔밭 새를 오리나 헤치고 내려가 한참 만에 김 참봉네 뒷동산으로 나섰다.

김 참봉네 집은 좌우와 후면이 모두 팔뚝 같은 굵다란 대나무가 콩나물처럼 꽉 들어찬 한가운데 지은 지 백 년이 넘는다는 기와집이 입구자형으로 들어박혀 있다.

춘보는 수수밭 사이 길로 뒤뚱뒤뚱 걸어 나와 김 참봉네 사랑방 대문 앞까지 다다랐다.

어디서 별안간에 늑대 같은 한 쌍의 개가 뛰어나오더니 춘보에게 바싹 대들며 컹컹 하고 짖기 시작한다.

춘보는 금방 개에게 물릴 것만 같다. 춘보는 고기통을 든 채 한 발자국을 뒤로 물러섰다. 두 마리의 개는 더 신이 나서 사납게도 짖으며 바싹 대든다.

춘보는 또 한 발을 뒤로 피하며 송곳 같은 개 이빨을 경계하였다.

마침 대문이 삐드득 열리면서 김 참봉이 담뱃대를 물고 나온다.

춘보는 굽신하고,

"나리 안녕하십니까!"

하면서 인사를 던졌다.

김 참봉은 들은 둥 만 둥 뿌루퉁한 표정으로

"응 춘본가! 뭘 가져왔나."

하고서는 바깥방 툇마루에 걸터앉는다.

"저, 어제 비에 옥내에서 잡은 것인데 몇 마리 안 되지만 한때 반찬이나 해 잡수라구……."

춘보는 통을 참봉 앞에 내려놨다.

새파란 싸리잎 속에서 아직 죽지 않은 고기떼가 뻐끔뻐끔 숨을 쉰다.

"응! 숭언가?"

김 참봉은 고개를 숙이고 들여다보더니 그다지 반갑지 않다는 듯이 표정을 하고 담뱃대를 돌부리에 탁탁 털고 나서

"그래, 나를 주려고 가져왔단 말이지?"

하고 힐끔 춘보의 얼굴을 노리더니 이윽고 아니꼬운 음성으로

"도로 가지고 가게. 자네들이 나를 위해서 가져오는 것이라면 콩 한 쪽이라도 받겠네마는 자네부터라도 올 가을에 콩밭 떼일까봐 미리 서두는 게 아닌가?"

춘보는 갑자기 성이 났다. 그러나 참봉의 그 말이 거짓말은 아니었다. 춘보는

"별말씀을 다 허십니다!"

하고 시침을 떼었으나 자기 양심을 속인 것이 일변 거북하야 얼굴이 확 하고 달아올라왔다.

"오늘 아침에도 자네 오기 전에 이따위 것들을 가지고 내게 찾아온 자네 마을 사람들이 네 사람이나 있었네만 그까짓 물고기 마리쯤 가져와 사정한다구 뗄 밭을 안 떼고 안 줄 논을 주겠나? 그게 다 어리석은 짓이지…… 허."

김 참봉은 서글픈 듯이 한바탕 껄껄 웃더니 한참 있다가 갑자기 노염을 띠이고

"어서 가지고 가게! 그리고 당초에 자넨 내 밭 붙여먹을 생각도 말게……."

하고서는 담뱃대를 들고 안으로 휭 들어가버린다.

춘보는 갑자기 후회가 떠올랐다. 공연히 아내의 말을 들었기 때문에 창피를 당하나 싶으매 물고기통을 땅바닥에 매내부치고도* 싶었다.

그러나 숭어 떼에겐 아무 죄도 없다고 느낀 춘보는 더 머무를 필요도 없이 통을 다시 들고 휭 참봉 문간을 떠나서 S읍 쪽으로 걸었다.

S읍에나 진작 갔더라면 하마 팔아가지고 아내의 고무신 한 켤레, 고등어 한 손, 석유 십 전어치, 옥순이년 줄 왜떡 두서너 개쯤은 사가지고 돌아섰을 일을 생각하니 새삼스럽게 오늘의 자기가 어리석은 데에 화가 치밀었다.

한참 만에야 춘보는 S읍으로 통한 커다란 신작로로 빠져나왔다.

늦은 여름의 한낮 볕은 바람도 불지 않고 쨍쨍 내려쪼였다.

춘보는 한참 만에 한 번씩 통속을 들여다보곤 했다.

시간이 갈수록 고기떼는 점점 생기가 없어져갔다. 금방 배때기를 보이고 죽어 떠오를 것만 같다.

춘보는 쏜살로 걸었다.

S읍을 오 리쯤 남긴 신작로 가에 여인숙 겸 갈보 술집으로 이름 있는 뚱보술집(술파는 주인 여편네가 뚱뚱하기 때문에)을 지나치다가 춘보는 선뜻 직업 심리를 움직였다.

살았을 때 팔아야 돈 한 푼이라도 더 받을 것이 생각되자 얼른 통을 술집마루에 올려놓으며,

"펄펄 뛰는 숭어, 잉어 사시유."

| * 매내부치다 : 패대기치다.

하고 담뱃대를 꺼내었다.

갈보들이 둘이나 나와 통 속에 손을 넣어 숭어 몸뚱이를 들었다 놓기만 하더니

"얼마요 모두!"

하고 춘보의 표정을 훑는다.

"한 마리 이십 전씩만 내시유!"

"아이구, 이십 전이라니? 오늘 저녁때 읍에 가면 한 마리 오 전씩만 줘두 살걸 뭐! 안 사우."

"오늘은 웬 숭어 장사가 식전부터 줄 섰어!"

춘보는 자기 마을 사람들이 자기보다 훨씬 먼저 S읍에 팔러 나갔구나 느껴지자 실없이 경쟁에 뒤떨어진 조그만 울분이 스르르 확 지나쳤다.

춘보는 통을 들고 다시 S읍으로 걸음을 빨리했다.

S읍 장거리를 들어섰을 때는 벌써 점심때가 지냈다.

춘보는 두서너 군데 죽은 숭어 마리를 통에 담아놓고 사러 오는 사람을 기다리고 앉았는 숭어마을 여편네들을 발견할 수 있었다.

춘보는 통을 한편 그늘진 길모퉁이에 옮겨놓고 오는 사람 가는 사람의 얼굴들을 훑었다.

벌써 통속의 것들은 모조리 배때기를 보이며 물 위에 떴다.

6

저녁때가 되어도 죽은 고기 떼는 팔리지 않았다.

팔뚝 같은 것을 한 마리 오 전씩 해서 떨어버리라는 멀끔한 떠벌이 사내가 두세 번 조른 이외에는 여편네들은 흘금흘금 눈만 내려뜨고 지나

쳐버린다.

설마 오 전보다는 더 받을 테지…… 하고 춘보는 은근히 임자 만나기를 기다렸다.

그러나 춘보는 저녁때가 다 되어 어두워올 때까지 팔지 못하였다.

한 마리에 오 전씩이라도 받고 팔아버리지 않은 것이 후회가 되었다.

사람들은 이제 쳐다보지도 않고 지나쳐버린다.

춘보는 어두워오는 날씨를 생각하고 일변 초조함을 이기지 못하였다.

춘보는 오 전씩에라도 팔아버리려고 이곳저곳으로 기웃거렸으나 저녁을 다 해먹고 난 사람들은 여섯 마리를 이십 전에 팔라는 것이었다.

춘보는 화가 치밀어올라와 그대로 S읍을 나섰다.

누가 뒤에서

"춘본가? 같이 가세." 한다.

어저께 한 패가 되어 숭어를 잡던 박 서방이었다.

"여보게 자넨 팔지 못했네비그려, 냄새나는 것이……."

"자넨 얼마씩이나 받고 팔았나?"

"팔 전씩 받고 팔아버렸네 망할 것, 그것도 식전부터 골목으로 외치고 다닐 때엔 안 팔리더니 길거리 모퉁이에 쭈그리고 앉았더니 웬 서울 말 하는 여편네가 한 목 사가데 그려."

"언제 팔았나 그래."

"저녁때 팔았지."

"그런데 춘보! 인제 물고기 장사들 제발 그만들 두세……."

"옳은 말일세. 자넨 사십팔 전 받아 무엇 했나?"

"고등어 두 마리 사고, 석유 좀 사고 제기 배가 고파 견딜 수 있던가? 오 전어치 막걸리 한 사발에 오 전어치 국밥 사 먹었지……."

"자네는 그래도 막걸리라두 먹었네그려."

"인제는 물고기 잡아도 다시는 팔러 안 올 작정일세."

"여보게, 누군 그 생각이 없는 줄 아나? 재작년에 숭어 팔러 왔을 때도 반절을 썩혀가지고 돌아가고 작년에도 내년엔 다시 안 오겠다고 결심하고 금년에 또 왔고 금년에 또 다시는 안 오겠다고 맹세했지만 내년 당하면 또 올걸 무어……."

"도대체 우리 마을 사람들이 숭어 장사를 잘못한단 말이여, 오늘만 하더라도 한목에 밀려 너두 나두 팔러 오니까 읍내 녀석들이 배 투기고 자꾸 싸게만 살려고 하지 않나!"

"딴은 그렇지만 다른 것과 달리 죽어 썩어버리면 누가 숭어 아니라 도민들 일전 한 푼 주나."

춘보는 통 속에서 올라오는 썩어가는 비린내를 유달리 느끼었다.

"흥, 펄펄 뛸 때 가만히 앉아서 고추장회나 해 먹을걸, 망할 것 죽여서 썩혀가지고 집으로 도로 가다니……."

춘보는 박 서방과 이야기를 주고받으며 솔밭고개를 넘어섰다.

이지러진 달이 뾰조롬히 떠오르기 시작했음인지 숭어마을 서쪽 벌판이 훤하게 비춰오고 산골짜기 집들은 어두컴컴한 속에서 모기 연기가 어렴풋이 떠오른다.

춘보가 집에 들어왔을 때는 딸년은 마룻바닥에 엎어져서 자고 마당에서는 한 줄기 모기풀 타는 연기가 기어오르고 아내는 어디로 갔는지 없다.

뒷집에서 쿵덕쿵덕 두 방아 찧는 소리가 들려온다.

춘보는 뒤안으로 돌아가서

"옥순아!"

하고 불렀다.

갑자기 절구 박자가 한 방아로 느려지더니 얼마 안 되어 아내의 그림자가 어둠 속으로 나타난다.

성냥을 드윽 그어 마루에 걸린 사기등잔에다 불을 붙여놓고 난 아내는 통 속을 들여다보곤

"어쩌면 숭어를 그대로 들고 들어오."

하곤 혀끝을 채기 시작했다.

춘보는 한마디도 대꾸를 하지 않고 밥상을 받고서는 반절이나 먹은 뒤에

"더 썩기 전에 지져나 놔두! 잔말 말고."

하고선 아내의 잔소리를 막아버렸다.

아내는 세숫대야를 가져다가 통 속의 고기 떼를 죽 들어 부었다.

비린 냄새와 상한 냄새가 홱 코를 찌른다.

아내는 커다란 자박이에* 물을 떠다놓고 도마와 칼을 들고 나온다.

춘보는 낡은 양철통 속에 모아두었던 뜬 숯을 손을 넣어 서너 주먹을 화로에 담아가지고 마당으로 나왔다.

모기풀을 헤치고 나무토막이 탄 불덩이를 화로에 담아 붓고 춘보는 입으로 훌훌 뜬 숯을 불었다.

뜬 숯에 불이 새빨갛게 피어오르자 아내는 도마질을 하다가 말고 한쪽 손잡이 없는 남색 냄비에 간장을 따라가지고 나온다.

토막을 쳐서 끓는 간장국에 집어 터트렸을 때는 썩은 생선 냄새가 더한층 코를 쏘았다.

춘보는 이맛살을 찡그리며

"제기 펄펄 뛸 때 지져 먹어버릴 것을……."

하고 혼자 중얼거리며 문밖 고추밭으로 나갔다.

---

* 자박이: 자배기, 둥글넓적하고 아가리가 넓게 벌어진 질그릇.

이즈러진 달빛이 이제야 숭어마을에도 비추기 시작한다.

춘보는 달빛에 비춰오는 풋고추를 두어 주먹 따가지고 들어왔다.

춘보는 꼭지를 따는 둥 마는 둥 씻지도 않고 냄비 뚜껑을 열고 집어넣었다.

"아 고추를 씻지도 않고 넣내비!"

아내가 질색을 하였으나 춘보는,

"그까짓 썩은 고기 조리는 데 애써 씻어서 무얼 혀……."

하고 마루로 어슬렁 기어올라 목침을 벤 채 어느 틈에 잠이 들어버렸다.

7

이튿날 아침 춘보의 아내는 썩은 숭어조림을 밥상 한가운데 올려놓았다.

춘보는 아내와 딸년과 셋이 조림 냄비를 둘러앉아 꽁보리밥을 씹었다.

춘보는 먼저 조림 국물을 떠먹었다. 짠 간장에서 퀘퀘하고 고릿한 냄새가 코를 은근히 찌른다. 이번은 살을 한 토막 찢어 먹었으나 마찬가지로 텁텁하고 타분한 냄새가 입 속을 망쳐놓았다.

아내는 꽁지토막이 덜 상했다고 춘보의 앞으로 가리어놓는다.

어린 딸년은 맛도 모르고 썩은 살 토막을 밥 퍼먹듯이 집어먹는다.

춘보는 고추를 몇 개 가려먹고 꽁지 토막에서 살을 발라 딸년의 밥그릇에 던져주곤 했다.

딸년은 가운데 토막을 셋이나 먹고 꽁지 토막을 둘이나 발라 먹고도 또 먹으려고 입맛을 다시기 시작한다.

춘보는 딸년이 먹는 대로 내버려두었다.

"옥순아! 밥하구 같이 먹어야 하는 거여."

하고 밥그릇에다 꽁지 한 토막을 내어놓고 조림 냄비를 상 밑으로 내려놓았다.

워낙 한참에 조그만 창자에다 다섯 토막이나 먹어서 그런지 딸년은 밥도 잘 먹지 않고 숟가락으로 밥알을 세고 있다.

"먹기 싫거든 그만 먹어라, 이년아!"

춘보의 아내는 딸년의 밥그릇을 빼앗아 퍼먹어버린다.

딸년은 멍하고 어미의 얼굴을 쳐다보더니 스르르 상머리를 일어선다.

딸년은 일어서면서 장구통같이 팽팽한 뱃가죽을 어미와 애비에게 보이었다.

춘보는 선뜻 놀랐다.

"저런, 저것 배가 너무 부르구면 그려!"

하고 아내의 얼굴을 훑자

"조고만 게 비린 것을 너무도 빠치니까*!"

하고 딸년에게

"밖에 나가 뛰어다녀와!"

하고 명령한다.

딸년은 마루를 내려서더니 땅구적땅구적 밖으로 걸어 나간다.

춘보는 아침을 먹고 건너편 산비탈 황토배기에 뿌렸던 김장배추씨가 이번 비에 떠내려가지나 않았나 하고 논둑을 끊고 건너갔다.

논두렁에 수그린 벼 모가지엔 아직 아침이슬이 대롱대롱 매달려 반짝인다.

| *빠치다: 주접스러울 정도로 즐기다.

춘보는 황토배기 손바닥만 한 밭고랑 모퉁이에 앉아서 담배를 한 대 피워댔다.

새파란 담배 연기가 높직한 하늘로 스르르 퍼져버린다.

어디서인지 아침 매미 우는 소리가 멀리 들려온다.

춘보는 쪼그리고 앉아서 소낙비에 산태가 나 앙상하게 잔돌만 내려 깔린 밭뙈기를 내려다봤다.

배추씨는 다 흘러가버렸는지 싹 터나는 놈이 여기저기 몇 개가 없다.

춘보는 배추씨 이십 전어치를 헛뿌렸구나 했다.

갑자기 또 배추씨를 사다 뿌리지 않으면 안 될 것을 느끼자 어저께 김 참봉이 자기에게 준 모욕을 미뤄 정녕 손바닥만 한 이 밭뙈기에도 배추가 나면 한 치도 자라기 전에 뽑으라고 할 것 같은 불안이 스르르 떠올랐다.

춘보는 이 밭뙈기를 만들기 위해서 세 새벽과 네 저녁때를 괭이와 갈퀴를 들고 허리를 굽히었다.

물론 임자인 김 참봉의 허락을 받는 것은 아니었다. 김 참봉에게 허락을 받으러 가봤자 댓바람에 틀려 나자빠질 줄을 안 춘보는 나중에야 어떻게 되든 간에 덮어놓고 밭을 몰래 만들고 씨도 몰래 뿌린 것이다.

물론 춘보의 집 근처에 부쳐 먹을 만한 채전 밭뙈기가 한 개라도 춘보의 것이 있었더라면 그는 이런 쑥스러운 모험은 하지 않았을 것이다.

춘보는 배추씨를 한 봉지 사려면 또다시 이삼십 전이 필요함을 느끼었다.

그러자면 오늘, 내일 사이에 또 장작장수를 두어 번 하지 않으면 안 될 것을 깨달았다.

춘보는 그 길로 바로 지게를 지고 서쪽으로 오 리쯤 떨어진 수렁배미서 마지기 논둑으로 갔다.

수렁배미 서 마지기 논은 황토배기 넘어 오 주사의 논인데 금년 처음으로 춘보가 부치게 되였다.

춘보가 부치기 전에는 오 주사네 나락창고를 지어준 일이 있는 목수일로 제법 알려져 있는 춘보의 외사촌 홍 서방이 부치던 것인데 작년 가을 홍 서방이 오 주사네 나락창고를 옆으로 네 간통을 늘여달라는 주문을 받고 창고 질대로 뻗질린 감나무가지를 베러 올라갔다가 다리를 헛디디어 두 길이 넘는 데서 옆으로 떨어져 다리병신이 된 뒤로는 금년부터 춘보가 맡게 된 것이다.

춘보는 "우여?" 하고 한 떼의 새를 쫓고 나서 바지개에서 낫을 꺼내어 한 뼘쯤 자란 논두렁 풀을 베기 시작했다.

한 바지개를 베어 담고 나니 앞에 벨 풀이 아무것도 없다.

집에 돌아와 마당에 부러트리고 나자 아내가 뒤안에서 갈퀴를 들고 나와 갈퀴발로 풀을 헤쳐 널면서 조금 근심스런 어조로

"옥순이년 좀 봐, 아침에 지진 것을 그리 처먹더니 기어이 막혀서 누웠구만."

하고 춘보의 얼굴을 살핀다.

"소금이나 먹이지 왜."

춘보는 담뱃대를 빨며 마루 위로 올라섰다.

옥순이년은 방 아랫목에 쓰러진 채 얼굴빛이 노래가지고 칭얼칭얼 울기 시작한다. 눈이 벌겋고 눈곱이 끼었다.

춘보는 딸년의 뱃가죽을 만져봤다. 아침 먹은 것이 조금도 내려가지 않은 것 같다.

"여기가 아프냐? 옥순아!"

춘보는 가슴 밑을 가만히 누르면서 딸년의 얼굴을 살피었다.

딸년은 갑자기 이맛살을 찡그리고 울음을 터뜨리며 아프다는 표정을

한다.

춘보는 부엌으로 나와서 접시에 소금을 반주먹쯤 담아가지고 나오며 아내에게 냉수를 떠 오라고 했다.

"아까도 조금 먹었는데…… 원 어린년이 지랄만 하지 소금을 먹어야 지……."

춘보는 소금 접시와 냉수 사발을 곁에 놓고 딸년을 일으켰다.

딸년은 벌써 기미를 알았든지 발버둥만 치고 일어나지 않는다.

춘보는 강제로 부둥켜안고 아내에게 먹이라고 명령했다. 딸년의 몸이 불덩이같이 끓는다.

"싫어 싫어 짜, 안 먹어……."

딸년은 발버둥을 치며 냅다 울기 시작한다.

춘보는 한 손으로 딸년의 두 손을 꼭 붙들고 한 발로 다리를 누르고 한 손으로는 입을 벌리었다. 이 틈에 아내는 소금을 털어 넣고 냉수를 퍼부었다.

갑자기 울음소리가 그치더니 으그르르 하고 소금물이 목구멍에서 끓어오른다.

소금물은 딸년의 비위를 거슬렀든지 갑자기 바르르 떨면서 두 눈으로 눈물을 주르르 흘리고는 "으악" 하고 입을 벌린다.

"오, 게워라, 요강 요강."

춘보는 얼른 딸년의 양편 옆구리를 달랑 들고 마루로 나갔다.

아내가 요강을 허둥지둥 찾아다 대었을 때는 이미 늦었을 때다.

딸년은 요강이 오기 전에 마룻바닥에 아침 먹은 것을 흠빡 게워놓았다.

썩은 숭어 비린내가 그대로 코를 찌른다. 퀘퀘하고 터분하고' 시척지근한'' 냄새는 갑자기 춘보의 비위를 뒤집어놓는다.

딸년은 요강 앞에서 또 한 번 "으악" 하고 게우려고 악을 쓴다. 춘보는 주먹으로 가만가만 딸년의 등을 두드려주었다.

누런 똥물과 섞여 꽁보리쌀이 여남은 개나 그대로 살아 나온다.

춘보는 눈살을 찌푸리며 공연히 썩은 숭어를 먹이었다고 후회하였다.

춘보는 날된장에 풋고추로 냉수에 꽁보리밥을 한술 뜨고는 딸년을 굶기라고 이르고 빈 지게를 지고 황토고개를 넘었다.

오 주사네 장작을 한 짐에 육십 전 외상으로 짊어지고 춘보는 그 길로 S읍으로 향하였다.

어저께 하루 종일 헤매다가 숭어도 팔지 못하고 그대로 썩혀 돌아온 S읍, 춘보는 오늘 또 장작이 얼른 팔리지 않으면 어쩌나 하고 적이 불안이 떠오르기 시작했다.

8

다행히 장작은 칠십오 전에 S읍 가는 중간 술집에서 팔리었다. 십오 전이 남았다.

춘보는 쏜살로 S읍으로 들어가 배추씨를 십 전 주고 한 종지 사고 오 전으로는 절인 멸치 부스러기를 샀다.

춘보가 나무 값 육십 전을 갚고 집에 돌아왔을 때는 벌써 어두운 밤이었다. 부엌, 방 안이 캄캄하다.

"옥순아!"

하고 마당에 들어서며 불렀으나 아무 소리가 없다. 부엌에서 무엇이

---

* 터분하다: 입맛이 개운하지 아니하다.
** 시척지근하다: 음식이 쉬어서 비위에 거슬릴 정도로 맛이나 냄새 따위가 시다.

그릇을 만지는 소리가 난다.

춘보는 어둠 속으로 부엌을 흘기었다. 어렴풋이 부엌에 어른거리는 것은 딸년 옥순이의 그림자였다.

"옥순아!"

하고 춘보는 등잔에 불을 켜려고 얼른 성냥을 그어댔다.

이 순간 옥순이의 그림자가 부엌에서 또렷이 나타나더니 갑자기 "캑" 하고 울기 시작한다.

"이년아! 뭘 어두운데 들어가 처먹고 그러냐? 응?"

춘보는 선뜻 아침에 남은 썩은 숭어지짐이 대가리가 번개처럼 떠올랐다.

"너, 미기 대가리 먹다가 가시에 걸렸구나."

춘보는 얼른 딸년을 끌고 나와 입을 벌리고 성냥을 그어댔다. 입에서 비린내가 난다.

가시는 보이지 않았다. 그러나 딸년은 숨도 바르게 못 쉬고 침도 못 넘기고 말도 못하고 연방 "캑" "캑" "캑" 소리만 토하면서 열손가락을 사방으로 내혼들며 발광하기 시작했다.

"이걸 어떻게 하나."

춘보는 등줄기에서 마른땀이 주르르 흐르는 것 같았다.

춘보는 달음질을 쳐 뒤꼍으로 가서는 아내가 혹 뒷집에서 품앗이 일이나 하지 않나 하고 불렀다.

아내는 두 집 건너 딴 이웃에 가서 품앗이 다림질을 하고서 한참 만에야 왔다.

딸년의 목구멍에 걸린 숭어 가시는 좀처럼 나오지 않고 거의 위험 상태에 떨어진 것 같다.

"그 빌어먹을 놈의 썩은 숭어조림은 안 먹으려면 내버리던지 하지,

놓아두었다가 왜 이 지경을 기어이 만드는겨!"

"망할 년 같으니 점심을 굶겼더니 배지가 출출하니까 부엌에 들어가 뒤진 게루그만."

"그러나 저러나 가시를 어떻게 빼내나…… 제기…… 망할 놈의 숭어를 왜 잡았든고 내가."

춘보는 일변 후회를 하면서 또 한 번 "캑" 하는 딸년의 목구멍을 성냥을 그어대고 들여다봤다. 아무것도 춘보의 눈에는 비추이지 않았다.

아내는 부엌에서 무엇을 주먹에 꼭 쥐고 나오더니

"이년아! 이걸 씹지 말구 꿀떡 생켜라."

하고는 삶은 보리쌀 뭉친 것을 입 안에 쑥 밀어넣는다.

풀기가 없는 보리쌀덩이는 금방 입 안에서 부스스 흩어져버린다. 여전히 '캑' 소리가 난다.

아내는 이웃에 뛰어가 삶은 감자를 한 개 가지고 허둥지둥 뛰어 들어온다.

"가시에 걸린 데엔 감자가 좋다구 하여!"

아내는 감자 반 조각을 갈라 딸년의 입에 집어넣었다.

딸년은 씹지 않고 꿀떡 삼키었다. 그러나 여전히 가시는 완고하게도 넘어가지를 않았는지 또다시 "캑" 하고 눈물방울을 떨어트리며 손가락을 흔들면서 "엉엉" 하고 울음보를 터트리었다.

춘보는 마른땀이 변하여 진땀이 흘렀다. 가시를 그대로 놔두었다가는 첫째 딸년보다도 보는 자기와 아내가 금방 미치고 말 것 같다.

아내는 감자를 또 한쪽 딸년의 입속에 억지로 밀어넣으며

"삼켜라 꿀떡 꿀떡."

하고 눈살을 찡그리며 힘을 주었다.

딸년은 울음을 그치고 두 눈을 감았다 뜨며 감자를 씹지도 않고 꿀떡

삼키었다.

"넘어갔냐?" 하고 춘보는 거의 질식할 것같이 숨을 쉬면서 딸년의 대답을 기다렸다.

"캑"

하고 딸년은 마찬가지로 질색을 한다.

춘보는 화가 치밀고 답답증이 나서 골목으로 뛰어나와 고 서방네 팽나무 밑에 와서 가시 걸린 데에 무엇이 약이냐고 사람들에게 물었다.

"초를 한 두어 숟갈만 먹이면 가시가 삭는데……."

하고 고 서방이 말하였다.

춘보는 집집마다 돌아다니며 초를 구하였다. 그러나 아무 집에도 초가 없다.

춘보는 옆 산 넘어 김 참봉네 집에나 앞산 황토배기 넘어 오 주사네 집에는 응당 부잣집이니까 몇 해 묵은 초라도 있을 것을 짐작하였다.

그러나 춘보는 김 참봉네 집에는 또다시 찾아가기가 싫었다.

춘보는 조그만 양재기를 한 개 들고 부리나케 오 주사네 집으로 향하였다.

오 주사네 집은 벌써 안으로 대문이 굳게 잠겨져 있다.

춘보는 그제야 밤이 제법 깊어졌음을 깨달았다.

사랑방 대문짝도 여전히 잠겨져 있다.

춘보는 불구염치하고 대문짝을 주먹으로 두드렸다.

안에서 개가 컹컹하고 어제 김 참봉네 집처럼 두 놈이 한목 짖어 넘긴다.

대문짝을 아무리 흔들어도 안에서 한 놈 "거기 누구냐."는 소리 한 마디 흘려보내지 않는다.

춘보는 혹은 강도가 와서 대문을 흔드는 줄 알고 겁들이 나서 그러나

하여

"여보시요, 여보시요."

하고 부드러운 발음을 했으나 여전히 아무 소리가 없다.

춘보는 공연히 쓸데없이 시간을 보낸 것이 후회되었다.

춘보는 최후로 있는 힘을 다하여 문짝을 사정없이 흔들면서

"여보시요!" 하고 조금 떨리는 소리를 토했다.

이윽고 누구인지 "누구야?" 한다.

"저 대단 미안합니다만 방금 어린애가 하나 다 죽어가는데 댁에 먹는 초가 좀 있으면 좀 주십사 하고요……"

하고 춘보는 공손히 입을 열었다.

"초? 없어. 누군데 아닌 밤중에 대문을 걷어차고 야단이여?"

"글쎄 염체불구하고 왔습니다."

"없어. 가!"

춘보는 화가 불같이 치밀었다. 춘보는 이제는 정녕코 다 키운 딸년 하나를 죽이나 싶은 생각이 스르르 머리를 지나치자 갑자기 무릎이 파각 파각하며 걸음이 걸어지지 않는다.

춘보가 빈 양재기를 들고 돌아왔을 때엔 딸년은 지쳐서 입을 벌린 채 자빠져 잠이 들었고 아내는 초조한 표정으로 말없이 빈 양재기를 부엌으로 가져간다.

춘보는 잠자는 동안에 혹은 걸린 뼈다귀가 삭아 내려갔으면 오죽이나 좋을까 싶은 생각을 하고 한숨을 쉬었다.

9

밤은 어느 때나 되었는지 춘보가 선뜻 잠이 깨어졌을 때는 사방은 고요하고 옥내에 물 흐르는 소리만이 어렴풋이 들리고 딸년의 끙끙 앓는 소리가 방 안 공기를 깨트린다.

춘보는 정신을 차리었다.

이즈러진 달빛이 모기장을 바른 문틈으로 기어들어와 끙끙거리는 딸년의 얼굴을 이상하게도 푸르게 비추인다.

춘보는 가만히 손바닥을 펴서 딸년의 뱃가죽을 만져보았다.

뱃가죽은 굉장히 팽팽하다. 보리쌀, 삶은 감자를 씹지도 않고 삼킨 것이, 또 막히지나 않았나 싶으매 춘보는 일변 잠이 달아나버리고 자기도 모르게 벌떡 일어나 얼굴과 이마를 만져보았다.

얼굴 전체가 불덩이처럼 끓고 귀 밑으로 땀이 주르르 흘렀다.

딸년은 갑자기 눈을 부릅뜨고 온몸을 뒤틀며 깜짝 놀라기 시작한다.

춘보는 기가 막혔다. 어느 틈에 아내가 부스스 일어났다.

"어떻게 해여 이걸……."

춘보는 허둥지둥 골머리를 추키여 입고

"참기름이라도 있어야지. 빌어먹을."

하고서는 문밖으로 나왔다. 이웃집은 모조리 잠이 들었다.

몇몇 친구를 두드려 깨워 참기름을 더듬었으나 한 방울도 구하지 못하였다.

딸년은 맥이 풀어진 두 눈을 무섭게 뜨고 손발을 뒤틀며 입술을 앙다문 채 아래턱을 까불기 시작했다.

춘보는 전신에 있던 힘이 홱 하고 다 풀려버리는 것 같다.

아내는 떨리는 목소리로

"얘가 경기를 하내비 이걸 어쩌나……."

하고서는 뒤틀리는 두 팔과 까불리는 아래턱을 두 손으로 눌렀다.

춘보는 재작년에 세 살 먹었던 큰 딸년을 여름과 가을 사이에 경기로 죽인 기억이 새삼스럽게 떠올라오자 옥순이년마저 죽이지나 않을까 하는 겁이 왝 달려든다.

아내가 어디서인지 아주까리기름을 두어 숟갈 얻다가 들까부는 아래턱을 벌리고 퍼먹였으나 목구멍에 채 넘어가지도 않아 기름은 그대로 주르르 밀려 흘러나와버렸다.

춘보는 금방 미칠 것 같았다. 숭어새끼 때문에 기어이 딸자식을 죽이고 마는가보다 싶으매 갑자기 이 세상이 이가 갈리었다.

펄펄 뛸 때 지져 먹었어도 아니 펄펄 뛸 때 S읍으로 가져갔어도 곧 팔렸을 것을…… 아니 썩은 그놈을 길거리에다 내버리고만 왔어도 이런 화근을 겪지 않을 것을…… 도대체 김 참봉네 집안에만 선사하러 들르지 않았어도 관계치 않을 것을 아니 아침에 딸년을 먹이지나 말았었어도 아니 맛있게 먹는 양이 가엾어서 그대로 제 마음껏 먹도록 놔두지만 않았어도 아니 저녁때 장작 팔러 S읍에 또다시 가지만 않고 집에 있었어도 아니 아내가 품앗이 다림질을 가지만 않았어도…… 아니 아내가 썩은 지짐을 아껴두지 말고 내버리기라도 했어도…… 이런 화근이 생기지 않았을 것을…… 하고 후회 가닥이 한꺼번에 얽히어 떠올랐다.

아내는 여전히 뒤트는 딸년의 팔다리를 꽉 붙들고

"옥순아! 옥순아!"

하고 불렀으나 딸년은 대답할 생각조차 없이 더한층 다 풀어진 얼빠진 두 눈을 부릅뜨면서 두 입술을 앙다문 채 아래턱을 들까분다.

"빌어먹을 놈의 밤은 왜 이리 안 새누. 원 날이라도 얼른 밝아야 어째 보지……."

춘보는 문짝을 열고 밖으로 나왔다. 하늘에는 여전히 별이 총총 보인다.

어디서 나래를 턱턱 치며 닭이 "꼬끼요─" 하고 운다.

"빌어먹을 인제야 첫 닭이 우는구만."

춘보는 커다랗게 한줄기 숨을 "후─" 내쉬고 또다시 딸년 곁으로 가 앉았다.

새벽은 춘보에게 있어 주리를 틀게도 더디 새었다.

먼동이 훤하게 떠올랐을 때는 벌써 딸년은 하던 경기조차 할 힘을 잃어버리고 전연 혼수상태에 빠져버리고 말았다.

춘보는 우는 아내를 달래면서 의원을 데리러 간다고 뛰어나갔다.

숭어마을에는 원래 의원이 없었다.

황토배기 넘어 오 주사네 마을과 옆 산 왕솔밭 넘어 김 참봉네 동리에는 의원이 산다.

그러나 이 두 사람의 의원이 숭어마을 사람들에게는 아무 상관이 없었다.

얼굴이 기다랗고 키가 크고 족제비털 같은 초란이 수염이 몇 개 나지 않은 오십이 넘은 박 주부는 김 참봉네 전용의요 언제든지 아랫배를 땅내밀고 텁수룩한 수염을 위아래로 쓰다듬으며 망건에 갓을 쓰고 뚱그적거리며 걷는 노 생원이란 의원은 오 주사네 전용의다.

춘보는 첫 딸년 때에 김 참봉네 전용의인 박 주부를 찾아갔으나 경기를 하면 죽느니라구 환약 한 개 얻지 못하고 돌아온 일이 있다.

춘보는 이를 갈면서 어제 밤중에 넘어가던 황토배기를 허둥지둥 또 넘어갔다.

노 생원은 아직도 사랑방에서 자고 있다. 일어나지도 않고 눈을 지그시 감은 채

"경기? 어렵네. 약 쓸 생각 말고 가게. 게다가 가시에 걸렸으면 목도 부었을 터인데……"

노 생원은 그대로 옆으로 돌아누우며 또 잠을 드리려 한다.

춘보는 금방 대들어 주먹으로 골통을 한바탕 갈겨주고 싶은 생각이 불같이 일어났으나 그동안에 암만해도 딸년이 아주 까무라쳐버리지나 않았나 싶은 걱정이 뒤를 밀어 이를 갈면서 허둥대고 또다시 산을 넘었다.

집에 왔을 때는 아내는 어린 딸년을 붙든 채 흑흑 느끼고만 있다.

딸년은 아주 정신을 잃어버렸다. 딸년의 숨소리는 점점 약해져갔다.

아내는 기어이 목을 놓아 "아이구" 하고 울음보를 터트리었다.

딸년은 갑자기 외마디 숨을 크게 한 번 쉬고는 손을 부르르 떨면서 또 한 번 두 눈을— 얼이 다 빠진 두 눈을 무섭게 부릅뜨면서 삐그르륵 한 무더기 똥을 지리고는 어느 틈엔지 스르르 그 큰 눈을 내려감으며 외마디 숨소리로 한번 크게 "딸꾹" 낸 뒤로는 아무 소리도 들리지 않았다.

춘보는 미친 사람처럼 허둥댔다.

춘보의 눈앞엔 어둠과 절벽이 번차례로 지나칠 뿐이다.

춘보는 뻐드러진 딸년의 곁에 한 초 동안이라도 더 앉아 있기 싫었다.

춘보는 문짝을 홱 밀치고 마루로 툭 뛰어나왔다.

어느 틈에 춘보의 발등 위에 손바닥만 한 시렁에서 어제 사 온 배추씨 담은 바가지가 울리어 떨어진다. 배추씨는 사방으로 튕겨져버리고 발등이 찌르르 아파오기 시작했다.

춘보는 발길로 배추씨 바가지를 걷어찼다.

홱 하고 공중에 날린 씨 바가지는 마당에 떨어지며 팩 소리를 내고는 쪼개진다.

춘보는 그길로 뒤안으로 돌아갔다.

춘보는 갑자기 숭어 잡던 싸리발이 구렁이처럼 보였다.

춘보는 어느 틈에 오른손에 낫을 들고 싸리발을 낱낱이 끊어 꺾어버리었다.

춘보는 낫자루를 붙든 주먹을 불끈 쥐고 이를 악물었다.

춘보의 눈앞에는 갑자기 어제께 밭을 떼일까봐 숭어통을 메고 김 참봉네 집에 갈 때의 광경과 김 참봉이 아니꼬운 표정으로 "그 까짓것 가지고 왔다고 뗄 밭을 안 뗄 줄 아느냐?"던 음성이 스르르 귓전을 울리고 지나친다.

"그렇다! 내가 어리석었다."

춘보는 끄덕끄덕 그 광경을 만든 자기 자신이 더럽기 짝이 없다고 느껴지자 또 어느 틈에 어젯밤 오 주사의 "초, 없어!"하고 외치던 싸늘한 소리, 또다시 "식전에 약 쓸 생각도 말게." 하고 누운 자리에서 일어나지도 않던 노 생원의 몰인정한 얼굴들이 번차례로 나타난다.

춘보는 멍하고 잠깐 동안을 정신을 잃은 채 굴뚝 모퉁이에서 무엇을 생각하고 있었다.

춘보는 갑자기 주먹에 기운을 올린 채 마당으로 뛰어나왔다.

춘보의 눈앞에는 앞산과 옆 산이 하늘로 훨훨 올라갔다가 금방 땅에 떨어져 부서진다.

옥내가 토막토막 끊기어 공중으로 날렸다가 다시 뭉쳐 커다란 물덩이가 되더니 금세 수천수만 마리의 숭어, 잉어의 새끼들이 아가리를 벌리고 춘보에게 대어든다.

그리고는 갑자기 온 세상이 검게도 붉게도 보이더니 김 참봉, 오 주사, 박 주부, 노 생원의 얼굴들이 뱅뱅 떠돌아 눈앞을 어지럽게 한다.

춘보는 고함을 지르면서 두 팔을 벌리고는 뱅뱅 떠도는 네 얼굴을 잡으려고 논두렁을 끊고 산으로 산으로 뛰어갔다.

한참 만에 춘보는 자기 몸이 제 맘대로 움직여지지 않음이 스르르 느껴지자 정신이 선뜻 들더니 바로 자기가 김 참봉네 사랑방 기둥에 붙들린 채 수많은 동리 사람 가운데 싸여 있게 된 걸 깨달았다.

춘보는 선뜻 바로 몇 분 전 자기가 이 집에 뛰어들어 무슨 일을 저질렀는지 어렴풋이 느껴지자 갑자기 본정신이 들며 느껴지는 것은 떨리어지는 공포뿐이었다. 절벽 같은 무서움뿐이었다.

춘보는 또다시 어느 틈에 본정신이 사라지며 하늘이 갑자기 무너지고 곁에 선 마을 사람들이 우글우글 숭어새끼로 변하여 뛰기 시작하는 속에서 두 주먹을 불끈 쥐고 무엇인지 한바탕 지껄였다. 무엇인지 한바탕 너털대고 껄껄 웃어제치었다.

《비판》, 1933년 11월

허물어진 미련탑未練塔

1

옥계천玉溪川 언덕에도 푸른 그늘이 우거졌다. 한껏 늘어져 물결을 퉁기는 수양버들, 마음껏 높이 뻗쳐 하늘을 비질하는 포플러! 그 속에서 매미 떼가 노래를 한다.

유리 속같이 맑은 물이 푸른 그늘을 싣고 천천히 흘러내린다. 그늘 밑으로 널조각만 한 배가 떴다.

물줄기는 한참 만에 잠수교潛水橋 아랫도리를 스쳐가느라고 콸콸 소리를 낸다. 돌가루로 만든 잠수교 위로 장작을 실은 소 구루마가 지나느라고 와글와글 소리가 더 요란하다.

쇠똥이는 땡볕 언덕에서 풀을 베고 있다. 이따금 등거리 앞섶으로 땀방울을 씻는다.

"야 쇠똥아!"

곁에서 풀을 같이 베는 금돌이었다.

"왜 그려!"

"너 주인 딸한테 반해야 소용없다."

"예끼, 잡자식 같으니라구. 니가 반했지 내가 반했나?"

"야, 어쨌든 그 계집애가 서울 가서 공부를 하더니 아주 멋쟁이가 되어버렸지?"

금돌이는 낫자루에 침을 "캑!" 하고 뱉어 쥐며 다시 말을 잇는다.

"그게 날 보고도 인젠 아주 모르는 체허드라. 망할 것. 하기야 나 같은 게 눈에 보이지 않을겨!"

"말 마라. 제―미 기가 막히더라. 너도 알다시피 그게 읍내 보통학교를 다닐 때만 해도 내가 '해라' 하고 잘못하는 일이 있으면 욕도 했는디 인제는 그게 어른이 다 돼서 말을 함부로 못하겠어……."

쇠똥이는 벤 풀을 바지개에 재고 와서

"흥! 고게 올해는 아주 다 익었더라."

하고 베던 낫질을 멈추면서 벙긋거리며

"야― 어젯밤에 나는 봤다……."

"무얼……?"

"그 계집애 허벅다리를 내놓고 자는 걸 말이야―."

"야 이놈 좋았구나!"

"말 마라 속만 상한다."

"너 이 자식 공연 실히 그런 소리 마라. 머슴도 못 살구 쫓겨나!"

"야, 머슴을 못 살구 쫓겨날망정 그 계집애 허리통을 한번 끌어안았으면 원이 없겠드라……."

"너나 나나 무슨 팔자루. 이 자식아!"

"까짓것 다리 하나 부러질 심 쳐라. 제―미 삼십 총각에 하늘에서 별 떨어지기만 기다리면 되냐!"

금돌이는 다시 바짝 쇠똥이를 추기었다.*

| * 추기다: 다른 사람을 꾀어서 무엇을 하도록 하다.

"야, 쇠똥아 그리 말구 오늘 저녁에 행실* 내라. 달아날 심 치구 말이다!"

쇠똥이는 벙그레 웃으면서

"어림없다 이 자식아! 섣불리 대들었다 어떡허게! 다리 부러지면 빌어도 못 먹게……."

"익키, 호랑이 제 말하면 온다구 저것 봐라."

금돌이는 낫을 놓고 입을 헤벌린 채로 건너편 숲속 길을 쳐다본다. 금돌이는 다시

"어어어, 낚싯대 들었네…… 옥계내 물고기 숭년들 일 났군!"

"그러잖어두 식전에 날더러 지렁이를 잡아다 달라더라!"

풀 그늘 사이로 연둣빛 치마가 걸어온다. 치마는 몹시 짧다. 불그죽죽한 두 다리가 무릎까지 나왔다.

그는 아장아장 걸어서 수양버들 가지를 휘어잡고 시냇가로 와서 자리를 골라 앉는다. 쇠똥이와 금돌이는 시침을 떼고 흘끔거렸다.

"야 쇠똥아! 봐라 봐, 치마 속이 뵌다!"

금돌이는 쇠똥이를 꾹 찔렀다.

"가만있어. 떠들면 알아챈다. 실실 봐, 이 자식아."

쇠똥이는 음흉하게 꾀를 냈다.

연두 치마는 고기가 물었는지 낚싯대를 왈칵 잡아챈다. 잇감이** 그대로 달렸다.

"야, 낚싯줄 채는 게 고기 잡기는커녕 고기가 저를 잡으려고 허겠다……."

연두 치마는 깻묵가루를 던지고 나서 낚싯줄을 던진다.

---

* 행실行實: 실지로 드러나는 행동.
** 잇감: '미끼'의 방언.

"……저런 제—기 낚시 끝이 뷜 텐데 고치지두 않고 그대로 던져…… 틀렸다, 틀렸어……."

금돌이는 연방 입을 놀린다.

쇠똥이는 연두 치마폭 밑으로 또렷이 내다보이는 속옷을 들여다보기에 정신이 팔렸다. 또 한 번 트레머리는 낚싯줄을 잡아챈다. 고기가 물 위에 한 뼘쯤 따러 올라오다가 너무 세게 잡아채서 도로 떨어진다.

낚싯줄은 벌써 늘어진 버들가지에 감기었다.

트레머리는 한참 줄을 잡아채더니 이윽고 줄이 풀리자 버드나무가 방해가 된다는 듯이 물 위에 떠 있는 조그만 배 안으로 자리를 옮긴다.

"익키, 단단히 서두는군!"

"빠지지나 말라지……."

그들은 연방 풀을 베어서는 바지개에 재인다.

금돌이는 한 짐이 찼다.

"야? 나는 가야 허겠다. 이것 널구 고래실* 콩밭 매구, 저녁때는 분토골 지심매구,** 제—미 한때 놀 때 없지……."

금돌은 낫을 바지개에다 콕 박은 뒤 풀짐을 지고 일어선다.

"저녁에 최 서방네 원두막으로 오게……."

"오—이!"

2

금돌이가 간 뒤의 쇠똥이는 풀베기보다는 온 정신을 트레머리에게로

---

* 고래실: 바닥이 깊고 물길이 좋아 기름진 논. 늑고논
** 지심매다: '김매다'의 방언.

쏠리었다.

쇠똥이는 간밤의 일을 그려봤다. 계란 속껍질빛 같은 허벅다리의 살이 쇠똥이의 눈앞을 스르르 지나간다. 쇠똥이는 가슴이 몹시 울렁거리기 시작했다.

쇠똥이는 풀을 베지 못하고 멍— 하고 트레머리를 바라본다.

고기는 또 물렸다. 트레머리는 이번에는 요령을 얻었다는 듯이 옆으로 슬쩍 잡아챘다. 손바닥만 한 붕어가 허리를 뒤틀며 공중에 매달렸다.

트레머리는 뱃장으로 추를 끌어들며 뛰는 붕어를 겨우 잡는다. 붕어를 뱃머리에 달아놓은 바구니 속으로 집어넣으면서 트레머리는 자랑스러운 듯이 쇠똥이를 건너다보며 빵긋 웃는다. 하얀 이빨이 반짝인다.

쇠똥이는 가슴이 갑자기 더 뛰기 시작했다.

서울서 내려온 지가 열흘이나 되었어도 집에서는 눈도 떠보지 않던 그가 아무도 없는 이 시냇가에 와서는 빵 웃어? 쇠똥이는 몸이 찌르르했다. 꿈속같이 정신이 이상해졌다.

쇠똥이는,

"흥! 그래두 그때 일을 안 잊어버린 게로군."

하고 옛일을 눈앞에 그렸다.

벌써 오륙 년 전 일이었다. 자기는 스물한 살, 계집애는 열다섯 살. 그가 읍내 보통학교에 다닐 때 일이었다. 여름에 장마가 져서 잠수교에 물이 무릎까지 넘쳐 건널 때면 쇠똥이는 그를 업어서 다리 저쪽에 건너다주었다.

스물한 살의 그는 그때부터 마음이 달랐다.

엷은 속옷 위에 치마만 입은 주인의 딸의 엉덩이가 두 팔뚝에 닿아 결국에는 걸음을 못 걸을 만큼 마음 떨리었다.

주인의 딸은 열다섯 살이 되었지만 너무도 어렸다. 너무 더 철이 안

났었다. 쇠똥이는 한번 이를 악물고 다리 위를 업고 건너다가 사방에 사람이 없음을 틈타서 한 손바닥을 피어 주인 딸의 볼기짝을 툭툭 치면서

"너 나헌테 업혀 다니기 좋냐!" 했다.

딸은 히히 웃으면서,

"말 타는 것처럼 좋지 무어……."

"그래 내가 네 말馬이냐?"

쇠똥이는 무슨 말을 더 듣고 싶다는 듯이 또 한 번 볼기짝을 툭 쳤다. 딸은 "아야!" 소리를 치며 자기의 귀를 잡어 흔들었다.

그러던 그가 지금 빵긋 웃었다.

그 집의 머슴인 자기쯤은 눈도 바로 떠서 볼 수 없을 만큼 그는 아주 예뻐지고 멋이 지르르 흘렀다.

예쁘고 멋들은 그가 빵긋 웃었다. 아아 꿈같은 일이다. 쇠똥이는 담박 뛰어가서,

"야, 너 그때 물 건너던 일을 잊어버리지 않았구나!"

하고 껴안고 싶었다.

그러나 쇠똥이는 땀 흐르는 자기의 몸과 때에 젖은 자기의 잠뱅이가 너무 더럽지 않나 하고 용기를 죽이었다.

트레머리는 또 한 번 쇠똥이를 건너다보고 낚싯줄을 던진다. "휘" 하고 줄이 바람에 울리자마자 차르르 하고 줄이 물결에 퍼지는 소리가 또렷이 들린다.

쇠똥이는 풀을 베서 재이고 바지개 그늘 밑에서 곰방대를 꺼내었다. 담배 연기가 뭉텅이져서 천천히 사라진다.

매미 한 떼가 더 요란하게 운다. 읍내로 가는 짐자동차가 으르르하고 속력을 낮추어 천천히 잠수교를 건넌다.

색시는 한참 만에 낚싯대를 잡아챈다. 그러나 낚싯줄은 올라오지 않

고 낚싯대 끝이 휘어졌다.

"아이유 웬 고기가 이렇게!"

색시는 좋아서 저절로 중얼거리며 일어선다. 그리고는 힘껏 두 팔로 대를 잡아당긴다.

그러나 고기는 딸려 나오지 않는다.

"홍…… 낚시가 돌 틈에 걸린 게로군!"

쇠똥이는 속으로 웃으며 중얼거렸다.

색시는 고기가 걸린 줄만 알고 더 힘을 뽐냈다.

"툭."

낚싯줄이 끊어졌다. 줄을 잡아당기던 몸뚱이가 기우뚱하고 뒤로 넘어지려 한다. 순간 뱃전이 기우뚱한다. 색시는 미처 앉을 사이도 없이 몸뚱이의 중심을 잃고

"아이구 어머니―."

소리를 지르며 뒤로 넘어져 "풍―덩" 하고 물 위에 떨어졌다.

쇠똥이는 정신이 바짝 났다. 색시를 살릴 사람은 자기 한 사람뿐인 것을 느끼었다. 쇠똥이는 등거리 잠뱅이를 입은 채 물속으로 뛰어 들어갔다.

색시가 빠진 근방의 물빛은 흐리었다.

쇠똥이는 빠진 그 자리를 향해서 헤엄쳤다. 쇠똥이는 일 초의 시각이 급하다는 듯이 고개를 물속으로 처박고 바닥을 더듬었다. 옷자락이 걸리었다. 사정없이 잡아끌었다. 그다음에 물컹하고 기다란 게 걸렸다. 몸뚱이다. 다짜고짜로 끌어올렸다. 고개를 물 위로 쳐들었을 때는 벌써 색시의 몸뚱이가 흙물 투성이가 되어 떠올랐다.

그는 두 팔로 색시를 덜컥 안았다.

버드나무 밑에 우선 내려놓고 그는 색시의 머리를 낮은 곳으로 향하

야 엎어놓고 등허리를 눌렀다.

"쥘 쥘 쥘."

흙물이 입과 코에서 나온다. 물이 제법 나온 뒤에 그는 다시 몸뚱이를 제쳐놓고 걸터앉아서 가슴죽지를 누르고 비벼대었다.

쇠똥이는 물에 빠진 사람을 구해본 경험을 가졌다. 때문에 조금도 두서없이 서둘지 않았다.

워낙 속히 건져 나오기 때문에 생명에는 아무런 관계가 없고 쇠똥이는 안심하였다.

색시는 정신을 잃고 가슴만 팔딱거리었다.

쇠똥이는 안심은 되지마는 그래도 만일을 몰라서 더욱이 켕겼다.

그래서 다시 두 팔에다 어린애 안듯이 안았다.

쩍 벌어진 가슴통과 잘룩한 허리, 펑퍼짐한 엉덩이 그리고 두 허벅다리…… 그것들이 한꺼번에 쇠똥이의 두 팔 속에 꽉 들어찼다.

잠자리 날개 같은 적삼이 물에 젖어 착 들러붙었다. 볼그족족한 살 뭉텅이가 금방 뚫고 나올 것 같다.

쇠똥이는 안아서는 안 될 것을 안은 것처럼 마음이 두근거리었다.

쇠똥이는 색시의 아랫도리를 보아서는 안 된다고 눈을 피하면서 집으로 안고 왔다.

3

쇠똥이는 이틀 밤을 내려 뜬 눈으로 새웠다. 흙 묻은 호밋자루와 거름 묻은 괭이자루만이 가장 친한 동무처럼 쥐어지던 자기의 두 손에 푹신푹신한 젊은 색시의 살이 얹힐 줄은 꿈에도 못 생각던 일이었다.

"아이 참 쇠똥이, 나는 꼭 쇠똥이 때문에 살었어……."

쇠똥이가 마당을 쓸 때 색시는 마루 끝에서 책을 뒤적이며 감사를 말했다.

쇠똥이는 입만 벙그레하고 아무 대답도 못했다.

그러나 속으로는 엉뚱한 생각을 품고 있다.

"흥 그까짓 말 한마디가 살려준 값이 될 줄 아내비!"

쇠똥이는 슬며시 골이 났다.

"돈도 싫다, 옷도 싫다, 다만 네 살이 네 몸뚱이가…… 내 팔에 한 번 더 안겨다우……."

쇠똥이는 그것뿐이었다. 마음껏 힘껏 색시의 온몸을 주물러보고 껴안아보고 싶은 그것뿐이었다.

색시는 그전보다 훨씬 쇠똥이를 친절하게 대했다.

그러나 그 친절은 자기의 목숨을 건져준 충실한 하복下僕에게 주는 상전上殿으로서의 미적지근한 일시적 보수감에서 나온 친절 이외에는 아무것도 아니었다.

쇠똥이는 어리석은 순정을 가졌다.

쇠똥이는 은근히 딴마음을 품고 모양을 내었다.

깨진 면경 쪽이 등거리 호주머니에 들게 된 줄은 집안 식구는 하나도 모른다.

쇠똥이는 들로 나와서 일을 하고 저녁때 돌아올 때에는 으레 온 몸뚱이를 깨끗이 씻었다. 그리고 얼굴을 여러 번 씻고 나서 깨어진 면경 쪽을 들여다보았다. 비록 머슴살이 할 망정 서른이 몇 안 남은 자기의 얼굴은 힘찬 피가 서리었다. 거무죽죽한 자기의 얼굴이나 어디인지 붉은빛이 돌았다.

"내 얼굴이 이만허면……."

쇠똥이는 스스로 제게 제가 멋졌다.

집으로 돌아와서 그는 색시가 있는 안방이 보이는 마당 편에서 비를 들고 어름어름했다.

깨끗이 씻은 자기의 얼굴을 보아주지나 않나 하고 그는 비질을 하면서 이따금 도적 눈질을 하다가 색시의 시선과 마주쳤다.

쇠똥이는 얼굴이 화끈해지며 고개가 얼른 숙여졌다. 쇠똥이는 색시가 자기에게 반했다고 생각했다.

자기에게 반하지 않고서는 빵긋 웃을 리도 없을 것이며 유심히 자기를 내려다볼 리도 없으리라고 단언을 내리었다.

밤이 되었다. 열흘에 이틀을 지낸 달이 둥글게도 숲속에 숨은 외딴집을 비추인다.

숲 그늘이 움직일 때면 개만 콩콩 짖는다. 쇠똥이는 대문 밖에 나와서 곰방대를 빨고 있다.

나와줄 리도 없으리라고는 생각하면서도 행여나 색시가 나와줄까? 하고 마음을 졸이었다.

밤이 제법 깊었는지 달이 중천을 조금 넘었다. 쇠똥이는 원두막에 젊은 패들과 화투 칠 약속을 하고서도 깜박 잊었다.

쇠똥이는 몸이 달은 채 사랑방으로 뛰어 들어갔다. 달빛에 비추인 안방마루 위에 허연 다리를 함부로 뻗고 드러누운 색시의 몸뚱이를 도적해 본 쇠똥이는 금방 방바닥에 쓰러질 것처럼 전신이 어지르르했다.

4

쇠똥이는 남모르게 가슴만 태웠다.

가슴에 이는 정열의 불뭉치는 색시의 치마폭이 얼른만 해도 다 태워질 것 같았다.

그러나 쇠똥이의 정열은 기어이 어리석은 정열이 되고 말았다.

며칠이 지나서 누런 옷 입은 편지 배달부가 자전거를 타고 왔다.

"전보요!"

하고 한 장의 종이쪽을 던지자 색시는 반가이 그 어머니에게로 달려가서

"어머니 오빠하구 그 사람하구 내일 온대요."

쇠똥이는 주인의 아들이 동경서 온다는 전보인 줄 알았다.

그러나 "그 사람하구"라는 말은 무슨 뜻인지 몰랐다. 어쩐지 자기에겐 재미없는 사람이나 오는 것이 아닐까? 하는 영감이 발작했다.

색시는 이튿날 팔뚝살이 다 내다보이는 얇은 적삼을 입고 몸치장을 하고서 잠수교 건너서 자동차를 잡어타고 읍내로 갔다.

"쇠똥아 저녁때 다리께 섰다가 서방님 오시는데 짐 들고 들어와!"

점심을 고추장에 비벼 먹고 말 풀 베러 가려는 쇠똥이는 호— 허고 일어서면서

"네—."

하고 주인마누라를 쳐다본다.

쇠똥이는 다리 둑에서 풀을 베며 자동차를 기다리었다.

자동차가 다리를 건너와서 스톱을 했을 때는 저녁 해가 저물었을 때다.

자동차는 색시와 색시 오빠와 또 한 사람을 토했다. 그리고는 우르릉 돌아서 다시 읍내로 가버린다.

쇠똥이는 낫을 놓고 짐을 받으러 쫓아갔다.

"아, 서방님 오시유!"

"응, 잘 있었나!"

쇠똥이는 흘끔 낯설은 청년의 모습을 흘기며 색시 오빠에게 가서 가방을 받았다.

낯설은 청년은 머리에 네 귀가 뾰족한 모자를 썼다. 그리고 손에는 주걱 모양으로 생기고도 커다란 시커먼 가죽가방을 들었다.

"경순 씨 말씀처럼 이곳 경치가 아주 좋습니다그려!"

청년은 빙그레 웃으며 옆에 따른 색시에게 말을 던지었다.

"물이 맑고 숲이 깊어서 더 좋지요?"

하고 반문을 하다가 얄미운 목소리를 가다듬어

"요새는 달이 밝아서 더 좋다나요—."

하고 말끝을 잇대었다.

쇠똥이는 은근히 속이 상했다. 색시와 청년이 퍽 친한 사이인 것을 비로소 느꼈을 때에 그는 가슴이 쓰리었다.

쇠똥이는 지금까지 쌓은 색시에 대한 모든 미련의 탑塔이 와그르하고 무너질 날이 왔다고 생각했다.

쓸데없이 어리석은 자기였다고 후회했다.

5

달이 둥글게 떠올랐다. 숲속은 푸른 그늘이 더욱 깊었다.

저녁에 잡은 닭의 발목을 고양이와 개놈이 서로 빼앗아 먹으려고 밭모퉁이에서 응응거리고 툭탁거리며 쌈을 한다.

"엑키 빌어먹을 것들 잘난 발모가지 가지고 쌈이여!"

쇠똥이는 돌멩이를 던져 쌈을 눌렀다.

가지 밭에 주던 오줌통을 사랑방 굴뚝 모퉁이에 동댕이치고 나서 쇠 똥이는 맹태를 떼고 담배를 피우며 원두막으로 걸음을 옮겼다.

"수박 잘 익은 것으로 서너 통 사오!"

하고 오십 전을 손바닥에 던져주던 색시의 손목이 또 한 번 어른거 렸다.

"흥! 망할 것, 내가 왜 또 생각허나!"

쇠똥이는 머리를 흔들면서 밭두덕 사이길로 고개를 향했다.

"제미 언제 저 너머 고개를 넘어 갔다 오래."

쇠똥이는 원두막을 넘어가는 고개 마루턱에 와서 퍽 주저앉았다.

고개 밑에서부터 올라오는 바람에 금방 살이 찔 것 같다.

뜻밖에 바람을 타고 이상한 소리가 들려온다. 주인집 뒤편 큰 소나무 밑에는 벌써 색시와 그 오빠와 젊은이가 나와 앉은 것이 달빛에 환하게 비추인다.

이상한 소리는 쇠똥이가 잘 들어보지 못하던 소리였다. 사람의 목으 로 나오는 소리는 아니었다.

쇠똥이는 귀를 기울이었다.

소리는 갑자기 가늘게 높아지다가 별안간 우웅 하고 굵어진다. 그러 다가 다시 높아지며 비리리 하고 떨면서 사라진다. 쇠똥이는 흔히 읍내 길거리에서 약장사가 사람을 모아놓고 주먹 같은 것을 켤 때 나던 소리 와 비슷한 것을 깨달았다.

켜던 줄 소리가 그치자 사내의 웃음소리와 아울러 색시의 종알거리 는 소리가 바람을 타고 들어왔다.

쇠똥이는 일어섰다. 그들이 보기 싫다는 듯이 터벅터벅 발길을 옮겨 아래로 내려갔다.

휜하게 비추는 달빛 찬 수박밭과 참외밭 그 가운데 뾰조롬히 우뚝 선

원두막! 그 가운데서 누가 또, 뽕잎담배를 피우느라고 성냥불이 반짝하다 꺼진다.

쇠똥이는 목소리를 높여

"저건—네 가 미이보—에."

하고 육자배기를 내뿜었다.

어느 밭모퉁이에선지

"거문 구—름이……."

하고 노래를 맞불러 넘긴다.

노래가 그치자 쇠똥이는

"최 서방이유?"

하고 불렀다.

"어이, 쇠똥인가, 어서 오게."

하고 최 서방은 크게 고함질렀다.

최 서방네 밭에서 수박을 세 통 망태에 넣고 개평으로 주는 참외를 두 개나 먹고 나니 배가 불룩해진다.

"아까 자네네 주인 아들이 왔지. 그런데 그 계집애는 서울서 아주 난봉대장이라든데*."

최 서방은 흘끔하고 쇠똥이를 본다.

"난봉? 어디서 들었수?"

"읍내 가보게. 아주 굉장하지. 시집두 안 간 게 서울서 서방질해서 아이 낳아가지구 어디다가 맽겨놨다더구만……."

최 서방은 다시 말을 이었다.

"고것두 얼굴이 고 모양으로 뻔드르허니께 그런가비여……."

| * 난봉대장: 허랑방탕한 짓을 일삼는 사람. 난봉꾼.

쇠똥이는 아무 말도 하지 않았다. 그렇게 더러운 계집앤 줄은 몰랐단 듯이 쇠똥이는 침을 뱉었다.

"웬 젊은 학생이 따라왔지만 그 자식두 미친놈이여."

최 서방은 돌을 주워서 밭고랑으로 뭉쳐 온 개떼에게 던졌다. 한 놈이 맞았는지 깽깽 하고 달아난다.

쇠똥이는 수박망태 둘러메고 다시 밭고랑을 더듬어 길로 나왔다.

양편에 소나무가 꽉 들어찬 산길을 사박사박 걸어 올라가는 쇠똥이는 또 한 번 색시를 물에서 건졌을 때의 젖가슴을 상상했다.

가슴이 찌르르한다. 소름이 끼친다.

소나무 그늘 밑에는 아직도 흐므끄름한 사람의 옷빛이 어렴풋이 비추이고 끊일락 이을락 가는 이야기 소리가 차차 가까워왔다.

산길을 다 내려 시내언덕길을 걸어 들어오는 쇠똥이는 혼자서 우두커니 달빛 뛰는 물결만 보고 섰는 주인집 서방님을 볼 수 있었다.

"인제 오니? 우물에다 띄워라."

"예."

쇠똥이는 버드나무 옆길로 돌아서 집으로 들어갔다. 며칠 전에 물에 빠진 계집애를 안고 불같은 충동을 일으키며 이 길을 걷던 자기, 오늘밤은 그와 그를 껴안고 입 맞추고 있을 생전 못 보던 사나이를 먹이려고 수박을 둘러메고 이 길을 걷는 오늘의 자기! 너무도 자기는 어리석은 바보였다.

그는 이렇게 중얼거리며 수박을 함부로 우물에 집어던졌다. 툴부렁 하고 우물물이 뛰어올라와 자기의 얼굴에 튕긴다.

잠수교 위를 빈 구루마가 지나가느라고 우렁우렁 요란한 소리가 난다. 손목을 서로 붙들고 밭 샛길을 내려가는 그들의 뒷모양을 우두커니 바라보노라고 걸음을 멈춘 쇠똥이의 귀엔 그 소리도 다만 어렴풋이 들릴 뿐이다.

《신동아》, 1934년 10월

안개 속의 춘삼春三이

1

방화범放火犯 김춘삼은 십오 년 동안의 철창생활을 마치고 그립던 고향의 산과 내를 찾아 S고을에 내려왔다.

십오 년 전의 춘삼은 갓 서른의 소 같은 장정이었다. 쇠뭉치 같은 그의 두 다리의 살도 돌덩이 같은 그의 두 팔의 살도 이제는 어디로인지 다 빠져버리었다.

다만 썩은 생선과도 같이 그의 사지는 허벅허벅하고 얼굴에는 광대뼈가 높고 두 눈은 들어가고 양 볼과 아래턱에는 수염이 사정없이 났을 뿐이다.

춘삼은 이마의 땀을 소매로 씻으면서 S고을이 한눈에 내려다뵈는 상삿고개(想思嶺)에 기어 올라왔다.

소나무가지 사이로 멀리 내려다뵈는 S고을은 놀랄 만큼 변했다.

그는 소나무 그늘에 펄썩 주저앉으면서

"후" 하고 한숨을 내쉬었다.

등에 진 베개만 한 보따리를 벗어놓고 나서 조끼적삼 마고자에서 쌈지와 곰방대를 꺼내었다.

담배 연기는 바람을 타고 춘삼의 등 뒤로만 날려갔다.

"허허! 흥!"

춘삼은 일변 한탄을 하면서 그림엽서 같은 S고을의 전모全貌를 흔들리는 솔가지 사이로 내려보고 있다.

십오 년 전의 S고을은 □□□□ 한 오륙백 호의 초가지붕들이 뭉쳐서 된 조그만 소읍小邑이었다.

기와집이라고는 쌀밥에 뉘 섞인 것처럼 자세히 들여다봐야 한두 채가 섞여 있던 퍽도 가난한 고을이었다.

그러나 십오 년 후의 오늘의 S고을은 천여 호가 넘을 것 같은 대읍이 되었다.

기와집, 이층집들이 사방에 여기저기 헤아릴 수 없을 만큼 들어찼고 군데군데에는 벌건 벽돌집들까지 우뚝우뚝 키들을 자랑하고 있다.

춘삼은 일어서서 솔가지가 없는 쪽에다 궁둥이를 붙이었다.

궁둥이는 유달리 뜨거웠다. 그는 오른손으로 이마에 내려쪼이는 햇볕을 가리면서 눈을 찡그리고 똑똑히 내려다봤다.

그는 눈을 북쪽에서부터 남쪽으로 시선을 훑었다.

새집이 꽉 들어찬 이 고을 가운데에서나마 옛날의 자기의 눈에 익은 집들을 찾아보려고. 옛날 객사였던 커다란 기와집이 보이지 않았다. 그 자리에는 벽돌집이 있었다.

십오 년 전까지 이 객사였던 기와집 앞엔 군청의 간판이 붙어 있었다.

아마 새로 지은 벽돌집이 군청인가 보다라고 춘삼은 직각直覺을 하면서 거기에서부터 남쪽으로 뚫린 커다란 거리를 달아나는 자동차에게 멍하고 두 눈을 빼앗겼다.

십오 년 전엔 한 대의 자동차도 보기가 힘이 들었다. 그러나 골목에서 오고 가는 수요가 지금의 춘삼의 눈에 또렷하게 오륙 대나 되었다.

춘삼은 다시 그늘로 돌아왔다. 소나무가지가 눈앞을 흔들거린다.

그는 땀을 씻고 더위를 식힌 뒤에 다시 보따리를 둘러멨다.

곰방대의 담배를 빨면서 울퉁불퉁한 산길에 허둥지둥 다리를 옮겨놓기 시작했다. 발바닥 밑에서 돌뭉치가 밟힐 때는 고무신은 유달리도 뜨거웠다.

그는 한참 만에 평지로 내려섰다.

산 위에서 볼 때와는 더 서투르게 집들과 골목과 길들이 이상하였다.

그는 좌우를 기웃기웃하면서 거리로 들어오기 시작했다.

그러나 조그만 샛골목조차 모두 다 변하였다. 십오 년 전의 자기 발에 익은 골목은 어디로 모조리 없어지고 말았다.

그는 흘금흘금 좌우와 앞뒤를 살피었다.

알 만한 사람은 하나도 없다.

거리에는 전에 없던 잡화상, 포목상, 이발소, 대서소, 병원, 양복점, 양화점들이 좌우편으로 어깨를 겨누었고 지붕 아래에서는 커다란 확성기擴聲器의 노랫가락이 흘러나왔다.

춘삼은 바보처럼 거리를 걸으면서 앞산을 쳐다봤다. 서쪽으로 비스듬히 치우쳐 이 고을의 중요한 요새要塞를 이루어 있는 조그만 앞산이었다.

춘삼은 아까 상삿고개에서 내려다뵈던 이 앞산이 평지에서는 아주 □느게 보이는 데에 놀래었다.

앓고 난 영감의 대머리 같은 십오 년 전의 앞산의 숲이 퍽도 자랐다. 산기슭엔 언제 누가 심었는지 포플러가 뾰족뾰족 참나무와 섞이어서 하늘을 찌를 것같이 시원스럽게도 키가 자랐다.

그는 공연히 거리에 내려온 것이 후회가 되었다.

그는 어렴풋이 옛날의 눈어름을 되풀이하면서 어름어름 아래 장터로 내려왔다. 아래 장터에는 장날이면 떡장사와 국밥장사를 하던 삼촌 내외가 살고 있었다.

그는 S고을에서도 또다시 삼십 리나 더 가야 있는 자기 마을을 찾아가기 전에 먼저 삼촌을 만나서 그 뒤의 모든 소식을 들어보려던 것이었다.

그러나 삼촌이 살고 있던 집터는 이미 지은 지 오륙 년이 넘었을 것 같은 거름창고肥料倉庫 바닥으로 휩쓸려 들어가버리었다.

그는 입을 벌리고 말뚝같이 한참을 섰다가

"흥!"

하고 발길을 돌리었다.

그의 발길은 나무전* 거리로 나왔다.

오늘이 장날이 아니었음인지 장터에는 사람이 드물었다.

이따금 마주치는 사람은 모두가 모를 사람뿐이었다.

십오 년 전의 이 나무전 거리에는 아름드리 팽나무 한 쌍이 여름이면 푸른 그늘을 깔아주었다.

그러나 팽나무는 한 개밖에 없다.

그나마도 잔가지는 모두 죽고 굵다란 몸뚱어리만 남은 고목이 되고 말았다.

고목이 된 팽나무 아래엔 촌사람 하나가 장작 짐을 받쳐놓고 담배 연기를 피우고 있다.

춘삼은 십오 년 전의 자기로 돌아왔다. 자기도 이 팽나무 밑에다가 나뭇짐을 받쳐놓고 쉬던 생각이 번개처럼 머리를 스쳐갔다. 그는 걸음을 빨리하였다. 팽나무 아래로 가까이 가봤으나 그 사람은 옛날에 보지 못하던 자기보다도 십여 년이나 아래일 것 같은 젊은 사람이었다.

춘삼은 또다시 기가 막혔다.

| * 나무전: 땔나무를 파는 가게.

그는 울퉁불퉁 불거져 나온 팽나무 뿌리 위에 함부로 걸터앉았다. 그러나 뼈만 남은 그의 궁둥짝은 나무뿌리에 아팠다.

그는 보따리를 벗어 궁둥이 밑으로 깔았다.

서쪽으로 기울어진 해가 춘삼의 등을 여지없이 쏘았다.

그는 이마에 흐르는 땀을 소맷자락으로 씻으면서

"여보, 젊은 친구!"

하고 점잖게 입을 열었다.

"왜 그리유?"

젊은 친구는 담뱃대를 털면서 고개를 흘금 돌리었다.

"장작 팔러 오셨수?"

"네!"

"어디 사시어유, 친구!"

"여기서두 산길로 가면 이십 리구 기냥 신작로로 가면 삼십 리나 되는 데 사는데유. 나무가 안 팔려 큰일 났슈, 젠장."

"아— 이 산길로도 이십 리? 대체 어딘데유?"

"숭엇말이유! 숭엇말! 산길로 가더라두 고개를 셋이나 넘어야 하는데……."

젊은 사나이가 숭엇말 산다는 소리를 듣던 춘삼은 몸이 옷슬해졌다.

"숭엇말!"

그것은 자기가 십오 년 전에 살던 마을이다.

자기가 찾아 내려오는 마을도 이 숭어마을이다.

숭어마을 사람이면 아무리 십오 년이 지났기론 어디엔가 알아볼 점이 보일 터이었건만 젊은 사나이는 춘삼의 눈에는 아주 첫 얼굴이었다.

"숭어마을을 간다면 나두 동행합시다, 우리."

춘삼은 이십 리 길의 길동무를 얻은 것이 기뻤다.

그것보다도 차차 이 젊은 사나이에게 물어서 알 그 뒤의 숭어마을 소식과 자기 집 소식이 일각이 여삼추로 급박해왔다.

"……그럼 ……숭엇말 가시유, 영감님두?"

젊은 사나이는 누구를 찾아서 숭엇말 가느냐고 묻는 듯이 눈을 이상하게 뜨고 춘삼을 흘겨봤다.

"……아니나. 숭엇말이 아니라 나는 분토고개까지밖에 안 가우!"

춘삼은 슬쩍 음흉을 피어 자기를 먼저 그 사나이에게 알리지 않으려 했다.

"영감님두!"

젊은 사나이가 자기를 영감이라고까지 부를 만큼 늙었나 싶으매 이제 자기의 오십이 아직도 다섯이나 모자라는 이 장년시대가 너무도 값없고 가엽게 생각했다.

"흥! 누구 때문에? 왜? 내가 이렇게 늙어버렸담!"

춘삼은 이제는 자기의 앞엔 죽음길만이 가까워온 것 같아 갑자기 쓸쓸해졌다.

"……분토고개 사시유?"

하고 젊은 사나이는 심심하다는 듯이 이야기를 이었다.

"살지는 않지만 알 만한 사람이 있어 가끔 가우 그저!"

춘삼은 일부러 능청을 떨었다.

분토고개는 S고을에서 숭엇말을 가자면 고개를 셋을 넘어서 있는 삼십여 호의 마을이다. 이 동리는 분가루 같은 백토白土가 많이 나기 때문에 분토고개라고 이름을 지었다.

"……제—미, 오십 전 주고 한 짐 사가지구 왔는데 칠십 전이나 받았으면 좋겠구먼……."

사나이는 군소리를 하고 동정을 청하는 것 같은 표정을 보이었다.

"······나두 젊어서 나무장사를 했지만 천하에 못할 놈의 것은 나무장 순 줄 알우. 하루 종일 이제나 팔리나 저제나 팔리나 원 기다리구 앉았기 에 속이 썩지 썩어······. 그나마도 아침에 지고 가서 저녁 때 팔리면 그 날은 재수가 좋은 날이지만 웬걸 밤중까지두 못 팔구 밤을 새게 되면 배 지는 고프고······ 그저 속이 썩지 썩어······."

춘삼은 옛날의 자기의 나무장사 시절의 체험담을 벌려놓았다.

젊은이는 갑자기 실감을 느꼈다는 듯이 바짝 뒤를 이어,

"······참말이지 속상해 못해유, 이놈의 나무장사. 그나마 이익이나 있으면 이익이나 바라서 하지만 오십 전이나 사십 전 주고 한 짐 사서 하루 종일 고생하구 육십 전이나 오십 전밖에 못 받으니 짐 품삯은 고사하구 신 떨어지는 값두 안 되유! 참말이지 속이 썩어유 글쎄······."

이렇게 힘을 올려 춘삼이 맞장구를 쳤다. 해는 서쪽 하늘을 차차 벌 겋게 물들이었다. 어디서인지 매미 우는 소리가 요란스럽게 들려오고 지 붕 위로는 연기들이 퍼져올랐다.

푸르르 하고 떼새가 머리 위를 지나간다.

2

어둑어둑해서 장작이 팔리자 사나이는 돈을 받기가 무섭게 가게로 갔다. 뒤에는 춘삼도 어슬렁 따라갔다.

신작로를 끊고 건네어 논길과 밭둑 사이로 그들은 네 다리를 빨리 놓 았다.

산골짝이의 논빼미엔 고개를 조금 숙인 나락들이 저녁바람에 가볍게 흔들리고 반이나 누르스름한 콩밭에는 살이 쪄 통통한 콩알맹이가 주렁

주렁 매달리었다.

그는 젊은이의 뒤에 서서 따라갔다. 젊은이의 지겟발에는 신문지 쪽으로 대가리가 내다보이게 싸서 매달은 절은 고등어 냄새가 은근히 코를 찔렀다.

그는 옛날의 자기도 나무를 팔고 집으로 돌아올 때에는 이 젊은이처럼 고등어를 사서 지겟발에 달고 오던 기억이 머리에 떠올랐다.

늙은 어머니와 젊은 아내와 어린 그 딸과 함께 고등어를 구워서 꽁보리밥을 먹던 생각이 새삼스럽게 그림같이 나타난다.

십오 년이 지낸 지금엔 늙은 어머니가 죽었는지도 모른다.

젊은 그의 아내가 그동안에 굶어서 죽었는지 또는 어떤 사나이를 얻어서 다른 데로 살러 갔는지도 모른다.

오직 하나 있던 딸 '분순이'는 어떻게 되었는지? 한 가닥 산길로 발을 향하고 올라오는 그의 가슴은 퍽도 궁금하고 쓰라렸다.

산길은 모래알 투성이었다.

네 발자국 소리가 바시시 바시시하고 고요한 산 공기를 흔들고 해가 넘어간 뒤의 저녁 바람은 산들산들한 공기를 가져다가 그의 얼굴에 던져주고는 나뭇가지에서 나뭇가지로 쏴— 하고 스쳐간다.

춘삼은 젊은이의 꽁무니를 바짝 다가서면서 입을 열었다.

"……아 좀 천천히 갑시다 그려!"

"천천이유? 그러지 않어두 지금 천천히 가는 길인데유!"

"……젊은 분이 돼서 기운이 좋으시군 허허."

춘삼은 안 나오는 너털웃음을 웃었다.

고갯마루턱에 왔을 때엔 S읍 안의 전등불들이 반짝반짝 별처럼 깜박인다.

"아직두 고개가 둘이나 남었수?"

"숭엇말까지에는 아직두 셋이지유. 오북재고개가 제일 험해유! 빨리 가셔야 허유! 요새는 오북재고개에 낮에도 늑대란 놈이 나와유!"

담배를 한 대씩 태워 문 그들은 마루턱에서 다시 일어나 고갯길을 가기 시작했다.

춘삼은 무슨 말부터 이 사나이에게 묻는 것이 가장 자기가 수상치 않게 보일까 하고 망설였다.

그러다가 그는 결심이나 한 듯이

"좀…… 인사가 늦었지만 숭엇말 사시면 뉘 댁이시유?"

"나유? 최봉수유!"

"최 씨유?"

하고 춘삼은 십오 년 전의 숭엇말의 사람들의 성명을 속으로 뇌었다. 선뜻 '최용학'이가 머리에 떠올랐다.

"혹 그럼 최용학이라는 분과 어떻게 되시유?"

하고 춘삼은 저절로 주먹이 쥐어지는 것을 느끼었다.

"최용학?"

그는 자기와의 원수였다. 분토골 여덟 마지기의 소작으로 겨우 살아가던 춘삼네의 살림살이를 깨뜨린 것은 최용학이었다.

최용학은 지주 김 참봉에게 코밑 진상을 하고 아첨을 하여 춘삼의 소작권을 빼앗아 갔다. 그래서 춘삼은 최용학이를 원수 이상의 원수로 대해 내려왔다.

호젓한 산길을 걸어가는 길동무가 원수 최용학의 살붙이라면 이는 너무나 배 아픈 운명의 장난이 아닌가?

춘삼은 젊은 그의 입에서 무슨 말이 나올 것을 선뜻 느끼었다.

"……삼춘 어른이유!"

춘삼은 들어서는 안 될 말을 들은 것처럼 기분이 고약해졌다.

'원수 최용학의 조카 최봉수! ……흥 그것이 지금 나의 오직 하나인 길동무인가!'

춘삼은 속으로 중얼거리면서 다시 입을 열었다.

"……그런데 혹 숭엇말에 김춘삼이라고 하는 사람이 살던 것을 아시유?"

춘삼은 자기의 말이 떨어지기가 바쁘게 귀를 기울여 봉수 대답을 기다리었다.

"김춘삼유? 그 사람 지금 살지 않어유!"

"네! 어디로 갔나유?"

"서울 잡혀가서 징역 산다더니 죽었는지 살았는지 모르지유?"

"그럼 그 사람네 부모 처자두 지금 다 없나유?"

하고 춘삼은 뛰는 가슴 소리를 들으면서 봉수의 보고를 기다렸다.

"그 사람 늙은 어머니는 죽은 제가 그럭저럭 십 년은 됐시유. 그러구 마누라허구 딸허구는 늙은이가 죽은 일 년 만엔가 살 수가 없으니까 어디로 가버리구 지금은 아무도 없시유!"

춘삼은 이렇게 될 줄 알았었다. 죽은 어머니가 불쌍하다는 것보다 젊은 아내와 어린 딸이 아니 이제는 시집갈 만큼 다 컸을 딸의 소식이 가슴이 아플 만큼 궁금하다느니보다도 자기의 앞길이 아득하여 무어라고 입을 열어 말할 수 없는 자기의 오늘이 너무도 참담한 데에 놀라지 않을 수 없었다.

"……그런데 대체 춘삼이란 사람이 왜 잡혀갔나유?"

춘삼은 슬며시 말문을 돌려놓았다.

부모와 처자의 행방이 이렇게 될 줄은 어렴풋이 짐작해온 일이지만 봉삼이로부터 또렷이 듣고 난 뒤의 춘삼의 발길은 더한층 맥이 풀렸다.

'누구를 보러 무엇을 하러 지금 자기가 숭엇말을 가는가?'

춘삼은 발길을 옮긴다느니보다도 다리를 질질 끌었다.

춘삼은 봉수가 어떤 대답을 할 것까지 모르지 않았었다.

"그 사람이 잡혀간 건 불 놓았기 때문이유."

"불을 놔유?"

"네!"

"어디다가?"

"불두 웬만한 집이면 좋게유! 하필 서슬이 시퍼런 김 참봉네 별장에다가 놨시유."

"별장에유?"

"왜 저 숭엇말 앞에 시내가 없시유! 시냇물을 끊어다가 김 참봉은 연못을 맨들지 않았시유! 그 연못에다 기와로 지은 별장이 있었시유! 그런데 그 별장에다 춘삼이란 사람이 불을 놓고 잡혀갔대유!"

"저런, 불을 놓다니……."

춘삼은 시치미를 떼고 다시 입을 열었다.

"춘삼이란 사람이 성질이 고약했던 것이로군!"

"아닌 게 아니라 성질이 고약했대유. 그때는 벌써 십오 년 전이니까 나는 어려서 잘 몰라도 지금도 가끔 어른들이 이야기하는 것을 들으면 아주 개고기 노릇을 했대유, 숭엇말서!"

"남의 집에 불을 놓다니 원, 더구나 별장에다가."

춘삼은 능청을 떨며 봉삼이의 거침없는 감상을 들으려 했다.

"본래 춘삼이란 사람은 숭엇말 사람이 아니었대유! 어디서 살다 왔는지는 몰라두 대판으로* 석탄도 팔러 다니구 철로길 목도꾼 노릇두 해보고 황해도 어디선가 금점에서 금도 팔고 그러던 사람이래유. 그래서 그

| * 대판: '도회지'의 북한어.

130

런지 동내에서 아주 까시가 시었대유!"

"네! 사람이란 사방으로 돌아다니면서 고생두 해보구 타관물을 마셔야만 못 되어두 아주 못 되구 잘 되어도 아주 잘 되는 거니께."

춘삼은 다시 말을 이었다.

"아무리 성질이 못되어 들어온 춘삼이였기로 공연히 불을 놓았겠소? 불까지 놀 때에는 무슨 까닭이 있었을 게 아니유?"

춘삼은 태연하게 사나이의 대답을 기다렸다.

"……글시유. 동네 어른들의 말을 들으면 춘삼이란 사람이 그때 미쳤는가 봐유!"

"미치다니유?"

하고 춘삼은 소리를 조금 크게 질렀다.

"경찰서에서 미친 사람은 안 잡어간다는데 그때 잡혀간 걸 보면 하기야 별루 미치지도 않았던가 봐요."

하고 연방 젊은 사나이가 말문을 열다가

"그럴 테지. 좌우간 어쨌든 춘삼이란 사람이 불을 놓았대유!"

하고 요소를 묻는 춘삼의 소리에

"원래 김 참봉이 별장 지을 때유, 숭어마을 앞으로 흐르는 시내를 끊어서 연못까지 만들었대유. 그래서 시내 바닥이 말러 비틀어져서 고기새끼 한 마리 안 올라왔대유! 그란다구 앙심을 품고 미친 사람처럼 밤중에 불을 놓았대유!"

사나이는 다시 말을 잇는다.

"불 났었자 별수 없었지유. 그까짓 것 별장 한 개 탔자 김 참봉 같은 사람이 큰 손해날 게 없구 불 논 놈만 징역치구. 별장은 더 크게 지었는걸유."

"별장을 더 크게 지었다구?"

춘삼은 "후." 하고 한숨이 나왔다.

그렇게 되리라고는 자기도 이미 짐작한 것이었으나 십오 년 전의 자기의 노력이 너무도 허무한 꿈이 되고 만 것이 한없이 기막히다. 그보다도 더한층 기막힌 것은 십오 년 전의 자기의 그 행동을 다만 '미친놈의 짓'이라고 해석해 내려온 숭어마을 사람들의 태도였다.

갑자기 온몸이 화끈하게 흥분된 춘삼은 스스로 '쓸데없는 흥분이다.'라고 마음을 가라앉히고 갑자기 온몸을 싸늘한 허무虛無가 스르르 지나친다.

3

춘삼은 분토고개까지 왔다.

고갯마루 저편 하늘이 훤하게 밝아진다.

"나는 이 길루 가겠시유! 조심허시유!"

젊은 사나이는 숭엇말로 가는 샛길에서 그에게 인사를 던졌다.

춘삼은 갑자기 외로워졌다.

원수의 조카일 망정 그것이 길동무로서 험한 고개를 같이 넘겨준 힘이 고마웠다.

춘삼은 젊은 사나이의 멀어져가는 발자국 소리를 들으면서 돌밭에 주저앉았다.

벌레들이 운다.

젊은 사나이의 발자국 소리가 멀리 사라진 뒤에는 더한층 벌레 우는 소리가 춘삼의 마음을 외롭게 했다.

달이 뾰조롬히 소나무가지 사이로 얼굴을 내놓았다.

자꾸 올라온다─ 금방 올라왔다─ 모두 아주 올라왔다.

보름을 사흘 지낸 조금 이즈러진 달이었다.

그러나 밝었다. 벌레 우는 소리가 더한층 요란했다.

춘삼은 달빛에 어른거리는 분토고을을 멍하고 내려봤다.

개 짖는 소리가 들린다.

달밤의 분토고을은 옛날이나 지금이나 마찬가지였다.

그러나 춘삼은 고개를 돌리고 일어섰다. 춘삼의 발길은 숭어마을 가는 외가닥길로 자기도 모르게 디디어졌다.

그것이 누구를 보려고 누구를 찾으려고 가는 길인지 자기도 알 수 없었다.

어디로 떠가버렸다는 그의 아내와 그리고 열여덟이나 먹었을 그의 딸은 누구에게 들어야 똑똑히 그 소식을 알 수 있을 것인지 춘삼은 파뿌리처럼 마음줄기가 흩어졌다.

달은 높게 둥글어 꼬불꼬불한 한 가닥 비탈길에 숲그늘을 던져주고 있다.

춘삼은 옛날 S고을에서 돌아오다가 이 산비탈에서 늑대를 만나던 생각이 떠올랐다.

그때의 자기의 손엔 한 뼘이나 되는 굵다란 못을 박은 실측한* 작대기가 보신용으로 들려 있었다.

그러나 지금엔 땀에 젖은 한 벌의 옷 보퉁이가 두어 개의 줄을 타고 등뼈에 붙어 있을 뿐이다.

늑대가 나와서 자기에게 덤벼도 조금도 겁이 안 날 것 같어 춘삼의 마음은 구슬펐다. 자기의 목숨을 늑대에게 빼앗겨도 조금도 아깝지 않을

| * 실측하다: 든든하고 튼튼하다.

133

것같이 오늘 이 자리는 값없는 자기라고 생각했다.

그러나 어느 눈 먼 늑대가 자기를 물어갈 것도 같지 않다. 뜯어먹을 것도 같지 않다.

뼈만 남은 자기를— 십오 년 동안에 세어 빠진 거친 자기의 껍질을—.

춘삼은 숭어마을이 뾰조롬히 내려다뵈는 고갯마루까지 발길이 옮겨져 왔다.

춘삼의 눈은 총알같이 내려쏘였다.

이상한 소리가 왈칵 들려왔다. —춘삼은 선뜻 발을 멈추고 놀래었다.

장구 소리가 난다. 덩덩덩 덩그덩덩…… 여편네들의 노래 부르는 소리가 섞여서 들린다.

옛날의 연못은 그동안에 갑절이나 더 넓어져서 호수가 된 모양이다.

호수에는 배가 두 척! 노랫소리는 정녕코 호수에 뜬 뱃속에서 나는 것 같았다.

춘삼의 눈은 다시 옛날의 별장 터로 옮기기가 바쁘게 그때보다는 더 큰 기다란 기와집을 찾을 수 있었다.

마을의 집들은 이 골짝과 저 골짝에 옛날처럼 없어졌다.

개들은 숨어서 누구를 보고 짖는 것인지 여기저기서 컹컹 소리가 그치지 않았다.

춘삼은 새삼스럽게 자기의 십오 년 전에 불 놓고 잡혀가던 것이 후회되었다.

십오 년 전의 자기는 한 개의 어리석은 사람이었다고 생각했다.

불을 놓았던 그 자리에는 더 큰 기와집이 지어 있지 않는가!

조그맣던 연못은 더 큰 호수가 되어 있지 않는가!

호수에는 더한층 짓부시며 술과 계집 속에서 뛰노는 김 참봉의 향락이 있지 않은가! 그는 젊었을 때의 자기의 그 힘이 어리석었던 힘이었음을 더한층 깨달았다.

불끈 솟아오르는 그 힘! 그것은 일을 일답게 하지도 못하고 다만 자기의 몸을 망치고 마는 어리석은 힘인 줄 비로소 알았다.

"미친놈의 짓"이었다고까지 말 듣는 것도 결코 야속한 말이 아니라고 생각하였다.

춘삼은 그래도 고향을 찾아왔다고 옛날의 그 사람들의 얼굴이 새삼스럽게 얼른 보고 싶었다.

자기와 함께 대발을 세우고 숭어를 잡을 때의 기뻐 날뛰던 어린아이들, 자기와 함께 새벽이며 나무를 받아가지고 S고을까지 팔러 가느라고 손등을 홀홀 불던 젊은 친구들! '아아 그들은 얼마나 늙었나?' 춘삼은 갑자기 그들이 그리워졌다.

춘삼은 비틀비틀 아래로 내려섰다.

숲 그늘이 짙은 곳엔 개똥벌레가 두세 마리씩 짝지어 날고 벌레 떼가 귀뚤귀뚤 운다.

호수엔 배가 떴다. 연방 노랫가락이 꽁지를 물고 웃음소리, 장구 소리가 한데 뒤섞여 호수 물을 출렁거린다.

춘삼은 산기슭을 내려서 호수가 코앞정* 보이는 평평한 곳까지 왔다. 호수 둑에는 이십여 명의 마을 사람들이 어린아이들과 섞여 뱃놀이를 구경하는 모양이었다.

춘삼은 풀밭에 주저앉았다. 마을 사람들이 자기의 얼굴을 쳐다보고도 십오 년 전의 자기를 알 수 있을는지 춘삼은 자기를 못 알아보고 이상한 눈초리로 마치 어떤 거지가 들어왔나! 하는 듯이 노려보는 것도 같은

| * 코앞정: 코앞에. 아주 가까운 거리를 비유적으로 일컫는 말.

마을 사람들의 얼굴이 눈앞에 떠올랐다.

춘삼은 고개를 흔들어버리었다.

호수 둑 위엔 아이들을 업은 여편네들이 어슬렁어슬렁 마을로 들어간다.

춘삼은 갑자기 아내와 딸이 그리워진다.

'여편네들 가운데 자기의 아내가 섞여 있다면 자기의 딸이 섞여 있다면! 얼마나 눈물을 흘리면서 뛰어 쫓아오랴!'

춘삼은 두 눈알이 뜨거워졌다. 이윽고 이 눈알을 빙그르 돌아 눈물이 츠르르하고 두 볼을 흘렀다.

춘삼은 이를 갈았다.

'나는 십오 년 동안을 감옥 속에서 은근히 빌지 않았던가! 그대는 나를 바라지 말고 고생을 하지 말라고. 그리해서 어떤 사나이든지 따라가 살라고.'

사나이가 생겨서 어디로 갔든지 굶고 살 수가 없어서 남의집살이를 갔는지 어쨌든 어디로 가버리고 없다는 소식은 적이 불안케 하였다.

춘삼은 또한 시집갈 나이가 찼을 딸년의 소식이 또한 기막히게 그리웠다.

그러나 오히려 오늘의 자기가 그 계집애의 아비로서 그 계집애의 앞에 나타나 그 계집애의 눈에서 눈물을 짜내게 하는 것을 보는 것보다는 오히려 이대로 굴러가서 오늘의 자기를 보지 않는 것이 또한 적이 불안한 안심이었다.

춘삼은 한 발자국을 숭어마을로 옮겨놓았다. 깔고 앉았던 풀이 버스스하고 소리를 내임은 대가리로 쳐들고 일어남이었다.

춘삼은 자기의 몸이 도토리알처럼 의지가지없는 신세인 것을 새삼스럽게 느끼면서 아직도 뱃놀이가 끝나지 않은 호수 둑 위를 어름어름 걸기 시작했다.

열두서너 살의 어린아이들만이 돌팔매질을 치면서 놀고 있다.

춘삼의 발길은 차츰차츰 마을로 옮겨졌다. 개떼가 요란스럽게 짖기 시작했다.

그러나 짖는 개는 밉지 않았다. 오히려 누구 한 사람 곁에 와서 "누구요?" 하고 한 마디의 말조차 없는 것은 낯선 타관이나 조금도 다른 게 없다.

춘삼은 너무도 자기의 한 짓이 억울한 희생이었던 것을 더한층 쓰리게 깨달았다.

어느 틈엔지 산골짜기로부터 부연 달밤안개가 연기처럼 기어내려 마을을 흐르고 있다.

안개는 커다란 숲들을 휩싸고 초가지붕을 덮어버렸다.

춘삼은 안개 속의 한가닥 길을 빨리 걸었다. 옛날의 이 마을 사랑방을 찾기 위하야ㅡ.

《신동아》, 1934년 12월

번견番犬 탈출기

1

돌담 밑 백일홍 포기에서 귀뚤귀뚤 벌레 우는 소리가 끊일락 이을락 조을기* 시작하자 뜰 앞 감나무가지에 매달려 어렴풋이 나무 그늘을 마당에 던져주던 반달도 어느 틈에 사랑채 기왓장 너머로 얼굴을 감추어버리고 떡방아를 찧던 머슴 박 서방도, 풋콩을 까던 병쇠 어멈도 이제는 석유 등잔불이 희미하게 가물거리는 사랑채 문간방에서 무슨 소리인지 도란도란 이야기를 주고받는다.

낮에 서울에 갔다가 무엇을 한 아름 사가지고 온 주인 나리는 초저녁에 유성기를 틀어놓고 아씨가 따라주는 삐—루를** 마시더니 얼마 안 되어 술이 취해가지고 쓰러져 잠이 든 모양인지 얼마 전에 아씨의 잠옷 입는 그림자만이 미닫이에 비추인 뒤로는 전등불도 어느 틈에 새파랗게 적어져버리었다.

나는 오늘 밤도 안방마루 밑 한편 구석지에 쭈그리고 앉아서 멍하고 먼저 마당 위를 한 바퀴 돌아봤다. 그러고 나서 나는 돌담 위로 눈을 던

* 조을다: 졸다.
** 삐루ビール: 맥주를 가리키는 일본어.

졌다. 행여나 무슨 이상한 그림자가 뛰어넘지나 않을까 하고.

내 눈은 밤이 되면 낮의 약 두 배나 더 밝아진다. 그러므로 낮에 반절밖에 못 보는 것이면 나는 밤이라야 비로소 한 개를 완전히 볼 수 있게 된다.

나는 마루 밑에서도 멀리 떨어진 돌담 위로 넝쿨을 뻗치고 기어 올라간 아사가오朝顔의* 밤이슬을 머금고 잠든 수많은 봉오리를 또렷이 볼 수 있다.

나는 귀를 기울인다. 행여나 어디서 이상스런 발자욱 소리가 들려오지나 않는가 하고.

갑자기 대문간에서 찍하는 쥐새끼의 비명悲鳴이 들리자 번개처럼 톡 튀어나오는 것은 얼룩이 고양이놈이다.

얼룩이놈은 마당을 모로 끊고 뒤안으로 달음질친다. 쥐새끼가 얼룩이놈에게 잡힌 것은 떡방아를 대문간에서 찧은 머슴 박 서방의 죄다.

얼룩이놈은 저녁때부터 대문간 쇠죽솥 나무뚜껑 뒤에 숨어서 절구통 근방에 떨어진 떡쌀알맹이를 주워 먹으러 나올 쥐새끼를 기다리고 있었다.

한 알맹이의 쌀낟을 주워 먹으려고 제 목숨이 사자에게 깨물릴 줄을 모르는 쥐새끼는 미련하고도 가엾은 짐승이다.

그보다도 한 점의 쥐새끼 고기에 맛을 붙여 초저녁부터 밤이 이슥토록 숨어서 쥐를 노리는 얼룩이놈도 실상은 약은 듯하면서도 미련하고 얄미운 놈이다.

그놈은 쥐새끼나 노릴 줄밖에는 아무것도 모른다.

뒤안 장독 높은 독 위에는 오늘 식전에 박 서방이 이십 리 길을 걸어

| * 아사가오あさがお(朝顔): 나팔꽃.

장에 가서 사가지고 온 세 마리의 민어와 두 마리의 도미가 조각조각 포
가 되어 채반 위에 널린 채 밤이슬을 맞고 있는 줄을 그놈이 알고 있다면
쌀알맹이를 주워 먹으러 나온 대문간 쥐새끼쯤은 눈코도 안 떴을 것이다.

실상은 얼룩이놈도 냄새는 나만큼이나 빨리 맡는 놈이다. 민어꽁지
와 창자를 수챗구멍에서 건져 물고 뒤안으로 혼자서 내빼던 점심나절의
그놈의 꼴이란 실로 더러웠다.

그놈은 행여나 내가 대들어 제 것을 가로챌까 겁이 났는지 야옹거리
며 나를 피해 갔다.

그렇지만 결국 그놈은 제 꾀에 제가 속았다. 뒤꼍으로 나를 피해 갔
을 때는 벌써 저보다도 더 큰 산고양이가 와락 달려들어 썩은 수채투성
이의 민어대가리를 가로채었다.

지금 쥐새끼를 잡아 물고 뒤안으로 달음질친 그놈은 산고양이가 어
디서 숨어 앉아 물은 쥐새끼를 가로채려 저를 노리고 있는 줄을 모르는
모양이다.

도대체 얼룩이놈은 꾀가 없는 놈이다. 꾀가 없는 것뿐만이 아니라 지
나간 일을 기억하지 못하는 놈이다.

민어와 도미포를 널은 장독이 얼룩이놈의 힘으로 뛰어올라갈 수 없
을 만큼 높긴 하지만 늙은 향나무로 기어올라가 가지 끝을 휘어 타면 저
절로 근들근들 위아래로 홍청거려 가만히 앉아서도 채반 위의 포 조각을
모조리 핥을 수 있건만 그놈은 거기까지는 꾀가 나지 않는 모양이다.

그놈이 점심때 민어대가리만 혼자 처먹으려고 물고 내빼지 않았던들
나는 그 꾀를 가르쳐주었을는지도 모른다.

곰곰 생각할수록 정신없는 얼룩이놈이 괘씸하다.

나는 네다리를 세워 기지개를 한 번 친 뒤에 고개를 흔들면서 마루
밑을 걸어 나왔다.

어디서인지 다듬이 소리가 요란히 들려온다.

갑자기 얼룩이놈이 내뺀 뒤꼍에서 와그르 그릇 깨지는 소리가 들린다.

나는 선뜻 얼룩이놈의 방정이나 아닌가 하고 달음쳐 뛰어갔다.

아니나 다를까 그놈은 생선 채반을 보기 좋게 엎어버리고 나배기 뚜껑을 깨놓고는 광 문틈으로 몸을 비벼대며 숨으려 한다.

나는 그놈의 꼴이 몹시도 보기 싫어서 "컹, 컹." 하고 짖었다.

어느 틈에 알고 뛰어왔는지 웃통을 벗은 채 한손으론 풍채중이 말을 붙들고 맨발로 성큼성큼 굼그러진 흙고물이 묻은 생선조각을 채반에다 부리나케 주워 담는 병쇠 어멈은 내게 생선 조각을 한 개 던져주며 짖지 말라고 눈짓을 한다.

내가 또 한 번 "컹, 컹." 짖으면 언제나 마찬가지로 안방 뒷문이 열리며 주인 나리의 손에서 회중전등이 눈을 부릅뜨고 병쇠 어멈의 허둥대는 꼴을 흘길 것은 빤한 노릇이다.

주인 나리에게 야단을 맞지 않기 위해서 내게 던져준 생선조각을 나는 집어 삼키기가 싫다. 나는 병쇠 어멈을 미워한다. 병쇠 어멈은 얼룩이놈 이상으로 인정이 없는 여편네다.

주인네 밥상에서 남아나오는 고기반찬— 아니다. 빨아먹은 다 뜯어먹은 갈비 뼈다귀나 생선 대가리도 인심 좋게 내 밥그릇에다 쏟아주는 때가 없다.

병쇠 어멈은 주인네가 뜯어먹고 빨아먹은 뼈다귀나 대가리를 더럽지도 않은지 언제나 투가리에* 쓸어 담아서 된장을 풀고 풋고추를 잘라 넣어 아궁이에다 끓여가지고는 박 서방의 밥상에다 놓는다.

| * 투가리: '뚝배기'의 방언.

박 서방 상에서 나오는 뼈다귀나 가시는 비린내나 누린내는 고사하고 된장내조차 나지 않을 만큼 쪽쪽 빨아먹은 깨끗한 찌꺼기뿐이다. 병쇠 어멈은 인심이나 쓰는 듯이 그것을 내 밥그릇에다 쓸어 붓는다. 아마 내 밥그릇이 고기뼈다귀 쓰레기통인 줄 아는 모양이다. 주인네가 빨아먹은 찌꺼기나마 내게로 바로 올 수 없는 내 신세는 말할 것도 없지마는 고기 한 토막 생선 한 점을 제 맘대로 박 서방 상에 못 놓아주고 내가 먹을 것을 가로채어 재탕을 하는 꼴이란 가엾다기보다도 못나 빠진 그 꼴이 밉기 짝이 없다.

그러한 병쇠 어멈이매 나는 "컹컹" 하고 짖어서 한번 주인에게 혼나는 꼴을 보고 싶지 않은 바도 아니다. 그러나 그렇게 되면 그나마도 잘 안 주는 눌은밥 찌꺼기를 못 얻어먹을 것 같다. 그뿐만 아니라 박 서방 지게 작대기에 걸리면 엉덩이를 사정없이 얻어맞을는지도 모를 일이다.

병쇠 어멈은 흙고물이 묻은 생선조각을 바께쓰에다 주워 담아가지고 소리 없이 답븐답븐 걸어서 우물께로 간다.

아마 살짝 씻어서 감쪽같이 넣어둘 모양이다. 그러나 얼룩이놈이 물고 달아났을 고기 토막은 무엇으로 채워놓 생각인지?

채반 위에 포개포개 생선포를 씻어 담은 병쇠 어멈은 이번에는 두꺼운 옹배기에 그것을 걸치어 물이 빠지게 해놓고 고양이놈 힘으로는 감히 열 수 없을 만한 나배기를 푹 씌워가지고 안방 마루 위 과일이 든 궤짝 위에다 가만히 엎어놓고 간다.

밤은 점점 깊어간다. 서울로 올라가는 급행막차가 우르르 요란스런 소리를 내며 앞산 모퉁이를 지나간다.

돌 틈에서 울던 벌레도 이제는 잠들을 잔다. 석유불이 켜 있던 병쇠 어멈네 방에도 불이 꺼져버리고 색색 박 서방의 코고는 소리만이 이따금 들려온다.

나는 다시 마루 밑으로 어슬렁어슬렁 기어들어왔다.

나도 하품이 난다, 잠이 온다. 그러나 나는 잠을 자서는 안 된다. 눈을 감고 졸아서는 안 된다.

나는 밤이 깊어지면 깊어질수록 눈을 더 크게 떠야 한다. 귀를 더 기울여야 한다. 냄새를 더 들이마셔야 한다.

그것은 내가 이 집에서 눌은밥 찌꺼기를 얻어먹기 때문이다. 박 서방이 발라먹고 난 물에 넣으면 둥둥 뜰 것 같은 뼈다귀를 이따금 깨물 수 있기 때문이다.

아니 그보다도 작년 가을에 내가 이 집 주인아씨에게 일금 삼 원三圓에 팔려왔기 때문이다.

나를 삼 원에 판 사람은 흰 수염이 귀밑에서부터 덥수룩이 난 털보 영감이었다.

2

나는 털보 유 영감네 마루 밑 짚북데기 속에서 잔뼈가 굵었다. 나는 본시 내 고향이 어디인 줄도 모른다. 어미애비가 어떻게 생겼었는지도 모른다. 다만 털보 유 영감의 말을 정말이라고 믿는다면 내 어미가 나를 낳은 곳은 여기서도 산 하나를 넘어서야 있는 새마을서 과수원을 경영하는 기다무라(北村)라는 사람의 집 헛간이었다 한다.

나를 난 때는 대한 추위가 치밀어 때리는 깊은 삼동三冬이었는데 내 어미는 한 탯줄에 세 쌍둥이를 낳고 보름이 채 못 되어 죽어버리게 되자 우리 셋은 밤마다 죽은 어미를 울며 찾다가 결국 기다무라의 학대를 받게 되었으니 짚북더기 속에 싸인 채 길바닥에 내버린 것이 바로 그것이라 한다. 길바닥에서 떨고 울고 있던 우리 셋을 앞섶에 안고 와서 방 아 랫목에다 내려놓고 밥물을 받아 먹인 것이 이 유 영감이다. 우리 셋은 유 영감의 정성에 끝까지 잘 자라야 할 것이었건만 그만 둘은 시름시름 병 이 들어 말라 죽어버리고 나만 도토리알처럼 홀로 남게 되었다. 유 영감 의 집은 방이 둘이고 부엌이 한 간인 삐뚤어진 담집이었다. 아랫방은 유 영감이 혼자서 자고 윗방은 유 영감의 아들 응칠이가 그의 아낙과 거처 하였다. 유 영감은 홀아비였다. 이제 오십이 조금 지났으나 흰 수염이 너 무도 많이 난 것과 얼굴에 주름살이 너무 심한 것 때문에 그는 '영감'이 란 별명을 들었다. 유 영감은 아들 응칠과 둘이서 오동골에 있는 최 주사 네 논 일곱 마지기와 새말 뒷산 비탈 네 마지기의 밭을 부치며 살아갔다. 봄이 되어 햇빛이 따뜻해지자 나는 유 영감의 방에서 양지쪽으로 나왔고 유 영감이 밭에 가면 밭으로, 논에 가면 논으로 따라다녔다. 나는 가끔 고등어 대가리를 빨아먹고 빙그레 웃으며 던져주던 응칠이보다도 눌은 밥을 찔끔 내 밥그릇에 담아주며 "바둑아……." 하고 내 이름을 부르던 그의 아낙보다도 유 영감을 더 따랐다.

유 영감은 언제나 나를 자기 곁에 재워주었다. 더구나 그 아들 응칠 이가 최 주사네 사랑채를 지을 때 그 밑에서 흙일을 하다가 갑자기 기둥 이 쓰러져서 그만 불행히도 병신이 되고…… 병이 깊이 들어 기어이 서 른도 못 된 청춘을 꺾이게 되자 유 영감의 서러운 위안거리는 오직 나뿐 이었다. 며느리는 응칠이가 죽은 지 한 달도 못 되어 친정인 쌀뫼에 가서 열흘이 되어도 돌아오지 않더니 얼마 만에 만주로 가 그의 칠촌 아저씨 를 따라갔단 소문이 퍼지나 유 영감은 한숨을 휘― 쉬며 담배만 피워대 다가는 내 등 털을 살살 어루만지기만 하였다. 나는 오직 홀로 된 유 영 감의 둘도 없는 동무로서 어느 틈에 깊은 정이 들어버렸다. 그러다가 작 년 가을 어떤 날 유 영감이 앞산 밑 길가 최 주사네 콩밭에서 콩을 베는

데 마침 인력거에 내려서 산비탈길을 넘어오던 하늘빛 치마를 땅까지 끌며 걸어오던 젊은 여자가 나를 콩밭 모퉁이에서 흘긋 쳐다보더니 "아이 유 개라도 귀엽기도 하이. 이게 유 첨지네 개유?" 하고 고동빛에 흰점이 드문드문 박힌 내 털을 번쩍거리는 금반지 낀 손으로 한참을 쓰다듬은 지 사흘 만에 유 영감은 구럭을* 들고 오더니 뜻밖에도 내 눈을 수건으로 가린 뒤에 그 구럭 속에다 내 몸뚱이를 안아 넣고 한참 동안을 걸어서 어디를 오더니 나를 어느 집 뜰에다 내려놓는다.

그때의 그 집 뜰이 바로 이 집 뜰이고 금반지 낀 손으로 내 등을 만져 주던 여자가 바로 이 집 아씨였다.

유 영감은 나를 내려놓고 아씨가 주는 지전 석 장을 절을 해가며 받아가지고는 내 얼굴을 물끄러미 내려보면서 나갔다.

바로 그날부터 내 목에는 쇠사슬 줄이 감기게 되고 마루 밑 기둥에 붙들어 매이게 되었다.

주인아씨는 가끔 무슨 종이봉지를 들고 와서 돈짝만씩 한 도톰한 것을 두세 개씩 내게 던져놓고는 내가 하는 양을 본다. 나는 생전 처음 보는 것이었다. 먹어서는 안 되는 것도 같았다. 그러나 달콤하고 구수한 냄새가 코를 찌르자 나는 한 개를 받아 먹어보았다.

"이놈의 개새끼가 과자 맛을 처음 보는 게야!"

하고 마침 지나치던 최 주사에게 욕을 먹고 난 뒤 나는 늘 최 주사가 속으로 미웠다.

나는 일주일이 지난 뒤에야 비로소 최 주사의

"짐승이란 닷새만 달을 들여놓으면 지난 일을 잊어버리느니라."

하고 쇠줄을 끄르라는 명령이 떨어지자 머슴 박 서방의 손으로 쇠줄

| * 구럭: 새끼를 드물게 떠서 물건을 담을 수 있도록 만든 그릇. '망태기'의 평북 방언.

이 기둥에서 끌리었다.

나는 갑자기 옛집이 그리웠다. 유 영감이 보고 싶었다. 번들번들 유리알 같은 마루 바람이 슬슬 들어오는 거미줄 안 끼는 높고 넓은 마루 밑 그러나 그것은 나에게 있어 갑자기 무서웠고 싫증이 나기 시작했다.

석유 궤짝을 뜯어 대패질도 않고 아무렇게나 못질 해서 맞춰놓은 한 간통도 못 되는 유 영감네 마루 밑 그것은 지난날 내 뼈가 굵게 자라난 둘도 없는 나의 보금자리다. 나는 줄에서 끌린 다음 한 시간도 못 되어 사람의 눈을 피하여 밖으로 뛰어나왔다. 그래서 사방을 둘러보고 방각을 깨달은 뒤에 조그만 앞고개를 넘어서 나의 옛날 보금자리 유 영감네 집을 찾아서 달음질쳤다. 유 영감은 혼자서 부엌에 꾸부리고 앉아 때 묻은 양재기 냄비에 솔방울을 때고 있다가 나를 보고 깜짝 놀라며

"이눔아! 왜 왔어! 좋은 이밥에! 고기 뼈다귀에 좀 좋아! 어서 가!"

하고 소리를 질렀으나 한편으로는 반가웠던지 빙그레 웃음을 띠우며 살강* 위에서 조그만 신문지 뭉텅이를 끄집어내더니 그 속에서 기름에 절은 고등어 대강이를 던져주었다. 나는 뛰면서 그것을 덥석 물고 유 영감 앞에서 맛있게 바수어댔다.

"이눔! 그동안 고기 뼈다귀도 못 얻어먹었니?"

유 영감은 벙그레 웃음을 띠며 내 털을 쓰다듬어주었다.

나는 그날 밤을 거기서 자려 했다. 유 영감은 나를 쫓을 생각도 하지 않고 냄비 밑바닥에서 눌은밥을 긁어주었다.

나는 얼마나 맛있게 먹었는지 모른다. 생전 못 보던 병쇠 어멈이 찔끔 퍼다가 내버리고 간 밥찌꺼기와는 그 맛을 대해보기 싫었다. 아씨가 봉지를 들고 와서 내게 과자를 던져주더라도 나는 그것이 참으로 나를

---

* 살강: 그릇 따위를 얹어놓기 위하여 부엌의 벽 중턱에 드린 선반. 발처럼 엮어서 만들기 때문에 그릇의 물기가 잘 빠진다.

위해서 내 뼈가 되고 내 살이 되고 내 피가 되기를 바라는 데서 온 것이 아니라 다만 한 개의 자기네들의 장난감으로 놀리기 위한 데서 온 자기들의 취미와 유흥의 한 토막에 지나지 않는 것이라는 것을 알고 있는 나로서는 새삼스럽게 유 영감의 정이 용솟음쳐 올라왔다.

나는 유 영감이 앞을 떠나기가 싫었다. 다시 또 최 주사네 집엘 오고 싶지 않았다.

나는 유 영감의 방으로 뛰어들어갔다. 잊었던 내 집을 다시 찾은 나의 마음은 기쁘고 든든하였다.

침침한 석유 등불 아래 나는 유 영감 곁에서 벼룩을 잡고 유 영감은 담배를 피우고 있으려니까 투벅투벅 고무신짝을 끌며 누가 들어오는 소리가 나더니

"유 첨지! 개 왔소?"

하고 박 서방이 마루로 올라선다.

"어이! 들어오게. 아 그놈이 정을 못 잊고 도루 왔네그려!"

"개 찾아 오라구 야단이 났소. 이다음 오거든 때려 쫓아요! 정들었다고 그대로 두면 만날 여기 와서만 살지 않겠소!"

"실상은 내가 왜 저 개를 팔았겠나. 짐승이라도 내 자식이나 마찬가질세. 돈 삼 원이 갖고 싶어서 판 것은 아닐세. 최 주사 집에서 데려가면 짐승이라도 먹이기는 잘 먹일까 하고 판 것일세. 실상은 팔고 싶은 맘은 없었지만 젊은 아가씨가 세 번이나 팔라고 권했기 때문에 그런 것인데 팔고 나서 생각하니 안됐네그려. 이놈이 만날 뽀르르뽀르르 오면 될 일인가? 개란 본래 집안을 잘 지켜야 하는 것인데……."

유 영감의 말을 한참 듣고 앉았던 박 서방은

"좀 모가지를 묶어주시유."

하고 낮에 끌르고 나온 쇠사슬 줄을 내놓는다.

유 영감은 내 목에다 쇠줄을 걸어 잡아당기더니 줄꼬리를 박 서방에게 준다. 나는 유 영감이 야속하였다. 왜? 내 목에 쇠줄을 끼워주는지 알 수 없는 일이다. 나는 유 영감이 갑자기 야속해 보이었다. 갑자기 서러운 생각이 나자 츠르르하고 내 눈 앞은 어린어린 눈물이 어린거리기 시작해 왔다. 나는 박 서방에게 끌려오기가 싫었다. 그러나 박 서방의 힘센 회초리에 못 이겨 기어이 또다시 최 주사네 기둥에 매달리게 되었다. 나는 유 영감이 몹시 원망스러웠다. 힘센 회초리로 핵핵 갈겨대며 나를 문밖으로 기어이 끌고 나오던 박 서방에게 유 영감은 한마디의 꾸중조차 없었다. 나는 벌써 유 영감의 '개'가 아니라는 것을 깨달을 수 있었다. 나를 다시 쇠사슬 줄로 붙들어 맨 것은 유 영감 집에를 또 가서는 안 된다는 체벌體罰인 것이 틀림없다. 그것을 느끼면 느낄수록 나는 최 주사네 집에 있기가 싫었다. 그 뒤 닷새가 지난 뒤에 박 서방 손으로 쇠줄이 내 목에서 끌러지자 나는 또다시 유 영감이 보고 싶었다. 뒷일을 생각지도 않고 나는 유 영감을 보려고 박 서방의 눈을 피해가지고 작은 고개를 넘었을 때는 마침 유 영감은 고갯마루 밑에서 동네 젊은 사람들과 최 주사네 콩을 베고 있다가 내가 반가워 뛰어가니까 별안간 밭고랑에서 돌멩이를 쥐어서는 내 머리통을 갈겨대며

"이눔아! 왜 또 왔어! 가!"

하고 야단을 친다. 나는 갑자기 서러웠다. 나를 보고 반가워해야 할 유 영감이 그렇게까지 갑자기 사납게 마음이 변해버릴 줄은 꿈에도 생각지 않은 일이었다. 나는 그 길로 산으로 헤매었다. 밤중이 되어서 나는 곯은 배를 안고 최 주사네 집으로 돌아갔다. 나는 그때부터 유 영감네 집에는 다시 가지 않기로 결심해버렸다.

가을이 깊어져 낙엽이 워시럭워시럭 바람에 휘날리는 어느 날 나는 무심히 동무네와 떼 지어 새마을로 놀러간 일이 있었다. 그때 나는 선뜻

유 영감네 집을 쳐다봤다. 그러나 웬일인지 유 영감네 오막살이는 어느 틈에 누가 허물었는지 허물리고 바로 그 터에 커다란 새 기둥들을 희뜩 번뜩 세워놓고 칠팔 명이나 일들을 하고 있다. 나는 갑자기 유 영감이 어디로 갔을까 하고 궁금해졌다. 유 영감이 살던 오막살이 집터는 내가 팔려 온 주인 나리인 최 주사의 땅이다. 그럼 그것이 최 주사가 짓는 집이나 아닌가 하고 나는 그곳으로 뛰어가봤다. 그러나 유 영감은 없었다. 나는 그 근방을 어름어름 배 돌다가 어떤 이야기 끝엔지,

"유 첨지란 너무 순해 빠져서…… 그래 아무리 홀아비지만 집 없이 어떻게 살 작정으로 순순히 허물라고 내놓았는지 몰라……."

"흥 땅임자가 제 맘대로 못하겠나!"

"그렇지만 하필 다른 땅 다 내버리고 여기다 집을 지으려 한 것은 유 첨지를 쫓아내자는 최 주사의 약은 수작이거든!"

"최 주사보다도 박 서방 녀석이 꼬드긴 거지!"

"박 서방이 왜 그랬을까?"

"유 첨지를 쫓아내고 나야 밭떼기라도 즈 형 집에 부쳐줄 게 아닌가!"

"유 영감을 쫓아낸 것은 그뿐만이 아닐세. 최 주사 첩이 어떤 계집인지 아나? 젊은 계집이 웬 개를 그렇게 좋아하는지 모르지! 그게 최 주사 첩 되기 전 읍내서 기생 노릇 할 때엔 세파—드라든가 사냥개라든가를 방에다 재웠다는 이야기가 있지 않나!"

"그런데다가 최 주사란 게 본래 고자란 말도 있지 않았나! 사실 최 주사 돈을 발라먹기 위해서 한 집에서 살긴 하지만 젊은 게 딴 놈 생각이 안 나겠나? 그렇다고 딴 놈을 관계했다가는 최 주사 돈을 못 먹을 것이니까…… 그러니까 만만한 개라도 좋아할 밖에."

"허허 기 막힐 이야길세."

"그럼 최 주사가 '개'와 강짜 쌈을 할 일일세 그려 허허허."

"계집 수단이 어떤데 그런가! 유 첨지네 개를 살 때도 집지킴으로 사들인 게지. 제 장난감으로 사들였다고 최 주사에게 말할 듯싶은가?"

"어리석은 게 최 주살세. 사람이 '돈'을 만지면 어리석어지는 모양이여!"

"천만에 어리석은 사람에게 돈이 따라다니는 것이지…… 돈을 만진다고 어리석어지는 것은 아니지."

"그러니까 유 첨지를 쫓아낸 것은 말야, 그놈의 바둑개가 툭 하면 유 첨지 집엘 와서 저 집엘 안 가니까 그것이 눈꼴이 틀린 데서 개를 처치하기는 싫고 만만한 유 영감을 최 주사에게 꼬드긴 거로군…… 그럴 듯하기두 해."

"좌우간 불쌍하게 된 것은 유 영감일세. 자식도 없는 홀아비가 그나마 몸담을 곳조차 빼앗기고 어디로나 갔는지!"

"제一기 최 주사에게 몇 원이나 받았나?"

"십오 원인가 받었다더만 그까짓 것……."

"그 영감이 공연히 개새끼를 키웠군그래!"

"글쎄 말일세. 이 동네를 쫓겨나게 된 것은 꼭 개를 키운 탓이야. 쓸데없는 인정이 너무 많아도 화禍가 생기거든!"

여러 사람들의 주고받는 이야기에 귀를 기울였던 나는 새삼스럽게 유 영감이 그리워왔다. 유 영감 집터에 새로 짓던 기와집이 점점 완성되어가는 첫 겨울 어느 날 저녁때 때 묻은 옷 냄새가 안방 마루 밑에 누웠던 내 코를 유난히도 찌르기에 나는 얼른 밖을 뛰어나갔다. 뜻밖에 사랑방 마루턱에는 유 영감이 비에 젖은 무명 겹바지 저고리를 입고 누가 여름 한 철을 톡톡히 쓰고 내버린 것을 주어서 쓴 것처럼 빛깔이 변할 대로 변한 다 찌그러진 맥고모자를 쓰고 베개만 한 보따리를 어깨에 둘러멘 채 담뱃대를 빨고 앉아서 내 얼굴을 흘끗 쳐다보고는 손바닥을 펴가지고

"바둑아, 바둑아." 하고 반가워하는 표정을 보였다. 나도 갑자기 솟아오르는 반가운 생각이 넘쳐흘러 유 영감 소매를 물면서 몇 번을 뛰어올랐다. 유 영감은 그동안을 장단長端엔가에서 제법 밥술이나 끓여 먹고 사는 오촌 조카를 찾아갔다가 자기 돈만 다 쓰고 푸대접을 받고 다른 데는 갈데 없어 다시 이 마을로 돌아온 것이었다.

그러나 유 영감의 보금자리를 헐어버린 주인 나리 최 주사의 태도는 어디까지 싸늘하였다.

유 영감은 마을의 이 집 사랑에서 저 집 사랑으로 옮아갔다. 차차 날이 추워오는데 때에 전 겹옷엔 이가 숭숭 기어나왔다. 사람이란 늙으면 추해지고 집이 없으면 추해지고 홀아비면 더욱 추해지는 모양이다.

유 영감은 이 세 가지의 추접이 다 모였다. 그가 비록 홀아비살림이요, 오막살이라는 자기 방을 가지고 있을 때는 그다지 추접하지 않았다.

마을 사람들은 처음에는 유 영감이 불쌍하다고 담배봉지도 들어다 나르고 막걸리도 흔히 나누어 마셨으나 그러나 유 영감의 점점 더 추접 어들어가는 꼴은 차차 그 사람들을 피하게 하고 말았다.

유 영감은 그 뒤 한 달도 못 되어 나뭇잎 다 떨어진 땅바닥에 서리가 하얗게 내린 어느 날 아침 때 묻은 무명 겹옷에 쭈그러진 맥고모자 그대로를 머리에 쓰고 누구에게 간다온단 말없이 어디로엔지 자취를 감추어 버리었다.

그 뒤에 한 달이 훨씬 지난 깊은 겨울 어느 날 뜻밖에 나는 유 영감이 어떤 주막에서 순사에게 잡혀갔단 소식을 듣고 깜짝 놀라지 않을 수 없었다. 더구나 유 영감이 주막에서 같이 자던 담배장사(煙草配)의 돈을 훔치려다 그렇게 된 것이란 말을 듣고 나는 너무도 가슴이 쓰리었다. 그러나 나는 그 말을 믿을 수 없었다. 유 영감이 그렇게 변해버릴 리가 없기 때문에. 그러나 유 영감은 참말로 주재소에서 경찰서로 넘어가고 또다시

경찰서에서 형무소로 넘어갔다는 소식을 여러 젊은 사람들에서 들을 수
있었다. 사람이란 그렇게도 변할 수 있을까? 뒷산에 솔가지 나뭇단이 수
십 다발 쌓였어도 그것이 남의 것이라 하여 유 영감은 그것 한 가지 남몰
래 훔쳐다 땐 일이 없었다. 앞밭에 콩이 살이 쪄 통통해도 그것 한 가지
슬며시 뽑아다가 밤에 까 넣어본 일이 없었다. 그렇던 유 영감은 변해버
렸다. 도적으로 변해버렸다. 나는 생각한다. 그가 죄를 지은 것은 이 동
네서 그를 쫓아냈기 때문이다라고. 아니 동네서 쫓아낸 것이 아니라 최
주사가 그의 오막살이를 허물어버렸기 때문이다. 박 서방이 유 영감이
부치는 밭을 제 형에게 부쳐주려는 욕심 때문이다. 아니 그것도 아니다.
주인아씨가 나를 유 영감에게서 사 왔기 때문이다. 아니 그것도 아니다.
유 영감이 나를 주어다 키웠기 때문이다. 아니 그것도 아니다. 내가 이
집에만 있지 않고 유 영감네 집으로 여러 번 달아난 때문이다. 그렇다 나
때문이다. 나 때문에 유 영감은 죄를 짓고 징역을 산다.

3

달도 이제는 아주 넘어가버리고 귀뚜라미조차 잠이 들었는지 사방은
씻은 듯이 고요하다.

유 영감의 쭈그러진 맥고모자가 지금쯤은 어디에 처박혀서 이 밤을
새우나? 그것이 나는 공연히 알고 싶어지자 눈앞에 스르르 나타나는 것
은 유 영감의 여윈 얼굴. 어느 틈에 온몸이 찌르르 하고 옛일이 그리워지
는 내 머리. 나는 뛰는 가슴의 소리를 들으면서 마루 밑에서 마당으로 뛰
어나갔다. 이 순간 어디서 부스럭 하는 무슨 소리가 들린다. 나는 사방을
한번 휘— 돌아보았다. 부스럭 소리는 뒤안 굴뚝 옆에서 또 난다. 나는

쏜살같이 그곳으로 달음질치며,

"컹—컹." 하고 짖었다 아니나 다를까 굴뚝 곁에는 어떤 시커먼 그림
자가 섰다. 내가 다짜고짜로 왈칵 대어들어 물어뜯으려고 했을 때 시커
먼 그림자는 한 손으로 내 목덜미를 어느 틈에 쥐어 잡고 가만히

"이놈아! 나를 몰라보니……."

하면서 한 손으로 내 등 털을 쓰다듬으려 한다. 나는 갑자기 놀랐다.
시커먼 그림자가 바로 유 영감이었기 때문이다. 유 영감의 옷과 살에서
나는 이상한 냄새! 암 그것은 나온 지 며칠 안 되는 감옥 속에서 묻어 온
냄새인 모양이다.

내 머리를 쓰다듬어주는 유 영감의 손결. 나는 지난날 오막살이 속에
서 느낀 유 영감의 따뜻한 정을 또 한 번 느꼈다.

유 영감은 어느 틈에 나를 떼어놓고 사뿐사뿐 발길을 옮겨 뒤꼍으로
돌아가려 한다. 나는 비로소 유 영감이 나를 보려고 담을 뛰어넘어온 것
이 아니라는 것을 느끼었다. 유 영감은 정녕코 이 집으로 도적질을 하러
들어왔다.

나는 "컹—컹." 짖어야 한다. 그가 아무리 나를 키워준 은인이라 하
지만 나는 주인 최 주사의 생명과 재산을 지켜야 한다.

주인의 물건을 도적하러 들어오는 인간은 덮어놓고 물어야 한다. 나
는 "윙—윙—." 두 번을 짖고 쏜살같이 유 영감에게로 대어들었다. 아—
이 순간 유 영감은 갑자기 방망이를 든 한편 손을 번쩍 올려 사정없이 내
머리통을 갈겨대며

"이 놈 은인을 몰라?"

하는 소리가 들리자 나는 "악" 하고 땅바닥에 쓰러졌다. 내 눈은 금방
빠질 것처럼 빙빙 돌고 내 머리통은 금방 쪼개져 꾸역꾸역 속엣 것이 나
올 것 같다. 나는 공연히 유 영감에게 대들었다고 후회가 되었다. 나는

겨우 머리통을 쳐들고 마루 밑으로 들어와서 쓰러졌다. 어느 틈에 박 서방이 놀라며 잠을 깨었는지 달음쳐 뛰어나와서는

"도적이야—."

소리를 지르고 달아나는 유 영감의 멱살을 잡고선 뺨을 딱 갈겨대며

"웬 놈이냐, 네가?"

하고 마당으로 끌고 온다. 나는 갑자기 박 서방이 미워졌다. 비록 유 영감에게 지금 매를 얻어맞았으나 그것은 내가 잠깐이라도 그 영감의 은혜를 잊어버린 허물이다. 나는 비로소 유 영감에게 은혜를 갚을 때가 왔다고 생각했다. 나는 무거운 머리를 쳐들고 와락 일어서며 번개처럼 박 서방에게로 아가리를 벌리고는 대어들었다. 박 서방은 유 영감을 잡았던 손을 놓고 내게로 대들었다. 나는 박 서방에게 작대기로 얼마나 얻어맞았는지 셀 수 없었다.

"주인을 몰라보는 놈의 개새끼 때문에 기어이 도적놈을 놓쳤어."

이 바람에 병쇠 어멈이 일어나오고 최 주사와 아씨도 자리옷을 입은 채 뛰어나왔다.

"그놈의 개새끼…… 미쳤나 보우……."

"도적을 안 물고 집안사람을 무는 놈의 개를 뭣 합니까."

"쇠줄로 단단히 기둥에 붙들어 매두었다가 내일 처치해버리자, 그까짓 것—."

윙윙 울려 들어오는 이러한 말토막이 점점 흐릿해져 들어가는 내 머릿속 금방 땅바닥에 빠져버릴 것같이 뱅뱅 돌아가는 내 두 눈! 나는 정신을 잃은 채 그날 새벽을 밝히었다.

불그레하고 동편 하늘에 햇살이 퍼질 때야 나는 비로소 조금 새 정신을 얻을 수 있었고 따라서 또다시 쇠줄에 붙들린 내 몸이 된 것을 뚜렷이 알 수 있었다. 나는 갑자기 지난밤에 내가 유 영감에게 "컹컹" 하고 물려

고 대들은 것이 잘못이었다고 느끼어졌다. 그렇기 때문에 박 서방이 잠이 깨게 되었고 그렇기 때문에 내가 박 서방에게 맞게 된 것이니까. 아침 밥상을 다 치우고도 병쇠 어멈은 내게 눌은밥 찌꺼기 한 방울 부어주지 않는다. 내가 제 남편 박 서방을 물었기 때문이다. 주인 최 주사는 아침을 먹고 구두를 신고 가죽가방을 들고 뜰 아래로 내려서서는 눈을 부라리며

"이놈 도적을 몰라!"

하고 야단을 치고 뒤를 따라 비단 치맛자락을 끌며 나오는 아씨는

"아무리 짐승이라도 내가 너를 사 온 줄이나 알아야지, 이놈아— 비스킷 먹인 것만이라도생각해봐."

하면서 고함을 빽 지르고

"저 지경되면 미쳐(狂) 나가는데요, 오늘이나 내일쯤 없애버리는 게 어떻습니까?"

하고 박 서방이 주인 뒤를 따러 문밖으로 나간 뒤에는 나는 깜짝 겁이 났다. 그리고 서러워졌다. 아니 악이 바짝 올라왔다. 쇠줄을 끊어버리고 당장 달아나버리고 싶은 생각이 불같이 치밀어 올라온다. 아니 박 서방을 또 한 번 왈칵 대들어 물어버리고 싶은 생각이 났다. 나는 저녁때까지 배를 곯았다. 내 눈은 푹 들어가고 내 뱃가죽은 축 늘어지고 내 네 다리는 허기증이 나 저절로 덜덜 떨리는 것이었다. 어저께 포 떠 널었던 생선 전야 부치는 냄새는 유달리도 허기진 내 코를 찌르고 구스름한 풋콩을 넣어 만든 송편 찌는 냄새엔 정신이 바짝 날 만큼 넘어간다. 나는 무엇보다도 먼저 내 목을 붙들어 맨 쇠사슬 줄을 끊어야 할 것이다. 나는 내 몸에 있는 모든 힘을 다 모아 몇 차례를 끊고 나가려고 허덕이었으나 젓가락 굵기 같은 철사고리 줄은 까닥도 하지 않는다. 나는 제일 가는 듯한 고리 한 개를 이빨에 걸고 발톱을 넣어 눈을 질끈 감고 죽을힘을 다

써도 봤다. 그러나 여전히 까딱할 리가 없다.

　저녁때가 되었다. 나는 기운이 지칠 대로 지쳤다. 박 서방은 문간방 쇠죽솥에 물을 한 솥 길어다 붓고 장작을 붙여놓고는 숫돌에 칼을 갈면서

　"흥 이놈 네 목숨도 이 칼에 달렸다……."

　하고는 나를 흘겨본다. 나는 불같이 뜨거운 악이 한 아름 북받치었다. 금방 뛰어가 박 서방의 칼 가는 손등을 물고 싶은 마음 그러나 나는 쇠줄에 붙들린 나다.

　칼— 뜨거운 물— 내 앞에 이미 죽음이 다다랐다. 아니 벌써 나는 죽었는지도 모른다. 나는 배고픈 것도 잊어버렸다. 맞아서 상처 난 곳의 아픈 생각도 잊어버렸다. 한 손에 올가미 줄 든 사자, 한 손에 칼을 든 사자, 한 손에 쩔쩔 끓는 물바가지를 든 사자가 와락 달려든다. 기둥에 치어 죽은 유 영감의 아들 응칠이가 갑자기 이 사랑채 밑바닥에서 시커먼 얼굴을 쳐들고 뛰어나온다. 아! 내 눈에는 갑자기 온 세상이 불덩이처럼 새빨갛게 변해버린다. 아니 온 세상이 빙글빙글 뒤집어져 돌고 있다. 아무 소리도 들리지 않는다. 아무 냄새도 나지 않는다. 다만 눈앞에 긴 목매달 올가미가 뛰어온다. 몽둥이가 뛰어온다. 칼이 날아온다. 끓는 물바가지가 궁굴러온다. 나는 더 참을 수 없었다. 정신의 모든 힘을 다 써 나는 또 한 번 쇠줄 고리에 이빨을 넣어 발톱으로 잡아 벌리었다. 아 고리가 벌어진다— 고리가 빠졌다— 나는 얼른 마루 밑을 기어나왔다.

　어디서 박 서방이 기어와 내 목덜미를 잡으려고 한다. 나는 왈칵 달려들어 박 서방의 손등을 물어뜯었다. 그리고 웅얼거리며 앞발로 박 서방의 잠뱅이 아래로 나온 앞정강이를 좍 긁어 파며 어깨 쪽을 한바탕 물어뜯었다.

　부엌에서 방에서 밖에서 사람들이 모여 온 모양인지 와글와글 내 곁에서 끓고 있으나 내 눈에는 아무것도 보이지 않는다.

모든 것이 새빨갛게 보일 뿐이다. 아니 갑자기 노랗게도 보이다가 또 다시 새파랗게도 보일 뿐이다. 나는 끊어진 쇠줄에 또 잡혀서는 안 될 걸 잘 안다.

나는 쫓겨 나왔다. 대문짝을 박차고 동네를 지나 넓은 벌판으로 넓은 벌판으로.

《예술》, 1935년 7월

새벽바다

1

"뚜우……."

하고 부두埠頭의 공기를 흔드는 대련환大連丸은 석탄 연기를 내뿜으며 슬며시 이륙離陸하기 시작한다.

쨍쨍 쪼이던 해가 바다 저 끝에 기울어지자 물결은 갑자기 피를 토해 놓은 것 같다. 바람이 불어온다. 염분鹽分을 가득히 담아 오는 묵직한 바다바람의 향기를 최 서방은 한바탕 마음껏 들여마시었다.

최 서방은 땅에 붙였던 엉덩이를 슬며시 쳐들고 허리춤에 찼던 수건을 꺼내어 이마의 땀을 씻었다.

수건가닥이 코앞을 어른거리자 그는 갑자기 눈살을 찌푸리며 꽁무니에 보이지 않게 접어서 차버린다.

어느 틈에 대련환은 빙그르 큰 몸뚱이를 돌려 머리채를 바로잡더니 벌써 육지와는 여남은 발이나 떨어져서 잔물결을 일으키며 각각으로 멀어져나간다.

최 서방은 곰방대를 꺼내어 담배를 쟁여 피워 물고 지게끈을 붙들며 일어섰다. 갑자기 바람의 방향이 변해지자 석탄 연기가 최 서방의 코를 찌른다. 그는 막 지게를 지고 돌아서려니까 한줄기 바람이 몹시도 얼굴을 지나치자 어느 틈에 저절로 눈꺼풀이 닫혀지며 주춤하고 서서는 손등으로 눈알을 비벼대며 중얼거린다.

"망할 놈의 석탄가루⋯⋯."

그는 한참만에야 눈을 떴다. 눈두덩에 눈물이 흘러 끈끈하다.

부두에 나왔던 송별객送別客들이 어느 틈에 헤어져 거리로 통한 넓은 길 쪽으로 사라져가고 빈 지게를 지고 왔다 갔다 하던 수많은 부두 노동자들도 여기저기 띄엄띄엄 눈에 띌 뿐이다.

최 서방은 갑자기 무엇을 깨달았다는 듯이 조끼적삼 호주머니 속을 부리나케 더듬었다.

그는 손을 꺼내어 손바닥을 폈다. 오십 전 은화가 새빨간 노을빛에 분홍색으로 반짝거린다.

그는 다시 조끼적삼에 은화를 집어넣고 한참을 이쪽으로 걸어오더니 바람에 펄렁거리는 광고지 쪽을 땅바닥에서 주워가지고 은화를 두툼하게 싸고 싸서 호주머니에 뿌듯하게 집어넣는다.

"최 서방⋯⋯ 안 가시려우."

어디서인지 젊은 사나이의 소리가 들린다. 최 서방은 주춤하고 서서 사방을 휘휘 돌아다보았다.

건너편 쌀가마니를 쌓아놓은 너머에서 대팻밥 모자가 손짓을 한다.

최 서방은 콩깻묵, 석유통, 밀가루 부대를 쌓아놓은 틈을 굽이굽이 돌아갔다.

"삼봉이냐? 나는 용식인 줄 알았지!"

"오늘은 쌀값이나 생겼시유?"

"흥, 하마터면 저녁 굶을 뻔했다 야. 대련으로 팔려가는 경상도 계집애들 고리짝 두 개가 아니었다면⋯⋯."

하고 최 서방은 삼봉이와 발길을 나란히 했다.

"제—기 난 화나 죽겠시유!"

하고 삼봉이는 입을 연다.

"석유상회로 석유 서른 통 져다 주고 육십 전 벌었는데유, 점심 때 막걸리 한 사발에 밥 십 전어치 먹은 것 값고 담배 한 갑 사니까 사십 전 남았던 것을 기가 막혀서……."

하고 말을 뚝 끊더니

"이거 보시유?"

하고 주춤하며 고이* 가랑이를 걷어 올리고는 깨진 앞정강이를 내민다.

"어서 또 다치었니……?"

하고 최 서방이 놀래니까

"망할 놈의 시멘트 실은 말 구루마 모서리에 부딪혀서 피가 나는 것을 그대로 둘 수 있시유? 콩가루 같은 가루약을 십 전 주구 사서 발랐더니 병원 냄새가 지독하게 나유."

삼봉이는 한 다리를 쩔룩쩔룩 절면서 최 서방과 같이 부두에서 거리로 들어섰다. 벌써 저녁들을 먹었는지 젊은 사내 젊은 계집이 짝을 지어 바닷바람을 쏘이러 나온다.

거리에는 어느 틈에 감빛 같은 전등불이 피었다.

레코드 소리가 요란스럽게 들린다.

극장 앞에는 벌써부터 기생, 여학생, 트레머리들이 사각모, 양복쟁이들 사이에 뒤섞여 표들을 사느라고 야단이다.

최 서방은 힐긋 한 번 극장 편을 훑으면서 다리에 힘을 올렸다.

평평하고 대설대같이** 곧은 상점가商店街를 한참 지나고 난 뒤에는

---

* 고이: '속곳'의 방언.
** 대설대: 담배설대. 담배통과 물부리 사이에 끼워 맞추는 가느다란 대.

바닷바람이 신선하게도 불어치는 숲이 우거진 낮은 언덕의 울긋불긋한 문화주택을 모조리 뒤에 두고 한참 만에야 시외로 나왔다.

제법 어둑어둑하다.

그들은 이 W항구의 가장 빈민굴인 M동으로 휘어 들어갔다.

M동의 빈민굴은 어두운 뒤에야 연기가 난다. 성냥갑같이 게딱지 같은 오륙백 호의 집들이 한데 다닥다닥 붙어 있다.

바람이 억세게 분다. 어느 집 함석 조각인지 이 집에서 저 집으로 날아간다. 용마름이 홀떡 벗겨진 집이 여기저기 눈에 뜨인다.

아이 우는 소리가 들린다. 이 집 저 집에서 이제야 저녁을 짓는지 연기가 난다.

그릇 씻는 소리가 들린다. 고무쪽 타는 냄새가 코를 찌른다. 어떤 모퉁이를 돌아가자 헝겊 태우는 냄새, 또 어떤 집에선 종이 부스러기 태우는 냄새가 머리카락 타는 냄새와 섞여 코를 찌른다.

최 서방은 이런 냄새엔 예사라는 듯이 컴컴한 비탈길을 기어올라가 삼봉이와 헤어진 뒤 쌀 한 되와 일 전짜리 왜떡 두 개를 사가지고 또 한층 구불구불 산길을 기어올라 사립문도 없는 어떤 조고만 집 앞에 다다르자 주춤하고 발길을 멈추며 방 안을 들여다보면서

"돌아!"

하고 크게 부른다.

방 안은 캄캄하다. 부엌에는 아무도 없다.

최 서방은 지게를 벗어놓고 성냥을 그어대어 마루를 비추었다. 손바닥만 한 마루 위에 사오 세밖에 안 된 어린것이 발가벗은 채 푹 엎어져 침을 흘리며 자고 있다.

최 서방은 어린것의 두 발목을 묶어 매달은 헝겊 줄을 문고리에서 끌러놓은 뒤에 손으로 어린것의 등을 흔들며

"돌아!"

하고 잠을 깨웠다.

어린것은 부스스 일어나 앉아 눈을 비비며 사방을 휘휘 둘러보더니

"응 엄만 왜 안 왔어⋯⋯."

하고선 흑흑 느낀다.

"응 가만있어. 엄만 곧 온다."

최 서방은 칭얼거리는 어린것을 달래면서 호주머니에서 왜떡을 꺼내 준다.

최 서방은 마루에 켜 있던 석유불을 부엌 쪽으로 걸고 솥뚜껑을 열어 아침에 길어놓고 나간 통엣 물을 기울이어 솥을 씻었다. 더위에 끓는 통엣 물은 미적지근하다. 최 서방은 쌀봉지를 바가지에다 반절이나 기울이어 물을 따라 썩썩 주먹으로 문질렀다.

뜨물을 세숫대야에 받으면서 그는 히끗히끗 문밖을 지나치는 변도* 낀 여공女工들을 쳐다보고는 또다시 칭얼거리는 어린것을 쳐다보며

"돌아! 울지 말고 누나 오나 저기 서서 내다봐."

하고서는 솥에다 쌀바가지를 털었다.

2

밥이 되는지 죽이 되는지 부글부글 끓는 소리만 자꾸 날 때 밖에서 게다 자국 소리가 나며

"주리 틀게두 늦게 들어왔어. 난 저녁이나 다 된 줄 알았지⋯⋯."

| * 변도: 벤또べんとう(弁当 · 辨当). 도시락.

하는 톡 쏘는 소리가 들리더니 마에가게를* 걸친 삼십칠팔 세의 여편네가 부엌 안을 흘긴다.

"누가 늦게 들어오구 싶어 그랬나, 맨주먹 쥐고 공연히 일찍만 들어오면 뭘 해……"

최 서방은 입술을 다물고 뛰— 하면서 연기만 자꾸 나는 아궁이에 부채질만 탁탁한다.

"아이구 그래 날마다 나가면 배터지게 벌어 오더구만……"

여편네는 달라붙는 어린것을 한손으로 뿌리치며 마에가게 속에서 신문지 쪽으로 싼 뭉텅이를 꺼내어 부뚜막에 핑 집어던지고는 팔뚝을 걷어 붙이면서

"나가우. 방에 불이나 켜고 물이나 들여와요……"

하고서는 최 서방에게서 부지깽이를 잡아 뺐는다.

여편네는 아궁이 불을 활활 당기어놓고 난 뒤 신문지 뭉텅이를 폈다. 노—란 다구완** 부스러기가 불거져 나온다.

발가숭이 돌이가 뛰어들어오며,

"엄마 나 하나."

하고 손을 벌린다.

물을 들러 갔던 최 서방이 빈 물통을 그대로 들고 들어오자

"아 사람이 많으면 물통이라도 차례로 놓아두지 못해, 경치게 고지식하지."

하고 여편네가 톡 쏘니까

"흥 나가보지 망할 거. 오늘밤은 별로 덥지도 않은데 길바닥에 물통 난리여. 그놈의 물 한 방울 얻어먹으려다 밤 새게……"

---

* 마에가게 まえ-かけ(前掛(け)) : 앞치마.
** 다구완: 다꾸앙 たくあん (沢庵). 단무지.

최 서방은 물통을 집어던지고 좁은 마루에 벌컥 주저앉았다.

성냥궤를 뜯어 붙인 마룻바닥이 비드득 하고 울린다.

"대체 이년의 계집애는 무엇 하는지 몰라, 공장을 파하면 한번 제대로 집으로 오지 않지……."

여편네는 손잡이만 남은 몽당비 토막으로 부뚜막을 싹싹 쓸면서 중얼거린다.

건너편 숲이 우거진 곳에서는 납량연화대회納凉煙火大會가 시작되노라고 공중으로 불꽃이 흩어진 뒤에 이윽고 "탁" 하는 소리가 들려온다.

밥상을 가져다놓은 뒤에야 변도를 낀 십육칠 세의 소녀가 들어온다.

검정 보이루 치마에 인조 항라 적삼을 입고 흰 양말에 흰 고무신을 신었다.

"주리 틀고 인제 오니, 망할 년아! 어미 애비도 좀 생각해봐야지. 공장에서 파해가지고 대체 뭉쳐 가는 곳이 어디냐, 이년아. 공연히 또 경들을 팥다발처럼 치고 싶어서……."

"아이 참 어머니두, 제발 떠들지 말우."

"망할 년 같으니, 너두 기어이 정옥이년처럼 콩밥이 먹고 싶거든 그래라……."

소녀는 변도 보를 끌러 부엌 개숫물에도 변도를 벌려 담근 뒤에 부뚜막에서 바가지를 벗기고 양자기에 퍼놓은 밥을 들고 나온다.

"저녁은 웬 쌀밥이유…… 왜 보리쌀은 안 넣고 쌀만 구우……."

소녀는 조금 걱정스런 빛을 띠더니 다구완 쪽과 간장그릇밖에는 아무것도 없는 밥상을 흘금 쳐다보곤 부엌으로 들어가서 바가지에 물을 따라가지고 나오더니 밥 양재기에 모두 부어버린다.

소녀는 숟가락으로 뚝뚝 밥을 떠서 씹지도 않고 삼키고 있다.

어디서 "땡땡 땡땡 땡땡." 하고 종소리가 울린다.

소녀는 종소리가 나자 더한층 바쁜 듯이 퍼넣는다.

소녀는 숟가락을 놓고 방으로 뛰어가더니 책보를 들고 나온다.

"—만날 야학에 다녀봤자 네것들이 무슨 뽀죽구두나 신구 트레머리나 해볼 줄 아니?"

여편네는 부채질을 하면서 빈정대자 소녀는

"누가 트레머리가 소원인 줄 알우? 뽀죽구두가 소원인 줄 알우? 어머니두 좀 세상을 알려거든 야학에나 다녀요⋯⋯."

"아이구 이년아 그까진 중학교 뿌스럭지도 옳게 못 다니고 쫓겨난 것들이 세상을 알어⋯⋯."

소녀는 대꾸도 하지 않고 문 밖을 나간다. 최 서방은 담배를 피워 물고 돌이를 데리고 길거리로 나와서는 바람맞이에 주저앉았다.

"땡땡땡땡땡땡땡땡⋯⋯."

하고 종소리가 갑자기 또 울린다.

별로 멀어 보이지 않는 저편 마루턱 기다란 양철집 마당에는 우글우글 십사오육칠팔 세의 계집애들이 앞으로 나란히를 하고 사오십 명이 두 줄로 섰다.

최 서방은 눈을 돌려 이편 바닷가로 옮기었다. 눈 아래 깔린 거리의 등불은 마치 하늘의 별빛 같다.

멀리 밤바다를 지키는 등대불은 가막가막 외로운 듯이 졸고 이따금 하늘에 포물선抛物線을 그리며 사라지는 유성流星이 흑해黑海의 단조單調를 깨트리고 있다.

최 서방은 가깝게 내려다보이는 오십여 개의 큰 전등이 매달린 정거장을 내려다봤다.

방금 기차가 서울로 향하려고 머물러 있다. 해수욕을 왔던 남녀들이 개찰구에서 쏟아져나와 차에 오른다. 이쪽 후미끼리는 여전히 바닷가로 나가는 산보객들이 끊일 사이 없이 빽빽하다.

여편네가 설거지를 다 하고 나와서

"난 오늘밤에 또 가야 해. 여편네가 어저께 입원해서 일거리가 많
아……."

하고서는 급한 걸음으로 저쪽으로 내려간다.

"엄마— 얼른 와……."

돌이는 제 어미가 보이지 않으니까 또다시 칭얼대기 시작한다.

"왜 그래, 이 자식아. 밥 처먹었으면 잘 놀아야지……."

최 서방은 일변 짜증을 내었으나 아이에게 무슨 죄가 있누 하고 뉘우
쳤다.

야학 종이 또 울린다. 벌써 한 시간 공부가 지난 모양이다. 최 서방은
무릎에서 조는 돌이를 안고 방으로 들어가 뉘였다.

최 서방은 돌이를 방에 뉘여놓고 나와서 모기장을 아래통만 바른 문
짝을 가만히 닫아 붙이고 안으로 고리를 걸어 안에서 열지 못하도록 해
놓고는 다시 지게에다 부대 쪽을 짊어지고 집을 나왔다.

최 서방은 오색 전등이 아롱거리는 거리를 등지고 M도에서도 거의
오 리나 떨어져 있는 북산北山 쪽으로 걸었다.

한참 만에 북산 앞에 다다른 최 서방은 사방을 한번 훑어보고는 어둠
속의 산길로 발길을 옮기었다.

어느 틈에 하늘엔 구름이 가렸다. 습기 많은 바람이 또다시 불어친
다. 금방 빗방울이 쏟아질 것도 같다.

최 서방은 발길을 빨리하여 더 깊이 산 속으로 들어갔다. 어두컴컴한
속에서도 희미하게 보이는 울퉁불퉁한 묘지墓地의 인상은 최 서방에게
있어 그다지 상쾌한 것이 아니었다.

그러나 최 서방은 아무 감각도 없었다. 다만 최 서방은 묘지에 세운

말뚝만 발견하기에 온 정신을 쏟았다.

어디서인지 부스럭 부스럭 소리가 난다.

이 순간 최 서방의 머리카락은 쪼뼛하였다.

어느 누구인지 사람 같은 게 이편 최 서방 쪽으로 걸어 오다가는 열댓 걸음 앞두고 주춤하고 서더니 다시 발길을 떼어놓으며 가까이 걸어온다.

웬 사나이다. 지게를 졌다. 지게 위에 부대로 싼 것이 희미하게 보인다.

'응 너도 말뚝서리 왔구나…….'

최 서방은 속으로 중얼거리며 마음을 놓았다.

사나이는 조그만 목소리로

"여보시유? 얼른 갑시다. 저기 지기 놈이 망보는 것 같은데……."

최 서방은 가슴이 뜨끔하였다. 그러나 오 리 길이나 걸어와서 말뚝 한 개 빼가지고 못 간다면 싶은 생각이 지나치자 저절로 마음에 악이 오른다.

최 서방은 엉금엉금 이쪽저쪽으로 묏등을 밟아 넘으면서 우뚝 서 있는 말뚝을 찾았다.

어떤 묏등은 송장을 묻은 지가 겨우 이삼 일밖에 안 된 것 같아 뗏장이 물렁거리는데도 벌써 말뚝은 어느 놈이 뽑아 가고 없다. 최 서방은 금방 지나간 사나이를 원망하였다. 그러나 최 서방은 돌비석이 꼭 들어찬 일이 등 묘지를 넘어서 다시 저쪽 삼등 묘지三等墓地로 발길을 옮겼다. 행여나 이 동안 또다시 뽑힌 구멍에 말뚝을 해다 박지나 않았나 싶은 요행을 바랐기 때문이다.

3

최 서방은 지기에게 들키지나 않을까 하고 조마조마 발길을 옮겨 큰 길로 나섰다. 최 서방은 지게를 받쳐놓고 부대의 것을 다시 쌌다.

집으로 들어왔을 때엔 야학에서 돌아온 딸이 아까 저녁에 받아놓은 쌀뜨물에다 속옷을 빨고 있다.

"—아 아그 아버지 제발 좀 인제 말뚝 좀 빼 오지 말아요……."

최 서방이 지게의 것을 내리려니까 소녀는 이맛살을 찡그리며 화를 낸다.

"흥 낸들 빼 오고 싶겠니…… 이나마라도 날마다 있었으면 좋겠다만 웬걸 내 차지가 다 되니……."

"차라리 쓰레기통을 뒤져 걸레쪽, 종이쪽 상자갑 부스러기 같은 것을 때고 있지 송장 앞에 꽂았던 말뚝을 어떻게 자꾸 때요 원……."

"흥 어디에 그런 부자 쓰레기통이 있다드냐? ……이 동네 집이 몇 가 군 줄 아니? 칠백육십 호야! 사람이 몇 명인 줄 아니? 남녀노소 합쳐 사 천여 명이로구나. 그 많은 사람들이 날마다 끓여 먹는 나무가 모두 장작 인 줄 알았니? 숯인 줄 알았니? 넌 아까 네 에미더러 세상을 모른다구 하 더라만 너야말로 세상을 모르는 소리를 허니……."

"그럼 모두 아버지처럼 공동묘지에 가서 말뚝만 뽑아다 때나요?"

"돈 없어 장작 못 사기 때문에 길거리로, 바닷가로, 쓰레기통으로, 산 가장자리로 공동묘지로 돌아다니며 땔 것을 주워 오자니까 말뚝도 뽑게 되지 않니? 아마 이 동네에도 반절은 될 거다."

최 서방은 마루 밑구멍에 손을 넣어 이 빠진 자구를* 꺼내었다.

* 자구: 자귀. 나무를 깎아 다듬는 연장의 하나. 나무 줏대 아래에 넓적한 날이 있는 투겁을 박고, 줏대 중간 에 구멍을 내어 자루를 가로 박아 만든다.

자구를 들고 부엌으로 들어간 최 서방은 부대 속에서 말뚝을 하나씩 끄집어내어 짝짝 쪼개기 시작한다.

어느 이웃집에서도 나무를 쪼개는 소리가 짝짝 탁탁 울리어 들린다.

"실상은 쓰레기통 속에 것들보다 공동묘지 말뚝이 냄새도 안 나고 잘 타지 않디?"

최 서방은 어느 틈에 다 쪼개어놓고 나서 마당에 침을 탁 뱉고는 세숫대야의 땟국물을 끼얹어 손을 씻는다. 소녀는 땟국만 겨우 뽑은 빨래 뭉텅이를 물이 없어 헹구지도 못하고 그대로 털털 털어서는 손바닥만 한 마당에다 포개 널었다.

소녀는 방으로 기어 들어가더니 책보를 끌러 연필과 공책을 꺼낸다.

"곤한데 그만 자렴. 애써 공부하면 뭣 허니……."

최 서방은 방에 들어갈 생각도 않고 마룻바닥에 쓰러져 누워 담배를 피웠다.

십여 분도 못 되어 코고는 소리가 들린다. 연필을 든 채 공책 위에 얼굴을 댄 채 소녀는 엎드려서 제물로 잠이 들었다.

최 서방은 선뜻 머리끝이 쩌르르해왔다. 새벽 다섯 시에 나가서 밤 일곱 시에나 일터에서 돌아오는 계집아이가 밥도 제대로 못 먹고 게다가 야학에 가서 두 시간 동안이나 공부를 하다가 머리를 썩히고는 집에 돌아와선 빨래를 하고 그리고 다시 공부를 해보겠다는 계집애. 그것이 피곤한 몸을 이기지 못하여 저도 모르게 잠이 들어 공책 위에 엎드린 걸 볼 때 어느 틈에 최 서방은 눈알이 빙그르 돌면서 한숨이 후— 하고 저절로 나왔다.

돌이놈은 하루 종일 굶고 거기다가 거리로 뛰어나오지 못하도록 발목을 붙들어 자유를 빼앗기고 하루 종일 매달려 울다가 밥을 보고 마냥 처먹어 뱃가죽이 장구통처럼 팽팽해가지고는 이리 둥글 저리 둥글 볼썽 사납게도 자빠져 잔다.

최 서방은 눈을 스르르 감아보았다.

벌써 막차가 들어오느라고 저편 산 밑 철교를 올리고는 점점 소리가 가깝게 들려온다.

"아버지—."

방에서 부스스 소녀가 일어나더니 눈을 비비며 문틈을 흘긴다.

"응, 어서 자거라. 막차 간다."

"어머니 안 왔수?"

"그래……."

소녀는 공책과 연필과 책과 고무를 아무렇게나 뭉치어 발치로 던지고는 베개를 베고 벽 쪽으로 돌아 누워버린다.

오 분도 못 되어 딸의 코고는 소리가 들린다.

최 서방도 어느 틈에 잠이 들어버리었다.

밤은 얼마나 되었는지 이윽고 최 서방은 선뜻 놀란 사람처럼 눈이 번쩍 뜨이었다.

마누라가 아직까지도 오지 않았다.

사방은 씻은 듯이 고요하다. 아마도 새벽 두 시나 세 시쯤 된 것 같다.

최 서방은 벌떡 일어나 앉았다. 문득 이상스런 예감이 머리를 번개처럼 스치고 지나친다.

전 같으면 늦어도 열 시면 나오던 마누라가 요 동안 며칠을 좀 밤으로 늦게는 들어왔지만 오늘밤처럼 늦어본 적은 처음이다. 아무리 주인 여편네가 입원入院했기론.

최 서방은 웬일로 목구멍에 무엇이 걸려 있는 것처럼 자꾸 께름칙한 생각이 솟아올랐다.

'혹 무슨 그릇을 깨고?'

'혹 무슨 물건을 몰래 가져오려다가?'

설마 그럴 리야 없을 것이라고 최 서방은 머리를 흔들었다.

그러나 정녕코 무엇을 잘못했기에 붙들려 나오지 못하는 것이라고 최 서방은 생각하였다.

최 서방은 갑자기 후회가 떠올랐다.

마누라를 당초에 그 집에 '오마니'를 다니게 한 것이 자기의 허물이라 하였다.

자기가 올봄에 걸린 신경통으로 두 달 전까지 꼼짝 못하고 누웠었기 때문에 딸년이 벌어 오는 불과 팔구 원 남짓 가지고는 집세 주고 나서 죽도 못 끓여 먹을 지경이 되니까 어쩔 수 없이 마침 마누라 친구의 소개로 그 집에 오마니로 들어가게 된 것이다.

하기야 자기가 신경통이 생긴 것도 실상은 선창에서 한 푼이라도 더 벌어보려는 욕심에 석유통 네 개를 한목 져보려다가 그만 기운이 부쳐 삐끗 허리를 다친 것이 그 원인이었다.

만일 마누라가 그나마라도 붙들지 않았다면 네 식구 중 벌써 몇 식구는 굶어 죽었을는지도 모를 일이었다. 마누라는 대개 그 집에서 밥을 얻어먹고 한 달에 소위 월급으로 삼 원을 가져오지만은 실상은 마누라가 벌지 않을 때보다 무엇 한 가지 뾰족하게 달라지지는 않았다.

구태여 달라진 게 있다면 어린 돌이를 다리를 붙들어 매어두고 집안 사람은 모두 나가는 것이라고나 할 것이다.

최 서방은 담배를 피워 물고 밖을 나왔다. 골목에는 인적이 끊기었다. 마누라가 올 길 쪽을 내려다보면서 최 서방은 자기도 모르게 한 발자국 두 발자국 아래로 떼어놓았다.

'아무리 잘못한 일이 있기론 잠도 못 자게 집에도 안 보내고 붙들어 놓았을라구, 설마.'

최 서방은 이렇게도 생각하면서

'아니…… 혹은? 여편네가 병원에 입원하고 없는 틈에 그 살결이 푸르죽죽하고 눈이 푹 꺼진 그자가 혹은 내 마누라를?'

하고 갑자기 날카로운 예감이 떠오르자 몸서리를 으스스 치며 주먹을 저절로 쥐었다 편다.

'설마…… 설마…… 설마.'

하고 최 서방은 고개를 흔들어버리고는 다시 발길을 돌려 집으로 들어왔다.

4

얼마가 지난 뒤에 문 밖에서 게다 소리가 들린다.

"왜? 이리 늦었어……?"

최 서방은 다소 흥분된 어조로 불쑥 내밀었다

여편네는 아무 대답도 하지 않고 주춤 마루에 올라서더니 문을 열고 한 발자국 엎드려 놓으며 비틀비틀 쓰러져버린다.

"왜 이래? 어디 다쳤어?"

최 서방은 벌떡 일어나 앉으면서 쓰러진 마누라의 몸뚱이를 흔든다.

여편네는 아무 말도 하지 않고 끙끙대며 눈을 감는다.

최 서방은 마누라의 머리를 짚어봤다.

확확 열이 올라왔다. 술 냄새가 휙― 풍긴다.

"술은 웬 술이여?"

"아이구 아까 내가 저녁 먹은 게 복개오르기에 주인 사내에게 말했더니 약이라고 주기에 한 곱부 먹었더니 금방 얼굴이 화끈거리고 가슴이 뛰고 어지럽고 정신이 없어 세 시간 동안이나 까무러쳤다가 이제야 겨우 정신을 차려 오는 길이유……."

"술을 약이라고 주었군 그래……."

최 서방은 마누라의 치마끈을 끄르고 가슴 밑을 눌러봤다. 뱃가죽을 슬슬 만져봤다. 그러나 체한 것 같지는 않았다. 그리고 저녁에 집에서 밥을 먹던 걸 생각해보아 그것이 체했으리라고 생각되지 않았다.

거기다가 이상하게도 오늘밤의 마누라의 살은 다른 때보다도 부들부들하다. 그리고 생전 맡아보지 못하던 향긋한 냄새가 마누라의 살에서 피어오른다.

최 서방은 갑자기 마음이 이상해졌다.

"아! 참말로 체했었어?"

최 서방은 눈을 흘겼으나 마누라는 눈을 감은 채 뜨지 않는다.

"목욕은 왜 하고 향수는 어떤 놈이 뿌렸어?"

최 서방은 손바닥을 펴 벼락같이 마누라의 뺨을 갈기었다.

마누라는 벌떡 일어나며

"왜! 사람처럼 되지 못한 게 사내라구. 에—이그 남의 집 일해주는 년이 밤중에 늦게 오기도 예사지!"

최 서방은 또 한 번 뺨을 갈기며

"늦게 와도 이만저만이지, 이년아. 지금이 몇 시나 됐는지 아니? 망할 년."

"그래 어쨌단 말이야? 내가 그래 어디서 ×××하고 왔단 말이야? 어쨌단 말이야?"

"이년아! 네가 변명하지 않아도 내가 다 안다. 요년 주인 여편네 없는 틈에 사내놈 ×××고…… 홍 보자."

최 서방은 문을 박차고 부엌으로 나와 식칼을 가지고 방으로 뛰어갔다.

"이년, 똑바로 말해! 네가 먼저냐? 그놈 그 '구마모도' 그놈이 먼저냐?"

최 서방은 여편네를 쓰러트리고 타고 앉아서 칼을 겨눠대었다. 여편네는 한참을 발악하더니

"가만있어…… 가만있어 좀."

하고는 무슨 말을 꺼낼 것 같다.

"어서 말해, 이년아!"

"가만있어, 말할 테니……."

여편네는 한손으로 매디* 맺은 치마끈을 왈칵 잡아당기어 뜯어가지고는 최 서방 얼굴에 팽개치며

"이것 좀 끌러보구 말해!" 한다.

최 서방은

"흥! 이년아 그 속에 들은 게 백 원짜리라도 싫다! 천 원짜리라도 싫다, 더런 년!"

최 서방은 한손으로 끊어진 치마끈을 움켜쥐고 칼을 팽개친 다음 머리채를 휘휘 감어쥐고 악을 지기었다.

"이년 굶어죽으면 굶어죽었지, 너더러 이년 살까지 팔아 오라든?"

"누가 내 간 내밀었나? 난 밥 삭을 약인 줄 알고 먹었던 것이 그놈이 대들어도 모를 만큼 정신이 없었는데 어쩌란 말이야?"

"오냐, 이년. 너보다도 먼저 그놈을 내가 죽여버려야겠다."

최 서방은 한 손에 칼을 들고 또 한손에 떨어진 치마끈을 움켜쥐고 거리로 내달았다. 최 서방은 다짜고짜로 그 집 앞까지 뛰어왔다. 현관문

| * 매디: '매듭'의 방언.

은 안으로 잠겼다. 한 길이나 되는 돌담을 최 서방은 넘어 뛰려고 망설이었다.

이 순간 바로 뒤에서 무엇이 나타나더니 목덜미를 끄집어 당기며

"이놈아, 어디로 넘어가!"

하는 소리가 났다.

최 서방은 깜작 놀래었다.

한바탕 꿈이었다. 곁에는 마누라가 어느 틈에 와서 잠이 들었는지 마에가게도 벗지 않고 쓰러진 채 코를 곤다. 머리맡엔 내일 돌이를 주려고 사온 것 같은 호떡이 신문지 사이로 뾰조롬히 최 서방을 내다보고 병원 레테르가 붙은 빈 유리병을 무엇 하러 가져왔는지 머리맡에 두 개나 쓰러져 잔다.

최 서방은 일변 고약스럽던 꿈에서 깨여 "후—"하고 한숨을 쉬면서 마누라의 자는 얼굴을 내려다봤다.

그는 코를 마누라의 얼굴에 대고 훅훅 들여마시었다. 그러나 꿈에서 나던 술 냄새는 나지 않았다.

최 서방은 다시 마누라의 마에가게를 끄르고 그리고 광포 치마끈을 얼른 쥐어봤다. 매디가 없다. 치마끈을 슬며시 끄르고 최 서방은 손을 가만히 넣어 배를 만져보았다. 배는 착 붙었다. 최 서방은 그래도 마음이 놓이지 않아 코를 뱃가죽에다 대고 훅훅 들여마셨다. 시척지금한 땀 냄새가 코를 찌를 뿐이다. 손가락으로 가만히 뱃가죽을 밀어봤다. 때가 밀린다.

최 서방은 "후—"하고 길게 숨을 내쉬었다. 그 순간 그는 오늘 선창에서 대련으로 팔려가는 계집애들 짐 져다주던 것도 잊어버리려 했다.

내일은 또 어디로 팔려가는 계집애들의 짐을 져다줄 것인가도 어느 누구의 주둥이로 들어갈 술독을 져다줄 것인가도 잊어버리려 했다.

야학에 갔다 와선 뜨물에다 빨래를 하고 공책 위에 피곤한 몸을 쓰러 트리고 세상 모르고 자던 다 큰 딸의 내일 일도 온종일 밖에 못나가고 문 고리에 매달린 채 어미 애비가 돌아올 때까지를 기다리고 울다가 울다가 나중엔 까무러쳐 폭 엎드려 자는 어린 자식 돌이의 내일 일도 이 순간 그 는 잊어버리려 했다. 그러나 어느 틈에 허벅다리를 몹시 긁적이며 돌이 놈이 부스스 일어나더니 칭얼거리며 울기 시작한다.

　최서방은 "쳇" 하고 혀를 차면서 벌떡 일어나 성냥을 그어대어 불을 켰다.

　딸의 다리와 돌의 몸뚱이엔 벌써 어두운 틈을 타고 내려왔던 빈대 떼 가 달음질쳐 밑바닥으로 숨는다. 최 서방은 돌의 몸뚱이와 딸의 다리 밑 에서 빈대를 잡아주고 난 다음에 담뱃대를 들고 밖으로 뛰어나왔다.

　구름이 온 하늘을 꽉 끼었다. 바람이 또 불어친다.

　금세 빗방울이 떨어질 것 같다.

　최 서방은 어느 틈에 스르르 내일 일이 걱정되었다.

　새벽바다는 더한층 어둡다.

《조광》, 1935년 12월

과세過歲

1

"그까짓 년 오거나 말거나, 올 년이면 여태까지 안 올라구, 누가 두 번씩이나 마중을 나가!"

마누라가 말리는 말도 듣지 않고 김 첨지는 낯수건으로 두 귀를 싸매고 팔짱을 끼고서 밖을 나왔다.

주인이 섣달 그믐날은 집에 가서 설 쉬고 와도 관계치 않다고 했다 하여 "늦어도 밤 열 시까지에는 집에 돌아갈 터이니 염려마세요……." 하고 딸 복희로부터 엽서가 왔으므로 김 첨지는 비록 밤 열 시가 넘긴 했어도 응당 돌아오리라 생각하고 또다시 찬바람을 무릅쓰고 논길과 밭길을 끊고 신작로까지 나왔다.

두어 시간 전에 나왔을 때는 그믐 장꾼들이 끊일 사이 없이 길거리에 깔려 어둠 속으로 담뱃불들과 인적들이 끊일 사이 없었건만 한두 채의 자전거가 획 하고 김 첨지의 옆을 지나치고 난 뒤로는 멀리서 울려오는 구루마 바퀴 소리만이 밤공기를 울린다.

그믐밤은 더한층 어둡다. 그러나 별들은 '오늘이 섣달 그믐인가? 나도 세상을 내려다 좀 볼까?'라는 듯이 유달리도 총총 났다.

김 첨지는 팔짱을 더 단단히 오그려 붙이면서 신작로를 걷기 시작했다.

군데군데 산모퉁이엔 반짝반짝 등불들이 반짝거린다.

김 첨지는 거진 삼 마장이나 걸어 나왔다. 그러나 와야 할 딸 복희는 오지 않았다.

그는 발길을 주춤하고 섰다가 '기왕에 나온 김에 더 좀 나가보자.'라는 듯이 S읍이 넘어다 뵈는 백산고개까지 다다랐다. 몇 사람의 이야기 소리가 먼 데서부터 차차 가까워지고 그것이 자기 곁을 지날 때는 어둠 가운데로 지게가 가볍게 뵈고 그것이 다시 자기와 등진 뒤 차차 사이가 멀어지자 이야기 소리가 영영 들리지 않게 된다. 얼마 만에 그는 한 채의 자전거가 먼— 앞으로 붙어 가까워오자 길을 막으면서

"여보시우, 말 좀 물읍시다."

하고 입을 열었다.

자전거를 탄 사나이는 선뜻 속력을 줄이고 한 발을 땅에 디디고는

"무슨 말이유?"

하기가 바쁘게

"저— 아래쯤 혹 열칠팔 된 계집아이가 혹 이쪽으로 걸어오지 않습디까?"

하고 김 첨지가 말하자

"계집애는커녕 총각 녀석도 안 옵디다."

하고 사나이는 다시 자전거를 돌리어 지나쳐버린다.

김 첨지는 슬며시 화가 났다. 하루 종일 박 참봉 집에 가서 떡방아를 찧고 왔기 때문에 두 팔뚝과 다리만이 아니라 허리와 등, 어깨까지 나른하게 들쑤시는 것도 참고 마중을 나온 것이었건만 산 넘어 열한 시 막차가 지나가는 소리가 들리는 것으로 보아 헛걸음을 했다고 후회되어왔다.

"제—미 빌어먹을 것들 같으니라구. 집에 가서 설 쉬고 오랄 때는 무슨 개맘이 내켰음인구, 못 오게 하려면 애초에 말을 말지!"

김 첨지는 백산고개 마루턱에서 S읍을 멍하고 내려다보며 엉거주춤하고 섰다가 한참 만에 발길을 돌려놓았다.

발길을 돌리고 S읍을 등지자 갑자기 눈앞이 절벽처럼 어둡다.

김 첨지는 새삼스럽게 딸 복회의 얼굴이 선뜻 머리를 스치며 지나침을 깨달았다.

"그게 얼마나 집엘 오고 싶을까! 기다릴 걸 생각하고!"

이런 생각이 그의 머리에 떠오르자 당장 발길을 돌려 복회를 그의 주인집까지 가서 데려오고 싶은 생각이 불같이 일어났다.

그러나 '설'이 무슨 그렇게 대단한 날이라구 구태여 남의 집에까지 가서 하녀 노릇하는 딸을 데리고 오고 싶지는 않았다.

이런 것을 생각는 김 첨지는 자기가 장작이나 솔가지나무를 지고 S읍으로 팔러 가서 잘 팔리지 않을 때면 이 골목 저 골목 나뭇짐을 지고 헤매다가는 자기도 모르는 무의식한 사이에 자기의 발길이 어느 틈의 딸 복회가 하녀 노릇하는 권 주사네 집 골목으로 들어설 때가 있었음을 느낀다.

그럴 때면 선뜩 정신이 나며 딸 복회가 혹은 대문 밖에 나와 섰거나 무슨 반찬거리라도 사러 가려 나오는 길이라거나 사가지고 돌아오는 길이라거나 해서 얼굴이라도 마주쳐보았으면…… 싶은 생각이 불같이 일어났다.

S읍에 거의 날마다 나무장수를 하러 다니는 자기이면서 딸 복회가 하녀로 간 뒤 여름과 가을이 지나도록 한 번도 찾아보지 못한 것은 실상은 딸 복회를 위한 때문이다. 찾아가 만나려면 하루에 한 번이 아니라 두 번 세 번씩이라도 다시 자기 딸을 자기가 못 만나볼 건 아니지만 한 달에 한

번을 만나보러 간다손 치더라도 주인으로서는 그다지 반가워할 리가 없을 것을 김 첨지는 잘 알고 있기 때문이다.

복희가 권 주사네 하녀로 들어간 한 달 만인 금년 초여름엔가 김 첨지는 나무를 일찍 팔고 갑자기 마음이 울적해져서 딸의 모습이나 보고 가려고 권 주사네 소실 대문 안에 선뜻 들어섰다.

그러나 웬일인지 김 첨지는 무슨 죄나 지은 사람처럼 가슴이 두근거려지며

"복희야! 내가 왔다!"

하고 말을 하고 싶으면서도 말문이 막혔기 때문에 그저 한참을 서서

"헤헴, 헤헴."

하고 기침을 할 뿐이었다.

커다란 대문 달린 기와집 문간에서 뚫어진 무명옷을 걸치고 손가락 같이 굵은 짚신을 신은 채 입 벌려 말도 못하고 한참을 엉거주춤할 동안은 누가 보든지 확실히 동냥아치와 조금도 틀리지 않았다고 할 것이다.

김 첨지는 그때 워낙 안채가 멀어서 그런지 자기의 "헤헴." 하는 기침 소리도 효과가 없어 사랑채에 마침 아무도 없는 것이 다행스러운 생각으로 복희를 만날 생각을 단념하고 그대로 대문 밖을 나와버렸다.

그는 찬바람이 불어치는 줄도 모르고 이런 생각을 되풀이하는 동안 어느 틈에 신작로에서 논길로 굽어들었다.

2

"제─기 자식새끼 둘이나 낳아놓고도 이게 무슨 놈의 팔자인구……."

김 첨지가 헛걸음을 하고 집에 돌아왔을 때는 마누라는 솥에 불을 때

면서 중얼거리기 시작했다.

"자식새끼 둘이나 낳고도……."

하는 마누라의 말에 김 첨지는 다시금 머릿속이 뒤숭해오르기 시작했다.

"없는 놈이 설은 찾아 무얼 하우, 자식들 모아놓고 설 쉴 팔자라면 이런 고생을 안 하게……."

김 첨지는 곰방대에 담배를 쟁이여 아궁이 불에 꼭지를 대어 뻐끔뻐끔 빨기 시작했다.

"그래두 안 죽고 모진 놈의 목숨이 뻐끔뻐끔 살아 있는 한에는 어찌설 당해오는 게 예사로 여겨지지요? 찬물 한 사발이라도 떠놓고 조상 제사만은 지내야 하질 않소?"

마누라는 우그러진 양철 세숫대야에다 솥 속의 끓는 물을 푸면서

"들어가 윗목에서 더운물에 발이나 씻우!"

하고는 김나는 세숫대야를 방으로 들이민다.

김 첨지는 담배를 털고 방으로 들어와 뚫어진 버선을 벗어버렸다. 버선을 벗자 흙가루가 부스스하고 갈자리 바닥에 떨어지고 희미한 석유 등잔불에 엷은 먼지가 피어오른다. 대야에 한편 발목을 넣은 김 첨지는 갑자기 발목이 짜릿짜릿 뜨거워 올라옴을 느끼었다.

김 첨지가 세숫대야에다 더구나 뜨거운 물에다 발을 씻어보기란 일년에 두 번도 없는 일이다.

발을 일 년 동안에 한 번밖에 씻지 않는다는 사실은 김 첨지의 게으름을 말함일는지 모르나 한층 김 첨지의 생활을 파고들어가 생각해보면 그것은 기막힌 오해일는지 모른다.

김 첨지는 새벽에 일찍 일어난다. 그것은 새벽잠이 없어서가 아니라 일찍 일어나지 않으면 하루 동안 먹을 벌이를 할 수 없기 때문이다.

먼동이 훤하게 틀 때 장작이나 솔가지 나무를 받아 짊어지고 S읍에 팔러 가면 대개는 하루 종일을 팔릴 때까지 기다리구 밤중에나 돌아오게 된다.

여름철 장마 뒤 논길 밭두덕 길로 빗물이 흘러 진창이 되고 그것이 혹 발등 위로 뛰어나오거나 맨살에 신은 땀질한 고무신 속에 흙먼지가 들어가 땀과 섞여 고약한 고린내로 변하는 때 김 첨지는 지게 지고 돌아오다가 주춤 서서 논뼘이의 이끼 낀 물에 고무신을 신은 채(다만 발가락에 고무신을 걸고서) 네댓 번 흔들흔들 헹궈버리고 나면 큰 목욕이나 한 것 이상으로 기분이 상쾌해지는 것이었다.

김 첨지가 나무장사를 하기 전에 작년까지도 뒷골 박 참봉네 논 수렁배미 닷 마지기를 맡어 지어먹던 소작인이었다.

그러나 금년에 와서 논이 떼이자 어쩔 수 없이 나무장사를 시작한 것이지만 박 참봉네 수렁배미 논을 붙일 때에는 봄부터 여름까지 아니 첫가을까지는 거의 날마다 두 발목에 수렁배미 진흙이 묻게 되어 저녁때면 으레 발을 씻었고 어떤 때는 내친걸음에 무릎팍 아니 허벅다리까지도 씻은 일이 있었지만 논을 떼인 뒤로 논과 인연이 멀어진 금년부터는 사실 여름에도 특별히 발을 씻어본 일이 없었다.

복희는 시집을 가고도 남을 열일곱의 처녀인데도 논을 잡아 떼인 금년부터 그나마 죽도 끓여 먹을 수 없는 자기 집의 생활에 쪼들리다 못하여 품팔이라도 해서 집안을 돌보겠다는 결심을 하고 이웃집 제 동무 순혜라는(S읍 어떤 군청 관리 집에 하녀로 있는) 계집아이의 소개로 권 주사라는 기와집으로 빨래도 해주고 밥도 해주는 종이 되고 말았다.

복희는 한 달에 꼭꼭 이 원씩을 그의 어머니가 찾아갈 때면 봉투 속에 꼬깃꼬깃 넣었다가 전했다.

복희의 월급 이 원은 김 첨지의 내외의 한 달 동안 살아나가는 데 없어서는 안 될 큰 수입이며 뺄 수 없는 예산이 되는 것이었다.

김 첨지는 뜨거운 물에 불은 발뒤꿈치와 발등을 손가락으로 밀었다.

첩첩으로 쌓인 때가 비지처럼 밀려져 나오기 시작한다.

일 년 동안에 죽도록 일한 나머지의 선물이 겨우 비지와 같이 피어오르는 두 발(足)의 때인가? 생각하매 그는 어느 틈에 뜨거운 물에 부풀어 오른 자기의 울퉁불퉁한 손바닥과 손가락 끝에 돌덩이처럼 굳어져버린 공이와 공이가 유달리 쳐다보였다.

손바닥과 손가락에 박힌 솔공이 같은 공이들은 김 첨지의 한창 젊은 시절부터 지금까지 거의 삼 년 동안을 황소같이 일해 내려온 표였다.

황소같이 삼십여 년을 내려 일하면서도 김 첨지는 여전히 살림이 마찬가지였다. 마찬가지가 아니라 오히려 옛날 자기 할아버지 때의 살림은 자작농自作農으로 양식 걱정은 안 했건만 아버지 때의 살림에 와서는 소작小作을 했고 그것이 해를 거듭하는 동안 차차 살림은 줄어들어 가버렸다.

그는 무엇보다도 해마다 첫 봄이 되면 논이 떼일까봐 가슴이 조마조마했다.

그래서 그는 추석과 설 명절에는 으레히 논 임자 박 참봉에게 씨암탉 한 마리와 계란 몇 접을 망태에 넣어가지고 마을 젊은 사람들의 눈에 뜨이지 않게 새벽에나 밤중에 슬며시 메고 가서는 굽실거리며 아양을 떨어 내려왔다.

그러나 작년엔 흉년이 들어서 그가 부치던 닷 마지기에서 겨우 닷 섬 열 말밖에 안 났는데도 불구하고 소작료로 닷 섬을 빼앗겼기 때문에 화가 치밀어 해마다 해내려오던 씨암탉 계란 등의 코밑 진상을 그만두어버리었다.

그래서 그런지는 모르나 금년 봄에 보기 좋게 그 논은 뒷동네 불여우라는 별명 있는 관호의 손으로 넘어가버리고 말았다.

이렇게 막다른 그들의 생활에 복희나마 없었던들 벌써 굶어서 죽었을는지 모를 일이다

김 첨지는 금년 일 년 동안 복희 때문에 살어왔고 또한 앞으로도 복희를 위하여 살어나가자는 굳센 생각이 용솟음쳐올랐다.

뜨겁던 물이 미적지근하게 식어진 뒤에야 김 첨지는 발을 세숫대야에서 들어내었다. 기분이 시원하고 상쾌해졌다.

그는 새삼스럽게 뜨거운 물에 자주자주 발을 씻을 수 없었던 자기의 일 년 생활을 획 다시 돌이키며 원망하였다.

3

새벽닭은 몇 차례나 울기 시작하였는지 김 첨지는 슬며시 눈이 뜨이였다.

다른 때보다는 새해 첫날이라 그런지, 간밤에 발을 깨끗하게 씻고 자서 그런지 기분이 선뜻 맑아지며 흐릿한 잠기운이 아주 달아나버리고 새 정신이 왈칵 대들었다.

그는 잠깐 동안 눈방울을 말둥말둥 굴리며 머리말의 대(竹)창살을 살폈다. 새벽이 어느 때나 되었는지 대중하려 함이다.

섣달 그믐이라구 석유불이나마 끌 수 없어서 그대로 켜놓았던 것이 그나마 기름이 다 말랐는지 불은 기운을 잃기 시작한다.

문창살엔 희미한 새벽빛이 떠올랐다.

김 첨지는 벌떡 일어났다. 이불가닥이 펄럭거리지자 석유불이 쓰러지려다가 바르르 떨면서 그대로 살아난다.

김 첨지는 윗목에서 헝겊으로 얼룽덜룽 껍질을 바른 질화로를 끌어

다가 부젓가락 재를 뒤적였다.

속엔 아직도 발간 불덩이가 남아 있다. 후끈한 불기운이 얼굴로 기어오른다.

아랫목에서 자던 마누라가 두어 차례의 마른기침을 하더니 제바람에 놀래어 잠을 깨고서는 부스스 일어나 흩어진 머리를 쓰다듬으며

"흥! 팔자 꼬락서니두 참! 다 큰 딸년 남의 집 종을 주고 이게 무슨 꼬락서니여! 해가 바뀌어도 못 만나보니!"

하고 투덜대자

"허허 정월 초하룻날 새벽부터 쓸데없는 잔소리도 하네, 제— 기……."

하고 김 첨지가 맞장구를 친다.

"빌어먹을 설인지 설음인지 육실하게도 잘 당해오거든!"

"나는 여보 안 당해와 걱정인걸, 얼른 자꾸 해가 지나가야 귀찮은 놈의 세상 잊어버리지……."

이런 이야기가 끝엔 얼마 동안 침묵이 흘렀다.

창문 살엔 회색빛이 제법 환하게 밝아져온다.

마누라는 수건으로 귀를 싸매고 일어나서 치마끈을 졸라맸다.

"벌써 일어나? 무얼 할 게 있다구!"

"냉수 한 그릇을 떠놔두, 새해 제사는 모셔야 안 하우."

마누라는 부엌으로 나왔다.

아궁이에 솔가루를 밀어넣는 소리가 부스스 들리더니 픽 하고 성냥 그어대는 소리가 들려온다.

김 첨지는 이불자락을 걷어치우고 걸레쪽으로 방 안을 훔쳐 윗목 귀퉁이로 밀어붙이었다.

그리고는 실경 위에서 유지油紙를 내어서는 먼지를 턴 다음 짝 펴서

방 윗목에 깔았다.

그리고 세수를 다른 때보다는 훨씬 더 깨끗이 하고 제사 지낼 때에만 입는 당목 홑두루마기를 옷궤 밑바닥에서 끄집어내어 입고 스무아흐레 날 장에서 사온 제물祭物이 담긴 광주리를 실경에서 내리었다.

광주리는 김 첨지의 손에 너무도 가볍게 들리었다.

명태 두 마리, 밤 열 개, 대추 한 접시, 곶감 한 꼬챙이, 귤이 다섯 개, 일 전짜리 양초 두 개.

김 첨지는 석유궤 문을 열고 제기祭器를 꺼내었다.

어느 대代부터 물려 내려왔는지 투박하고도 무거운 사기 제기를 꺼내어 명태쪽 남시랭이를 담을 때마다 김 첨지의 손끝은 가볍게 떨리고 가슴은 울렁울렁 먼 옛날 자기의 어렸을 때의 추억으로 흔들려갔다.

그의 할아버지가 살았던 자기의 어렸을 때는 자기의 할아버지의 손으로 오늘의 이 제기가 만져지고 옮겨놓아 졌건만 그리고 그때는 제상(床)도 있었건만! 지금은 자기의 손으로 그분들의 뒤를 잇게 된 것을 생각하매 부질없이 인생이란 풀끝에 이슬 같다고 느껴져왔다.

더구나 늙은 자기의 부부가 죽고 나면 이나마라도 명절은커녕 죽은 날이나 잊지 않고 찾아서 이 빠진 사발에나마 냉수 한 그릇이라도 떠놓고 자기 부부의 '혼'을 불러줄 눈 먼 자식조차 없는 신세를 생각하매 오늘의 자기들의 삶이 너무도 값없고 어두운 거라구 느껴졌다.

김 첨지는 부질없이 벌써 오 년 전이나 된 어느 날 구주九州 어느 탄광으로 석탄 팔러 품을 팔면 돈을 한 달에도 수십 원씩 집에 부칠 수 있다는 어떤 인부人夫 모집원募集員의 말에 귀가 솔깃하여 자기의 말리는 말도 듣지 않고 거의 달아나다시피 집을 떠나가버린 아들 복술이의 일이 새삼스럽게 눈앞을 어른거려옴을 깨달았다.

가서 두어 달 동안은 두세 차례의 엽서가 왔으나 그 다음엔 오 년이란 세월이 지내도록 일전 소식이 없었다.

김 첨지는 복술이가 응당 죽었으리라고 생각해버리고 말았다.

석탄 파다 정녕코 귀신 모르게 굴속이 허물어져 제물로 파묻혀 흙이 되고 말지 않았다면 어떤 일이 있더라도 오 년 동안이 지나도록 한 장의 엽서조차 없을 리 없다고 생각케 되었다. 그러나 이런 때엔 복술이가 보퉁이를 둘러메고 땟국이 졸졸 흐르는 노동복을 입고 쇠똥모자를 비스듬히 머리에 걸치고 선연 생시와 같이

"아버지!"

하고 빙그레 웃으며 찌그러진 사립문을 밀어붙이고 마당에 나타나는 꿈을 꿀 때가 있었다.

이런 꿈을 꾸고 날 때에는 김 첨지는 정녕코 복술이가 죽지 않았나 부다! 하고 새 힘이 전신을 돌며 쉬 이집으로 돌아올 것만 같은 생각이 넘쳐흘렀다.

그러나 꿈은 기어이 꿈에 그치고 복술이는 돌아오지 않았다.

일본에는 섬이 많다니 석탄 파던 것도 집어던지고 정녕코 복술이가 어떤 섬으로 품팔이를 나갔다가 사람도 잘 다니지 않는 외로운 섬에나 흘러붙어 영영 조선에 나올 수 없이 되었나? 그렇지 않으면 석탄 파다 병신이 되어 일품도 못 팔고 거기에서 거리로 헤매는 거지가 되지나 않았을까? 그렇지 않으면 일자리를 구하려고 이 구석 저 구석 기웃거리다가 일자리를 못 구하게 되니까 혹은 무슨 죄나 짓고 순사에게 붙들려 징역을 살지나 않는가?

김 첨지는 이런 생각이 하루에도 몇 번이나 떠올라오곤 했다.

그러나 이상하게도 어떤 때엔 복술이가 하얀 아래옷을 입고 맨발을 벗은 채 어깨에는 곡괭이를 둘러메고 생시보다는 훨씬 더 파리해진 얼굴로 선연 마당으로 들어서 보이는 꿈을 꾸는 일이 있었다.

이런 꿈을 꾸고 난 뒤에 김 첨지는 한숨을 후— 내쉬고 어느 틈엔지 쭈그러진 볼 껍질에 눈물방울을 굴리는 것이었다. 그리고는 마누라에게

"그 자식은 죽은 자식이요! 산 자식이라면 그런 꿈이 꾸어질 리가 있을라구⋯⋯."

하고 담배만 뻐끔뻐끔 빨아버리곤 했다.

김 첨지는 이런 생각을 하면서 궤짝 밑바닥에서 옛날 자기 할아버지 때에도 쓰던 향나무 쪽을 두세 개 긁어내어 사기 향로에 꽂았다.

마누라는 명태를 뚜드려서 대가리를 자르고 가루뼈를 털은 다음 껍질을 벗겨서 방으로 들이밀었다.

날은 아주 훤하게 새어버리었다.

전 같으면 골목으로 나뭇짐들을 진 김 첨지의 친구들이 지나칠 때지만 정월 초하룻날이라고 발자국 소리 하나 들려오지 않는다.

4

커다란 양재기에다 밥을 수북이 담아 숟가락을 있는 대로 꽂아 빈대피 어린 윗목 벽 밑에 바싹 붙여놓고 기름기 덩이가 두서너 개 둥둥 뜨는 무쪽 탕국은 왼편으로, 그 앞으로 거의 한일자 줄로 밤, 대추, 곶감. 귤 접시가 놓이고 그 앞으로 북어쪽과 무나물과 콩나물이 또한 한 일 자로 놓여 있다.

향내와 양초 냄새가 피어올라 방 안엔 석유 냄새가 없어져버리었다.

이윽고 탕국이 사기 냉수대접과 바뀐 뒤엔 숟가락들은 모두 양재기에서 대접으로 내려왔다.

김 첨지는 절을 공손히 마친 뒤에 마누라에게 제삿밥을 물리게 하고

나서 갑자기 무엇을 생각했다는 듯이

"여보, 법은 아니지만 복술이란 놈 죽은 놈으로 치고 올 설에는 밥이나 한 그릇 담어놉시다."

하고 마누라의 표정을 훑었다.

마누라는 갑자기 목멘 소리로

"세상이 뒤바뀌어도, 분수가 있지 자식 제사를 에미 애비 손으로 지내다니……."

하고 콧물을 훌적이더니 이 빠진 소반에 밥 한 그릇과 탕국을 담아서 방으로 들이민다.

김 첨지는 밥과 탕국을 내려놓고 숟갈을 꽂은 다음 갓과 두루마기를 벗어버리었다.

김 첨지는 눈앞이 벙벙하고 흐려져왔다. 담뱃대를 들고 문 밖으로 뛰어나와 버렸다.

마누라는 아궁이 앞에서 치맛자락에 콧물을 씻어가며 아무 말도 없이 훌쩍이고만 있다.

"그 자식이 벌써 스물일곱이것만! 장가도 못 들구……."

마누라의 이 말에는 김 첨지의 가슴이 또다시 쑤시어 올랐다.

툇마루에 쪼그리고 앉아서 담뱃대에 성냥을 그어댄 김 첨지는 찌그러져가는 수숫대 울타리너머로 건넛마을을 바라봤다.

벌써 제사들이 끝나고 아침까지 먹고 났음인지 골목에는 세배군의 아이들이 띄엄띄엄 늘어섰다.

건넛마을에서 제일 큰 최장호의 집, 그 집 대문턱을 두셋 아이들이 넘어가고 조금 지난 뒤에 먼저 들어갔던 아이가 밀려나온다.

"저런 놈의 새끼들 봐, 벌써 세배를 다녀?"

김 첨지는 공연히 화가 치밀어 올라왔다.

"순돌이 할애비나 삼용이 할매한테부터 먼저 세배 가야 당연 옳지!"

김 첨지가 중얼거리자 마누라가

"흥, 여보, 그 조무래기 녀석들이 무슨 예를 알우, 세뱃돈이나 떡 부스러기라도 줄 듯한 집을 먼저 가는 게지 뭐."

하고 맞장구를 친다. 마누라의 이 말에는 일리가 있다고 고개가 끄덕여졌으나 어쨌든 자기도 늙은이 축에 드는 한 사람인 이상 마을 아이들이 세배하러 찾아옴직도 하건만 겨우 지난해에 두세 놈의 얼굴도 잘 모르는 녀석들이 아마 멋도 모르고 세뱃돈이나 벌려고 들어왔었든지 절을 한 자루씩 나붓이 하고는 한참이나 앉았다가 서로 눈짓을 하고 나간 일이 있을 뿐이다.

김 첨지는 고소苦笑를 금치 못하였다.

그리고는 '세배'란 것이 더러운 것이라고 느껴져왔다.

김 첨지는 방으로 들어가서 제사를 걷어치웠다.

5

정월 초하루라는 일 년의 첫날도 김 첨지에게는 별다른 날이 아니었다.

오히려 우중충한 구름이 해를 가려 날씨는 음산하고 푸르뎅뎅했다.

김 첨지는 비 오는 날 이외는 집이라구 붙어 있지 않던 버릇이 남아 궁둥짝이 한가롭게 방바닥에 붙어 있질 않는 모양이다.

점심때가 지내고 난 뒤에 사립문이 삐드득 열리며

"어머니!"

하는 소리가 들리자 마누라가

"복희냐?"

하고 문을 열어재친다.

복희는 파랑 인조견 저고리와 검정목 세루 치마를 설빔으로 얻어 입었다.

복희는 옆구리에 끼고 온 보퉁이를 마루 가에 놓고는 어머니에게 세배를 했다. 복희가 오는 바람에 아랫목에서 낮잠이 들었던 김 첨지도 부스스 일어나 세배를 받았다.

복희는 어젯밤에 일이 많아 눈을 밝히었노라는 이야기를 늘어놓고 겨우 하룻밤 자고 와야 한다 했지만 초닷새까지 쉬어 가겠다는 말을 하면서 부리나케 문을 열고 밖을 나가더니 보퉁이를 들고 들어와 매듭을 끄른다.

이 순간 김 첨지와 마누라의 시선은 복희의 손으로 집중되었다.

복희의 손등은 갈래갈래 터졌다.

김 첨지는 이 순간 보퉁이에서 무엇을 꺼내려나? 하는 호기심이 사라져버리고 딸의 손등이 쓰리고 아플 것에 안쓰러운 생각이 떠올랐다.

복희는 제 헌 옷 속에서 무엇을 부스럭대며 꺼내더니 신문지로 싼 뭉텅이를 집어낸다.

"그거 뭐냐! 원!"

마누라가 먼저 입을 열고 손을 대어 만지자 김 첨지도

"뭐냐! 떡이냐? 고기냐?"

하고 코를 가까이 했다.

신문지를 펴자 떡과 고기와 생선전이다. 김 첨지는 일별 먹고 싶은 생각보다도

"무얼 이런 걸 가져왔니? 주인 알게 가져왔니?"

하고 말이 하고 싶었으나 참아버렸다.

그리고는 약간 이맛살을 찡그리며 거북한 표정만을 하였다.

"염려 마시고 잡숴유, 저 먹으라구 주는 걸 싸가지고 왔는데유, 무얼!"

하는 듯이 복희의 얼굴은 약간 붉어졌다.

"웬걸 고것들이 너 먹으라구 이런 살진 토막을 행여나 빼줄라구……."

마누라의 입에선 이런 소리가 나올 듯하다가 꾹 참고 윗목에서 빈 대접을 가져다가 주워 담았다.

복희는 인조견 파랑 저고리를 벗고 입던 검정 저고리와 바꾸어 입고서

"점심은 아직 안 잡수셨시유?"

하고 어머니의 표정을 살핀다.

"점심은 먹어 무얼 허냐, 해도 짧은데……."

"그렇지만 초하룻날도 점심을 안 잡숴요?"

"정월 초하룻날은 해가 서쪽에서 떠오른다더냐? 그날이 그날이지……."

"그렇게만 생각하시면 어머니는 편하시기두 하겠수!"

"편할 거야 무엇 있냐! 없어서 악에 받쳐 나오는 소리지, 있어 봐라 다 큰 너를 누가 남의 집 부엌데기로 보내서 이 따위를 얻어먹나!"

김 첨지는 모녀간의 주고받는 소리를 듣고 앉았다가 아랫목에서 일어나 윗목으로 옮아앉으면서

"밤잠 못 자 곤한 애 붙들고 별 소리 다 한다. 제—기."

하고 마누라를 흘긴 뒤에 담배를 빨면서

"어서 아랫목에서 네 맘껏 좀 자거라. 아무리 설이 중하기로서니 사람을 재우지도 않고 일을 시켜 저 지경을 만들어 보내? 망할 것들 같으니……!"

하고 복희의 얼굴을 쳐다봤다.

복희의 두 눈은 핏대가 서고 잠이 그렁그렁 매달리었다.

담배 연기가 방에 차서 그런지 복희는 콜록콜록 기침을 서너 번 한 뒤에 아랫목으로 내려갔다.

아랫목에 내려간 복희는 다리를 뻗고 쓰러져버렸다.

"이불 내려 덮어줘!"

김 첨지는 마누라에게 명령했다.

복희는 이불을 덮고 누운 지 얼마나 안 되어 코를 골고 잠이 깊이 들어버리었다.

"오죽이나 일이 억셌으면 저렇게 세상모르고 잠을 잘까."

"제一기 자식 나서 고생시키려면 차라리 안 낳는 것만 같지 못하지……."

"그도 제 팔자지 에미 애비에게만 죄가 있나? 왜!"

"계집애 나이가 열여덟! 홍! 종팔이 큰 딸은 재보다도 한 살이나 적은 것이 시집가서 벌써 계집애 하나, 사내 하나 낳건만……."

"세상일을 누가 알우, 금년이라도 연분이 돌아서서 시집가 제 살림을 헐는지……."

"홍! 기막힌다, 멀쩡한 딸자식 갖다가 남의 집 부엌데기라는 도장을 찍게 만들어놓았으니 좀 번즈그름 녀석이야 장가를 들려고 할 리 있나……."

"이놈의 세상이 양반, 상놈을 안 가리네 하더니만 알뜰히 살뜰히 더만 가리는가벼!"

"누가 양반, 상놈을 안 가린대여, 옛날보다도 양반, 상놈이 더 많아진 걸…… 무엇이 양반인 줄 아나? 진사 급제가 양반이 아니여. 소 잡던 백정도 돈이 많으니께 내로라하고 양반 된 것 못 봤어? 읍내서 이층집 짓구! 새파랗게 벼슬을 날리던 진사니 급제니두 즈 살림 망하고 남의 땅 붙어먹으니께 상놈 되지 않아 제—기……."

여기까지 이야기한 그들은 한참 동안을 아무 말도 없었다.

복희는 숨을 길게 들여마셔가며 코를 연방 골기 시작한다.

"이러나저러나 우리가 굶더라도 이번에 아주 복희를 보내지 맙시다, 원 저, 손등하구, 손가락하구 좀 봐! 일이 얼마나 되면 저럴려구……."

"어디 마땅한 녀석 하나 데릴사위라도 허구 어떻게 헛간에다 방이나 들여 살렸으면 좋으련만……."

"흥! 입에 맞는 떡이 어디 있다우?"

"어쨌든 조죽을 먹더라도 이번에 온 김에 아주 보내지 말 일이여, 딸자식 앞일도 봐야지."

김 첨지는 결정을 지어버렸다.

마누라는 영감의 의견에 동감이라는 듯이 모모 말도 없이 코고는 딸의 얼굴을 물끄러미 내려볼 뿐이다.

6

우중충한 햇살이 가끔 구름을 벗고 퇴창 아랫도리에 헛간 처마 그림자를 비추다가 사라진다.

어느 사랑방에서 윷을 놀기 시작했는지

"모야 띠야."

하고 들떠드는 소리 떼가 벌컥 일어난다.

김 첨지는 전 같으면 윷놀이 판에 나가서 한편 거들 것이건만 웬일인지 아무런 갈 생각이 나지 않았다.

그는 또다시 쪼그리고 앉은 채 담배를 고여 물었다. 그리고는 잠든 복희의 얼굴에서 눈을 돌려 빈대 피 어린 벽만을 우두커니 노려볼 뿐이다.

윗판에서 들려오는 젊은 사람들의 와그르 하고 힘껏 뒤떠드는 소리가 그의 귀를 울릴 때마다 그는 없어진 아들 복술이의 생각이 오늘따라 무럭무럭 피어올랐다.

"흥 복술이 녀석이 있었더라면 저 틈에 끼었으련만!"

김 첨지는 어느 틈에 입을 열어 중얼거렸다.

마누라는 우두커니 문짝에 달린 손바닥만 한 유리쪽 밖을 이맛살을 찡그리며 내다보고 있다.

복희는 코를 골고 자다 갑자기 뚝 그치고 쩍쩍 입맛을 서너 번 다시면서 아랫목 벽 쪽으로 돌아누우며 빙그레 웃음이 섞인 소리로

"아이그, 내가 언제 아씨 경대 곁에 가기나 했나유. 나 같은 게 분을 발라 모양을 내면 무엇해유, 아씨두. 언제 내가 아씨 분을 도적해서 썼어유……?"

하고 또다시 코를 골기 시작한다.

"흥! 잠꼬대를 해도……."

하고 김 첨지는 후— 하고 한숨을 내쉬었다. 복희는 한참 만에 또다시 코골던 것을 그치고 아까보다는 퍽도 부드러운 소리로

"금돌이 내 말 좀 잘 들우, 이젤랑은 일주일에 한 번씩 만나 응? 고것들이 왜 우리가 이렇게 즈 집 일 다 하구 밤에만 만나는 것두 배를 앓아가며 싫어하는지 몰라!"

김 첨지는 가슴이 뜨끔했다.

"원, 이년 봐라, 금돌이란 놈이 웬 놈인고?"

하고 마누라가 먼저 입을 열었다.

"계집애가 나이가 차면 엉뚱해지는겨……."

하고 맞장구를 친 김 첨지는 이윽고 다시

"흥!" 하고 감탄사를 붙이고는

"읍내란 곳이 계집애 사내 눈 맞추기 좋긴 하지…… 허허허!"

하고 가볍게 웃어버렸다.

"기막힌 소리도 다 듣네, 이편이 눈 맞춰봤나? 그걸 알게스리……."

하고 마누라는 고소를 띠우며 악의 없는 핀잔을 내던졌다.

"그러나 저러나 저년 잠꼬대가 참말이라면 어떡하나. 금돌이란 놈을 붙잡아다 데릴사위를 시켜?"

하고 김 첨지는 약간 고개를 갸우뚱했다.

"금돌이라니 원 이름부터 넘의 집 머슴살이 같구만 그래. 기왕 눈을 맞추려면 어찌 그런 거하고 그래…… 망할 년— 끌끌!"

마누라는 혀를 찼다.

"없는 놈은 없는 놈하구 살기 마련인데 뭘 그래!"

하고 김 첨지는 조금 말을 떼었다가

"……그 그 최 서방인가 좀 보지! 없는 녀석이 딸 시집을 있는 데로 보냈다고 동네방네 자랑거리로 알더마는 어디 제 살림이 그 모양이니 딸 보러도 못 가지 않아? 딸년두 보지 제 부모가 어쩌다 가면 반가워 하기는스리 이마를 찡그리고 얼른 가라구 구박만 당하구 와서는 없는 놈 딸 있는 넘 집에 치울 것 아니라구 들떠들고 다니는 소리 못 들었어?"

마누라는 아무 말이 없었다.

복희는 부스스 어깨를 옆에서 바로 돌린다. 이 순간 베개에서 고개가 떨어진다.

갑자기 코고는 소리가 그치고 쌕쌕 고운 숨소리가 이어져갔다.

김 첨지는 앉은뱅이걸음으로 베갯머리로 걸어와서는 한 손으로 가만히 딸의 머리를 쳐들고 한 손으로 베개를 밀어넣으려 했다.

"내버려둬, 한창 곤하게 잠든 것을 덧쳐서* 깨놓지 말구……."

김 첨지는 어린애나 재우는 것처럼 얼른 가만히 베개를 밀어넣고 물러앉으면서야 숨을 조금 크게 쉬었다.

복희는 여전히 아무것도 모르고 쌔근거린다.

"그래두 에미 애비 곁이라구 맘놓구 자는구만……."

마누라의 이 말소리에는 어디엔지 목멘 줄기가 섞여 있었다.

이윽고 마누라는 콧물을 훌쩍이더니 치맛자락으로 두 눈을 씻기 시작한다.

이 순간 김 첨지는 아무 말도 못하고 멍하니 마누라의 얼굴을 한참 쳐다보다가

"허, 허, 참 정월 초하룻날부터 우나?"

하고 껄껄 웃어재치었다.

그러나 마누라는 내친걸음에 흑흑 소리와 아울러, 두 어깨를 으쓱이며 한 고비 더 심해져갔다.

"글쎄 좀 참어!"

김 첨지는 마누라를 위로하려 했다. 그러나 김 첨지는 어느 틈에 자기도 모르는 사이에 두 눈이 뱅그르 돌며 뜨거워지더니 안개가 앞을 탁 막음을 깨달았다.

그리고는 주르륵하고 귀 밑으로 눈물이 흘러내리기 시작했다.

복희는 또다시 입맛을 짝짝 다시더니 이번에는 잠꼬대를 하지 않고 오른팔을 이불 밖으로 빼놓으며 또다시 몸부림을 치고 나서 고개를 베개에서 떨어뜨리고는 코를 다시 골기 시작한다.

이불 위에 얹힌 딸의 손등! 새빨갛게 녹아오르는 얼었던 살빛, 짝짝 홍당무 뿌리털처럼 갈라 터진 자국들은 애비 에미를 원망하는 듯이 찡그

| * 덧치다: 깊이 들지 않은 잠이 깨어서 다시 잘 들지 않다.

197

리고 있다.

김 첨지는 아무 말 없이 한참을 딸의 손등만 내려다보고 있다. 이 순간 그는 공연히 다 큰 딸을 남의 집에 하녀노릇을 시켰구나 하고 후회가 떠올랐다. 그리고는 연방

"오냐 에미, 애비가 벌어서 조죽이나마 먹일 테니 이번 온 김에 가지 마라!"

이런 말이 입가장자리로 떠올라왔다.

갑자기 퇴창문 아랫도리가 밝아온다. 해가 구름에서 벗겨져 나오는 모양이다.

우주충하던 방이 환해진다. 코고는 딸년의 양볼이 불그작작 피어오른다.

윷놀이 판에서 또 한바탕

"윷이야 삿치야*?"

하는 높은 고함 소리와 아울러 왁자지껄 떠드는 소리 떼가 어렴풋이 들려온다.

《조광》, 1936년 4월

| * 삿치다 : 사위(윷짝을 던져 나온 끗수나 나왔으면 하는 끗수)+치다(윷을 던지는 것 또는 끗수를 내는 것).

길

1

"왜 또 너는 잠을 못 자고 깨니…… 또 뱃속이 거북해오니……?"

"아녜요, 어머니는 언제 깨셨어요?"

"나는 두 시에 깼다. 비두 주리 틀게 퍼붓는구나! 게다가 웬 바람까지 부니."

"거기 차잖아요? 아랫목으로 오셔서 편히 좀 주무셔요. 아직도 날이 새려면 멀었는데……."

"싫다! 잠이 오니? 어서 너나 더 자려무나."

"……."

"꿈두 참…… 이상하기도 하다. 네가 아들을 낳으려나…… 선연 네 남편이 얼굴이 샛노래가지고 어디서 새끼를 꼬아가지고 웃으며 들어오더니 대문간에다 인줄을* 매더구나. 죽은 혼도 못 잊어 그러니…… 원…… 아마, 네가, 쉬, 해산하려나 보다."

정애는 아무 말 없이 그 어머니의 말을 듣고만 있었다.

| * 인줄: 금줄.

정애는 어느 틈에 두 눈이 화끈해지며 눈물이 빙그르르 돌아 귀밑으로 떨어져 베개를 적시었다.

"공연히 꿈 이야기를 했구나! 그까짓 꿈 이야기에 서러울 게 뭐냐! 인젠 그만 툭툭 털어버리구 죽은 사람 생각 말래두 그래!"

"누가 죽은 사람 생각을 해서 그래요! 내 앞길을 생각하고 그러죠……."

정애는 머리맡에서 손수건을 집어 눈물을 씻었다.

정애의 눈앞엔 죽은 남편의 환영이 선뜻 지나쳤다.

─소같이 억세던 남편이 오 년 만에 세상에 나올 때는 샛노란 얼굴과 뼈만 남은 그 허수아비와 같던 몸집을 가진 병신이 되어가지고 뒷간 출입도 지팡이를 짚고서야 겨우 해내려오던 일이 새삼스럽게 정애의 기억을 흔들었다.

"별수 없느니라. 어린애 낳거든 내게 맡겨라. 너두 네 일 네 알아 일찍 조처해야지, 언제나 젊어 있는 줄 아니……. 까딱하면 너마저 내 신세짝 되고 만다."

정애는 그 어머니의 이 말이 자기에게 무슨 뜻을 알리기 위함인지 모르는 바는 아니었다.

정애는 그 말을 더 깊이 귀담아 들을 필요가 없다는 듯이 고개를 사르르 아랫목 벽 쪽으로 돌리며 이불 위로 한 손을 뻗어 머리맡을 더듬었다.

초저녁에 읽다가 잠이 들어 떨어뜨렸는지 베벨의 『부인론』이 퍽하고 한 손에 걸리었다.

겉표지가 저절로 넘겨지자 남편의 사인이 선뜻 눈에 뜨인다.

"얘, 그런 책은 또 왜 보니……. 네 남편 읽던 책 아니야?"

"아녜요. 어머니는 아시지두 못하구……."

"그럼 네 오빠 거로구나!"

"어머니도 망령 나셨수, 오빠 책은 어머니가 다 불살라버리고 뭘 또 있는 줄 아세요?"

"모르겠다. 그놈의 책들 때문에 난리도 하도 겪어서…… 인젠 천자 책만 봐도 지긋지긋하다……."

정애는 아무 말 없이 몸 전신을 옆으로 돌리며 보다 접어둔 책장을 벌렸다.

이 순간 정애는 갑자기 책을 집어던지고

"아이구 배야."

소리를 치며 엎치었다.

"옳지, 인제 아이가 도나 보다! 가만히 몸을 가지고 아랫배에 힘을 살살 줘봐라."

어머니는 부스스 일어나 속옷 끈을 졸라매고 치마를 둘러 입었다.

"아이구 배야!"

정애는 급속도로 배가 아파왔다.

"어머니…… 얼른 좀 준비하세요!"

"오냐! 겁만 집어먹지 마라!"

어머니는 밖으로 뛰어나왔다.

빗줄기는 여전히 바람결과 함께 좍좍 여름날 장마처럼 퍼부었다.

늦은 가을 첫새벽에 때 아닌 번개까지 이따금 번쩍인다.

부엌으로 뛰어 들어온 어머니는 아궁이에 먼저 불을 살려 넣었다.

해산구원을* 해본 일이 별로 없는 어머니건만 달구치면 맞는 격으로 어쩔 수 없이 산파역이 되고 말았다.

장작에 간신히 불을 당겨놓고 만일을 몰라 어젯밤 빨아놓았던 미역

| * 해산구원解産救援: '해산구완'의 원말. 해산바라지.

을 솥에 털어넣었다.

그리고 준비해두었던 짚단 뭉치를 들고 방으로 뛰어 들어왔다.

정애는 어머니의 서두는 꼴에 더욱 긴장되어 뱃속이 더욱더 아팠다.

그는 "아이구, 배야." 소리를 치며 이를 악물고 손가락을 세워가지고 방바닥을 고양이처럼 좍좍 쥐어 갈키곤 했다.

"얘, 꿈이 맞으려나 보다. 이를 악물고 아랫도리에 살살 힘을 더 줘 봐라."

"어머니…… 산파 좀 불러오세요. 산파 좀……."

정애는 이맛살을 찡그리며 또 한 번 이를 앙다물었다.

"……산파 오면 뭣 하니 돈만 달아나지……. 아랫배에 힘을 줘라, 힘을 줘……."

"아이구, 어머니…… 나 죽겠네!"

정애의 고통은 점점 더 심해갔다.

"산파 생각 말구 네 힘으로 낳아야 한다. 첫애는 다 그러니라!"

정애는 이 순간 고통으로 잊었던 설움이 북받쳤다.

"첫애는 다 그러니라!"

소리가 정애의 귀엔 슬프게도 울린 때문이었다.

"어머니두 첫애는 다 이렇다구요? 남편 잡어먹은 년이 첫애니 둘째 니가 다 뭐에요!"

정애의 소리는 방바닥을 방여* 뜯는 손가락과 같이 파르르 떨렸다.

"종알대지 말고 아랫배에 힘이나 주어!"

어머니는 돌아서며 옷고름으로 눈을 씻었다.

| * 방여方輿: 땅을 의미함. 대지·지구.

2

날은 아직도 밝아오지 않았다.

빗줄기는 힘차게 퍼부어댔다.

이따금 천둥도 없는 번개가 번쩍— 방 안을 비춘다.

미역국이 끓고 밥솥이 피— 피— 넘건만 정애는 여전이 배를 붙이고 뒹굴며 고양이처럼 앙앙거리면서 방바닥을 긁고만 있다.

정애의 몸이 워낙 튼튼치 못한 데다가 아이 밴 지 석 달 만에 남편을 여의고 속을 썩여 그런지 손쉽게 해산할 힘이 부치는 것 같았다.

정애는 거의 혼수상태에 빠졌다.

속옷 끈이 저절로 끌러지고 저고리 끈마저 풀려졌다.

이마를 몇 번이나 손등에 부벼대고 고개를 몇 번이나 흔들었던지 흰 댕기 들여 쪽진 머리가 마냥 풀려 어깨로 흘러내렸다.

정애는 인제 더 기운을 쓸 수 없다는 듯이 한 팔을 뻗은 채 정신을 잃고 눈을 감고 까무러져버렸다.

어머니는 부엌으로 방으로 혼자서 부리나케 왔다 갔다 하더니만 정신을 못 차리고 쓰러진 정애 곁에 와서 귀에다 입을 대고 고함질렀다.

"얘야, 얘야! 정신 차려라, 정신!"

"아이구 어머니 나 죽나부!"

"다 아이 날 땐 이렇다. 그렇기에 제 자식을 낳아봐야 부모 공을 아느니라."

"아이구 어머니 나 죽겠네…… 산파 좀 불러요…… 얼른……."

정애는 최후로 악을 쓰고 뻗어버렸다.

어머니는 만일 난산難産이 되면 어쩌나 겁이 나서 몸이 떨리면서도 자기가 정애 남매를 낳을 때의 경험에 비추어보아 일변 마음이 놓이기도 했다.

"정애야!"

"……."

"애, 애, 정신 차려, 이를 앙다물어라. 산파 오면 별수 있니? 내가 너를 날 때는 지금 너보다 더 까무러쳤었다……. 세상에 여편네로 태어나는 죄가 제일 큰 죄란다……."

어머니는 위로 겸 한탄을 늘어놓았다.

정애는 이 순간 어머니의 말에 약간의 위로가 생겼든지 힘을 최후로 긁어모아 보았다. 그러나 그 힘은 조금도 효과가 나타나지 않는다.

얼마나 지난 뒤 정애는 아랫배가 갑자기 불끈해지더니 날카로운 칼로 간을 찌르는 것 같은 아픔이 온 전신을 치밀면서 마른땀이 조르르하고 머리끝에서 발끝까지 뻗쳐 흐른다.

어머니는 정애의 아랫도리를 들여다보다가 큰소리를 질렀다.

"옳지. 옳지. ……나온다! 힘을 더 줘라……."

어머니는 자기도 모르게 끙끙하고 정애보다 더 크게 힘을 들었다.

"어서 더…… 어서 더……."

애기 문이 조금 열려졌다. 아이는 까만 머리통을 어린애 베개 마구리* 만큼 비쳐주었다.

"어서 더…… 어서 더……."

어머니는 애가 타서 긴장된 목소리로 또 한 번 힘을 재촉했다.

이 순간 어린아이 머리는 닷푼(五分)쯤 밀려나왔다. 그러나 그 이상 더 나올 생각은커녕 정애는 아주 풀이 죽어 까무러쳐버렸다.

어머니는 겁이 치밀었다.

| * 마구리: 길쭉한 토막, 상자, 구덩이 따위의 양쪽 머리 면.

'설마 어떨라구.' 하고 순산을 믿던 마음이 이렇게까지 난산이 될 줄이야 몰랐다.

이러다가 만일 정애가 아이도 못 낳고 그대로 죽어버린다면? 하고 어머니는 무서운 생각이 번개처럼 들다가도 '설마? 내 딸이 무슨 죄가 있기에…….' 눙쳐 생각하고는 까무러진 정애의 뺨을 철꺽 올려붙이었다.

"얘야! 정신 차려라, 정신 조금만 더 써라 더……. 머리가 나왔다. 정신을 놓으면 못 쓴다……. 어서 좀 힘을 모아라……."

정애는 어머니의 이 소리가 잘 들리지 않았는지 정기가 홰홰 풀린 눈을 스르르 뜨며 어머니의 얼굴을 흘기었다.

어머니의 얼굴은 뱅뱅뱅 온 방 안을 휘돌아다니고 윗목의 농짝과 경대가 기우뚱— 움직인다.

정애는 눈을 스르르 감으면서 이를 악물었다.

그러나 아이는 그 이상 더 나오지 않았다. 어머니는 온몸이 부르르 떨리었다.

허둥지둥 방문을 열고 뛰어나와 지우산紙雨傘을 차렸다.

빗줄기는 지우산 위를 요란스럽게 내려때렸다.

골목으로 나섰을 때는 바람은 더 세차게 불어 때려 지우산은 뒤집혀버리었다.

어머니는 줄비를 그대로 온 전신에 맞아가며 천방지축 힘을 모아 산파집 앞까지 뛰어갔다.

산파집 대문을 몇 번이나 흔들었지만 안에선 아무 소리가 없다.

빗발에 젖은 위아래 옷은 철썩 몸 전신에 들러붙었다.

천근이나 될 것처럼 무겁고 얼음장 속에 처박힌 것 같다. 찬 기운이 스며들건마는 어머니는 그 생각보다도 정애의 애타는 양이 더 또렷이 걱정됐다.

진작 정애의 말대로 산파에게 부탁이나 해둘걸! 하는 후회와 아울러 지금쯤은 정애가 영영 까무려 정신을 아주 잃어버렸으면 어쩌나? 겁이 들자 두 무릎이 마치 꿈속에서처럼 쩌르르 울려나며 오금쟁이가 팍팍 아파 올라오기만 했다.

어머니는 또 한 번 이를 앙다물고 대문짝이 떨어져라 하고 왈칵— 흔들었다.

길거리는 희미해오건마는 사람 하나 그림자도 없다.

빗줄기는 더한층 대문짝을 가로 세로 내려때리었다.

3

어머니가 산파를 인력거에 태워가지고 집으로 돌아왔을 때는 벌써 정애는 정신을 잃을 대로 잃고 까무려쳐버렸다.

어머니는 허둥지둥 정애의 배 아래를 들여다봤다.

아이는 이마가 뾰조롬히 내다보인 채 나오질 않고 쉰다.

산파는 먼저 강심제를 꺼내어 내려 두 대를 거듭 주사했다.

그러나 정애는 정신이 아주 풀려 산파가 온 것조차 잊어버리었다.

"아이구, 진작 좀 서두르실걸, 이게 무슨 위험한 짓입니까!"

산파는 또 한 대의 주사약을 톱으로 끊기 시작한다.

주사 기운에 정애는 약간 정신이 돌았는지 몸뚱이를 스르르 움직이며 힘을 모으려 하는 듯했다.

"애, 정애야! 산파 오셨다, 정신 차려라!"

"아이유, 선생님 살려주세요!"

정애의 말소리는 바르르 떨리었다.

"가만히 진정해야죠, 겁 집어먹지 말구 조금 더 힘을 줘봐요……."

산파는 아무런 겁도 없다는 듯이 둥글넓적한 얼굴에 두셋 주름살을 지은 대로 태연스런 표정을 지으며 거의 직업적으로 정애의 배 아래를 가만히 만지기 시작했다.

정애의 배 아래를 들여다보는 어머니의 몸뚱이는 벌벌 자꾸만 떨리었다.

정애는 죽을힘을 다 써 아랫배로 보냈다.

아이 이마가 슬며시 밀려온다.

"옳다! 얘야, 이제 다 나오겠다. 힘써라 힘써!"

어머니는 기쁜 듯이 소리를 버럭 질렀다.

정애는 이 순간 비상한 힘이 샘솟음을 깨달았다.

생전 느껴보지 못하던 생리적 큰 힘을 정애는 선뜻 느낄 수 있었다.

아이는 고개까지 쑥 나왔다. 그러나 그 이상 더 나오지 않고 또다시 쉰다.

이제는 더 큰일 난 것처럼 어머니는 주먹을 부르르 떨면서 어쩔 줄을 몰랐다.

어머니는 만일 이러다가는 두 생명을 한꺼번에 죽여버릴 것 같은 예감이 번개처럼 머리를 지나친다.

산파도 약간 허둥대기 시작했다.

"워낙 산모가 원기가 없어서……."

산파는 어머니의 표정을 훑으면서

"또 주사를 놔야겠습니다."

하곤 또 한 개의 주사약을 꺼내었다.

오 분쯤 지낸 뒤에 아이는 다 나왔다. 거의 빼낸 셈이다.

"옳다, 얘야, 나왔다, 다 나왔다, 고치자지를 달고 나오느라고 에미를 그리 애태웠지……. 가만히 누웠거라. 후산을* 해야지!"

어머니는 연방 기쁨과 깜직함이 뒤섞여 넘쳤다.

그러나 아이는 웬일로 조금도 울지를 않는다. 살빛조차 새파랗게 보이었다.

산파는 어린아이를 받아가지고 장난감 주무르듯 두 다리와 머리통을 잡고서 폈다 오그렸다 체조를 시키었다.

어머니는 어린아이가 죽지나 않았나? 겁이 났다.

한참 만에 어린아이는 컥컥 느끼기 시작했다.

어머니는 그제야 떨리는 가슴이 조금 가라앉았다.

정애는 아이를 낳아놓고 그대로 쓰러져 아주 정신이 까무러쳐버리었다.

산파의 눈과 손은 산모에게보다도 어린아이에게만 쏠리었다. 그의 손은 마치 기계와 같이 어린아이를 다루었다. 눈코만 없으면 한 점의 고깃덩이 같은 피 묻은 어린애를 물에 씻고 옷 입히고 베개에 베기까지의 광경을 내려다보던 어머니는 산파란 꼭 불러야 할 것을 절실히 느끼게 했다.

"큰일 날 뻔했습니다. 아이 모가지가 아이 문에 걸려서 오래 쉬면 아이뿐만 아니라 산모도 살기 어려워요."

어머니는 산파의 말에 이제야 두 생명이 살았구나 느껴졌다.

"애야, 정신 차려라, 정신 차려!"

어머니는 이맛살을 찡그리며 정애의 얼굴을 들여다보았다.

"가만두세요, 산모가 워낙 약해빠져서."

산파는 또 한 대의 강심제를 놓았다.

| * 후산後産: 해산한 뒤에 태반과 양막이 나오는 일.

"애야, 정신 좀 차려! 응?"

어머니는 속이 달아 또 한 번 정애를 흔들었다.

정애는 꿈속에서 깨나는 사람처럼 눈을 스르르 떴다.

"아들 하나 낳기 힘두 든다―."

어머니는 정애를 위로하려는 듯이 빙그레 웃음을 띠우며 말소리를
부드럽게 던졌다.

정애는 아들을 낳았다는 말에 선뜻 새 정신을 느끼었다.

그러나 아랫도리는 조금도 움직일 수 없었다.

"가만히…… 정신만 놓지 말구 계세요, 큰 욕 봤습니다만…… 후산
을 또 해야 할 테니……."

산파는 물끄러미 정애의 얼굴을 내려다본다.

정애는 이제야 조금씩 새 정신이 샘솟았다.

"어째 어린애가 울지도 않아요!"

정애는 이 순간 자기가 난산難産이었던 것을 깨닫자 선뜻 어린아이가
혹 질식이나 하지 않았나? 겁이 났다.

정애는 그것이 이미 한 아이의 어머니가 되고 만 이 순간의 처음 느
껴지는 한 가닥 본능적 공포라고 깨달았다.

"지금 잡니다. 워낙 어머니 배 문이 좁았던지 혼이 단단히 나서 울지
도 않고……."

산파의 말에 일변 안심은 되나 그러나 혹 질식해 죽은 것만 같았다.

정애는 고개를 들어 어린애가 남편을 닮았는지 어린애 쪽을 보려 했
다. 그러나 고개는 생각대로 돌려지지 않는다.

"어머니! 어린애가 죽지 않았어요?"

정애는 불쑥 말소리를 떨었다.

암만해도 이미 시체가 되어 뻗었건만 자기의 마음을 상하게 않기 위

하여 일부러 속이는 것만 같았다.

"에이, 방정맞은 것 같으니! 그게 무슨 소리냐 원! 눈을 뜨고 벌써부터 주먹을 빨려고 휘휘 내두르는 걸!"

어머니는 시침을 떼고 어린아이 얼굴로 시선을 옮겼다.

아까 산파가 목욕 감길 때 흑흑 두어 번 기침 같은 소리를 하고 나서 아직도 울지 않던 어린아이는 살빛이 아직도 붉어오지 않는다.

어머니는 이 순간 겁이 났다.

어머니는 정애의 눈을 사르르 피하면서 어린아이 코밑에 자기의 귀를 가만히 기울였다.

색—색—색—색— 가는 숨소리가 들릴 둥 말 둥 흘러나왔다.

"내버려두세요. 좀 저도 쉬고 정신을 차려야지."

산파는 그렇게 쉽게 사람의 생명이 끊어지지 않는다는 듯이 어머니의 얼굴을 힐끗 흘겨보고 주사기를 주섬— 집어넣었다.

4

정애는 무서운 꿈을 꾸는 것 같은 긴장 속에서 후산을 마친 뒤에야 비로소 새 정신이 샘솟았다.

정신이 맑아짐을 따라 정애는 까닭 없이 슬펐다.

그것은 첫째 남편이 없기 때문이다.

남편이 살았던들 오늘의 자기의 고통은 오직 순간적 생리적 고통에 그쳤을 것이건만…… 오늘의 고통을 위로할 자 누구며 이제 앞일을 맡길 자 누구인가? 생각되매 아득한 적막과 슬픔이 가슴을 쪼갤 것처럼 치밀어올라 왔다.

그러나 정애는 이 적막과 슬픔을 억지로 참으려 했다.

이젠 다만 한 아이의 어머니로서의 자기의 온몸을 희생하는 것이 오히려 자기의 천직이려니 생각하려 했다.

정애는 어머니가 가져다주는 첫국밥을 먹었다.

"많이 좀 먹어라, 먹어야 산다!"

어머니는 치마 고름으로 눈물을 연방 씻곤 했다.

정애는 정녕 그것이 죽은 아이 애비를 생각하는 정이거니 느껴지자 미역국에 목이 메기 시작한다.

이제 스물다섯의 청춘시절을 과부寡婦가 되고 또다시 유복자遺腹子를 키운다는 것은 그렇게 명랑한 사실이 아님을 정애는 모르지 않았다.

자기의 중학 동창생으로 모 은행원과 결혼하여 행복스런 문화주택에 단꿈을 누리는 갑순이! 백만장자의 아들 김 모의 셋째 첩으로 삼층 양옥에 버티고 사는 경주! 유복자를 안고 과부 된 지 두 달 만에 장사꾼 남편을 맞아 간 경희! 그런 동무들의 얼굴이 선뜻 눈앞에 나타난다. 그러나 정애는 애써 머리를 흔들어버리었다.

자기의 행복은 갑순이나 경주나 경희가 사는 그런 집에서 그런 곳에서 찾아낼 수 없음을 그는 잘 알고 있기 때문이다.

정애는 꼭 같은 한 세상, 한 시대, 한 땅에 살면서 갑순과 경주와 경희와 자기와의 세상은 거리가 멀구 사이가 막혔음을 깨달았다.

갑순이의 길이나 경주의 길이나 경희의 길은 도저히 자기의 가는 길과는 다른 가닥 길이라고 정애는 굳게 되새겼다.

자기의 행복은 오직 가버린 남편의 어린아이의 어머니로서 앞길을 걸어 나아가는 데에 빛나리라 생각되었다.

정애는 옆에서 잠든 어린아이의 얼굴을 스르르 내려훑었다.

"어서 커서 네 애비의 못 이룬 뜻을 이어야지……."

정애는 어느 틈에 두 눈이 따끈해왔다.

명대로 다 못 살고 청춘에 꺾기고 만 남편의 얼굴이 새삼스럽게 눈앞을 어른거리기 때문이었다.

정애는 이를 악물었다.

'남편을 죽인 것은—.'

정애는 자기도 모르는 사이에 입술을 깨물었다.

작년 봄 오 년 만에 자유의 몸이 되어 세상에 나올 때의 파랗게 병들어 비틀걸음을 걷던 남편의 얼굴이 스르르 정애의 눈앞에 어른거리는 것이었다.

정애는 어느 틈에 두 눈이 흐릿해왔다.

날은 훤하게 밝았건만 아직도 빗줄기는 여전히 퍼붓는다.

정애는 모든 기억을 잊어버리려 고개를 좌우로 흔들었다.

그리고 또 한 번 어린아이의 잠든 얼굴을 옆으로 흘기었다.

'어머니로서 일생을—.'

정애의 가슴엔 또다시 이러한 생각이 용솟음쳤다.

이런 감정이 복받치자 정애는 까닭 없이 서럽고 슬펐다.

자기의 일생은 끝까지 빛 없는 암흑 속에서 허덕이다 말 것인가? 생각되매 세상이 허무하고 자기 한 몸이 버러지처럼 내리켜 보이었다.

그러나 이 순간 정애는 오늘 자기와 같은 빛 없는 세상에서 허덕이는 여자가 오직 자기 한 사람뿐만이 아니라는 것을 선뜻 깨달을 수 있었다.

—모든 난관에 부닥치더라도 당신은 그것을 박차고 당신의 청춘까지 희생하고라도 한 아이의 어머니로서 충실하려 한다구?

남편의 병이 위경에 이르렀을 때 임신 중의 자기에게 최후의 반문反問을 던지던 남편의 가늘게 떨리던 목소리가 새삼스럽게 정애의 귀를 울려온다.

정애는 이 순간 "후―" 하고 길게 한숨을 내쉬었다.

'그렇다. 나는 벌써……'

정애는 어느 틈에 한 가닥의 절망絶望이 떠올라 나오군 했다. 그러나 그는 곧 머리를 흔들며, ―내겐 벌써 청춘靑春도 없다. 내 운명은 이미 결정되었다. 오직 한 개의 모성母性으로서 세상과 싸워나가는 것이 나의 가장 가까운 길이다―.

그는 속으로 이렇게 중얼거렸다. 밖에선 여전히 빗줄기가 내려 쏟아졌다.

《여성》, 1937년 1월

여우지망자 女優志望者

1

K영화회사映畫會社 촬영감독 겸 시나리오 작가인 박용철은 오늘도 역시 늦잠을 자다 놀라 깼다.

그는 자기가 거처하는 일정한 하숙이 없는 것도 아니었건만 요즘 며칠 동안 밤 늦게까지 K영화회사 창립 제1회 작품을 쓰느라고 동료들이 다 가버린 회사 사무실에서 밤을 새우다가 오늘 새벽에야 겨우 라스트신을 마치고 응접실 소파에 쓰러진 채 정신을 놓고 잠이 든 것이 선뜻 깨어보니 벌써 열 시가 넘었기 때문이다.

"아차!"

그는 늦잠 때문에 무슨 낭패된 일이 생긴 듯이 벌떡 일어나려 주름 잡힌 소파 바닥을 손바닥으로 다리미질해놓고 무릎 자욱이 유달리 심해진 양복바지에 손금을 내며 응접실을 나와 사무실로 들어왔다.

여름날 아침 열 시라면 해가 꼭두까지 떠오른 대낮이었건만 이 K영화회사의 사원들은 아직도 출근을 하지도 않고 심지어 급사까지도 고등관 출근으로 사무실 안은 텅 비어 쓸쓸하다. 박은 아직도 졸리는지 눈을 반쯤 감고 이맛살은 찌푸리며 사오 개의 테이블 사이를 빠져나가 동남으로 난 유리창들을 모두 추켜올리었다. 그러나 선선한 바람은 불지 않는다. 후텁지근한 열풍이 휙 치밀려 실내로 들어올 뿐이다.

그는 창밖으로 얼굴을 쑥 내밀고 아침마다 하는 버릇대로 두 손을 가슴에 대고 두 눈을 지그시 감은 채 태양을 안고 심호흡深呼吸을 시작했다. 약간 정신이 들며 기분이 회복되는 것 같다. 이윽고 자기 테이블로 돌아온 그는 담배를 꺼내어 피워 물고 새벽에 마친 시나리오를 다시 한 번 검독하기 시작했다.

"아차! 아차!"

그는 시나리오를 읽다가 말고 벌떡 일어나 서류 장문을 열고 미농지*몇 장을 꺼내어 자기 테이블 위에 놓고 벼루에 먹을 갈아

'××영화주식회사주연여배우시험장映畵株式會社主演女俳優試驗場'이라고 쓰더니 다시 뭉쳐버리고 나서 그만 '여우지망자대합소女優志望者待合所'라 쓰고 두어 장엔 화살을 그려가지고 테이블 서랍에서 압정을 꺼내려니까 사무실 문이 열리며 그제야 변도 낀 급사가 들어온다.

"밤새 안녕합쇼!"

십오륙 세가량 된 호리호리하고 곱게 생긴 소년이다.

"왜 인제 오니, 오늘은 좀 일찍 오라지 않았어, 오늘이 무슨 날인지 아니?"

박은 약간 내색을 내렸으나 금방 스르르 풀어져버리었다.

"밖에 갖다 붙여놔요? 열두 시부터지요?"

눈치 빠른 급사는 박이 써놓은 미농지와 압정을 집어 든다.

"어따 붙이는지 아니? 이건 응접실 문 밖에 한 장 부치고 이건 내려가서 이층에다 한 장, 아래층 입구에다 한 장 붙이고 이 화살은 층과 층 사이

---

* 미농지美濃紙: 닥나무 껍질로 만든 썩 질기고 얇은 종이의 하나. 묵지墨紙를 받치고 글씨를 쓰거나 장지문 따위에 바르는 데에 쓰는 종이로, 일본 기후 현岐阜縣 미노美濃 지방의 특산물인 데서 생긴 이름이다.

에 부치란 말야! 아래층에서 이 화살을 보고 찾아 올라오게 말이다!"

급사는 박의 명령이 떨어지자 알았다는 듯이 휙 밖으로 나간다.

얼마 후에 인사계 주임 최 조감독 홍 촬영기사조들이 도중에서 동행이 되었던지 일제히 들어온다.

박은 그들이 오늘따라 말쑥한 새 양복들을 입고 이발들을 하고 온 것이 눈에 띄자 자기의 너무도 험스룩한 꼴이 기분에 거슬리었다.

벌써 여러 날째 이발을 하려고 벼르면서도 사실 그는 짬을 얻지 못했다.

하숙에 가면 세탁소에서 세탁해 가져다놓았을 듯한 와이셔츠가 없는 것도 아니나 그는 여배우를 모집하는 오늘이라고 특별히 새 와이셔츠를 같이 입어야 할 필요가 없다고 생각했다. 그는 어느 틈에 벽에 걸린 거울 앞에서 자기 얼굴을 무의식적으로 들여다보았다.

아래턱은 보기 흉할 만큼 수염이 시커멓다. 게다가 눈썹까지 터벅하고 두 귀밑으로는 긴 머리가 가닥이 져서 츠르르 내려 흩어졌다.

그는 거울에 비추이는 텁수룩한 자기의 머리털을 바라볼 때마다 새삼스레 놀라곤 했다.

자기는 절대로 장발長髮을 좋아하는 성질이 아니었건만 어느 틈에 장발청년이 되어버렸구나! 생각하고 까닭 없이 이발사理髮士를 원망할 때가 많다.

그렇다고 그는 이발소에 가서 머리를 치깎으라느니 옆이 깎으라느니 앞머리를 어쩌라느니 뒷머리를 어떻게 하라느니 하고 이발사에게 잔소리하기가 싫었기 때문에 이발소에 가면 으레 눈을 감고 졸아버리는 수가 많았다.

말하자면 그는 이발사를 한 개의 직공으로 보기보다는 한 개의 예술가로 봐왔기 때문에 머리를 깎으러 가더라도 혹시 텁수룩한 자기의 머리

가 보기 싫었던지

"어떻게 깎을까요?"

하고 묻는 사람이 생긴다 하더라도 그저 빙그레 웃으며

"아무렇게나 깎아주시유!"

하고 이발사의 자유에 맡겨버리는 게 그의 버릇이었다. 그렇기 때문에 어떤 때는 그의 머리가 길게 깎아질 때도 있고 또 어떤 때는 치깎아질 때도 있곤 했다. 그는 적어도 한 열흘 전에 이발을 했어야 할 판이었건만 비교적 자기 몸치장 같은 데에 대한 관심이 적은 그이기 때문에 오늘까지 텁수룩한 채 그대로 내려왔다.

포마드를 유달리 많이 발라 사무실 안에 냄새를 풍기는 인사계 주임이 박의 테이블 곁으로 옮아오며

"박 선생! 지망자 이력서철履歷書綴 좀 뵈주."

하고 바쁜 듯이 손을 내민다.

박은 테이블 맨 아래 서랍을 열쇠로 열고 이력서철을 꺼내어 주었다.

인사계 주임은 이력서철을 받아가지고 이웃 자기 테이블로 옮아가더니 붉은 연필로 몇 장의 이력서 위에다 'V' 표를 치고 나서 다시 박에게 가져다준다.

박은 이력서철을 받아 그대로 테이블 위에 놓아두고 벽에 걸린 시계를 흘금 쳐다봤다.

벌써 열한 시다. 이제 한 시간만 있으면 배우가 되겠다는 여자들이 밀려와서 몇 시간 동안 눈코 뜰 새 없이 바쁠 것을 생각하며 미리부터 골머리가 띵해지며 정신이 얼떨떨해 오른다.

급사가 압정갑을 들고 들어오더니

"선생님! 밖에 벌써 여자들이 네댓이나 와서 주춤주춤해요!"

하고 빙그레 웃는다.

"가서 응접실로 들어가 있으라구 그래라!"

박은 급사에게 명령을 하고 나서 시험 플랜을 세우려고 인사계 주임을 불렀다.

"전무는 왜 하필 어제사 말고 온천엘 간담. 이런 때는 출근하는 게 어때서!"

인사계 주임이 투덜투덜 중얼댄다.

"좌우간 시간이 임박했으니 있는 사람끼리 하지 뭐, 어제 상의한 대로 사무실을 시험장으로 임시 사용하고 최 형하고 나하고 둘이 등골을 빼는 수밖에 별수 없게 됐어."

2

정오를 알리는 사이렌 소리가 들리자 박 감독은 시험장 준비를 대강 마치고 나서 인사계 주임과 함께 여배우 지망자들이 모여와 쉬고 있는 이웃 응접실 문을 열었다.

그다지 넓진 못하나마 칠팔 개의 소파와 의자가 놓여 있는 응접실 안은 거의 이십여 명이 넘는 젊은 여자가 혹은 신문을 보기도 하고 혹은 자기가 가져온 영화잡지를 읽기도 하고 혹은 등을 보이며 돌아서서 유리창 밖 전차 길거리를 내다보기도 하고 혹은 핸드백에서 화장도구를 꺼내어 고양이 세수하듯 파우더를 바르기도 하고 혹은 둘씩 짝지어 고개를 마주 대고 무슨 이야기인지 소곤거리고 있다가 깜짝들 놀래어 엉거주춤하더니 누구인지 양장한 한 여자가 선뜻 일어서니까 기계적으로 여기서 저기서 와ㅡ들 일어나 선다.

"에ㅡ 너무 오랫동안 기다리시게 해서 미안합니다. 그러면 지금부터 형식적이나마 여러분의 의견과 포부를 들려주셨으면 고맙겠습니다. 편의상 지원서 제출하신 순서에 따라 한 분씩 오셔서 말씀해주셨으면 합니다."

인사계 주임 최의 이야기가 먼저 끝나자 박 감독이 곧 뒤를 이어,

"잠깐 여러분께 한 말씀 참고로 드릴까 합니다. 남에게 지지 않을 만한 천재적 소질을 가졌다 하더라도 그 소질을 그 천재를 발휘할 수 없는 시절입니다. 즉 그 소질과 그 천재를 발휘할 만한 사회적 기관이 지금까지 없었던 탓입니다. 혹시 있었다 하더라도 그것은 너무도 소규모였고 너무도 빈약했습니다. 이 저희 영화회사가 오십만 원의 대자본을 가지고 창립된 것은 물론 여러분이 더 잘 아시겠지만 제1회 작품에 출연할 주연배우를 재래 기성배우 층에서 선정하지 않고 전연 아마추어인 새 사람들 가운데서 추려내는 저희들의 의도가 어디에 있느냐 하면 아까 말씀드린 바 소질 있는 천재, 천재가 아니라도 백절불굴의 정열을 가지고 자기의 소질을 발휘할 만한 성의와 노력을 가진 분을 발견해보려는 생각에 있다고 하겠습니다. 에— 무슨 상급학교 입학시험이나 무슨 순 영리를 위주한 백화점 같은 회사에서 여점원이나 여사원을 채용할 때의 시험처럼 생각지는 마십시오. 될 수 있는 대로 우리 회사로서는 여기에 오신 여러분과 다 같이 손을 잡고 대 비약과 발전을 앞둔 조선 영화를 위해서 일하고 싶습니다마는 아직은 미약한 경제력을 가진 우리들의 일이기 때문에 우선 이번 제1회 작품 제작에는 여러분 가운데서 몇 분만 모시게 될 것 같습니다. 혹시 모시지 못하게 된 여러분 가운데 어떤 분은 마치 무슨 시험에 낙제를 한 것처럼 오해하시고 자포자기를 하실는지 모릅니다마는 될 수 있는 대로 그런 태도는 삼가주시는 게 여러분의 장래를 위해서 좋을 줄 압니다. 혹시 여러분께 이런 말씀을 드리는 게 실례가 될는지는 모르나 혹은 아메리카나 혹은 불란서의 유수한 영화 여배우가 스크린에

자기의 미모와 요염한 자태를 나타내가지고 수십만 혹은 수백만 영화팬의 백열적 환호를 받고 또한 흠모의 여왕이 되어 있는 게 부러워서 자기도 아무런 소질도 없이 천재도 없이 이해도 없이 또는 기초지식도 없이 그러한 여배우가 되어보겠다는 일종의 욕망 이것을 악평하자면 현대 경박한 지식계급 여성과 같은 허영심이라고도 하겠지요. 그러한 맹목적 허영심을 현대 조선의 지식계급의 여성은 아직 갖지 않는 게 좋을 줄 압니다. 물론 여러분은 그러한 경박한 허영심에 끌려서 오늘 이 자리에 나오신 것은 아닐 줄 압니다.

그러면 지금부터 한 분씩 여러분과 따로따로 말씀드리겠습니다. 미리 양해를 구해둘 말씀이 있습니다. 그 사람이 여배우가 될 자격이 있나 없나를 첫눈으로 보는 것은 그 사람의 생리적 균형입니다. 즉 다시 말하자면 근육의 발달을 봅니다. 곡선미라거나 골반의 미라거나 가슴 유방의 발달이라거나 골격이라거나 또는 그 사람의 신장이라거나 체중이라거나 혹시 이러한 부문의 고사가 시작되더라도 결코 오해 마시기를 미리 말씀드립니다. 그럼 이만!"

박 감독은 말을 마치고 약간 고개를 숙여 예를 하고 나서 자리를 물러섰다.

한참 동안 인형人形 마네킹들처럼 말없이 섰던 이십여 명의 젊은 여자들은 그들이 나간 뒤에 제각각 몸을 움직이며 불규칙하게 여기저기 소파와 의자에 혹은 앉고 혹은 기지개를 키고 혹은 비스듬히 드러눕고 혹은 창밖을 내다보고 혹은 파우더를 바르고 혹은 소곤거리기 시작하여 감독과 인사계 주임이 들어오기 전의 분위기로 회복되었다.

3

박 감독과 인사계 주임은 테이블 두 개를 나란히 붙여서 남쪽 도어를 열고 지망자들이 걸어 들어오면 마주 잘 보이는 멀찍한 북창北窓 밑에다 대어놓고 이력서와 지원서를 들여다보며 접수 순서대로 급사를 시켜 여자들을 불러들이었다.

맨 처음 들어온 여자는 모 고등 여학교를 졸업하고 어느 백화점 숍걸을 다닌 경험이 이력서에 쓰여 있는 얼굴이 둥글고 키가 작달막한 십팔구 세의 지방질적 여성이다.

"왜 영화배우가 되시려 합니까?"

박 감독이 먼저 질문하자 여자는 어물어물하면서 얼른 대답을 하지 않더니 이윽고 얼굴이 약간 밝아지면서

"영화에 취미가 있어서요."

하고 고개를 숙인다.

"실례지만 결혼을 하셨습니까?"

"아니에요!"

여자는 갑자기 음성이 높아지며 고개를 흔든다.

"그럼 연애해보신 경험이 계십니까?"

여자는 다시 머뭇머뭇하더니

"아니에요, 없어요."

하고 다시 얼굴이 붉어진다.

"서양 배우 중 어느 배우의 연기를 좋아하십니까?"

"그레타 가르보, 자네트 케이너."

"네, 알았습니다. 저편으로 가십시오."

하고 그를 인사계 주임에게로 넘기었다.

박은 그의 지원서 상란에 'X'표를 얼른 질러놓고 다른 여자를 불렀다.

그 다음에 불려 들어온 여자는 입술에 구찌베니를 칠하고 머리를 미장원 같은 데서 웨이브한 기생 타입의 이십이삼 세의 호리호리한 스타일의 소유자다. 생고사 깨끼적삼에 엷은 물빛 순견조 세트 치마를 길게 입은 것이 제법 멋이 흐른다.

그는 도어를 열고 들어오면서부터 약간 생글생글 웃음을 풍기고는 아장아장 걸어 박의 테이블 곁으로 왔다.

박은 의자에 먼저 그를 앉힌 다음 역시 첫 번과 같이 구두시문口頭試問을 시작했다.

"여학교를 졸업하신 제가 이력서를 보면 오 년 전이나 되었는데 그동안은 무엇을 하셨습니까?"

"뭐 별로 한 일이 없어요!"

"실례지만 이빨을 좀 뵈주세요!"

여자는 빵긋 웃으며

"아이유, 이가 보기 싫은데요."

하고 주춤 하면서 이윽고 윗니와 아랫니를 붙여 앙 다물고 이들을 어린애처럼 내민다.

석류알같이 총총히 박힌 어여쁜 이빨이었으나 이 사이에 니코틴이 많이 끼인 것은 이 여자로 하여금 혹시 화류계 여자나 유한마담이 아닌가 의심나게 한다.

박은 고개를 끄덕이며

"네. 좋습니다."

하고 벌린 입을 다물게 했다.

"미안합니다만 바른손을 좀 보여주세요."

박이 다시 여자의 얼굴을 훑자 그는 바른손을 가만히 내민다.

가늘고 고운 납초가락 같은 손가락은 그가 상일을 하지 않은 여자인 것을 알려준다.

"왜 영화배우가 되시려 하십니까!"

"좀 변화 있는 생활이 하고 싶어서요!"

"영화배우가 되시면 생활에 변화가 있을 줄 아셨습니까?"

"말하자면 좀 로맨틱한 생활이 그리워져서요."

"그러나 절대로 영화배우 생활이 로맨틱한 생활은 못 됩니다. 그 점은 인식 착오이신 걸요."

박은 그를 인사계 주임에게로 넘기고 아까와 마찬가지로 그의 지원서 위에 'X'표를 질렀다.

세 번째에 들어온 여자는 파마넌트를 하고 양장한 이십 전후의 모던걸이다.

그가 테이블 가까이 오자 갑자기 향수 냄새가 코를 찌른다.

"향수를 많이 쓰십니까?"

박은 다짜고짜로 양장한 그의 얼굴을 날카롭게 쏘아붙였다.

"네."

여자는 역시 부끄러운 듯이 얼굴이 새빨개지며 고개를 숙였다.

"숫처녀가 첫사랑을 느꼈을 때에 상대자에게 부끄러움을 나타내는 표정을 한번 해보세요!"

"아이유 어려워서 그런 표정을 어떻게 해요?"

그는 다시 고개를 숙이며 아양을 떤다.

"그럼 오직 태양처럼 생명처럼 믿던 연인이 자기를 배반하고 딴 여자와 사랑을 속삭이는 것을 발견하는 순간의 원망과 격분에 찬 표정을 해보세요."

생글생글 웃음을 띠던 그는 갑자기 얼굴빛이 이상해지더니 입술이 바르르 떨리며 금방 눈물이 빙그르 돌면서 기절을 하며 의자에서 픽 쓰러져 마룻바닥에 엎어지며 흑흑 느껴 운다.

박은 그의 너무 과장된 표정에 일변 고소苦笑를 금치 못했으나 그 여자의 용기로 보아 연마하면 소질이 향상될 것 같았으므로 지원서 공란에 '可'라 써 넣고 그를 돌려보냈다.

그 다음 넷째 번에는 시골서 어느 보통학교 여훈도를 다니다가 남 교원과의 연애 문제가 생겨 면직을 당하고 서울로 올라와 구직을 했으나 학교 방면은 부치지 않으니까 여배우가 되려고 결심했다는 이십이삼 세의 호리호리한 평안도 여자였고, 다섯째 번은 현직이 기생으로 요염한 화장술과 단아한 동양적 미모를 가지고 박에게 윙크를 보내며 기생생활을 떠나 좀 더 자기 개성을 살리기 위해서 배우가 되고 싶다는 순정을 가진 여자였고, 그다음 일곱째에서 열칠팔째까지 근 십여 명 가운데는 혹은 실연을 당하고 카페걸이던 여자 혹은 방탕성이 많아 빠의 여급이 된 듯한 여자, 혹은 모 전문학교 문과를 마친 이력까지 있는 문학소녀 혹은 상해, 남경, 천진 등지로 돌아다니며 댄서생활을 했다는 여자 혹은 어려서부터 곡마단에 팔려서 따라다니다가 중간에 도망해 나와서 어느 지방 순회극단을 따라다녔다는 엽전 달 듯한 반지르르한 무대배우 혹은 제사 공장을 다니다가 '오케스트라의 소녀'를 보고 배우가 되려고 결심했다는 십구 세의 통통하게 살이 찐 부잣집 맏며느리감의 처녀 대개 이런 것들이었다.

박은 일종의 실망을 느끼며 이런 여자의 지원서 위에는 대개 다 '×' 표를 질러버리었다.

인제 나머지가 겨우 두 장 뿐이다.

박은 담배를 한 개 피워 물고 나서 담뱃갑을 인사계 주임에게로 던지더니 한숨을 길게 내쉬며

"제—기 이렇게도 배우감이 없나! 일천만 조선 여성이여! 아하 불행할지어다!"

하고 우두커니 한참 앉아서 담배만 피운다. 그는 나머지 두 사람에 대해서도 흥미는 고사하고 싫증을 느꼈다.

"좌우간 나머지 두 사람을 마저 봅시다그려!"

인사계 주임도 실망의 빛이 얼굴에 나타났다.

"혹시 의외로 뛰어난 후보자가 남았을는지 누가 아나—."

인사계 주임이 박을 위로한다.

"김명숙? 가서 그이 오라구 그래라! 끝으로 둘치다*."

박의 명령이 떨어지자 급사가 나간다.

4

끝으로 한 사람을 남겨놓고 김명숙이란 여자가 들어오자 박은 가슴이 덜컥 내려앉았다.

그 여자는 지금까지 자기가 고사해 내려온 여자들에게는 차마 비교조차 할 수 없을 만큼 생리적으로 혜택을 받지 못한 말하자면 추부醜婦였기 때문이다.

끝으로 단둘 남은 사람 중의 그 하나가 이처럼 예상 이외로 추부일 줄은 그래도 상상하지 않았다는 듯이 박은 담배를 문 채 정신을 놓고 입을 벌리고 바보의 표정을 했다. 그 여자의 키는 지금껏 자기가 보아 내려온 여자 가운데서도 가장 좀팽이에 속할 뿐 아니라 눈은 크고 게다가 입

| * 둘치다: 두 번째다.

225

조차 굉장히 컸다. 더구나 손가락이 우락부락한 것이 상당히 거센 상일을 해본 여자인 것 같다.

박은 뭐라구 먼저 그 여자에게 물어볼까 싶은 직업의식이 천리나 도망가고 그 반대로 어서 눈앞에서 사라져버렸으면 싶은 생각이 먼저 샘솟았으므로 인사계 주임에게 넘기고 자기는 안락의자를 돌려 창밖을 내다봤다.

"좀 실례입니다만 영화배우를 단념하십시오!"

인사계 주임의 입빠르게 쏘는 소리가 들린다.

"무슨 이유에서입니까?"

여자의 목소리는 의외로 날카로웠다.

"첫째 당신은 영화배우 될 자격이 없습니다! 말하자면 여배우란 먼저 생리적으로 풍부한 육체와 요염한 미모를 가져야 하니까요!"

"풍부한 육체와 요염한 미모요? 흥!"

그 여자는 또 한 번 날카로운 발음을 한다.

"그것은 우리를 원망할 것이 아니라 거울을 한번 비추어보시고 거울을 원망하십시오!"

그 여자는 갑자기 노기가 등등해지며

"그래 당신들이 내게 이게 배우시험을 보는 게요, 나를 모욕하는 게요, 세상엔 잘난 사람두 있구 못난 사람두 있는 것이 아니요, 잘난 사람만 배우가 되고 못난 사람은 배우 못 될 게 뭐란 말이요! 그래 내가 생리적으로 '메구마레' 못한 것은 사실이요, 그렇다고 거울을 보라느니 잘났으니 못났으니 할 게 뭐요, 당신네들이 채용하지 않으면 그만 아니요?"

여자는 입술이 새파래져서 인사계 주임에게 덤벼든다.

"아—니 누가 당신을 모욕한 게요, 어디, 사실을 말했지."

"굼벵이두 밟으면 꿈쩍이구 참새두 죽을 땐 쩍 하고 죽는다고 아무리

만만한 여자라구 그렇게 업신여기는 법이 어디 있소? 이게 소위 당신네 말마따나 영화예술의 발전을 표방한 근본방책이요? 어디 봅시다. 내 이력서하구 원서를 내놓으세요!"

"뭐 그렇게 흥분되실 것은 없습니다. 여기 좀 와 앉으십시요."

형세가 좀 험악했으므로 이번에는 박이 말을 먼저 붙이였다.

"네, 고맙습니다."

갑자기 노기가 사라지며 박에게 웬일로 생긋 웃어 보이며 박의 테이블 앞에 놓인 의자에 앉는다.

"결코 오해 마십시오. 일부러 당신을 격분케 하고 그 표정과 음성을 보려고 그런 것이니까요!"

박은 능청맞게 거짓말을 둘러댔다.

"아이유 그런 줄은 모르고 공연히 실례의 말씀을 드렸습니다그려!"

여자는 커다란 입을 숭업게 벌리고 갑자기 멋쩍은 애교를 피운다.

"좌우간 댁에 가 계십시오, 곧 통지를 해드릴 터이니까."

여자는 공손히 예를 하고 나가다 다시 돌아서며

"사실 아까 제가 한 말씀은 격분돼서 그랬습니다, 용서해주세요."

하고 빵긋 웃고 나간다.

"의기는 그만하면 여배우로서 훌륭한데 워낙 추부가 돼서 암만해두 용기가 안 나는걸!"

인사계 주임이 담배를 피우며 박의 의견을 묻더니 다시 말을 잇는다.

"영화는 한 개의 예술품이기 전에 먼저 한 개의 상품이 되어야 하니까 말야. 그따위 추부를 조역은 고사하고 엑스트라로 쓴다 치더라도 팬의 기분이 나쁠 게란 말야."

박은 한참 동안 아무 말두 하지 않고 무엇을 생각다가

"나는 단연 이 여자를 후보자의 한 사람으로 채용하겠소. 왜 그러냐

하면 첫째 그 여자의 의기가 좋은 것이 마음에 들고, 둘째 나는 그의 '추'에서 '미'를 발견할 자신을 가졌소. 예술이란 반드시 보통 사람의 눈에 비치는 '미'를 찬미하고 조장하는 게 아니며 또한 '추'라고 그것을 '추'로써 파묻어버려서는 안 되는 것이니까! 말하자면 예술가는 '미'에서 '추'를 찾아내려는 심술쟁이인 동시에 '추'에서 '미'를 파내려는 선량한 채굴사여야 할 것을 오늘 깨달았소."

"좌우간 또 한 사람 남았으니까 얼른 마치고 치워버리지, 아이 배고파 제―기."

인사계 주임은 귀찮다는 듯이 머리를 긁적대며 시계를 쳐다본다.

벌써 네 시가 다 되었다.

마지막으로 남은 손금숙孫錦淑이란 여자가 급사의 안내로 들어오자 박은 들어오는 발끝부터 날카롭게 노리었다.

사뿐―사뿐―사뿐.

발자국 움직이는 소리와 함께 그 여자는 잠자리 날개 같은 한산모시 치맛자락 끄는 소리를 마룻바닥에 츠르르―츠르르―츠르르 가볍게 일으키며 박의 테이블 앞에 와 얌전히 선다.

박은 이 여자의 걸음걸이나 옷맵시로 보아 그는 결코 얼마 전에 나간 '추부'에겐 감히 비교하기조차 어려운 미모의 여인이리라 생각했다. 아니 오늘 이십여 명의 지망자 가운데서 최고의 미모를 가진 제일 후발자일 것만 같은 예감이 스르르 떠올랐다.

박은 그러한 예감에 휩싸여 얼른 고개를 들지 않고 이력서를 들여다보다가 선뜻 얼굴을 쳐들었다. 여자는 약간 고개를 숙여 박에게 경례를 한다. 얼굴에는 분바른 흔적이 보일 듯 말 듯 살결은 비단결같이 곱고 머리도 지진 듯 만 듯 자연스럽게 조화된 품이 기품이 높아 보였다.

"저 때문에 시간이 더 더디게 돼서 미안합니다."

그는 두 볼에 불그레한 미소를 띠운다.

"원, 천만에. 오히려 공교롭게 맨 끝에 남아 계시게 돼서 미안합니다. 거기 앉으십쇼."

박은 그 여자를 의자에 앉혀놓고 이력서를 들여다보다가 갑자기

"동경 무장야 음악학교는 왜 퇴학하셨습니까?"

하고 물으니까 그 여자는 약간 당황해지더니

"뭐 무슨 이유가 있어서 그만둔 건 아니에요!"

"그럼 댁이 완고하십니까?"

"네, 좀 완고한 편이예요!"

"그럼 영화 방면 같은 데 나오시는 데 대해서 반대하실 것 같은데……."

"아니에요, 그 점은 절대 제 자유예요."

"독창회나 음악회를 여신 일 있습니까?"

"없어요!"

"미안하지만 지금 하나 불러보실 수 없습니까? 토키영화는* 음악적 교양 있는 여배우를 부르니까요!"

"아이유 목소리가 작고 잘 부를 줄 모르는데요, 뭐."

"이리 오십쇼. 내 서투른 반주나마 하나 쳐 드리지요……."

박은 금숙을 이끌고 피아노가 있는 이웃 음악실로 들어갔다.

금숙은 조마조마해지며 박의 곁에 섰다.

박은 자기가 며칠 전부터 여배우 음악시험에 써먹으려고 연습해두었던 슈베르트의 '아베 마리아'를 둥둥둥 눌렀다.

전주前奏가 끝나자 곧 금숙의 입 사이론 구슬 같은 목소리가 굴구러

| * 토키talkie영화: 유성영화.

나오기 시작했다.

아베마리아 동정녀童貞女여
우리가 어머님께 간절이 빕니다.
안위를 주옵소서.
우리가 모든 고난당할 때
견딜 힘 주시고
우리가 죽을 지경엔
살길을 줍소서.
아베마리아.

금숙의 노래는 한껏 세련되어 거의 완벽에 가까웠다. 박은 최후로 훌륭한 제일 후보자를 얻은 기쁨에 용기를 얻어 다시 금숙을 데리고 사무실로 들어왔다.

박은 뭐 이 여자에겐 이 이상 다른 여러 가지 이러쿵저러쿵 물어볼 필요가 없다고 결심하고 나서 인사계 주임과 다른 방에 와 그를 채용키로 의논한 뒤

"사실 오늘 금숙 씨를 발견한 것은 저희들의 기쁨입니다. 공교롭게 최후까지 남아 계시게 된 게 미안해서 금숙 씨에게만 오늘 고사 결과를 발표해드리려 합니다. 우선 금숙 씨를 제일 후보자로 결정했습니다. 다른 사람들에게도 오늘 밤에 가부간 전부 통지를 발송하려 합니다마는 아직은 비밀에 부치시는 게 좋습니다. 그리구 내일부터 출근해주시기 바랍니다."

하고 그를 돌려보냈다. 박 감독과 인사계 주임은 결과를 각자에게 발표해주려고 지원서 공란에 '×'표와 '可'표를 조사했다.

'×'표가 열일곱 '可'표가 둘 '優'표가 한 명이다.

"뭐니 뭐니 해도 인재가 없진 않군 그래!"

"그런데 걱정은 그들이 오래 계속 못하는 것이란 말이야!"

"그야 하필 여배우만 그런가. 일반적으로 여자가 직업을 가진다는 것은 말야, 생활에 어쩔 수 없는 경우에는 난 불찬성야. 도대체 여자가 가정 이외의 딴 직업을 갖는다는 게 사실은 틀린 짓이지!"

"그러나 '배우'란 직업은 다만 생활을 위해서 지식을 판다거나 정신적 노동을 한다거나 하는 보통 지식계급의 직업여성과는 그 본질이 다른 것이니까 즉 말하자면 일종의 예술가여야 한단 말야!"

"물론이지 그런 점을 그들이 인식만 해준다면 얼마나 좋을까!"

"아차 아차 아까 참고로 그 말을 해둘걸 잘못했는걸."

그들은 이런 대화를 주고받으며 채용 통지서를 발송한 뒤에 퇴사했다.

5

박이 하숙에 돌아온 것은 비교적 초저녁이었다. 그는 부자연스런 짓인 줄 알면서도 어쩔 수 없이 오늘 채용 통지한 몇 사람의 성격을 참고하여 시나리오의 일부를 고치려 함이었다. 하루 종일 요염한 젊은 여성들의 살에서 나던 살 향기와 아울러 분 냄새가 자기 방에 들어오자 갑자기 코를 다시 찌르며 회상된다.

벌써 삼사 일 동안이나 자지 않아 테이블 위에 먼지가 케케 앉았고 비록 이 간통 방의 넓은 방 안이었건만 갑자기 좁고 쓸쓸해 보이었다.

박은 공연히 마음이 들떠서 밖으로 휙 나와 차방에라도 갔다 오고 싶었다.

이때 하숙집 심부름하는 아이가

"선생님 전화 왔세요."

하고 뛰어온다.

박은 수화기를 귀에 대고

"누구야?"

하고 혹시 회사의 급사나 동료 중의 누구나 아닌가 선뜻 예감이 떠올랐다.

그러나 뜻밖에 명랑한 여자의 목소리가 귀 창을 울리기 시작한다.

"네 접니다, 누구십니까? 네 손금숙 씨요? 네 별로 바쁘지 않습니다. 네 그럼 기다리겠습니다."

박은 전화를 끊고 돌아서면서 자기의 귀를 의심했다. 그리고 일종의 형용할 수 없는 이상한 감정에 흥분되었다.

대체 오늘 잠깐 만난 여자가 그것도 무슨 카페나 빠에서 혹시 만난 여자라면 모르지만 금방 무슨 용건이 생겼기에 자기를 방문하러 오려 함인가? 혹시 그가 불량소녀나 아니면 심상치 아니한 용건이리라고 의심이 났다.

얼마 후에 그 여자가 들어왔다.

"돌연 찾아뵙게 돼서 죄송하기 짝이 없습니다."

여자는 아까 회사에서의 처음 볼 때보다는 딴판으로 초조한 빛을 띠고 쭈그리고 앉는다.

"원 천만에 편히 앉으십시오!"

"사실 퍽 실례의 말씀을 드리려고 왔어요. 미리 용서해주세요."

"무슨 말씀입니까"

"아까 제게 내일부터 출근해달라고 말씀하시지 않으셨습니까?"

"네!"

"그 뒤 여러 가지로 더 생각해보고 또 뜻밖에 사정이 생겨 전 영화배우 될 것을 단념해버렸어요!"

"왜 그러셨습니까?"

박은 깜짝 놀랐다.

"첫째 엄밀히 말하자면 제겐 배우 될 소질이나 자격이 없으니까요! 그뿐 아니라 전 박 선생 앞에 오늘밤 고백해버리지 않으면 안 될 말씀이 있어요!"

"……?"

박은 말이 꿈속에 든 사람처럼 정신이 몽롱해진다.

"박 선생은 저를 전연 모르시죠? 그러나 저는 박 선생을 퍽 잘 압니다. 여학교를 졸업하고 오 년 동안이나 선생님의 시나리오를 애독했고 감독 작품을 봤습니다. 배우가 되려고 생각한 것도 실상은 선생님을 남몰래 존경하는 마음에서부터 발단했었습니다. 그러나 그것이 이제 생각하니까 결국 저의 너무도 철없는 한때의 문학소녀적 허영심이었다고만 생각돼요."

금숙은 여기까지 말을 하고 고개를 약간 숙인다.

"……."

"그래서 전 아까까지도 내일 출근하라는 말씀을 듣고 한없이 혼자서 기뻐 날뛰었습니다마는 갑자기 마음이 홱 전환되며 지금까지 제 마음 한 자리를 점령하고 있던 박 선생에게 대한 존경관념이 이상한 형태로 변형되려는 데 저는 저도 모르게 놀랐습니다. 그래서 전 암만해도 이러한 제 마음의 악희를* 선생님께 오늘밤 미리 고백해드리지 않으면 무슨 죄악을 숨기는 것 같아서 아까까지도 양심의 가책을 느꼈습니다."

박은 암만해도 자기가 꿈속에서 깨나지 못한 것 같았다. 더구나 이

* 악희惡戱: 못된 장난을 함. 또는 그 장난.

여자가 자기를 존경하였다 하는 것은 연모한다는 말을 뒤바꿔 한 말인지! 존경 관념이 이상한 형태로 변형되었다는 것은 자기에게서 연정戀情을 느끼었다는 말인지? 그렇지 않으면 환멸을 느끼었다는 말인지 확실히 판정을 내릴 수가 없었다.

그것보다도 문제의 요점은 도대체 이 여자의 정체가 새삼스럽게 의심나기 시작함이었다.

그러나 뚱딴지처럼 그의 사생활을 새삼스럽게 질문하기는 필요도 없거니와 하기조차 싫었다.

"솔직하게 말씀해주서서 고맙습니다. 그러나 그까짓 게 무슨 단념까지 하실 이유가 됩니까?"

박은 얼떨결에 깔깔깔 웃어 붙이며 초초한 그의 기분을 전환시키려 했다.

"물론 그뿐만은 아니에요. 선생님께 자꾸 쓸데없는 말씀을 드리는 것이 실례입니다마는 저는 사생활이 불행한 여자입니다."

"사생활이 불행하시다는 것은 그만큼 인생 생활의 경험이 많으시단 증거입니다. 인생 생활에 대한 심오한 체험이 없이는 예술가가 될 수 없으니까요."

"그러나 저의 사생활은 오늘밤 뜻밖에 영화 방면에 진출할 수 없을 만한 또 한 가지의 암초에 부딪쳤어요."

박은 또 이 여자의 입에서 무슨 말이 나오나 유심히 봤다.

"선생님께 너무 실례될 말씀입니다마는 저는 선생님을 존경했던 만큼 제 사생활을 말씀드리겠어요. 전 사실 금년 봄에 음악학교를 중도퇴학하고 나와서 부모의 완고한 사상에 희생이 되어 시골 어떤 나보다도 열다섯 살이나 많은 부자 사나이에게 사기결혼을 당했습니다. 참말로 소설 같은 사실이에요. 저는 경제적으로는 호화로운 생활을 했지만 사랑 없는 사나이에게 일생을 빛없이 짓밟히기가 싫어서 서울로 도망해 올라왔었어요. 그래서 뜻 둔 것이 영화배우였어요. 그러나 어떻게 알았던지 그 사나이가 제가 숨어 있는 제 동무의 집을 찾아왔어요. 바로 오늘밤 일이에요. 그래서 저는 바로 뛰어나와 어느 다른 동무 집에 가서 앞길을 생각해봤어요. 그래서 첫째 저는 영화배우가 된다 하더라도 그 사나이가 노골적으로 방해놀 것만 같고 또 그렇게 되면 먼저 선생님께 폐가 많게 될 것 같아 단념해버린 거예요."

"그렇습니까! 그러나 그게 무슨 문제됩니까! 만일 그것만이 단념의 이유시라면 다시 한 번 돌이켜 생각하십시오. 반드시 금숙 씨는 영화배우로서 성공할 천재를 가지셨습니다."

"……."

"어쨌든 내일 출근하십시오. 결국 인생이란 것은 그 환경에 지배를 받아야 하는 게 아니라 역경이면 역경을 박차고 그 환경을 지배해나가야 될 줄 압니다."

"고맙습니다!"

잠깐 동안 그들 사이엔 아무 말이 없었다.

"어쨌든 뒷일은 걱정 마시고 내일부터 출근하십시오. 뭣 하시면 조용한 하숙을 하나 구해드릴까요?"

"……고맙습니다."

금숙의 표정은 자꾸 깊은 애수哀愁에 잠겨들어갔다. 박은 보이를 불러 과일과 과자를 사다가 금숙에게 권하는 한편 가벼운 삼박자의 원무곡을* 레코드에 끼워 기분을 전환시키려 했다.

| * 원무곡圓舞曲: 왈츠.

6

이튿날 아침 박은 전일보다 훨씬 일찍 회사에 출근했다.

어제 채용통지 속달엽서를 받은 사람들이 오늘 아침에 열 시까지 오게 되었기 때문이다.

그보다는 어젯밤 자기 하숙을 찾아왔다 자기의 사정을 고백하고 간 요염한 여성 금숙이가 오늘 출근하나 안 하나 한 가지 의문이었으므로 마음을 졸이면서 열 시도 못 되어서부터 북창 밑에 놓인 테이블에 주저앉아 창밖으로 오고 가는 사람들을 내려다보았다.

열 시가 거의 되자 사무실 문 밖에서 가벼운 여자들의 발자욱 소리가 들린다.

이윽고 사무실 도어를 "탁탁탁" 노크하는 소리가 난다.

"에— 들어오십시오."

박은 자기 테이블로 옮아와 앉으며 밖에까지 들릴 만큼 고함쳤다.

이윽고 도어를 열고 여자 셋이 들어온다. 어제 고사考查할 때는 이름을 알았건만 오늘 보니 누가 누구인지 잘 알 수 없을 뿐 아니라 의장과 화장술까지 어제와는 훨씬 더 화려해 보였다. 더구나 어떤 여자의 몸에선 농후한 향수 냄새가 코를 찌른다.

'대체 저 여자들이 어디서 돈이 생겨 화장을 저렇게 했나!'

박은 일종의 증오감까지 솟아올랐다.

또 한 번 고사를 엄밀히 하여 채용을 취소하든지 그렇지 않으면 무리한 배역을 맡겨 실컷 시달려주어 제절로 배우생활에 싫증을 느끼게 해버리고 싶은 악감정까지 슬며시 일어났다.

박은 급사에게 명령하여 이 여자들을 우선 음악실로 안내하도록 했다.

열 시가 십 분, 이십 분이 지났다. 그러나 금숙은 오지 않았다.

분도 바르지 않았건만 계란 속껍질처럼 곱고 윤태 흐르던 그의 얼굴빛 파—란 눈동자! 그리고 웨이브하지 않은 새까만 머리 둥그레한 아래턱, 알맞게 균형된 두 어깨, 허리에서 골반에 흐른 풍만한 곡선! 그리고 거기다가 청초한 옷맵시! 곁에 앉아도 결코 오리지날 향수 냄새가 나지 않는 그의 품위!

박은 말이 한 송이 흰 백합(白百合)을 꿈에 꺾었다 놓친 것같이 허무한 생각이 샘솟았다.

박은 또 시계를 쳐다봤다.

열 시 삼십 분이 넘었다.

금숙이와 같은 미모와 성악의 소유자가 아니고서는 자기가 쓴 이번 시나리오에 주연배우 될 사람이 좀처럼 발견되지 않을 것 같았다.

그보다도 박은 혹시 금숙이가 사랑이 없다는 자기의 남편에게 기어이 휘감기어 지금쯤은 경성역에서 기차를 타고 시골로 감금살이의 길을 떠나지나 않았을까 은근히 걱정도 된다.

그러나 박은 설마 그의 그 사나이에게 붙들리지는 않았으리라고 부인해버리고 말았다. 그러나 금숙은 그날 저물 때까지 아무런 소식이 없었다. 혹시 무슨 소식이라도 있음직해서 박은 다른 사람들이 다 간 오후 다섯 시까지 사무실에 혼자 남아 있었다. 그러나 아무런 소식도 없었다.

공연이 실없이 남의 회사로 남의 하숙으로 다니며 조롱을 하지나 않았나 일종의 모욕감이 일어나자 갑자기 금숙이가 얄미워지기 시작했다.

며칠이 지난 어느 날 오후였다.

박은 새로 들어온 여배우들을 데리고 화장실에서 표정술表情術을 강의하다가 뜻밖에 한 장의 봉함편지를 받았다. "온양온천에서"라는 글자만 있고 수신인의 성명도 없고 처음 대하는 여자의 필적이다. 퍽 달필이었다.

혹시 어느 바람둥이 문학소녀나 영화팬이 여배우가 되겠다고 한 달에도 십여 통씩 보내는 것 같은 종류의 편지나 아닌가도 싶어 받아서는 그대로 양복 뒷주머니에 넣어버렸다.

또 며칠이 지났다. 어느 날 오전 박은 뜻밖에 한 장의 전보를 받았다.

"병 위급! 온양온천 손."

박은 선뜻 전날의 "온양온천에서" 온 편지가 금숙으로부터 온 편지였다고 직감되면서 양복 뒷주머니 속에서 접혀 구겨진 봉함편지를 꺼내어 뜯었다.

"저는 불행한 여자입니다. 환경을 박차고 역경과 싸워서 환경에 지배당할 게 아니라 환경을 지배하란 선생님의 말씀을 굳세게 깨닫고 그 이튿날 바로 회사에 출근하려 하였습니다. 그러나 마침 길거리에서 저의 행방을 살피던 사나이에게 붙들려 그길로 바로 경성역으로 나와 그의 집으로 내려가 수일간을 감금을 당했습니다. 그러나 저는 죽음으로써 그와 담판을 한 나머지 다시 탈출을 해서 자유의 몸이 되었습니다. 그러나 몸이 몹시 쇠약해져서 바로 서울로 올라갈 수도 없어 약을 먹으며 이곳에서 며칠 쉬어갈까 합니다. 혹시 틈이 계시면 놀러 오시기 바랍니다. 우선 이것으로 전일의 실례를 빕니다. 금숙 올림."

박은 편지를 읽고 나서 전보와 마주 쥐곤 엉거주춤했다.

'이 여자의 사생활은 이 여자의 성격은 예술가로서의 훌륭한 소질이 있다.'

박은 또 한 번 자기 혼자서 중얼거렸다. 그러고 나서 테이블 서랍 속에서 기차 시간표를 끄집어내어 남행 시간표를 조사해봤다.

그러다가 그는 또 한 번 엉거주춤했다.

'혹시 병이 위급해서 사망이나 했으면 어떡하나?'

싶은 불길한 예감이 치밀자 그는 뒤에 올 여러 가지 일이 걱정이 되며 갈 용기가 스르르 사라지기도 한다.

'얼마나 전율할 생각이냐? 가자!'

박은 자기도 모르게 자기를 증오하기도 한다.

'만일 멀뚱멀뚱하고 앉아서 이런 전보를 친다면? 그렇다면 고 볼그레한 뺨을 한 번 갈겨줄 얄미운 계집이지!'

박은 슬며시 빙그레 고소를 느껴도 본다.

'그만한 성격과 삼정의 굴곡과 미모와 매력을 가진 여자를 자기 작품의 주연배우로 출세시킨다는 것은 오직 자기 한 사람의 기쁨만이 아니라 수십만 아니 수백만 영화팬의 기쁨이 아니고 무엇일까!'

박은 이렇게 속으로 또 중얼거리면서 금숙을 찾아가야 할 의무를 느꼈다. 박은 어느 틈에 거리로 나와 경성역 가는 전차를 잡아탔다.

이튿날 아침 박은 출근시간이 되었어도 K영화회사에 나오지 않았다. 그의 테이블 위에는 그 전날 오후 다섯 시경에 그에게 온 전보 한 장이 놓여 있었다.

"금숙 병위급속래."

일곱 자의 초조한 전문이었다.

《광업조선》, 1938년 8월

귀환일기歸還日記

1

순이는 북통같이 툭 불거져 나온 아랫배를 겨우 한 손으로 쳐받쳐가며 조그만 보퉁이 한 개를 머리에 이고 신작로로 나섰다.

첫겨울 새벽— 아직 해 뜨기 전의 회색빛 어둠은 산과 들과 집들을 희미하게 비쳤다.

"순이 언니—."

누구인지 뒤에서 커다랗게 부르는 소리가 나자 순이는 발길을 멈추며 돌아다본다.

"영희야— 난 먼저 간 줄 알았지—."

"안 늦을까? 지금 네 시야."

영희는 이렇게 말하며 발길을 더 급히 옮겨놓는다.

"지긋지긋두 허지. 이 개 같은 놈들 나라에 와 갖은 모욕을 당하다가 오늘이야말로 우리가 조선으로 돌아가게 됐으니……."

"난 아직두 꿈만 꾸는 것 같애. 아직두 그 여우 할미 같은 나까이* 년

| * 나까이なかい(仲居): (요릿집 등에서) 손을 접대하거나 잔심부름을 하는 여성.

이 내 뒷덜미를 따라오는 것만 같애."

"제까짓 년 따라오면 어때, 우리 조선은 이제 독립되게 됐는데 우리를 도로 붙들어다 또 살 장사를 시킬 테야!"

영희와 순이는 이런 이야기를 주고받으며 산모퉁이 길로 휘어들었다.

"아이 언니! 저어기 저게 모두 사람들이지?"

영희는 손가락으로 산비탈에서 줄을 지어 흘러져 나오는 사람의 떼를 가리킨다.

"글쎄, 어찌 우리 조선 사람들 같군 그래. 머리에 보퉁이 인 여자들두 있지?"

"아마 탄광에 징용 갔다 오는 사람들인가 봐. 사내들 몸차림 차림새가……."

영희와 순이는 발길을 빨리하여 그들의 행렬 뒤에 따라섰다.

거의 오륙십 명이나 되는 대부대다. 어둠 속으로 비추는 그들의 얼굴들은 모두 조선 사람들의 얼굴들이었고 서로 중얼거리며 도란도란 속삭이는 이야기 소리도 반가운 조선말들이었다.

순이는 웬일인지 새 기운이 샘솟는 듯 온 전신이 화끈해 올라오는 어떤 흥분과 함께 용기를 느끼었다.

벌써 삼 년 전— 순이와 영희는 '여자정신대'라는 미명 밑에서 강제로 끌려 현해탄을 건너와 어떤 탄약彈藥을 만드는 군수공장에 처박히게 되었다. 그때 탄약공장은 순이나 영희와 같은 십육칠 전후의 조선 소녀들을 천여 명이나 수용해가지고 새벽부터 밤중까지 기계 부리듯 부려만먹고 병이 나도 고쳐줄 생각은 하지 않았기 때문에 순이와 영희는 그대로 있다가는 어느 귀신이 잡아가는 줄도 모르게 허무하게 죽고 말 것 같은 두려운 생각이 나자 몇몇 동무끼리 단단히 짜고 합숙소를 탈출하여 고향으로 도망가려 하였다. 그러나 도중에서 가짜 형사에게 붙들려 취조를 당한 □에 나중에는 그 가짜 형사 놈에게 감쪽같이 속아 술집 작부로 팔린 몸이 되고 말았다.

영희와 순이는 공장에서 도망해 나온 약점이 있음으로 말미암아 어디다 그런 사정을 호소도 못하고 그만 그대로 작부가 되고 만 것이었다.

"오냐 설마 어느 때든 원수 갚을 때가 있겠지—."

"암 몸이야 비록 이런 데 떨어졌을망정 우리 맘만— 우리 정신만 잃지 않으면 좋다—."

순이와 영희는 이렇게 서로 위로하면서 작부생활을 계속해 내려왔다.

영희와 순이는 딴 술집에 있었으나 거의 날마다 만났고 또 만나면 으레 어떻게 해서라도 술집을 빠져나와 현해탄을 건너 조선으로 돌아올 궁리만 생각해냈다.

그러나 막상 도망해서라도 빠져나오고 싶었지만 때를 타서 뛰어나올 만한 여유를 그들에게 주지 않았다.

그러다가 이번 8·15 이후 영희와 순이는 각기 주인에게 남은 채금債金을 다 갚고 자유의 몸이 되어 고향으로 돌아오게 된 것이었다.

2

순이는 아랫배가 더욱 거북하였다. 작부로 속아 팔리게 된 이후로 이 년 동안이나 단 십 리 밖은 고사하고 술집 문밖조차 별로 나와본 일이 없던 순이였으매 비록 그립던 고국으로 돌아오게 된 기분이 앞서 걸음이 가벼워야 할 일이었건 임신 구 개월이 다 찬 그는 한 걸음 두 걸음 걸어갈수록 아랫배가 거북하고 힘줄이 땅기기 시작하여 두 다리에 힘이 가지 않아 허둥지둥 발걸음이 어지러워지기 시작하였다.

"언니! 왜 배가 거북하우?"

영희가 걱정스런 얼굴로 순이의 눈치를 살핀다.

"좀 이상해—."

"우린 그럼 천천히 갑시다. 남 따라갈 게 아니라……."

"그렇지만 우리만 뒤떨어지면 어떻게 해!"

순이는 연방 어지러운 발길을 아무렇게나 옮겨놓는다.

"설마 삼시망두 염치가 있지, 길거리에다가 해산시킬라구!"

"누가 알아? 길바닥에서 쑥 빠지면 어떻게 해, 글쎄."

"그러기에 아이를 낳아가지고 가쟀지—."

"남들은 모두 다 나가는데 언제 날 줄 알구 낳기를 기다리구 있어."

순이는 영희의 말을 핀잔주며 배꼽에 힘을 모으고 이를 앙다물면서 앞에 가는 사람들을 따라섰다.

동천이 훤해 오르며 해가 뜨기 시작하자 뽀얗게 내린 서릿발이 떡가루를 살푼 뿌린 것같이 가까운 지붕 위에서 나뭇가지에서 마른 풀잎에서 반짝반짝 빛나며 녹아 이슬이 된다.

오십여 명의 귀환부대가 S역驛에 닿은 것은 햇살이 제법 높이 퍼진 늦은 아침때였다.

S역은 하관下關으로 통하는 간선幹線에 있는 조그만 촌 정거장이다.

그러나 이 S역도 이번 전쟁 통에 폭탄세례를 받아 본 건물은 다 날아가버리고 8·15 이후 전재민과* 귀환 군인을 수성하려고 아무렇게나 오리목으로** 얼기설기 뚜드려 맞추고 지붕조차 널빤지 쪽으로 이은 듯 만 듯…… 바람만 세게 불어도 흔들릴 것 같은 대합실에는 표를 사려고 늘어선 사람들이 줄을 지어 여러 겹 포개 서서 발 하나 들여놓을 수 없을

* 전재민戰災民: 전쟁으로 재난을 입은 사람.
** 오리목: 가늘고 길게 켠 목재.

243

만큼 혼잡을 이루고 있다.

이 S역에 모인 사람들은 적어도 오백여 명은 된다. 전쟁 중 소개疏開
바람에도 하루 승객이 많아야 백여 명 내외밖에 안 되는 이 촌 정거장이
8·15 이후 갑자기 이렇게 승객이 많아진 것은 이 근방 광산지대로 징용
갔던 소위 응징사와 무장해제 후에 귀환하는 병정들 때문이지마는 그중
에도 특히 조선 동포들의 귀국단체가 결코 적지 않았다.

순이는 이 정거장에 오자마자 마치 조선에 건너온 것 같은 든든한 생
각이 일어났다.

어디로 가든지 표가 나는 것은 짐 보퉁이에 매달린 바가지짝이다. 순
이는 바가지짝이 매달린 짐보퉁이가 놓여 있는 중년부인네 사오 명이 앉
은 양지쪽으로 옮겨갔다. 영희도 그 뒤를 따라섰다.

"아이구 이사람들아 배가 저래가지구요 어떻게 차를 탈라 하
노……."

어떤 경상도 사투리의 중년 여자가 순이를 바라보며 걱정 섞인 어조
로 말하자

"애기 아버지는 어디 있간디 저렇게 혼자 가오?"

하고 전라도 사투리의 젊은 여인네가 말을 잇는다.

순이는 '애기 아버지'란 말을 듣자 갑자기 소름이 쪽 끼쳐지고 얼굴
에 모닥불을 끼얹은 듯 화끈해 올랐다.

새삼스럽게 뱃속에 든 핏덩어리가 무슨 큰 뱀이나 들어 있는 듯 무섭
고 정나미가 떨어졌기 때문이다.

목숨을 살려나가기 위하여 어쩔 수 없이 작부로 떨어진 억울한 지나
간 날의 분함이 이 순간 번개처럼 치받쳐 올라옴과 동시에 애비조차 모
를 사생아私生兒를 밴 것이 또한 한없이 부끄럽고 슬픈 생각도 났다.

순이는 고개를 푹 수그리어 발아래만 바라보면서 사람들을 헤치고

한편 짝 구석지로 앉을 곳을 찾아갔다.

혹시 이 정거장에서 누가 자기를 아는 체하고 나서면 어떡하나 싶은 불안스러운 생각이 연달아 일어났기 때문이다.

"보소, 새댁들 어디까지 가요? 야?"

역시 경상도 사투리의 중년 여자가 머리에는 수건을 쓴 채 얼숭덜숭한* 일본천의 몸뻬를 입고 앉았다가 반가운 듯이 묻는다.

"우린 서울까지예요—."

"서울이요? 나는 대구까지요. 우리 여자들끼리 같이 갑시다."

중년 여자도 배가 북통같이 부르다.

순이와 영희는 그 여자 곁에 주저앉았다.

"나두 오늘 내일 당장 길바닥에서 몸을 풀지 알 수 없는데 새댁 배두 엔간히 부르구만……."

중년 부인은 사투리를 써가며 순이의 얼굴을 자꾸 바라본다.

"걱정두 팔자다. 젠장맞을 사람이 어디 죽으란 법 있나. 길바닥에서 해산을 하더라두 내가 다 삼** 갈러줄 테니 미리부터 걱정 마우……."

오십이 좀 넘어 보이는 경기도 사투리의 늙은이 하나가 씩씩하게 장담하고 나선다.

3

몇 시간이 지난 뒤에 하관으로 가는 기차가 와 닿았다. 그러나 이 정거장에서는 차표를 한 장도 팔지 않는다.

---

* 얼숭덜숭한: 얼룩덜룩한.
** 삼: 태아를 싸고 있는 막과 태반.

그것은 기차가 웃 정거장에서 불이 일어 초만원이 되어 오기 때문이라 한다.

그러면서도 기차가 와 닿기가 무섭게 어느 틈에 어떤 방법으로 샀는지 차표들을 찍으며 개찰구로 사람들이 밀려나간다.

그러나 조선으로 나가는 조선 사람들은 하나도 없다.

순이와 영희도 차표를 사려고 늘어선 틈에 끼어 섰다가 사지 못하고 헤어져버리는 사람 가운데 섞여서 어쩔 줄을 몰랐다.

광산에서 풀려나온 듯한 젊은 패들은 차를 못 타게 된 울분한 기분에 못 이기어 서로를 물끄러미 얼굴들만 바라보다가

"자 이놈의 정거장에서 천날 만날 기다렸자 우리를 태워줄 것 같지 않으니 숫제 걸어가는 게 어떻소?"

하고 한 젊은 사나이가 의견을 제출한다.

"옳소— 걸어갑시다. 벌써 우리가 여기서 차 탈 생각 말고 걸어갔더라면 이틀 동안에 이백 리는 걷지 않았겠소?"

"가만있자. 하관이 여기서 조선 리 수로 따지면 오백 리지—. 엑기 빌어먹을 것. 그 아니꼬운 왜놈의 차 타지 말고 걸어들 가세. 닷새만 걸어가면 될 게 아닌가!"

이렇게 여기저기서 의견이 튀어나오더니 어떤 젊은 사람 하나가 커다랗게 씩씩한 어조로

"자 우리 조선 동포들 내 말씀 좀 들으십시오."

하고 고함치자 웅성거리든 사람들은 일제히 조용해진다.

"우리 모두 걸어서 하관까지 갑시다—. 부인네들도 걸어가시도록 하십시다. 그중에는 산월이 되셔서 걸음 걸으시기에 매우 곤란하신 부인네도 계신 모양인데 이런 분들은 우리 젊은 사람들이 들것을 만들어서라도 태워다드릴 테니 그리 아시고 여기서 맥없이 안 태워주는 기차만 기다릴

게 아니라 지금 바로 떠나십시다. 가다가 밤이 되면 빈 집이라도 찾아들어 다 같이 쉽시다……."

젊은이의 말이 떨어지자 사오십 명이나 일제히 짐 보퉁이를 짊어지고 일어선다.

순이와 영희도 따라섰다. 아까 대구까지 간다는 배쟁이 여인도 따라서고 삼 갈러준다고 장담하던 노인도 지팡이를 짚고 일어선다.

오십 명이 넘는 일행은 젊은 사람들의 앞장으로 하관을 향하여 걷기 시작했다.

저녁때까지에 그들은 팔십 리 길을 한숨에 걸었다.

순이와 대구 여인은 북통 같은 배를 부축해가며 그러나 의외로 별 탈 없이 줄에서 별로 떨어지지 않고 곧잘 따라갔다.

해가 넘어가고 사방이 어둑어둑해진 뒤에도 그들 일행은 앞만 향하여 걸어갈 뿐이다.

인가가 드문 어느 험한 산모퉁이 길로 들어서면서부터 사방은 더욱 어두워지고 기온은 갑자기 내려 제법 싸늘한 바람이 길거리 나뭇잎을 떨어트리기 시작한다.

일행은 바람이 좀 않을 듯한 골짜기를 찾아들어 짐들을 모두 내려놓고 냄비 밥을 짓기 시작했다.

순이와 영희도 보퉁이에서 냄비와 쌀을 꺼내어 골짜기로 내려가 생물에 씻어다가 돌을 모아 얹어놓고 손가락으로 나뭇잎을 긁어다가 불을 붙였다.

여기저기서 냄비 밥 짓는 불빛이 어두운 저녁 산골짜기를 번거롭게 했고 뽀오얀 여러 가닥의 연기가 어렴풋이 마른 나뭇가지 사이로 날아 흩어진다.

이윽고 일행은 밥 냄비를 떼어놓고 저녁을 먹기 시작했다.

어둠 속으로 비치는 그들의 얼굴에는 여러 날 굶주림과 피곤이 한데 어울려 흘렀다.

순이와 영희도 냄비를 떼어다 놓고 보퉁이 속에서 '다꾸안'과 간장병을 꺼내었다.

8·15 이후 조선 사람에게는 냉수 한 모금조차 주지 않는 일본인의 야박하고 흉악한 인심으로 말미암아 조선으로 돌아오는 전재동포들은 자기 자신이 몇 백 리의 길을 기차도 못타고 몇 날이고 몇 날이고 거르며 옛날의 숯장수처럼 단지밥을 지어 먹지 않을 수 없는 것이었다.

이윽고 냄비 바닥을 닥닥 긁는 소리가 여기저기서 요란스럽게 들린 뒤에는 잠깐 동안은 도란도란 이야기 소리가 이쪽저쪽에서 들렸고 그다음에는 밥 먹은 그 자리에 보퉁이들을 베고 그대로 누워버리고 마는 사람이 많다.

순이와 영희는 대구 산다는 여인과 서울 노인과 함께 아늑한 바위틈으로 기어들어갔다.

바람은 없으나 바위틈은 찬 기운이 더욱더 심했다.

그들은 서로 오므리고 보퉁이를 깔고 앉아서 피곤한 다리를 쉬려 하였다.

이윽고 누구인지

"자— 아주머님네들 이 담요를 드릴 테니 네 분이 접고 주무십시오—."

하고 어둠 속으로 담요를 불쑥 내미는 사나이가 있다. 그는 S역에서부터 일행을 인도하여 앞장서서 오던 씩씩한 젊은 사나이다.

순이는 얼른 손을 내밀어 담요를 받기는 하면서도 너무 고마웠으므로

"아이유 우리는 좋지만 추우실 텐데 도로 가져가세요……."

하고 약간 사양하는 듯 감사를 표했다.

"아니올시다. 우리 사내들은 담요 한 장쯤 안 덮어두 좋습니다만, 산월을 가지신 아주머님네께서 만일 오늘밤이라두 아닌 말로 이런 데서 해산을 하신다면 어떻게 하시겠습니까……. 염려 마시구 쓰십시오!"

젊은 청년은 이렇게 말하고는 어느 틈에 아래로 휙 내려가버린다.

순이는 그 청년의 친절이 유달리 고맙고 정다웠으므로 한참 동안이나 귀를 기울이고 청년의 발자욱 소리가 사라져버릴 때까지 담요를 안은 채 잠잠하였다.

"자 우리 그럼 이 담요를 바닥에 깔을까요?"

하고 순이가 입을 열자

"그까짓 껏 깔아 뭘 해. 색시나 혼자 덮구 자우, 홀몸두 아니니……."

서울 노인이 의견을 꺼내자

"깔아봤자 뜨시지두 않을 기구만…… 새댁이나 독차지하지 그만……."

대구 여인도 맞장구를 치고 나선다.

순이는 어쩔 수 없이 담요를 자기 혼자서 차지하게 되었다.

"언니 그 젊은 사내가 아마 언니를 아는지두 몰라! 그러기에 이렇게 담요를 갖다주지!"

영희가 살며시 순이를 놀리자 순이는

"무슨! 알면 바로 아는 체 않고 모른 체할려구!"

하고 부인해버린다.

"그렇지만 누가 알우? 언니나 나나 하두 사람을 많이 치렀으니까 누가 누군지 알 수 있수?"

영희가 이렇게 불쑥 주책없이 입을 열자 순이는 손가락으로 영희의 허리를 꾹 찌르며 말을 조심하라고 암시를 준다.

4

하룻밤을 바위틈에서 나무 밑에서 찬 첫겨울 서리(霜)를 맞아가며 웅크리고 앉아 밤을 새인 오십여 명의 전재동포! 그들은 동쪽 하늘이 훤해 오기 시작하자 다시 보퉁이를 짊어지고 산 비탈길을 걷기 시작하였다.

순이는 어젯밤 담요를 준 젊은 청년 곁으로 가서 담요를 내밀며 고마운 인사를 말했다.

젊은 사나이는 "원 천만에……." 소리를 하고 나서 담요를 받아서는 자기 짐 위에 얹어놓고 나더니 힐끗 순이의 얼굴을 바라보곤 고개를 좌우로 갸우뚱해 보이며 어디서 본 듯한 기억이라도 있다는 듯이 이상스런 표정을 띄운다.

이 순간 순이 역시 어디서 이 청년을 한두 번 본 듯한 기억이 어렴풋이 샘솟아 올랐다.

"저 아주머니 실례이지만 내 얼굴을 잘 모르시겠습니까?"

젊은 사나이는 불쑥 이렇게 말하며 순이의 대답을 기다린다.

"글쎄요― 저 역시 뵌 듯하긴 한데……."

"저― 실례일는지 모르나 '청춘루'에 계시지 않았습니까?"

이 순간 순이는 얼굴이 화끈해 올라왔다.

청춘루靑春樓라는 것은 순이가 어제까지도 몸담아 있던 술집 이름이기 때문이다.

그러나 순이는 이미 이 청년이 자기를 알고 있는 이상 구태여 전신을 감출 필요야 없다고 깨달았다.

"어떻게 그렇게 기억력이 좋으세요. 저는 통 몰라뵙겠는데……."

순이는 방그레 웃으며 청년의 얼굴을 바라본다.

"뭐 기억력이 좋을 건 없지만 그때가 언제던가요, 아마 올 초봄인 듯

합니다. 그때 내가 조선서 징용되어 들어오다가 잠깐 몇몇 친구하고 여수를 들려고 들어갔던 곳이 바로 그 청춘루였죠! 그때 자줏빛 저고리에 오색 치마를 입은 아주머니의 인상이 아직도 내 기억에 사라지지 않고 있습니다……."

청년은 이렇게 말하여 담배 연기를 하늘로 내뿜는다.

순이는 고개를 수그린 채 그때의 기억을 더듬어봤다. 그러나 또렷이 그때의 기억이 나타나지 않았다.

"그때 당신의 예명을 나는 지금도 기억하고 있습니다."

"무엇인데요?"

"정녕 '춘자' 씨였죠?"

"정말 기억력이 좋으세요!"

"그때 나는 춘자 씨가 여자 정신대로 강제로 잡혀왔다가 결국 청춘루에까지 떨어졌다는 이야기를 들었었습니다만 그 뒤에두 늘 거기 계셨습니까?"

청년의 이 말에 순이는 뭐라구 대답했으면 좋을지 몰랐다. 그러나 어름어름할 때가 아니라는 듯이

"네—."

하고 솔직히 대답하였다.

순이는 이 순간 또 한 번 자기 몸이 값없이 천한 몸이라고 뼈아프게 느껴졌다.

한 걸음 두 걸음 발길을 옮길 때마다 배 속에 든 핏덩이는 거북하게도 꿈틀거리기 시작했다.

"그럼 결혼은 언제 하셨습니까?"

"결혼이요?"

순이는 이렇게 반문하고 아무 말두 대답하지 못했다.

청년은 쓸데없는 것을 질문했다고 후회되었든지

"그런데 참 고향에는 부모님이 다 계십니까?"

하고 말문을 다른 데로 돌려버린다.

"네 아버지는 남대문시장에 나다니시구 어머니는 바느질품을 파세요. 오빠는 내가 정신대로 뽑혀오기 두 달 전에 병정으로 뽑혀 갔는데 지금은 살아서 돌아왔는지 혹은 죽었는지 알 수 없어요……."

순이는 묻지 않은 말까지 대답하고 나서 잠깐 동안 잠잠히 따라갔다.

청년도 그저 잠잠히 앞만 보고 걸었다.

순이는 이 순간 애비 모를 자식을 밴 자기의 몸이 값없이 천하다는 것을 이 청년에게 알리게 된 것이 더욱 서럽고 부끄러웠다.

그러나 순이는 이렇게 생각하고 스스로 자기를 위로하려 하기도 했다.

─비록 몸은 천한 구렁 속에 처박혔을 망정 원수 일본인에게는 절대로 몸을 허하지 않았다. 그렇다면 배 속에 든 어린아이는 역시 조선의 아들이 아닌가! 해방된 조선─ 독립되려는 조선에 만일 더러운 원수의 씨를 받아가지고 돌아간다면 이 얼마나 큰 죄인일까!

그러나 결코 그런 부끄러운 죄는 짓지 않았다. 다만 애비를 알 수 없는 어린애를 뱄다는 사실만은 시집 안 간 처녀로서 커다란 치명상이요 불명예이나 그러나 조선 사람의 씨를 받은 것만은 떳떳이 자랑할 만한 사실이 아닐까─.

순이는 이렇게 자기를 변명하고 위로하였다. 그러나 역시 처녀성을 잃은 자기의 싸늘한 현실이 슬프고 부끄러운 것만은 사실이었다.

순이는 공연히 그러한 생각이 불현듯 치받쳐 올라오는 이유가 이 뜻밖에 나타난 청년 때문인 것을 깨달았을 때 곁에서 걷는 청년의 정체를 또렷이 알고 싶은 호기심이 스르르 일어나기도 했다.

그를 다만 징용을 갔다가 이번에 해방되어 귀국하는 수많은 응징사가운데 이 하나로만 평범하게 해석해버리기는 너무나 아깝고도 경솔한 판단인 것도 같았다.

이 청년은 적어도 중학 이상의 지식을 가진 청년이나 아닌가 싶기도 했다.

첫째 그것은 그가 오십여 명 입성 가운데서 제일 말쑥해 보이는 얼굴을 가졌고 또 지성知性에 빛나는 두 눈이며 호리호리하고 날씬한 몸맵시가 다른 사람들과 월등히 달랐을 뿐더러 말소리조차 유창하고 우렁찼으며 씩씩하였기 때문이다.

순이는 은근히 그의 입으로부터 자기 소개가 나올 줄 알고 기다렸으나 그러나 청년은 입을 굳이 닫고 말을 꺼내지 않았다.

"저 어디까지 가세요!"

"나 역시 서울이올시다."

"어쩌다가 징용을 당하여 가지고 이렇게 고생을 하세요."

"그야 나 혼자만 당한 일이 아니니까 나 혼자만 고생이 아니요, 우리가 너무도 약소민족이었기 때문에 일본 민족의 제국주의 전쟁에 노예로 끌려오게 된 거지요."

"그럼 징용 오시기 전 서울서는 무얼 하셨어요?"

순이는 가장 알고 싶은 점이 그것이라는 듯이 바싹 □딱지를 대고 대든다.

"뭐 별로 한 일이 없습니다."

청년은 이 순간 갑자기 냉정해지며 순이의 질문에는 호기심을 느끼지 않는다.

"어느 회사에 다니셨나요?"

"아니올시다."

"그럼 어디 관청에 다니셨나요?"

"원 천만에……."

"그럼 무슨 상점을 경영하셨나요?"

"그건 더구나 아니올시다."

"그럼 뭘 하셨어요?"

"그게 꼭 아시고 싶으십니까?"

"……."

순이는 청년의 반문에 약간 주춤하다가 기왕에 내친걸음이라

"그러믄요, 서울 사신다니깐 알고 싶죠."

하고 빙그레 웃는다.

"아시고 싶으시다면 가르쳐 드리죠. 허나 놀라지 마십시오. 나는 징용 오기 전 무직자였습니다."

"무직자시라구요? 그럼 아주 댁이 부자이십니까?"

"원 천만에 부자 자식이 징용 옵디까? 그놈들은 부□노무게 놈들을 돈으로 매수해가지고 요리 다지고 저리 다지고 미꾸라지 빠지듯 다 빠져 버리고 애매한 가난뱅이 지위 없는 소시민들만이 모조리 그물에 걸려 묶여 오다시피 했습니다. 나도 결국은 애매하게 그물에 걸렸던 것입니다. 일본의 제국주의 전쟁에 노예가 되기 싫어서 나는 다니던 군수품회사를 그만두고 집에서 내가 하고 싶은 공부를 하고 있었습니다만, 하루 새벽 갑자기 녀석들의 습격을 받게 되어 결국 강제로 끌려나오게 되어 그날 당장 경부선을 타고 현해탄을 건너 소위 광산전사란 명칭 밑에서 탄광에 광부가 되었던 것입니다. 사실 말이지 일본이 소위 대동아전쟁을 사 년 씩이나 끌려 내려온 것은 우리 조선 사람들의 힘이 아니고는 안 될 말이죠. 그러면서도 이번에 지니간 놈들은 만만한 우리 때문에…… 우리가 일들을 잘 안 하고 스파이 짓을 했기 때문에 졌다고 갖은 학대와 폭행을 다하지 않습니까? 우리도 이번 탄광에서 큰 싸움이 벌어져 우리 조선 노

동자가 이십여 명이나 무기를 가진 그놈들한테 살해를 당하고 또 오륙십 명이나 중상을 당하여 방금 약도 못 바르고 그대로 드러누워 앓고 있는 형편입니다."

청년은 이렇게 말하며 의분에 넘치는 듯 이를 앙물고 외마디 한숨을 내뿜는다.

5

오십여 명의 귀환동포들은 그 뒤 나흘이 지난 음울한 추위를 재촉하는 때 아닌 소낙비가 줄줄 내려 쏟아지는 날 저녁때에야 비로소 목적지인 하관에 다다랐다.

순이와 영희도 대구 여인네와 서울 노인을 이끌고 곧잘 행렬에서 떨어지지 않고 따라왔다. 더구나 순이는 그동안 그 이름도 성도 모르는 청년의 호의를 받아 밤으로는 으레 담요를 전용으로 사용하게 되었고 그러는 동안 어느덧 그 청년의 친절이 뼛속 깊이 느끼어졌다.

오십여 명의 일행은 온 전신에 찬비를 맞아 몸이 무거웠고 초췌했으나 어느 귀퉁이 어느 지붕 처마 말할 것 없이 비를 피해 설 만한 곳이라고는 한 곳도 없었다.

그만큼 하관의 전 시가는 조선으로 나가려고 사방에서 몰려온 전재동포와 귀환징용사가 장터처럼 들끓을 뿐 아니라 조선서 나오는 일본인들의 등쌀에 발바닥 하나 들여놓을 곳이 없을 만큼 사람 사태가 났다.

이리 가도 사람 저리 가도 사람 심지어 공동변소 바닥에도 사람들이 짐을 내려놓고 겹겹으로 포개었고 웬만한 지붕이며 돌담 위에까지도 사람들이 청승맞게 올라앉았다.

정거장 근처에는 여간 억센 기운을 가진 사람이 아니고는 감히 헤어
날 엄두도 못 낼 만큼 사람의 물결이 겹겹으로 치밀리고 치밀려 그 사품
에 끼었다가는 금방 질식할 것만 같았다.

순이와 영희는 같이 온 일행 오십여 명과 함께 행동을 일치하게 하자
는 약속이 있었으므로 모두들 서로 손을 놓치지 않으려고 주의들을 하고
한쪽 귀퉁이를 찾아갔으나 결국은 십여 명이나 행방불명이 되고 말았다.

"대체 여기서 이렇게 수십만 명이 이르니 어느 천년에나 배를 타본
담—."

"힝! 연락선을 타려다가는 여기서 늙어 죽을 셈 잡아두 될 듯 말 듯하
다는구만 그래!"

"벌써 한 달 전에 여기 와서 연락선을 기다려도 여지껏 못 타고 저 모
양으로 거지가 돼가는구만 그래."

일행 가운데서는 이런 소리를 주고받는 사람도 있다.

아닌 게 아니라 굶주림과 피곤과 추위에 못 이기어 빗물에 젖은 얼쑹
덜쑹한* 보자기를 둘러쓰고 웅크린 채 벌벌 떨고 앉은 거지떼 같은 전재
동포가 단 열 명 스무 명만이 아니다.

순이의 눈앞엔 모두가 그러한 거지떼로만 보이었다.

순이나 영희를 비롯한 자기네 일행도 찬비를 맞아가며 벌벌 떠는 꼬
락서니는 거지로밖에는 더 보이지 않았다.

하관에는 공폭을** 받지 않은 큰 건물이 많이 있으련만 왜인들은 그러
한 건물을 우리들 전재민에게 수용소로 공개해줄 만한 대국민의 아량을
가지지 못하였다.

---

* 얼쑹덜쑹: 여러 가지 빛깔로 된 큰 점이나 줄이 고르지 아니하게 뒤섞이어 무늬를 이룬 모양.
** 공폭空爆: '공중 폭격'을 줄여 이르는 말.

군국주의 일본의 강압 밑에 사오 년 동안 징병으로 징용으로 현해탄을 건너온 오백만이나 넘는 우리들의 장정!

8·15까지도 우리들의 오백만 젊은 장정들은 그들의 총칼 밑에 굴욕적인 노예생활을 해 내려왔으며 그들의 전쟁 완수에 억울하게도 협력해 내려온 것만은 사실이었다.

그들은 이번 전쟁에 패망한 원인이 저희들 국가조직에 그릇된 군국주의 제국주의의 모순이 있었던 것이라는 것을 모르고 애매하게도 우리 조선 동포가 협력을 안 했기 때문이라는 터무니없는 심술을 부려가며 앙갚음을 하려고 사방에서 우리 동포에게 박해를 가해 내려온 것이었다.

연합군이 일본에 진주한 이후— 그러나 연합군이 샅샅이 뒤지고 골고루 쓸려서까지 박해받는 조선인을 구원해줄 만한 시간과 여유는 없었다.

조선서 돌아온 일인들은 조선 내의 조선인이 저희들을 몹시 학대하고 쫓아내다시피 했다고 역선전을 하기에 바빴다.

혹시 그러한 사실이 조금쯤 있었다 치더라도 일본 내에서 조선인이 받는 박해와는 그 본질이 다르고 정도가 틀리었을 것이다.

조선 내의 일본인이 — 8·15 이후 그 독점하고 있던 모든 경제적 이권— 크게 식량창고에서부터 적게 고무신 비누 성냥에 이르기까지의 모든 생활필수품의 생산기관이 조선인의 손에 넘어가는 것이 심술이 났음으로 닥치는 대로 파괴했고 또 간악한 상인 녀석들은 무식한 대중을 시켜 경제교란을 일으키기 위하여 배급물자의 창고를 열어 마음대로 팔아처먹었던 것이며 또한 교활한 일인 관리들은 중요문서 서류를 비밀리에 불살라버리고 비품과 물자를 팔아먹고 또 공공재산을 있는 대로 뭉뚱그려가지고 도망했고 또 어떻게 해서든지 조선에 그대로 남아 여전히 우리 민족의 피를 더 좀 빨어먹어보겠다고 연합군에게 갖은 아첨과 모략과 수단과 음모를 쓰는 조선 내의 일본인— 이것들을 조선동포가 배척하지 않는다면 조선 내의 동초動哨는 의분도 없고 피도 주먹도 없는 바지저고리 뿐일 것이다.

그러나 조선서 건너오는 일본인들은 조선으로 가려고 하관에 몰려 있는 조선 사람보다는 훨씬 얼굴에 윤택이 흐르고 가지고 오는 짐 뭉텅이가 모두 묵직묵직한 것으로만 보아도 조선 내에서 그들을 심하게 학대하지 않았다는 것을 넉넉히 알 수 있는 일이었다.

순이와 영희 일행은 언제나 연락선을 타게 될지 몰라 모두 불안스런 표정으로 이웃에 앉은 딴 사람들의 눈치들만 살피었다.

"여보쇼들— 연락선 탈 생각들은 아예 마쇼—."

어떤 사십 세가량 보이는 회색빛 캡을 쓰고 세피아빛 가죽잠바에 검정색 골덴 당꼬 스봉을 입은 사나이가 순이네 일행이 앉은 쪽으로 슬며시 나타나더니 은반지 낀 오른손으로 양궐련 한 개를 피워 들고 힐끔 순이와 영희를 번차례로 살핀다.

"여보 연락선 탈 생각을 하지 말라니! 그럼 여기서 죽으란 말여? 어떻게 하는 말이요!"

누구인지 입 다른 소리로 쏘아댄다.

"원, 대두 딱하우. 누가 여기서 평생 살라는 말이요? 어디 그럼 댁 말대로 연락선을 탈 수 있나 한번 나서보우 잉! 난다 긴다 하는 황소 □□는 재주를 가진 사람두 배를 타러 나갔다가 밟혀 죽을 뻔하고 되돌아오는 판인데 아 부인네들하구 한 단체가 되어 가려면 숫제 일찌감치 연락선 탈 생각은 막설허구 딴 배 탈 생각을 해야 될 게요—."

가죽잠바 입은 사나이는 말을 드문드문 떼어가며 이 사람 저 사람 눈치를 살핀다.

"딴 배라니요?"

누구인지 일행 중에서 불쑥 내민다.

"연락선 말구 또 따로 가는 배가 있나봅디다!"

"오오라 '야미배'라는 거요?"

"쉬이— 떠들지 마쇼—. 지금 돈이야 얼마든지 더 주더라도 하루라도 빨리 조선으로 나가려는 사람이 얼마나 많은지 모르는데 떠들어대면 될 것두 안 되오……."

가죽잠바는 가만가만 이렇게 말을 하더니

"하룻밤이라두 이 더러운 곳에서 찬 서리 맞아가며 고생하는 것보다는 시침 뚝 따고 눈 한번 질끈 감고 한 사람이 넉 장씩만 내면 내일 아침 첫배로 떠날 수도 있나 봅디다!"

하고 은근히 비위를 동하게 해놓는다.

"아 넉 장만 내면 정말 내일 아침에 떠나게 됩니까?"

또 일행 중에서는 귀가 솔깃해서 떠들며 가죽잠바에게 묻는 사나이가 있다.

순이도 가죽잠바의 말에 귀가 솔깃했다. 영희도 서울 노인도 대구 여인도 모두 사백 원 아니라 오백 원이라도 내일 아침배로만 떠날 수 있다면 아까울 게 없다는 듯이 가죽잠바의 입들만 바라본다.

"좌우간 여러분들이 '야미배'를 탄다는 생각은 말고 그저 하루라도 속히 고국에 돌아가겠다는 생각에서 돈을 아끼지 않는다면 내가 배를 소개해 드리리다. 그러나 여기 계신 한 단체가 주욱 따라오면 될 일두 안 되니깐 누구든지 대표로 한 분이나 두 분만 나를 따라가고 다른 분들은 여기 그대로 시침을 따고 계십시오……."

가죽잠바의 말을 듣다가 벌떡 일어나선 것은 순이에게 담요를 빌려준 청년이었다.

그는 그 사나이를 따라 어디로인지 한참 돌아가 어느 조그만 상점 안으로 들어갔다.

"단체가 모두 몇 분이요?"

"오십 명이요!"

"그럼 됐소—. 내일 아침 떠날 테니 이따가 배 떠나는 장소 곁으로 오십 명을 데리고 오시오."

사나이는 이렇게 말하고 지도를 펴서 놓고 배가 떠나는 곳을 가르쳐 준다.

청년은 종이에다 그 장소를 적어 양복 속에 단단히 넣고 나서 어쨌든 '야미배'이기는 하나 쉽사리 떠나게 된 것을 생각하니 한편으로 이 사나이가 고맙기도 하였다.

"그런데 참 오십 명에 대한 선임은 사오 이십, 이만 원인데 지금 계약금으로 삼 할가량은 내셔야 됩니다."

사나이의 이 말에 청년은 약간 이상스런 기분이 들었으나 '야미배' 영업을 하는 자이니 무리한 요구는 아니라고 생각되었다. 그러나 청년의 줌치에는* 그렇게 많은 돈이 없었을 뿐 아니라 일행이 오십 명이라 치더라도 과연 비싼 '야미배'를 타고 떠날 만한 용기를 가질 사람이 몇 사람인지 몰랐으므로 약간 주저하지 않을 수 없었다.

"지금 계약금 안 내시면 내일은 못 타십니다. 그리구 배가 마침 공교롭게 들어왔기에 망정이지 기다려두 기다려두 안 들어오는 게 요새 배들인데— 그것은 잘 알아서 조치하십쇼. 허나 돈을 아껴서 못 떠나면 그것 이상 삼 배 사 배 손해 보고 까딱하다가 저 모양 됩니다."

사나이가 이렇게 말할 때 마침 상점 앞으로 들것에 실려가는 시체를 손가락질한다.

"부디 내 말을 업수이 듣지 맙쇼. 이 하관이 무언고 하니 산 지옥입네

| * 줌치: 주머니.

다. 날마다 고향에 돌아가지 못하고 억울하게 땅바닥에서 보따리 베고
죽는 사람이 아마 적어두 삼사백 명씩은 되리다. 그것두 천덕꾸러기죠.
사방에 똥투성이구 거적대기 둘러쓴 병자 투성이구……. 아 글쎄 지금
은 좀 날씨가 추워졌으니 덜합니다만 구월달 시월달 두 달은 이질병, 설
사병, 토사병, 호열자, 열병…… 부스럼병, 눈병…… 심지어 진 옴, 마
른 옴까지 퍼져서 정말 생지옥이었소ㅡ. 지금두 배를 못 타고 떨어져 남
아 있는 사람들 중에는 돈은 다 떨어지고 몸에 병은 들고 오두 가두 못하
고 길거리에서 거지떼처럼 어쩔 줄을 몰라 쩔쩔매는 꼴은 차마 못 볼 광
경이요. 그러기에 당장 돈이 좀 더 들더라두 얼른 건너가는 게 상책인데
돈 가진 사람들두 그저 연락선만 타려구 늘러붙다가 나중엔 결국 그 모
양 되고 만다니까……."

사나이는 이렇게 말하며 은근히 청년에게 교훈을 내린다.

"네. 잘 알았습니다. 그러나 지금 당장 내게는 돈이 없으니까 가서 곧
갖다 드리죠!"

청년은 이렇게 말하고 그 자리를 물러나왔다.

6

청년은 누구보다도 부인네와 늙은이를 한데 모아 먼저 야미배로라도
내보내고 젊은 자기들은 좀 시일이 걸리더래두 연락선으로 나가기로 작
정하고 일행들에게 의견을 물었다.

젊은 패들은 무조건하고 찬성을 하고 줌치들을 털어 돈까지 내놓은
사람도 있었다.

그래서 부인네와 늙은이만 골라내니 열다섯 명이나 된다.

이 열다섯 명 가운데는 순이와 영희도 들었고 대구 여인과 서울 마님도 끼었다.

청년은 그날 밤중에 열다섯 사람을 데리고 '야미배'가 떠난다는 장소로 나갔다.

'야미배'는 결코 비밀리에 떠나는 것이 아니라 공공연하게 합법적으로 떠나는 정기선定期船이나 마찬가지로 사람들은 일렬로 늘어서서 표를 사고 있다.

청년은 아까 낮에 잠바 입은 사나이에게 얻은 예약번호를 내밀고 열다섯 장을 샀다.

순이와 영희는 이 청년이 나누어주는 배표를 받아들었다.

새벽이 된 뒤에 열다섯 사람은 배로 올라가는 행렬에 끼어 걸어 나갔다.

청년은 열다섯 사람이 배 위에 올라타는 것을 보고 손을 흔들어 잘 가라는 인사를 표했다.

순이는 청년의 행동이 너무도 고맙고 친절했으므로 뱃전에까지 나와 한참 동안 손을 흔들다가 자리로 돌아왔다.

"앗?"

순이는 깜짝 놀랐다. 청년의 담요를 자기가 그대로 가지고 왔기 때문이다.

서울에 산다고는 하지만 어디 사는지도 모르고 성명조차 알 수 없는 이 청년의 담요를 어떻게 임자를 찾아 주나? 순이는 이렇게 생각하자 불현듯 담요를 가지고 뛰어 내려가 그 청년에게 돌려주고 오고 싶었다.

순이는 얼른 담요를 옆구리에 끼고 승객들을 허둥지둥 헤치며 배판으로 나왔다. 그러나 어느덧 배는 슬며시 육지를 떠나기 시작하였다.

순이는 어쩔 수 없이 담요를 옆구리에 낀 채 청년이 사라져가는 뒷모

양만 우두커니 바라보다가

"선생님—."

하고 고함질렀다.

그러나 발동기 소리에 섞여 가는 순이의 목소리는 청년의 귀에 들릴 리 없었다.

순이는 어쩔 수 없이 담요를 끼고 제자리로 돌아왔다.

배는 이백 톤가량의 발동선이었다. 이 중에 탄 사람은 모두가 조선 사람뿐이다.

순이는 담요를 청년에게 돌려주지 못한 게 큰 실수가 되어 은근히 기분이 울적하였으나 같이 탄 일행들은 모두 다 의외로 속히 고국에 돌아가게 된 게 기쁘다는 듯이 웃고 지껄여댄다.

"언니! 그 청년은 왜 같이 가지 않았을까? 하나쯤 더 타두 될 텐데…… 왜 자기가 표를 사면서 자기 표는 왜 안 샀을까? 정말 이상한 분이지?"

영희가 순이의 얼굴을 바라보며 의미 깊은 표정을 한다.

순이는 고개를 수그리고 그저 잠잠하였다.

"그 양반이 젊은 양반이지만 나이 오륙십 된 늙은이보다 속이 투우욱 트인 양반이유. 아 지금 저 먼저 조선 나가려구 대가리들을 싸매고 대드는 판에 자기는 안 나가고 아무리 온 한 단체로 오기는 했다 하지만 남 탈 배표는 사면서 자기 건 안 사는 사람이 어디 있겠수! 그게 보통 사람이 아닐 게요. 그래뵈두……."

서울 노인이 이렇게 청년을 칭찬하자

"그야 그 청년두 이 배에 우리와 함께 타기가 싫어서 안 탈 리야 있겠수! 어제 젊은 사람들끼리 수근덕수근덕거리며 돈들을 추렴들을 해내는 걸 보니깐 아마 다 같이 타고 올 돈이 못 됐기 때문에 우리 늙은이와 여인들만 이렇게 보내는 것일 거요!"

남자노인 한 분이 담배를 피우며 이렇게 보고를 하더니

"하여간 훌륭한 청년이요. 이 중에 누가 그 청년 주소 성명이라두 아는 이가 없소?"

하고 높이 소리치며 일행 십여 명을 휘휘 둘러본다.

그러나 아무도 아는 사람이 없었든지 서로 눈치들만 살필 뿐이다.

어느 틈에 배는 육지와 멀리 떠나 물결 센 바다로 바다로 향해 들어감인지 선체가 제법 움직이기 시작하였다.

순이는 여러 날 겹친 피곤과 아울러 금방 터질 듯한 뱃가죽의 팽창으로 말미암아 맥이 확 풀리며 현기증이 나서 자기도 모른 사이에 앉은 그 자리에 쓰러져버렸다.

이윽고 순이는 갑자기 뱃속이 이상해짐을 느끼었다. 지금까지 여러 차례 약간 가벼운 진통이 때때로 계속되었으나 갑자기 허리가 끊어지는 듯 아프기 시작하였으므로 남부끄러운 줄도 모르고 "아이구 어머니." 소리를 연발하며 이웃에 누운 서울 마님을 흔들었다.

"응? 왜? 애가 도는 게로군! 암 뱃속에서 나면 명이 길다우! 허둥대지 말고 정신 잃지 말우!"

서울 노인은 산파역에 자신이 있다는 듯이 순이의 몸을 바로 뉘여놓더니 순이 부근에 있는 사람을 쫓아서 좀 넓게 치워놓은 뒤에 청년에게 얻은 담요를 쭉 펴 순이를 둘러싸 휘장을 쳐놓고 자기도 그 휘장 속으로 들어와 앉는다.

—얼마 후에 휘장 속에서는 "응아 응아." 하고 제법 귀창을 울리는 요란스런 어린애 울음소리가 들려나왔다.

"이크 고치자지 봐라! 너야말루 정말 우리 조선나라 건국동이로구나!"

휘장 안에서 외치는 서울 노인의 웃음 섞인 고함소리는 배 안에 탄 여러 선객들을 한꺼번에 기쁘게 하였다.

부인네들은 보퉁이에서 냄비를 꺼내는 둥 미역쪽을 꺼내는 둥 쌀을 기관실로 내려가 더운물을 얻어가지고 씻어오는 둥 한창 바삐 날뛰었다.

"정말 삼시랑 할머니가 있잖나 보우. 그 길거리에서나 정거장 바닥에서 불쑥 핏덩이가 다쳤더라면 어쩔 뻔했어!"

서울 노인은 이렇게 또 기쁜 듯 혼잣말로 중얼거리더니

"아아니 그 젊은 청년 좀 보지. 이렇게 될 줄 알구 미리 담요를 기부한 게 아닌가! 하하하······."

하고 한바탕 웃음을 터놓자 일행 십오 명이 모두 따라 웃는다.

이윽고 부인네들의 활동으로 첫국밥이 준비되어 담요 휘장 안으로 하이얀 쌀밥 냄비와 새까만 미역국 냄비가 들어간다.

수백 명이 탄 선실이었건만 미역국 냄새가 코를 은은히 찔렀다.

이 순간 어디서엔지 뜻밖에 "응아 응아." 하고 또 갓난 어린아이 우는 소리가 난다.

"아아니 참 대구 마누라 어디 갔어?"

"글쎄 그 마누라가 없어졌군!"

"도대체 어디야. 아이 우는 소리 나는 곳이."

순이의 첫국밥을 끓이던 부인네들은 아이 우는 곳을 찾아서 몰려갔다.

새벽바람이 차디차게 불어치는 갑판甲板 한구석지에서 아이 우는 소리가 똑똑히 들린다.

아까 순이가 아이를 낳는 것까지 보고 있던 대구 여인이 새빨간 아이를 난 채 쓰러졌다.

"아이유 이 추운데 나와서 이게 웬일이요— 응?"

부인네 하나가 깜짝 놀라며 산모를 부축해 일으킨다. 한 여인은 어느 틈에 우는 어린아이를 부둥켜안으려 한다.

"보듬지 마시소. 원수 놈의 씨알머리요. 내가 미친년이지 어쩌다가 타국 놈의 씨를 받았었는지 모르겠구만—."

대구 여인은 별반 괴로워 보이는 기색도 없이 언제 아이를 낳았느냐는 듯 태연스럽게 자기가 낳은 어린애를 물끄러미 바라보기만 한다.

"아이 여편네야 어쩔려구 글쎄. 이런 바람 센 곳에 나와 아이를 낳는단 말이요."

부인네 하나가 왈칵 달려들며 어린아이를 산모의 치마로 휘몰아 싸가지고 일어선다.

"내차두소. 원수 놈의 씨알머리요. 우리 조선이 인제 독립되게 됐는데 원수 놈의 씨를 나가지고 가면 되겠기오!"

대구 여인은 이렇게 자기 주장을 세우며 그대로 앉아서 일어날 생각도 않는다.

"원수 놈의 씨알머리고 아니고 간에 갓난 어린 게 무슨 죄가 있수! 입 딱 다물고 잘 키워놓으면 그래두 다 우리나라 백성 되지. 지 애비 찾아가겠수?!"

어린애를 껴안은 여인은 조심조심 걸어서 선실로 들어간다.

"그저 내 맘 같아서는 그대로 바닷물에 팽개쳐버리면 시원하겠구만서도 그래도 열 달 동안 뱃속에 들어 꼬모락거린 걸 생각하면 차마 인정상 그럴 수두 없구……."

대구 여인은 피 묻은 속옷자락을 여미고 부수수 일어선다.

이윽고 대구 여인이 두 여인에 부축되어 선실로 돌아오자 선실 안은 씻은 듯 고요해졌다.

수백 명의 눈초리가 모두 대구 여인에게로 쏠렸기 때문이다.

피비린내 나는 옷자락을 끌고 제자리로 돌아와 앉자, 한 여인이 부리나케 미역국과 밥을 가지고 온다.

"내사 무슨 낯짝으로 미역국을 먹겠는기요. 담요 안 새댁은 '건국동이'나 낳았지만…… 아이유 원수 놈의 씨……."

"그런 소리 말구. 어서 첫국밥이나 받우! 그저 입 딱 아물고 잘 키우. 제가 난 자식이니 제자식이지 어째서 원수 놈의 자식이람."

국밥을 가지고 온 여인은 정색을 하고 대구 여인을 꾸짖는다.

대구 여인은 잠깐 동안 아무 말도 못하고 제가 난 어린애를 내려보다가 이윽고 첫국밥을 먹기 시작한다.

담요로 둘러싸인 휘장 안에서는 순이가 첫국밥을 먹고 나서 잠이 들었고 서울 노인은 약솜으로 어린아이의 눈과 입과 귀를 싸서 내기에 한창이다.

선객들은 이 구석 저 구석에서 수군덕거리더니 건국동이가 둘이나 낳았다고 좋아라 날뛰며 축하추렴들을 내어놓느라고 야단법석이다.

어느 틈에 회색빛 새벽은 물러가고 새빨간 아침 해가 동쪽 바다를 물들이기 시작한다.

두 건국동이를 실은 귀환선歸還船은 현해탄의 성난 파도를 헤치며 부산을 향하여 서북으로 서북으로 더한층 돌진하기 시작했다.

《우리문학》, 1946년 2월

쫓겨 온 사나이

1

'앞집 문간방'이라면 우리 이웃에서는 꽤 이야깃거리가 되어 내려오는 사글셋방이다.

집주인이 보통 사람이 아니라 청춘 시절에 과부가 되어 사십이 넘도록 혼자서 고독하게 살아 내려오는 여인인 만큼 꽤 신경질이요, 또 변덕쟁이기 때문에 문간방에 사글세를 들렸다가도 어떤 땐 한 달도 못 되어 쫓아내고 또 어떤 때는 불과 사오 일도 못 되어 들었던 사람 쪽에서 화를 내고 자진해서 아니꼽다고 나가기도 하고 해서 오래 들어 있는 사람이라야 석 달을 별로 넘기 않는 말썽 많은 셋방이다.

사글세를 들이고도 역시 자기 집을 거저나 빌려준 것처럼 또 행랑살이를 둔 것처럼 세 든 사람을 업신여기게 된 이유는 이 여자가 다만 셋돈을 받아야만 생활해나갈 만한 곤궁한 여자가 아니라 실상은 우리 이웃에서 제일 뽐낼 만큼 착실한 살림을 가졌고 또 시골에 몇 백 석지기인가를 가지고 있다는 여지주女地主인 때문이다.

장가도 안 간 아들 녀석이 학교도 안 가고 난봉만 피운다고 뚜드려 쫓아내다시피 하고 난 뒤로는 큰 집안을 식모와 단둘이 지켜 내려왔으나 식모가 손이 거칠다는 이유로 그것마저 쫓아내버리고 자기 혼자 청승맞게 집을 지켜 내려오는 괴팍스런 여자이기 때문에 이웃 여자들과도 별로 친한 사람이 없다.

이웃 사람들이 할 일 없이 자기 집을 드나드는 것을 은근히 싫어했기 때문이다.

방 안에 노인 옛날 시집올 때에 장만했다는 삼장의거리며 백롱장식 장농이며 머릿장이며 남편의 유물인 화류문갑이며 체경이며…… 이러한 진짜 방 안 가구를 이웃 여편네들이 들어와서 만져보고 열어보고 탐내는 빛을 보이는 것이 보기 싫었기 때문이다.

한 집안에 살던 식모에게조차 벽장 문을 함부로 못 열게 했고 문간방에 들었던 사람들에게도 방 안 가구를 구경시키지 않았다.

봄과 여름으로 장 속에 든 옷가지를 햇빛에 쪼일 때엔 식모도 문간방 사람도 다 온종일 밖에 가 있도록 내쫓고 나서 대문을 안으로 잠근 다음 비로소 장 문을 열기 시작하는 의심 많은 여자였다.

혹시 밖에 볼일이 있어서 나가게 되면 반드시 안방 덧문고리에 자물쇠를 채우고 부엌 문도 채우고 가지만은 장독만은 어쩔 수 없다. 그러나 으레 나갈 때면 뚜껑을 한 번씩 열어보고 은근히 눈어름을 해두곤 했기 때문에 섣불리 간장종지나 고추장 한 숟갈쯤 실례했다가 그 이튿날로 문간방을 담박 쫓기어 나간 사람도 없지 않았다.

2

이 말썽거리의 문간방에 뜻밖에 오십이 가까워 보이는 허름한 양복쟁이 놈팽이 하나가 이사를 왔다.

이웃 사람들은 새로 이사 오는 사람이면 으레 주인마누라와 뜻이 안 맞아 며칠이 안 가 티격태격 옥신각신 말다툼을 하게 되는 것을 목격했기 때문에 새로 이사 온 사람이 주인 과부 마누라에게

"남의 집 셋방살이 하는 것들이란 하나같이 주인을 도와줄 생각은 없고 그저 뜬 술 한 개라두 주인네 것 가져만 갈려는 맘보니깐……."

하고 쌈 시초를 걸게 되면 숨도 못 쉬고 그저 아니꼬와서 다른 데로 쫓기어 갈 숙맥일지 그렇지 않으면 대판거리로

"왜 세도야 세도가! 젠장맞을. 집 한 간 가졌다구 그렇게 장한가. 그럴려면 어째서 세를 놔! 세를 놓길. 이사 비용 손해비 다 물어내봐. 아니 꼽살스럽게 어딜 가면 돈 주는데 방이 없을 줄 알어?"

하고 한 마디 쏘아 붙여놓고 나선 나중에 경우에 따라서는 공세를 취한 이년 저년 하고 험악스러운 사태를 일으킬 억척일지 미리 이웃 사람들이 만평들을 하고 수군덕대는 게 한 가지 흥미 있는 이웃 풍속이 되고 말았었다.

그런데 뚱딴지처럼 여편네도 없어 보이는 자기와 나이가 비슷한 사내에게 방을 빌려주고 나서 이웃 여자들은 흥미의 성질이 아주 달라져버렸다.

어째서 과붓집에 사내 혼자를 세 들였나? 홀아비인 줄 모르고 들였다면 담박 그 이튿날로 그 변덕 마누라가 쫓아냈으련만 벌써 이사 온 지 일주일이 넘도록 잠잠한 걸 보면 확실히 홀아비인 줄을 알고 들인 것이 분명한 노릇이다.

홀아비를 두는 것이 간장 된장 고추장이 손 타지 않을 뿐더러 줄밤송이처럼 새끼 떼를 끌고 들어와 어질러놓고 들떠드는 계집사내를 두는 것보다 훨씬 조용하고 깨끗하기 때문일까? 그렇다면 일부러 홀아비를 골라다 둔 셈일까? 혹시 이 홀아비와 남이 잘 모르는 무슨 인연이라두 비

밀이라두 있는 사이인가? 이웃 여편네들은 늙은이 젊은이 모여 앉으면 수군덕거리기 시작했다.

도대체 이 홀아비는 어디서 굴러온 홀아비인가?

살림이래야 새로 산 듯한 버들상자 한 개와 보퉁이가 두세 개밖에 없다.

열두세 살 된 사내녀석을 데리고 왔는데 이 아이는 얼굴 생김생김이 홀아비와 비슷한 것으로 보아 부자간이 아니면 일가친척이 분명하다.

밥 지어 먹을 솥도 냄비도 그릇도 풍로도 없는 것 같은데 그들 두 사람은 밥을 어떻게 지어 먹는지 이웃 여자들은 그것도 궁금하였다.

사실 알고 보니 그들은 이 문간방에서 잠만 자고 밥은 다른 데 가서 사 먹는다는 것이다.

대식이란* 한 때 두 때는 몰라도 노 삼시로 대식을 하니 문간방살이 하는 주제에 불경제도 불경제려니와 속이 헛헛해서 견딜 수가 없었던지 홀아비는 자취도구를 사다놓고 밥을 지어 먹기 시작했다.

아침으로 물통을 가지고 물을 들러 우물께로 나가면 마을 여자들은 낯선 이 사나이의 얼굴을 물끄러미 쳐다들 보며 돌려 세워놓고 수군덕거리었다.

이제 오십이 될락 말락 한 중년이 약간 넘은 이 사나이는 손마디 생김생김이나 옷 입은 품새로 보아서 막벌이 일꾼은 아닌 것 같으므로 여자들의 호기심은 날로 더 깊어져갔다.

도대체 이 사나이가 과붓집인 줄을 미리 알고서 어떤 엉뚱한 계획을 세우고 들어온 거나 아닐까 하고 이웃 사람들이 색안경들을 쓰게 된 가장 큰 원인은 이 사나이가 저녁때로는 으레 생선 조기를 사서 들고 들어

* 대식大食: 아침·저녁의 끼니를 간식에 상대하여 이르는 말.

가는 것과 그와 아울러 주인마누라는 한 번도 반찬을 사러 밖으로 나오는 걸 본 일이 없고 또 혹시 밖을 나오더라도 반찬거리를 사서 들고 들어갈 생각을 하지 않는다는 엄연한 사실을 똑똑히 보았기 때문이다.

셋방살이로 온 홀아비 신세에 하루 평균 반찬 사 들여가는 돈만 따져도 수백 원이 넘으리라고 주먹구구를 해본 사람은 한두 집 여편네들만이 아니었다.

허기야 문간방에 세는 들었을 망정 반찬거리를 사다가 냄새를 풍기어 한집안 사람의 비위를 동하게 해놓고 자기들만 시침을 뚝 따고 돌아앉아서 우물우물 돼지처럼 먹어치울 수야 없는 일이므로 안방 주인에게 얼마쯤 선사를 하는 것이 인정상 떳떳한 일이요, 또한 조선 사람의 아름다운 풍속도 될 수 있는 일이다.

그러나 이 사나이가 과연 이웃 여자들의 추측처럼 주인마누라의 반찬거리까지 사서 댄다면 이는 한 집안에 살기 때문에 생긴 그저 단순한 인정이나 예의로만 해석될 성질의 것이 아닌 것만은 사실이다.

3

홀아비가 구태여 과붓집 아닌 집에만 세를 들 필요도 없거니와 과부가 또 구태여 홀아비 아닌 사람만을 골라서 셋방을 빌릴 이유도 없는 일이라면 곧 두 사람에게는 아무런 죄도 책임도 없을 것이요 다만 그것을 말썽을 만들어 소문을 퍼트리는 이웃 여편네들의 입버릇이 고약하고 얄미운 것뿐일 것이다.

설령 아닐 말로 세 든 홀아비와 주인 과부 사이에 남모르게 연정戀情이 생기고 의견이 서로 맞아 서로 의지하고 살아가기 위한 부부가 된다면 또 무슨 흉이랴. 오히려 고독하게 일생을 살아나온 과부를 위해서 권할 수 있으면 권할 만한 일이다.

허기야 앞집 문간방을 중심 삼고 이웃 여편네들이 찧고 까불고 소곤거리는 근본 의도가 세 든 홀아비를 중상한다거나 주인 과부를 헐뜯기 위한 악의는 전연 아니다.

다만 그들은 과붓집에 홀아비가 세 들었다는 사실을 흥미 있게 생각하고 그들 사이가 어떻게 되려니? 하는 일종의 성급한 단순한 유치한 호기심을 느끼는 것뿐이다.

하룻밤을 자고 나면 이웃에 한 가지씩 새 소문이 퍼졌다.

—어젠 홀아비가 큰 생선 한 마리를 사가지고 들어가더니만 아침에 주인 여편네가 쓰레기를 버리는데 보니깐 생선뼈다귀를 담아 내버리겠지—.

—홀아비가 인제 우물로 물 길러 안 오는 걸 보면 안방 부엌에 있는 수돗물을 따라다 먹게 될 만큼 한통속이 된 게지 뭐야!

—홀아비가 인젠 따로 풍로에 불을 피워 밥을 짓는 게 아니라 주인 여편네가 불을 쓰고 나면 고 불에다 밥을 한대!

—불을 따루 피우지 말고 풍로불이 나거든 쓰라구 허구 그전에 들었던 사람들에게 안 쓰던 인심을 쓰는 것만 보지!

—작년 가을에 김장할 때만 해두 이웃 사람한테는 쌈 한 잎 먹어보란 법 없구 배추꽁지 하나 아이들 손에 쥐어줘본 일 없던 그 구두쇠 여편네가 어제 아침엔 노오란 포기김치를 세 통이나 양재기에 담아 홀아비 방에 갖다주더래!

이러한 새로운 소문에 신기스러운 듯 귀들을 기울이는 것이 결코 무리는 아니다.

그러나 이런 것들만이라면 흉 될 것은 조금도 없다.

그러나 세 든 홀아비가 어떤 날 식전엔 안방에서 나와 변소를 들어가더라는 둥 어느 날 밤중엔 안방에서 도란도란 주인 여편네와 이야기 소리가 나더라는 둥…… 이러한 괴상스런 소문을 들을 때는 언뜻 생각 들기에 그들의 사이는 아마 단순한 사이가 아니라 밀접해진 모양으로 추측이 되지만 이따위 소문이 과연 정말 사실인지 자기 눈으로 똑똑히 보지 않고는 담박 신용할 수 없는 의심이 나기도 한다.

만일 사실이라면 이웃으로서 다소 창피한 일인지 모르거니와 그렇지 않고 공연히 이웃 여편네들의 입방정에서 나온 헛소문이라면 이런 소문은 이웃의 풍기를 위해서 또 당사자인 주인마누라와 세 든 사람의 인격과 명예를 위해서 단연코 부숴버려야 할 것도 같이 나는 우리 집 마당을 회의실로 알고 와 수군덕대는 여편네들을 아내를 시켜 편잔을 주도록 명령해 내려왔다.

4

한 며칠 동안은 별로 새로운 소문이 돌지 않더니 하루는 뜻밖에 아랫집 주인마누라가 우리 집엘 왔다.

위아랫집에 살면서도 한 달에 거의 한 번쯤 올까 말까 한 그 마누라가 우리 집을 찾아온 이유는 무엇인지 궁금하였으나 그의 표정으로 보아 무슨 의논이 있어 온 것만은 사실이었으므로 아내와 나는 그를 맞아들였다.

이야기는 역시 문간방에 대한 이야기다.

첫 번 복덕방 박 영감이 착실한 중년 부부구 아이는 하나밖에 없다고 하기에 보증금을 받고 세를 들였더니만 알고 보니 홀아비란 것과 그 뒤 여러 번 나가달라고 말을 했으나 곧 나가지요 나가지요 하며 차일피일

안 나가니 어떻게 하루 속히 내보내겠느냐는 것과 셋방살이를 하는 주제에 돈을 물 쓰듯 잘 쓰는 걸 보면 혹시 흠잡이* 아닌가도 모르니 좀 알아봐달라는 것을 마누라는 조금도 서슴지 않고 내게 은근히 간청한다.

나는 이 마누라의 얼굴을 똑바로 바라보았다. 내게 간청하는 그 말이 과연 사실인지 혹시 소문 그대로 그 홀아비와의 관계가 이웃 사람에게 알려질까봐 자기로서는 일종의 불안과 부끄러움을 느낀 나머지 엉뚱한 호신책으로서 한번 시치미를 뚝 따보는 수작인지를 정확히 알기 위한 때문이다.

우물물은 들어다 쓸 생각도 않고 이젠 아주 제집처럼 부엌에 들랑날랑해가며 수돗물을 퍼 간다는 둥 불을 땔 때는 아궁이 곁으로 와서 뜬 숯불을 풍로에 말도 없이 담아 간다는 둥 어떤 땐 김치를 다 달란다는 둥 간장, 된장까지도 달란다는 둥 갖은 험담을 다 주워섬기기 시작하며 이제는 도무지 □□□마저 보기도 싫다는 둥 묻지 않는 말까지 자꾸 주워섬기는 것으로 보아 암만해도 내 생각 같아서는 자기 비밀을 감추기 위한 구구한 변명이나 아닐까 싶다.

그러나 나는 구태여 입바른 소리를 해서 이 마누라에게 무안을 주고 싶지는 않았다.

마누라는 우리 집에만 와서 그런 구구한 변명 비슷한 이야기를 늘어놓는 게 아니라 실상은 이웃집마다 다니며 해놓은 모양인지 그 이튿날 낮에 우리 집 마당에 모인 이웃 여편네들은 또다시 입총부리를 마주대고 소곤닥거려며 입들을 삐죽이곤 킬킬대며 웃곤 했다.

나는 도대체 세 든 홀아비란 인간이 어떻게 생긴 인간인지 한번 보고 싶은 생각이 불현듯 일어났다.

| * 흠잡이: 어딘가 흠이 있는 사람.

아무리 홀아비살림이라 하기론 남의 동네로 이사를 왔으면 으레 그 이웃에 인사를 다녀야 할 것이거늘 어떻게 생긴 위인이기에 일주일이 넘도록 그만한 예의조차 모를까? 하고 은근히 불쾌한 생각과 괘씸한 생각도 들었다.

이러한 생각은 비단 나뿐만이 가진 것이 아니라 이웃 사람들은 대개가 다 그러했다.

그는 역시 떡국이 농간한다고 낫살이나 들은 사나이인지라 자기에게 대한 이웃 사람들의 평판이 어떠한 정도란 것을 알아차렸넌지 그 뒤 어느 공일 날 아침에 이웃집으로 다 늦게 인사를 하러 다녔다.

다른 집에 가서는 어떻게 인사를 했는지 모르나 우리 집에 와서는 아내에게 제법 점잖게 성명 삼자를 말하고 이사 오던 길로 바로 인사를 못 드려 미안하단 말을 하고 앞으로 여러 가지로 이웃에 폐를 끼치겠으니 미리 용서를 빈다고 뜻 깊은 말을 주워섬기고 가버렸다 한다.

나는 그 말을 듣고 속으로 괴로운 웃음이 북받쳐올랐다.

주인마누라가 나가라고 선고까지 했다는 게 사실이라면 구태여 늦게 낫살이나 먹은 자가 한 집도 아닌 여러 집 문간을 기웃기웃 다니면서 모자를 벗고 고개를 숙여가며 나이로 따져 며느리나 딸 폭밖에 안 되는 여편네들에게 깍듯이 존칭을 해올려가며 앞으로 폐를 끼치겠다는 인사를 한 것은 이 무슨 쑥스러운 짓이요 또 못난 짓인가!

그러나 냉정히 생각해보면 이것을 다만 세 든 사나이의 못난 짓으로만 돌려버릴 수는 없다.

사실로 주인 여편네가 사나이를 나가라고 했다면 확실히 이 사나이의 이웃에 사는 주인 여편네에게 대한 일종의 시위示威라고 할 것이다.

그러나 결코 그렇게까지 주객 간에 감정이 대립될 것 같지는 않다.

5

그러나 어떤 또렷한 증거를 붙들지 않고서 마누라가 세 든 사나이를 내보내겠다고 이웃으로 떠들고 다니는 것을 그런 한 개의 연극이라고만 생각할 수 없게 될 사실이 어느 날 저녁때 엄연하게 나타나게 되었으니 그것은 마누라의 입으로부터

"왜 글쎄 낫살이나 든 사람이 경우가 없수. 방을 비워내라면 비워낼 일이지, 굳이 안 나가겠다고 뻗대는 건 무슨 이유란 말이요!"

하고 그 높은 목청으로 이웃이 다 알도록 들떠드는 소리가 흘러나오게 된 때문이다.

마누라의 소리가 높이 들리자 이웃 여자들은 귀들을 기울이고 사나이의 대꾸를 들어볼 양으로 담 밑에서 들창 밑에서 엿들었으나 사나이는 쥐죽은 듯 아무 말이 없이 듣고만 있다가 저녁밥을 해먹을 생각도 없이 아이를 데리고 어디로엔지 휘 밖을 나가버렸다.

사나이가 아이를 데리고 나간 뒤에 주인 마누라의 혼자 잔소리는 또 높이 이웃을 울리기 시작하였다.

"아무리 원 홀아비 녀석이기론 셋방살이 하는 녀석이 아 그래 마당 한번 비질하지 않고 대문간 한 번 쓸지 않는 그런 얌치없는 늙은 녀석이 어디 있어!"

"팔자가 기박해서 일평생을 과부로 사니깐 온 나중엔 셋방살이 들어오는 것 하나 홀아비 녀석이 들어와 말썽을 피우니……."

여편네는 이렇게 또 높은 목소리로 혼자서 중얼거렸다. 물론 그 목소리는 이웃 사람들이 들을 수 있을 만큼 크고 굵었다.

이렇게 여편네의 잔소리가 심해진 뒤로부터 사나이는 다시 식전마다 우물물을 길어다 먹기 시작했다.

일이 여기까지 이르매 먼저 이러쿵저러쿵 하고 별별 소리가 다 들리던 염문艶文 비슷한 소문은 과연 근거 없는 풍설이 되고 말게 되었다.

그러나 며칠 지내는 동안 식전마다 길러 오던 물을 갑자기 안 길러 온다는 소문이 다시 나고 저녁 때로는 새로 이사 와서처럼 반찬거리를 많이 사가지고 들어간다는 사실이 다시 이웃에 보고되면서부터 문제는 다시 수수꺾기로 들어갔다느니보다도 이웃 사람들의 의심을 사게 되고 더한층 흥미요 호기심의 대상이 되고 만 것이다.

그러나 아웃 사람들이 그야말로 웅크리구 뛰지 못할 어떤 정확한 증거를 붙들기 전에는 언제까지라도 그들의 관계에 대해서는 확실한 판단을 내릴 수 없는 것만은 사실이다.

이웃 여편네들은 좌면 좌 우면 우 좌우간 어떤 쪽으로든지 또렷한 관계가 드러났으면 싶은 성급한 호기심들을 가졌고 나 역시 그들 주객 사이가 어쨌든 며칠 전보다 호전好轉되어간다는 소식을 듣고나서부터는 은근히 그들의 관계가 어떤 유종의 미를 가져왔으면 싶은 노파심이 일어나기도 했다.

이웃 여편네들은 우리 집 마당에 모이면 또다시 입들을 마주대고 수군덕대기 시작한다.

"뭘 이랬다 저랬다 헐 게 뭐야, 아주 탁 터놓고 살면 누가 시비할 사람 있어!"

"그렇지만 세 든 홀아비하구 배가 맞았다면 소문이 좀 창피하지 않우."

"창피하긴 뭐가 창피해. 홀아비 과부가 뜻 맞아 산다는데 어느 누가 시비할 사람 있어."

이야기가 여기까지 진전되고 보니깐 도대체 문제의 놈팽이가 어떻게 생긴 작자인지 나는 슬며시 호기심 일어나지 않을 수 없었다. 그렇다고 내가 놈팽이를 찾아가 만나보기는 쫌스런 일이며 더구나 불러다가까지 만나볼 필요는 없었으므로 아침저녁으로 앞집 문 앞을 지나친다면 혹시 놈팽이와 서로 얼굴을 마주치지나 않을까? 하는 요행을 그려보기도 했다.

어느 날 아침 나는 무심코 앞집 대문 앞을 지나치다가 요행히 선뜻 대문을 열고 밖을 나오는 놈팽이와 마주치게 되었다.

그러나 나는 이 놈팽이와 서로 눈이 마주치는 순간 전신에 □□□□ □□□□□□□□□□□□□□ 물려지곤 발길이 저절로 주춤해졌다.

놈팽이도 내 얼굴을 바라보고는 얼굴이 해쓱해지더니 고개를 푹 수그리며 잠깐 아무 말이 없다가 다시 얼른 고개를 들고 아주 친절한 어조로

"아 선생 댁이 이 근방이십니까?"

하고 내 얼굴을 바라본다.

"건 알아 뭣 하려우. 또 우리 집 가택수색을 하려구 그러우?"

나는 팩 쏘아붙였다.

"선생 우리 8·15 이전 이야기는 그만둡시다. 세상이 달라졌으니……"

놈팽이는 내 비위를 달랠 양으로 아양을 떤다.

"8·15 이전 이야기는 그만두잔 말은 좋소. 그러나 신의주서 뭣하러 여기까지 왔소? 당신도 소련군한테 쫓겨 왔소?"

내 말에 놈팽이는 얼굴이 좀 붉어지더니 이윽고

"아닌 게 아니라 서울 와보니 북조선에서 쫓은 사람들이 많습디다그려."

하고 교활한 웃음을 짓고는

"허기야 나 같은 사람이야 무슨 큰 죄가 있습니까? 그저 먹고 살기 위해서 어쩔 수 없이 일본놈 밑에서 형사노릇 했을 따름이지."

놈팽이는 묻지도 않는 소리를 늘어놓더니 다시 말을 이어

"난 사실 8·15 직후에 형사노릇을 집어치우고 신의주서 장사를 했습니다. 돈이야 벌지도 못했지요. 쫓겨 오는 통에 몸에 지닌 돈은 다 써버리고 요 모양이 됐습니다."

허고 하소연 비슷하게 한탄한다.

그 한탄이 내 귀에는 아무런 흥미의 재료가 되지 못했다.

"바쁘시지 않으시거든 좀 우리 방에 들어가십시다. 만주 배갈이 꼭 한 병 남았으니 우리 한잔 나눕시다."

놈팽이는 빙그레 웃으며 나를 유혹한다. 놈팽이의 사교술에 넘어갈 내 아니었으매 이 순간 흔연히 거절하고 나는 그와 헤어져 시내로 들어왔다.

6

38도선 이북 조선에서 8·15까지 일본놈들의 알뜰한 수구 노릇을 하던 친일파 또 그놈들과 야합 하에 노동자 농민을 착취하던 대지주 대자본가들 그러한 민족 반역자의 무리들은 소련군의 진주로 말미암아 (제물에 놀래어) 38도선 이남 조선으로 쫓겨 내려오게 되어 서울에 어느 틈에 북조선서 쫓겨 온 친일파 민족 반역자들은 서울을 중심으로 모여 있던 남조선의 친일파, 민족 반역자들과 합류하여 북조선에 진주한 소련군을 욕하고 중상하기 시작했다

그들 친일파, 민족 반역자들은 겉으로는 가장 조선민족을 사랑하고 조선 독립을 바라는 것처럼 말하자면 가장 애국자인 체하면서도 실상은 조선이 달리 독립이 되어 민주주의 정부가 수립되면 저희들의 죄상이 백일하에 드러나 민족의 심판을 받을 것이 두려워 어떻게 해서라도 민주주

의 정부 수립을 방해하고 그 참에 하루라도 생명을 연장시키려는 음모를 꾀할 뿐만 아니라 그들 선에다 단독정부를 세우려던 비민주주의적 책동을 하기 시작했다.

서울에서 열린 미소공동위원회가 조선의 민주주의 정부 수립을 위한 협의를 하기 위해서 1호 성명에서부터 7호 성명에 이르기까지 순조로운 발전을 거듭해왔음에도 불구하고 그들은 미소회담이 결렬되기를 은근히 기다리고 책동하여 내려왔다.

'포츠담' '카이로' 회담을 지나 막부幕府에서 열린 삼상회의 결정에 의해서 조선의 독립은 결정적 사실이거니와 이 삼상회의를 자지하는 민주주의 정당파 단체 이외에 조선에는 또 삼상회의를 지지하지 않는 일부 정당파 단체가 있으니 그들이 곧 친일파, 민족 반역자 일파의 책동으로 조선 독립과 민주주의 정부 수립을 방해하고 반대하는 반민주주의 파쇼 분자의 책동 때문이다.

그들은 삼상회의를 절대 반대한다고 외쳤다. 미소공동위원회 제5호 성명은 사형선고라고 외치고 연합국은 조선을 침략한다고까지 말했다.

그들은 우리 조선민족을 해방시켜준 연합군의 은혜를 조금도 모른다.

그들은 미국과 소련 사이를 이간離間질해서는 조선에 민주주의 정부 수립이 늦어지도록 방해하고 있다.

7호 성명 이후 정당단체 대표자 초청 자격 문제를 두고 미소 양국 대표 사이에 의견이 맞지 않아 회의는 일시 유회로 들어간 틈을 차서 그들 반민주주의 일파는 미소회담이 영구히 결렬된 것처럼 민중을 선동하고 소위 국민대회를 열어 연합국의 일원인 소련을 타도하라 적색 제국주의를 타도하라고 욕설을 한 다음 가투로 밀려나와 서울 시내의 민주주의 신문사와 정당과 단체를 여러 곳을 습격하여 기계를 부수고 건물을 부수고 물건을 파괴하고 갖은 난폭한 행동을 다해 내려왔다.

나는 내 이웃에 사는 이 북조선에서 쫓겨 온 사나이가 이러한 난폭한 반민주 측의 진영에 가담해 있다는 사실을 그 뒤 며칠이 지나 발견할 수 있었다.

7

어느 날 밤 나는 잠자리에 들었다가 갑자기 행길 거리에서 왁자지껄 떠들며 유리창 깨지는 소리가 요란히 나기에 깜짝 놀라 이불을 걷어차고 벌떡 일어났다.

때마침 누구인지 대문을 요란스럽게 흔들며

"선생님! 선생님!"

하고 나를 부른다.

나는 어떤 불상사가 생겼을 것만 같아 허둥지둥 옷을 주워 입고 나가며

"누구요?"

하고 물었다.

"큰일 났습니다, 테러단이 지금 조합회관을 습격하러 왔습니다!"

"응? 테러단이?"

나는 대문을 열고 행길 가 조합회관 앞으로 달려갔다.

캄캄한 밤 길거리에 사람들이 여기저기서 무슨 좋은 구경거리나 있는 듯이 달음쳐 오느라고 발자국 소리가 투닥투닥 들려온다.

"이 북조선서 쫓겨 온 반동분자들아! 비겁한 테러 행위를 마라!"

"삼상회의를 지지하는 이놈들아 신탁통치가 그렇게 좋더냐!"

"이 민주주의 국제노선을 모르는 몰상식한 자식들아! 삼상회의 결정

은 민주주의 국제노선이다. 민주주의 국제노선인 삼상회의 결정을 배격하면 조선이 독립될 줄 아니! 이 히틀러 무솔리니 좀팽이 새끼 같은 파쇼 분자들아! 친일파 민족 반역자에게 매수되어 동족에게 테러 행위를 하는 가련하고 불쌍한 무리들아! 진정으로 애국적 정열을 기울여 민주주의 정부 수립에 협력해라!"

"이놈들아! 민주주의나 공산 측이나 마찬가지다!"

"이 무식한 새끼들아! 쥐뿔두 모르는 소리 마라!"

옥신각신 험한 말들이 오락가락하고 회관 안에서는 툭탁 와지끈 유리창 깨지는 소리와 섞여 밀리고 밀치고 차고 맞는 소리가 똑똑히 들려온다.

이 순간 어디서엔지 삼사 명의 순경이 어깨에 총을 메고 달려 들어오자 모여 섰던 군중은 이리저리 헤어진다.

순경들은 회관을 습격 온 테러단을 잡으려 했으나 테러단은 어느 틈에 다 달아나고 회관을 지키던 노동조합원만 오륙 명이 이마에서 코에서 손등에서 피를 흘리며 이를 앙다물고 있다.

"대체 왜들 쌈들이유. 같은 동포들끼리!"

순경은 이렇게 말하여 부상당한 사람들의 주소성명을 적더니 밖에 나와 군중을 헤쳐 보낸 다음 제 갈 데로 가버리고 말았다.

나는 부상당한 조합원을 데리고 그 근방 병원으로 가서 응급치료를 받도록 했다.

집으로 돌아오는 길에 나는 바로 그 놈팽이가 세 든 방 앞을 지나치다가 주춤하고 발길을 멈추지 않을 수 없었다.

들창문이 열렸는데 담배 연기가 밖으로 퍼져 나오고 방 안에선 무슨 말끝엔지 와그르! 하고 웃음소리가 한바탕 쏟아지더니 갑자기 굵은 목소리로

"어쨌든 오늘밤은 유쾌합니다. 그만만 해도 놈들이 기를 못 쓸 테니깐……"

"이론에 몰릴 경우에는 그저 주먹다짐이 제일입네다."

"그자들이 말하는 소위 민주주의 정부가 서면 우리네들 북조선에서 쫓겨 온 사람들은 그야말로 명색도 없을 겝니다."

"그러기에 이틈에 바짝 서둘러 그들 세력을 꺾어놓자는 거 아니요!"

"하루빨리 그놈들 세력을 꺾고 남조선 단독정부를 세워야 해!"

확실히 이 말소리는 놈팽이의 음성이다. 나는 주먹이 불끈 쥐어지고 치가 떨리며 분함을 참을 수 없었으나 나 혼자의 힘으로는 그들 사오 명을 이겨낼 수 없음을 깨달았다.

그자들은 술을 마시는지 한잔 더들 들으라는 둥 그만 들겠다는 둥 술 한 병 더 사 오자는 둥 화제話題를 다른 곳으로 돌린다.

나는 이 놈팽이가 오늘밤 테러 행위를 조종하고 선동한 한 분자인 것에 틀림없음을 깨달았다.

나는 이 순간 조합동무들을 불러 모아 복수전을 하려고 거리로 뛰어나갔으나 조합은 벌써 문이 닫히고 조용하다.

나는 혼자서 돌아오다가 그대로 놈팽이 집단은 지나칠 수가 없는 의분을 느꼈으므로 대문을 흔들고 선뜻 들어섰다.

와자지껄 떠들던 놈팽이 일파는 내가 들어가자 잠깐 동안 방 안이 조용해지더니 내 얼굴을 바라보던 놈팽이가 불쑥 일어나서며

"아 선생 이게 웬일이십니까? 자 들어와 한잔 드십시요!"

하고 내 팔을 이끌려 하며 간사한 어조로 내 대답을 기다린다.

"노형네 술자리에 술 얻어먹으러 온 것 아니오. 다만 노형들의 오늘밤 행동이야말로 비겁한 행동이며 같은 조선민족으로서 냉혹한 비판을 받아야 할 것이요."

나의 이 말에 그들 오륙 명의 중년 사나이들은 내 얼굴을 유심히 바라본다.

"조선 독립을 방해하는 사람들이 누군지 똑바로들 아시오. 그것이 바로 당신이오. 오늘밤의 당신들의 테러 행동이야말로 조선 독립을 방해하는 행동이요."

나의 음성은 첫 번보다 더 흥분되었다.

"당신들 오륙 명이 한꺼번에 대어들어 나를 때려도 좋소. 때리면 나는 맞을 것이오, 허나 당신들도 양심이 있으면 생각해보시오. 북조선에서 쫓겨 왔다 남조선에 와 반동하면 결국 그것은 당신네 자살행위밖에 될 게 있소?"

내가 이렇게 충고 겸 꾸짖고 나자 그들 중 가장 젊은 작자 하나가 불쑥 나타나

"오오라 인제 보니깐 당신 이 동네 사시는 모양이구료."

하고 나도 이미 알고 있다는 듯이 내 얼굴을 유달리 바라본다.

이 젊은 사나이는 내가 가끔 길거리에서 마주 친 일이 있는 사나이로서 장터거리에서 쌈패로 유명한 부랑자다.

북조선에서 쫓겨 온 친일파 반역자들이 서울에 와서 이러한 쌈패 부랑자들을 매수해가지고 진정한 민주주의 정당과 단체를 습격하고 폭행을 거듭하고 있다는 것은 더한층 또렷이 깨달을 수 있는 것이다.

"당신네들에게 꼭 한 마디 부탁할 말은 당신들이 진정한 조선민족이거든 오늘밤 같은 행동을 버리고 민주주의 임시정부 수립을 위해서 제각기 맡은 바 제 직장을 굳게 지키고 묵묵 실행주의로 협력해주시오! 나는 그것만을 당신들에게 부탁이오!"

나는 이렇게 말하고 나서 휙 대문을 열고 밖으로 나와버렸다.

혹시 그들 일파가 나를 습격 올는지도 몰랐으므로 나는 은근히 걱정

이 되었으나 그날 밤은 아무 일도 없었다.

8

테러단이 노조회관을 습격한 뒤로부터 마을 안엔 별별 소문이 다 퍼졌다.

"인제 알고 보니 그 과부네 집 문간방에 세 든 놈팽이가 어떤 정당에 매수되어 폭력단을 조종한대!"

"원래 형사노릇을 이십여 년이나 해먹던 녀석이라 그런 짓은 잘할 테지!"

"그럼 녀석을 그대로 우리 동네에다 둘 수 있나? 당장 쫓아내버려야지!"

이러쿵저러쿵 동네 사람들의 의견이 한데 모여 결국은 이 이웃 반장인 내게로 축출 명령을 내리는 중대한 책임이 떨어지고 말았다.

나는 먼저 과부 마누라를 불러다가 앉히고 놈팽이가 이런 일 한 사람이니 내보내라고 요구를 했다.

그러나 과부 마누라는 제집 가지고 제 마음대로 할 일이지 동네 사람이 세를 들려라 마라 할 게 뭐냐고 불쑥 성을 내고 내게 반항하기 시작한다.

이 과부 지주가 그가 지고 있던 토지의 대부분이 38도선 이북인 철원 땅에 있음에 비추어 38도 이북에서 쫓겨 온 사나이를 동정하는 데서 생긴 태도인지는 몰라도 여간 충고나 권고쯤으로서는 놈팽이를 내보낼 것 같지 않다.

"내보내고 안 내보내고 하는 것은 당신의 자유이겠지만 우리 동네의 여러 사람들의 요구가 그러하니 잘 생각해 하시오……. 혹시 내 말을 들지 않았기 때문에 나중에 어떠한 재미스럽지 못한 일이 있어도 나는 반장으로서 책임을 지지 않을 테니깐……."

나는 좀 더 노골적으로 과부 마누라를 은근히 위협했다.

"참 별일두 다 있다. 서방이 죽으니깐 동네 시애비가 열둘이라더니만……. 팔자가 기박해서 과부가 됐다구 동네 사람들이 이처럼 업신여긴담……."

과부 마누라는 얼굴이 불그락푸르락 제풀에 성이 나서 씨근벌떡거리기 시작한다.

"무슨 업신여기는 게 아니라 좋지 못한 사람을 동네에 붙여두지 못하게 한 것뿐이요……."

"사글셋방을 놓는 데 누가 일일이 세 들 사람의 신분까지 조사해보고 사람을 들이는 데가 어디 있담! 그자가 북조선에서 형사질을 했는지 지금 서울서 폭력단을 꾸며가지구 다니는지 그걸 누가 안단 말요!"

과부 마누라는 이렇게 주워섬기며 여전히 불쾌한 동정을 보이더니 휙 밖으로 나가버린다.

그동안 이 과부 마누라와 홀아비 놈팽이 사이에 어느 정도의 비밀이 이웃 사람 모르게 암암리에 계속되었는지 이 과부의 행동을 통해서 넉넉 짐작할 수 있는 일이다.

과부가 대문 밖으로 나가버린 뒤에 아내는 빙글거리며 들어와선

"당신두 속두 모르고 놈팽이를 나가라구 했으니 화날 일이 아니에요."

하고 그 뒤의 그들의 관계를 잘 안다는 듯이 이야기를 벌려놓는다.

"이젠 아주 터놓고 지낸다우. 놈팽이가 안마루에 가서 밥도 먹구, 여편네가 놈팽이 방에 들어와 걸레질까지 해주기두 하구……."

아내의 이 말에 나는 새삼스럽게 흥미가 났으나 어느 틈엔지 불길이 치미는 일종의 질투에 가까운 분노가 샘솟아 올라온다.

"못된 연놈들 같으니…… 기어이……."

"왜 샘이 나우? 당신두 그럴 줄 알았더면 진작 그 방에 세를 들지, 호호."

아내는 나를 한번 놀려본다.

"우리 동네 풍기를 위해서라두 연놈을 다 우리 동네에서 내쫓아야겠 군그래!"

나는 아내에게 이렇게 말하며 굳센 결심을 보였다.

"정말 그런 소문은 빨리두 나나 봅다. 저 건너 동네 요 산 넘어 동 네에까지 벌써 소문이 좍 퍼졌는데 구두쇠 과부가 셋방 든 홀아비하구 극장 구경을 다니느니 벌써 아이를 뱄느니 야단들입디다. 오히려 이웃에 서 모르는 일을 딴 동네서 더 잘 알고 있읍디다!"

"잘됐소. 동네서들 가만히 두고 보지 않겠지."

"그러지 않아두 그런 것들을 동네에 두어서 쓰겠느냐구 우물가에 가 면 야단들입디다!"

아내와 나는 생각든 끝에 단박 임시 반상회를 열기로 하였다.

"홀아비 과부가 배가 맞아 살거나 말거나 무슨 상관이냐던 당신이 왜 이렇게 먼저 나서서 야단이유, 야단이."

아내의 빈정거리는 어조엔 일리가 없지도 않다.

그가 북조선에서 쫓은 사나이만 아니라면 과부와 배가 맞았건 말건 내가 무슨 상관이 있는 일이랴. 그가 반동정당에 매수되어 테러단을 이 끌고 중요 단체를 파괴하고 있는 음모적인 악질 놈팽이가 아니라면 그가 과부네 집 안방에 들었건 말았건 내게 무슨 상관이 있는 일이랴.

임시 반상회를 열고 문제의 놈팽이의 축출 방법을 의논할 때 젊은 반 원들은 완력으로 내쫓겠다고 팔을 걷고 나섰다.

부인네들은 부인네들끼리 한 뭉치가 되어 주인 과부 여편네에게 다시 경고를 내리기로 의견이 일치되었다.

9

그 뒤 며칠이 지난 어느 날 밤이었다.

어디서엔지 술이 얼큰히 취해가지고 들어오는 놈팽이를 뒤따라 마을의 젊은 패 오륙 명이 선뜻 그이 방문 앞에 나타났다.

"웬 사람들이요!?"

놈팽이는 겁이 났던지 눈을 둥그렇게 뜨고 벌벌 떨기 시작하였다.

"우리는 이 동네 사람들이요. 당신을 때리려거나 폭행하러 온 것이 아니니 겁은 내지 마시오!"

젊은 사람 중에서 누구인지 이렇게 말하자 놈팽이는 더욱 심각한 표정으로 어리둥절한다.

"문제는 간단하오. 당신이 우리 동네에서 지금 당장 나가달란 것밖에 별 요구는 없소!"

"무엇이오? 나가라구요?"

놈팽이는 기막힌 듯이 반문한다.

"지금 당장 나갈 테요 안 나갈 테요!"

젊은 사람 하나가 바싹 앞으로 나간다.

"어째서 나가라는 거요? 당신들이 나를 내쫓을 무슨 권리를 가졌소?"

놈팽이는 이론을 캐며 반항하기 시작한다.

"그 쓸데없는 이론 캐지 말고 나갈 테냐 안 나갈 테냐, 둘 중에 하나만 말해!"

또 젊은 사람 하나가 부르르 떨며 앞으로 나선다.

"당신은 삼팔 이북에서 쫓겨 온 사람이니깐 서울에 놔둘 수도 없소. 다시 삼팔 이북으로 가우! 우리는 오늘밤 당신을 삼팔선 경계선까지 데려다줄 테니!"

누구인지 또 젊은 사람 하나가 불쑥 나타난다.

"자, 지체 말고 빨리 나오. 동두천까지 트럭를 태워다줄 테니……."

놈팽이는 어쩔 수 없이 옷을 주워 입기 시작했다.

"8·15 이전에 설령 왜놈 밑에서 먹구 살기 위해 어쩔 수 없이 형사질을 해먹었거든 그 속죄를 위해서도 근심하고 있어야 할 터인데 악덕 정당에 매수되어 테러단을 조종하여 동포끼리 분열을 일으키고 싸움을 하게하고 건물을 부수고 사람을 상해하는 너 같은 놈팽이 반역분자의 죄악은 용서할 수 없다."

"내가 무슨 큰 죄가 있다고 그러시오. 북조선에서 쫓겨 와서 역시 먹고 살기 위하여 모 정당 간부에서 매수된 것뿐이요."

놈팽이는 능글능글 이죽거리며 옷을 주워 입는다.

"아무리 먹고 살기 위한 일이기론 조선 독립을 방해하는 일을 해서 좋수!"

젊은 사람 하나가 툭 쏘아붙인다.

방 안에 늘려 있는 살림살이를 한데 뭉쳐 들고 나와 행길 가에 기다리고 선 트럭에 실었다.

사오 명의 마을 청년들은 놈팽이를 트럭에 싣고 청량리 쪽으로 속력을 놓아 달아났다.

《신천지》, 1946년 8월

다시 넘는 고개

1

으스름 달빛은 소나무 숲 사이로 비탈진 산길을 어렴풋이 비쳐주었다. 윤수는 호젓이 걸어 산마루에 이르렀다.

아직도 쌀쌀한 바람이 볼을 에이었으나 그는 찬 줄을 모를 만큼 전신이 화끈화끈 달아올랐다.

그는 마루턱 외로 선 늙은 소나무 밑 펑퍼짐한 잔디밭에 배낭을 부려놓았다. 우선 담배 한 개를 꺼내 문 채 생각난 듯이 군복 저고리를 벗어 부치고는 허리춤에서 수건을 빼어 이마와 목덜미의 땀을 씻은 다음 라이터를 그었다.

그는 담배 연기를 길게 뿜으며 발아래 소나무 가지 사이로 펼쳐진 골짜기를 멀리 내려다보았다.

사 년 만에 처음으로 잠깐 다니러 오는 고향 마을— 달빛조차 희미한데 안개까지 짙어 마을 모습은 전연 보이지 않는다.

만일 달빛이 밝고 안개가 끼지 않았다면 마을은 그림처럼 내려다보일 것이며 툭 터진 마을 앞 벌판이 보일 것이며 벌판 한가운데로 굽이쳐 흘러 내려가는 한 가닥 시냇물 줄기는 무명 폭을 깔아놓은 듯 더욱 또렷이 보일 것이다.

윤수는 그립던 고향의 산천을 당장 눈앞에 두고서도 그 광경을 역력히 보지 못하게 된 오늘 밤이 몹시 안타까웠고 따라서 희미한 달빛과 짙은 안개가 원망스러웠다.

'과연 마을 집들이 몇 채나 그대로 남아 있을까? 원수놈들이 폭격을 했다 해도 설마 다 타버리지는 않았겠지!'

윤수는 다 탄 꽁초를 비벼 끄고 군복 저고리를 입었다.

윤수의 손은 무의식 중 군복 저고리에서 오톨도톨한 것에 슬쩍 스치었다.

'영웅 훈장을 달고 이 고개를 넘어왔어야 할걸!'

윤수는 스스로 만족치 못한 듯 쓴웃음을 지으며 훈장을 내려다봤다. 달빛은 희미하나 두 개의 훈장은 은근히 번쩍거리었다.

조국 해방 전쟁이 일어나자 민청원이었던 윤수는 솔선 자원해서 인민군대에 입대하였다.

물론 윤수뿐만은 아니었다. 윤수와 나이가 비슷한 연호도 윤수와 함께 자원해 나섰다.

그 둘은 한 날 한 시 마을을 떠나 이 고갯마루를 넘었다.

그때의 일이 윤수의 눈앞에 훤하게 떠올라왔다.

"자 연호 동무! 우리가 이기고 이 고개를 다시 넘어올 때는 서로 큰 공을 세워가지고 오세나."

"암 원수놈들을 무찌르고 조국 통일을 완수한 다음 돌아오기로 맹세하자우."

연호와 주고받던 그때의 연호의 목소리가 똑똑히 귀를 울린다.

"가시다가 시장들 하시거든 이걸 잡수시라요."

백설기 떡을 하얀 보자기에 싸서 들고 고갯마루까지 따라 나온 연호의 누이동생 연숙이의 목소리도 들린다.

"오빠 집안 걱정은 마시구 용감히 싸워 꼭 공을 세워가지고 돌아오시라요! 네?"

간절한 표정으로 연숙이와 나란히 서서 부탁하던 자기 누이동생 윤희의 목소리도 귀를 울린다.

"오냐! 염려 말아. 반드시 공을 세워가지고 돌아오마!"

윤수는 연숙이와 윤희 앞에서 맹세하던 그때의 자기 목소리가 더한층 커다랗게 들린다.

윤수의 발길은 어느덧 빨라지기 시작했다. 한 발자국 두 발자국 마을이 가까워지자 가슴은 더욱 설레인다.

그동안 윤수는 적을 쳐부수는 전투 행정에서 제 힘껏 싸웠다. 자기 딴엔 이 고개를 넘어갈 때 연숙이와 윤희 앞에서 하던 장담과 맹세의 표징이 그리 크지는 못하나마 가슴 위에 찬 두 개의 훈장이라고 느껴지자 그는 약간 자기 자신이 대견하기도 했다.

그러나 그는 선뜻 얼굴이 화끈 붉어져 오르는 흥분을 느꼈다.

'에이 분해! 기왕이면 눈부시게 공을 세웠어야 할걸! 그러나 지금도 늦지 않다. 이번에는 다시 돌아가면 반드시 영웅이 되어가지고 이 고개를 넘어올 테다.'

윤수는 이런 생각을 다지면서 두 주먹을 불끈 쥐었다. 그리고는 두 팔뚝을 활짝 재껴 가슴을 앞으로 쑥 내밀어본다.

두 눈 앞에는 번갯불이 번쩍 일어나고 팔과 어깨와 앞가슴은 화끈해 올라 새로운 기운이 솟는다.

윤수는 자기 마을에서 첫째 둘째로 꼽히던 힘 센 일꾼이었다.

빳빳이 선 채 나락 가마니를 한쪽 손으로 번쩍 들어 올려 어깨에 둘러메고는 빈 몸으로 달음질치듯 내닫던 윤수였고 씨름판에서는 으레 대여섯 명씩은 단숨에 넘겨뜨리던 윤수였다.

그는 입대 이후 지금까지 수송부대에서 복무하고 있는 '수송 전사'의 한 사람이었다.

탄약, 식량, 기타 군용 물자를 담뿍 싣고 전선으로 트럭을 달리는 일은 화선에서 적과 총부리를 마주 대고 싸우는 거나 진배없이 긴장되고 중요한 일이었다.

윤수는 공작 도중에 여러 번 죽을 고비를 넘기었다. 놈들이 수송도로에다가 퍼붓는 수천 수만의 폭탄과 기총알의* 위협을 받으면서도 재빠르게 자기 트럭을 안전지대로 달려 위장시킴으로써 위험한 경우를 면했고 그리하여 자기에게 맡겨진 임무를 재빨리 완수함으로써 수송을 늘 제때에 보장했다.

그의 이러한 '무사고 주행'은 결국 애국적 용감성과 헌신성의 발로에서 온 것이었다. 그는 드디어 모범 군무원으로 표창을 받게 되고 전사 영예 훈장을 가슴 위에 달게 되었다.

그가 처음 입대했을 때는 직접 최전선에 나아가 적에게 총부리를 겨누며 싸우고 싶었다. 그러나 자기가 맡은 바 수송 임무에 충실하는 것이 곧 적과 직접 싸우는 것이라고 깨닫게 되자 그는 자기 위치에서 더 큰 영용성을** 발휘하리라 생각하였다.

바로 작년 여름 어느 날 밤이었다. 일 분 일 초라도 빨리 달려가 보급을 해야 할 물자들을 가득 싣고 동부 전선 어느 산모퉁이를 달리다가 그는 갑자기 교통 정리원에게 통행 제지를 당했다.

통과해 가야 할 산길 위에 수많은 시한탄이 깔려 있었기 때문이다.

---

* 기총機銃: 〈군사〉 기관총.
** 영용성英勇性: 영웅과 같은 용감성. 북한식 조어.

"좋소. 제거합시다. 동무들!"

윤수는 차에서 뛰어내려 결사적으로 덤벼들었다. 동승했던 결사 전우들도 또 뒤이어 달려와 정거를 한 딴 전우들도 윤수의 용감한 행동에 고무 추동되어 모두 결사적으로 덤벼들었다. 이윽고 시한탄은 깨끗이 제거되었다.

윤수는 앞장서서 내달렸다. 뒤따라 왔던 트럭들도 모두 달리기 시작했다.

윤수의 기분은 한량없이 기뻤다. 원수놈들을 몇 백 명 무찌른 것이나 마찬가지로 신이 나고 상쾌했다.

윤수의 이러한 영용성은 또다시 상부에 반영되어 또 한 개의 전사 영예 훈장을 받았던 것이다.

윤수는 가슴에 찬 훈장을 어루만지면서 비탈길을 다 내려와 펑퍼짐한 길로 들어서자 또 한 개의 담배를 피워 물었다. 담배가 다 탈 무렵이면 자기 마을 어구에 이르리라 느낀 윤수의 발걸음은 더욱 힘 있게 디디어졌다.

마을이 코앞에 닥쳐오자 더욱더 긴장이 되었고 흥분을 느끼었다.

우중충한 소나무 사잇길을 지나 밭두덩 길을 빠져나오자 사방이 훤하게 트여 보인다. 산마루 위에서는 안개에 잠기어 보이지 않던 마을 집들이 드문드문 형체들을 드러낸다.

윤수는 잠깐 동안 걸음을 멈추고 서서 집들을 살피었다. 그러나 윤수는 가슴이 선선했다. 그 자리에 있어야 할 집들의 모습이 보이지 않는다. 더구나 자기 집 모습이며 자기 집 앞에 섰던 큰 버드나무며 버드나무 옆쪽으로 있던 리 인민위원회며 바로 그 이웃에 나란히 있던 민주선전실들이 간 곳이 없다.

'응? 어찌 된 셈인가? 기어이 원수놈들의 폭격으로?'

윤수는 다리에 기운에 핵 풀려버렸다. 이 순간 집안 식구 생각이 불같이 솟아올랐다. 뒤미처 연숙이 생각도 떠올랐다.

연숙이네 집은 마을 안 구석지로 쑥 들어간 산골짜기 외딴 집이었다.

윤수는 눈을 돌리여 연숙이네 집이 있던 그 쪽을 들여다봤다.

전에 없던 반토굴집들이 여기저기 희미한 달빛과 안개 속으로 형체를 내민다.

윤수는 마을 안으로 들어가는 달구지 길로 들어섰다. 달구지 길은 전보다 갑절이나 넓어졌다.

마을 앞을 굽이치고 있는 개울에서는 물소리가 졸졸 들려온다. 산골짜기에 얼어붙고 쌓였던 얼음장과 눈이 녹아 흘러내리는 소리다.

윤수는 개울을 건너려다가 전에 없던 다리가 놓인 것을 발견하고 깜짝 놀랐다. 다리는 길이도 길고 폭도 꽤 넓다. 사 년 전엔 징검다리로 건너다니던 개울이 아니었던가.

넓어진 달구지 길 가운데로는 숱한 달구지 자국들과 자동차 자국들이 깊숙이 박혀져 있다.

넓어진 길 개울 위에 놓인 다리 길 위에 자국 난 달구지와 자동차의 흔적— 이 모든 변모는 강렬한 전쟁 환경 속에서도 자기 마을의 발전을 보이는 것이고 그것이 곧 조국 해방 전쟁에 있어 종국적 승리를 쟁취하기 위한 자기 마을 사람들의 싸우는 모습을 역력히 엿볼 수 있는 좋은 징표라고 느끼면서 그는 허물어진 자기 집 옆을 지나 산골짜기 길로 들어섰다.

갑자기 개가 짖는다. 개 소리를 듣자 사람이나 만난 듯 반갑고 마음이 든직해진다. 조금 더 찾아 들어가니 큼직한 개 한 마리가 바로 앞에 나타나며 또 짖어댄다. 윤수는 "워리 워리." 하고 달래었다. 개는 꼬리를 치며 앞뒤로 뛰었다.

마치 낯익은 사람이나 만난 듯이 껑충 껑충 뛰어 윤수에게 대들다가 제 갈 곳으로 달아나버린다.

'역시 고향이란 정다운 곳이다. 짐승도 나를 반가워하는 것 같구나!'

윤수의 기분은 명랑해지고 경쾌해졌다.

얼른 아무 집에라도 뛰어들어가 자기 집 소식부터 알아보고 싶은 그는 길 옆 어떤 집으로 불쑥 들어갔다. 아까 꼬리를 치던 개가 어레쇠를 친다. 방 안에는 어른들은 없고 네댓 살 난 어린아이들뿐이었다.

윤수는 여기서 가까운 연숙이네 집이 있는 골짝 길로 들어섰다.

굵은 소나무들이 우뚝 우뚝 거인처럼 안개 속에서 나타난다.

비탈진 밭두덩 길옆을 지나가던 윤수는 눈앞에 구부러진 향나무가 나타나자 얼른 그 밑으로 뛰어 들어갔다. 향나무 밑에는 바람벽 같은 바위가 섰고 그 바위 아래에 옹달샘이 있다.

윤수는 배낭을 벗어놓고 엎드려 입을 대고 뻘떡뻘떡 들이켰다.

윤수는 기분이 청신해지며 피곤이 확 풀리었다.

2

윤수는 주춤하고 선 채 잠깐 동안 동정을 살피었다.

4년 전의 연숙이네 집 모습과는 여러 가지가 달라졌다. 첫째 집 앞과 양옆에 그 전에는 없던 밭뙈기가 새로 생긴 것뿐만 아니라 해방 후 새로 지은 돌기와집은 그 형체가 없어지고 반토굴만이 거무룩하게 으스름 달빛 아래 얼비쳐 보였다.

"동무!"

하며 불러봤으나 집 안은 씻은 듯 고요할 뿐 인기척은 없었다. 초저

녘이 조금 지난 때였으니 벌써 잠들이 들었을 리 없고 잠들이 들었다손 치더라도 그렇게까지 깊이 들 리 없다고 생각한 윤수는 한 번 더 크게 불러보다가 역시 아무런 반응이 없었으므로 그대로 휙 나와버렸다. 윤수는 잠깐 어쩐 영문을 몰라 설레어졌으나 다시 생각을 돌려 리 인민위원회를 찾아가는 것이 빠르다고 여겼다.

그는 건너편 산비탈에 기다란 '一'자 형의 반토굴 집을 발견했고 그 앞에 벽보판 같은 것이 있는 것을 확인할 수 있었다. 그 집이 정녕 리 인민위원회가 아니면 민주선전실일 것이라고 생각한 그는 그쪽으로 발길을 돌리었다.

이때 그 집 옆을 감돌아 마을 가운데로 휘어진 산길로부터 희끗희끗 사람들의 그림자가 내려오기 시작했다. 땅바닥에 끌고 오는 삽 소리 왁자지껄 떠들며 깔깔대고 웃는 소리, 고운 목소리로 어울려 부르는 처녀들의 노래 소리가 뒤섞여 들려온다.

윤수는 조급한 마음으로 마을 사람들에게 바싹 다가가며

"수고들하십니다."

하고 거수경례를 하고 희미한 달빛에 비치는 마을 사람들의 얼굴들을 살피었다.

"옹? 이게 누구야?"

"아이유 윤수로구먼……."

"그래 얼마나 수고를 했어!"

"아이구 정말 이게 누구란 말야. 살구물네 아들 윤수 아니야?"

마을 사람들은 윤수를 둘러싸고 반가움에 못 이겨 한바탕 떠들썩하고 고아댄다.

"그래 어디까지들 갔다 오십니까?"

"음 신작로 다리 앞길 고치고 오는 길일세."

윤수는 빙글빙글 웃으며 모여 선 사람들의 손을 하나하나 움켜쥐고 힘차게 악수를 하면서 아버지와 어머니며 윤희와 연숙이의 얼굴을 찾아 내려 애썼다.

"윤수 아버지! 얼른 좀 오시라요. 아들이 왔어. 아들이 왔어!"

수건 쓴 아주머니가 산길 쪽을 대고 외친다. 이윽고 어깨에 삽을 둘러멘 윤수 아버지가 뛰어 달려왔다.

"아버지!"

윤수는 차렷 자세도 단정하게 거수경례를 했다.

"그래 얼마나 수고했니?"

아버지는 윤수 앞으로 왈칵 달려들며 온몸을 그대로 끌어안으려다가 어쩔 줄을 모른다.

"아니 윤수가 왔어? 윤수가……"

어머니의 목소리다. 윤수는 뛰어나가며 어머니 품에 덥석 안기었다.

"그래 그동안 무사했었니?"

"네."

"아이유 윤희 오빠!"

윤수의 곁으로 들이닥치며 윤수의 손을 왈칵 쥐는 처녀가 있다. 윤수는 처음엔 그것이 누구인지 얼른 기억이 되지 않았으나 연숙이의 동생 연옥인 것을 또렷이 알 수 있었다.

"아 나는 누구라구. 아주 몰라볼 만큼 컸구먼……."

윤수는 연옥이와 악수를 하며 좌우를 살피었다. 윤희와 연숙이의 얼굴을 찾기 위함이었다. 그러나 웬일로 윤희도 연숙도 찾아낼 수 없었다.

"인 주세요, 배낭은……."

연옥이는 윤수에게서 배낭을 받아 메고 앞질러 나선다.

"그런데 어머니 윤희는 어디 있어요?"

윤수는 어머니 뒤를 따라가며 물었다.

"윤희는 작년 봄에 공장으로 들어갔다."

"네? 어느 공장으로요?"

"읍내 방직 공장이란다……."

"더러 집에 옵니까?"

"그럼 지난겨울에도 왔다 갔다. 일을 잘해서 모범 노동자가 됐단다."

"아 그래요……."

윤수는 귀가 번쩍 뜨이며 기쁨이 치밀어 올랐다.

'그런데 연숙이는 어찌 됐습니까?'

윤수는 불쑥 말이 튀어나왔으나 이 순간 억제하고 말았다.

표 나게 무슨 약혼은 하지 않았지만 연숙이와 애틋한 사이라는 것은 마을에서도 짐작된 바요 자기로서도 노상 그렇게 생각하고 있던 터이라 연숙이의 소식을 누구보다도 먼저 알고 싶었다.

그러나 얼른 먼저 물어보기에는 너무도 수줍고 부끄러웠다.

윤수는 어머니를 따라 집으로 돌아왔다. 마을 사람들은 집 앞까지 와서 더러는 나중에 다시 오겠다고 하며 헤어져 갔고 더러는 따라 들어왔다.

"자네가 돌아오니깐 우리 연숙이 생각이 불쑥 나네."

연숙이의 어머니가 먼저 이야기를 시작했다.

윤수는 입을 열 좋은 기회가 돌아왔다고 생각되었다.

"그런데 연숙이는 왜 뵈지 않습니까?"

"연숙이는 작년 봄 자원해서 인민군대로 가설랑은 간호원이 되었단다."

수건 쓴 아주머니가 얼른 가로맡아 대답해준다.

"―여이 간호원으로 갔군요."

윤수는 감격찬 어조로 말하면서 연숙이 얼굴을 그려보았다. 백설 같이 하얀 위생복을 입고 전선에서 재빠르게 공작하는 연숙이의 씩씩하고 영용한 모습이 눈앞에 활짝 피어오르며 작년 봄 그에게서 받던 편지 사연이 생각되었다.

그때 연숙이 편지에는 자기가 간호원으로 자원해 나가고 싶다는 굳센 결의가 표명되어 있었던 것이다.

"그런데 우리 춘식이는 혹시 못 봤니?"

"춘식이요? 참 춘식이두 군대 나갔다지요?"

"아 나가구말구. 그대로 있을 듯싶으냐. 자네와 연호가 자원해 나가고 난 뒤 얼마 안 돼서 자원해 나갔지!"

춘식이 어머니는 자랑 삼아 말하면서도 아들 소식이 알고 싶은 표정이다

"우리 성구는 못 봤니?"

머리 센 할머니가 묻는다. 윤수는 채 대답할 틈도 없이

"우리 애 아버지는 혹시 못 봤나요?"

하고 낯선 어떤 젊은 여인의 질문을 받았다.

"이 아기 어머니가 바로 누군가 하니 명호 색시란다. 네가 나가던 해 명호한테 시집 와서 몇 달 안 돼 명호가 자원해 나갔지……."

성구 할머니는 말을 잠깐 끊더니 젊은 아낙네를 돌아다보며

"나라 일에들 나가 싸우고 있는 것이니 아예 허전하게 생각지 말라구. 윤수 모양 모두 돌아올걸 뭘!"

하고 어린아이를 끌어안아준다.

"할머니두, 누가 허전해서 그러나요!"

젊은 아낙네는 얼굴이 벌개지면서도 방그레 웃으며 윤수의 대답을 기다렸다.

"사실 전선이 넓은 데다가 부대가 서로 다르니깐 소식 알기가 힘들어요!"

윤수는 여인들에게 시원한 대답을 해주지 못했다.

연호, 춘식, 성구, 연숙, 명호…… 등 윤수와 친밀한 동무들이 전선으로 나간 사실을 확인하게 되자 그는 마음이 더욱 듬직하였다.

그러나 그는 선뜻 궁금증이 나며 소식을 알고 싶은 사람들이 떠올랐다.

"참 그 최 뚱보네는 어찌 됐습니까?"

"힝! 묻지두 말아 그것들이 후퇴 때 치안대를 했단다."

윤수는 어머니의 대답을 듣자 어느덧 주먹이 불끈 쥐어지며 증오심이 부풀러올랐다.

최 뚱보는 원래 이 마을의 건달뱅이로서 어정재비로 살아 내려온 사람이었다.

8·15 해방이 되자 큰 아들 종구는 38 이남으로 달아났다. 그놈은 일제시대에 면서기질을 하면서 면내 젊은 청년들을 강제로 끌어다 징용 징병의 죽음의 구렁창에 쓸어 넣던 친일반역자로서 저지른 제 죄과에 겁이 나 도망해버렸던 것이다.

"글쎄 좀 들어봐라. 미국놈들이 들어오자 종구란 놈이 들어와서 마을 안에 남아 있는 사람들을 모조리 잡아다 뚜드려 패구, 생사람을 죽이구…… 온 그런 난리는 없었단다."

머리 센 할머니가 분을 참지 못한다.

"그래 그놈은 어찌 됐습니까?"

"종구란 놈은 인민군대가 다시 들어온다니깐 질겁을 해서 그 동생놈 허구 도망을 갔단다."

연숙 어머니가 대답하자 수건 쓴 아주머니가 불쑥 나서며

"아니, 뚱딴지처럼 그것들 이야긴 왜 하우. 오늘같이 기쁜 날 딴 이야기들이나 하잖구……"

하고 입을 샐룩거리며 핀잔을 준다.

"8·15 전에 건달꾼으로 어름어름 살아가던 생각을 지금도 하고 있으나 도대체 대갈통이 돼먹지 않았다니깐!"

머리 센 할머니가 힘차게 입을 열며 담뱃대를 탁탁 턴다.

"개 꼬리 삼 년 둬두 황모 안 된다구, 지금이라두 함포 소리만 좀 나보지. 미국놈이 금방 올라오는지 그만 얼굴빛들이 달라진다니깐."

춘식 어머니가 맞장구를 친다.

"그렇지만 뚱보 내외두 이제는 훨씬 사람이 된 셈이야, 아 전 같으면 요 핑계 저 핑계 하고, 어딜 노력동원을 나와."

머리 센 할머니가 늦추며 말했다.

"저들두 이젠 저들 잘못을 깨닫게 됐으니깐 그렇죠."

"어리석은 생각이지, 그래. 미국놈이 또 들어올 줄 알구? 어림 없어 어림 없어!"

할머니가 갑자기 목소리를 높인다.

"어쨌던 네가 떠나기 전과는 아주 마을 안이 달라졌느니라. 원수놈들이 강점했다가 나가면서 웬만한 집들은 불 질러 태워버렸고 또 나머지 집들은 그놈들의 폭격으로 잿더미가 되었어도 새 길도 많이 나고 논과 밭두 늘구……"

춘식이 어머니가 말하자 연숙이 어머니가 쐐기를 쳤다.

"아 그뿐인가, 여자 보잡이는* 안 나구……"

"아, 그래, 그래."

춘식 어머니는 잊었다는 듯이 수선을 피우자 모두 다 와 하고 웃어댄다.

| * 보잡이: 쟁기질을 하는 사람.

바로 이때다. 밖에서 앳띤 목소리로

"여맹 위원장님!"

하고 부르는 소리가 난다. 윤수 옆에 앉았던 윤수 어머니가 벌떡 일어나며

"그래, 왜 그러니?"

하고 방문을 연다. 마주 선 사람은 연옥이었다.

"내일은 아랫마을 차례죠?"

"그래!"

"그럼 내가 가서 알리고 올게요."

"좀 들어왔다 가렴."

"아니, 다녀서 바로 이리 오겠어요, 어서들 이야기하셔요."

문이 다시 닫히고 어머니는 자리로 돌아와 앉았다.

"아. 어머니가 여맹 사업을 하세요?"

윤수는 빙긋 웃으며 어머니를 쳐다보았다.

"왜, 나는 허지 말란 법 있니! 나두 인제는 너희들헌테 안 떨어진단다."

윤수는 어머니의 말을 듣자 기쁨과 감격이 북받쳐 올라왔다.

자기가 인민군대에 입대하기 전까지 어머니는 완고하고 보수적이었다. 원수놈들을 미워할 줄 모르는 어머니는 아니었으나 군대에 자진해서 나선 아들의 심정을 칭찬하며 자랑하고 나설 만한 적극적인 어머니는 못되었다. 더구나 그때 윤희가 민청 위원으로 마을 안을 좁아라 하고 휘돌아다닐 때 집안 살림에는 힘 안 쓴다고 욕까지 퍼붓고 미워하던 어머니였다.

그 어머니가 오늘 여맹 위원장으로 마을 안 일을 해나간다는 사실은 무엇을 말하는 것인가? 그동안 조국 해방 전쟁 과정에서 비록 집들은 폭격에 맞아 없어졌다 치더라도 전쟁을 종국적 승리에로 이끌려는 군은 신

심에서 고향 마을이 놀랄 만큼 발전되고 성장되었다는 것을 말해주는 일면이라고 느끼었다.

"그래, 연호한테서는 편지나 자주 옵니까?"

윤수는 연호 어머니를 바라보았다.

"그 애도 한 달 전에 집에 다녀갔단다. 와서 네 이야기를 여러 번 하고선 편지 오거든 꼭 알려달라고 부탁하더라!"

연호 어머니가 말하고 나자 수건 쓴 아주머니가 불쑥 나서며 입을 연다.

"연호도 너처럼 훈장을 두 개씩이나 달고 돌아왔었단다. 연호가 돌아오던 날 온통 마을이 벌컥 뒤집어졌었지!"

"연호는 다음에 올 때는 꼭 영웅이 돼가지고 돌아온다고 환영회에서 맹세하고 갔단다."

머리 센 할머니가 기쁜 얼굴로 자랑삼아 말한다.

'네, 염려들 마십쇼. 나두 이번에 나가면 꼭 영웅이 돼가지고 돌아올 테니깐……'

윤수는 속으로 결심을 다지면서 방 안을 한번 휘 둘러보았다.

침침한 기름등잔 불빛에 비치는 방 안 살림살이는 모두 다 낯이 설었다. 그것은 모두 다 적은 궤짝과 보퉁이뿐이었다. 큰 것들은 폭격을 맞아 없어진 것이다.

8·15 해방 이후 민주개혁의 혜택으로 토지 분여를 받아 남의 집 머슴살이에서 땅임자가 된 윤수네의 살림살이는 남부러울 것 없이 버젓하게 살아왔었다.

찌그러진 오막살이를 헐고 지은 돌기와집 윗목에 떨어진 옷보퉁이를 구겨 넣었던 석유 궤짝 대신에 거울 달린 양복장이 버젓이 들어앉고 오붓하기 짝이 없던 자기 집이 오늘날 원수놈들의 폭격으로 말미암아 없어진 것을 생각할 때, 그것이 다만 자기 집 하나에만 미친 것이 아니라 온 마을에 공화국 북반부 방방곡곡에 걸쳐 미처진 피해란 것을 느낀 때 새삼스럽게 윤수의 주먹은 더욱 부르르 떨리고 이는 앙다물려졌다.

"그래 작년 농사는 어찌 됐어요?"

윤수는 담배를 털며 자리를 고쳐 앉는 아버지의 얼굴을 바라다보았다.

"농사야 남에게 빠지겠나, 아무리 늙었기론 아직 남에게 지고 싶진 않다. 작년에 현물세만 해두 스물다섯 가마를 냈고 전선 원호미도* 열 가마나 냈다. 자, 봐라, 김일성 원수께서 보내주신 편지다."

아버지는 선반 위 보퉁이 속에서 여러 겹 싸놓았던 편지를 꺼내어 윤수에게 보이면서 입을 연다.

"김일성 원수께서 이렇게까지 우리한테 편지를 보내주신 걸 생각하면 참말 황송하고 고마워 뭐라고 말씀드릴 수 없다."

아버지는 만족한 얼굴에 웃음이 피어올랐다.

밖에서 발자국 소리가 바삐 들려왔다. 문을 열고 연옥이가 나타났다. 어디서 석유 등잔을 들고 들어온다.

"옳지, 너, 정말 잘한다. 요새 젊은 애들 의견이란 우리 노닥거리보다 훨씬 낫다니깐……."

머리 센 할머니가 칭찬을 했다. 연옥이는 석유 등잔에 불을 켜 나란히 놓았다. 방 안은 훨씬 밝아졌다.

"어디 밝은 불빛에 얼굴을 좀 똑똑히 보자꾸나!"

연옥이 어머니가 윤수의 얼굴 곁으로 바싹 대든다.

"아이유, 연숙 어머니, 그렇게 바싹 대들잖으면 안 뵈우? 난 먼빛으로 봐두 알겠수. 아, 사 년 전보다 훨씬 인물이 툭 트였구먼!"

수건 쓴 아주머니가 불쑥 나선다.

| * 원호미援護米: 어렵거나 가난한 사람을 돕고 보살피기 위하여 주는 쌀.

"여보게, 내버려두게, 실컷 좀 들여다보라구……."

머리 센 할머니가 말하자

"암, 장래 사윗감이 돌아왔는데 어찌 기쁘지 않으리……. 젠장맞을 것. 나는 왜 딸을 못 낳았을고……."

춘식이 어머니가 암팡지게 한몫 낀다.

윤수 어머니는 싱글벙글 웃으며 바가지를 들고 방으로 들어오더니 윗칸으로 들어간다.

윤수는 얼른 일어나 라이터를 켜 들고 컴컴한 윗칸 쪽으로 비치었다.

윗칸에는 곡식 가마니가 즐비하게 쌓여 있다. 윤수는 대견스럽고 든든해졌다.

"어떠냐, 곡식 가마니가 빽빽한 걸 보니 네 맘도 기쁘지, 그게 다 너의 부모가 힘차게 싸워 이긴 열매란다."

할머니가 의젓이 말을 한다.

윤수 어머니는 푹 푹 쌀을 바가지에 퍼 담아 가지고 나온다. 큰 바가지에 하얀 쌀이 수북히 넘친다.

"아니, 웬 쌀을 그리 많이 내오나? 우리는 어련히들 집에 가 먹을까. 어서 윤수나 시장할 텐데 지어주게나."

할머니는 담배를 끄며 빙긋이 웃는다.

밖에서는 또 누구인지 사람들 소리가 들려온다.

방문이 열리며 리 당 위원장과 리 위원장이 들어온다.

윤수는 얼른 일어나 군복 저고리를 주워 입고 거수경례를 하며 그들과 뜨거운 악수를 나누었다.

"역시 윤수 동무는 잘 싸웠군그래."

리 위원장은 윤수의 군복 위에 달린 두 개의 전사 영예 훈장으로 눈을 돌렸다가 선뜻 윤수의 얼굴을 정면으로 바라본다.

"인젠 아주 머리가 세셨구면요. 얼마나 수고하셨어요!"

"수고 무슨 수곤가, 전쟁을 얼른 이겨야지!"

리 위원장은 얼굴에 주름살이 잡혔고 머리가 희끗희끗 세었으나 젊은 사람에게 못지않은 패기가 넘쳐흘렀다. 그는 윤수가 군대로 떠나가던 사 년 전에도 이 마을의 리 위원장이었다.

"자네들이 군대로 들어간 뒤 우리 마을은 참 변한 게 많네. 어떤가? 겉으로도 많이 뵈지 않나?"

"변한 게 많습니다. 변했다는 말보다 발전했습니다. 첫째 우리 어머니가 여맹 위원장으로 사업하신다는 것, 젊은 동무들이 전선에 나갔다는 것…… 그 뒤를 받아 여자들이 농사일을 도맡아 하고 있다는 것, 집들은 비록 없어졌어도 길은 넓어지고 새로 다리가 놓이고……."

윤수는 리 위원장의 얼굴을 다시 바라보며 빙긋 웃었다.

"그뿐만은 아닐세. 내일 아침 보게만두, 우리 마을이 재작년 여름 그 무서운 수해 통에 동둑이 무너져 개천 물이 넘쳐 전답에 피해가 많던 것을 우리가 그해 가을부터 작년 봄까지에 걸쳐 동둑을 완전히 쌓아올리지 않았겠나. 이거 정말 우리 마을서 큰일 했네. 그 원수놈들의 폭격 속에서 두 그대루 막 추진했던 걸세……."

리 위원장은 자랑 삼아 이야기를 늘어놓는다. 곁에 앉았던 리 당 위원장도 한마디 거들었다.

"그래서 작년 농사는 우리 마을이 면내에서 제일 수확고가 높았다네. 작년은 일반적으로 풍년이 들었지만 우리 마을이 평년작의 이백 프로 이상을 보장했으니 이거야말로 우리 마을 전체의 자랑 아니고 뭔가! 그중에는 낙후한 농민도 있었지만……."

"다 두 아저씨들이 사업을 잘 조직하시고 열성적으로 지도하신 결과죠."

윤수가 입을 열자 리 위원장은 손을 쩔쩔 저으며

"아니야, 그게 아니야. 우리 수령과 당과 정부의 시책이 정말 현명하거든. 당적 과업으로 그 사업을 추진하지 않았다면 그게 되나, 어림없지. 그 사업이 제때에 됐기 때문에 우리 마을은 물론 넓은 벌판의 농사들이 보장된 거야."

하고 리 당 위원장의 동감을 청하는 듯 눈을 돌린다.

"그렇기 때문에 조그만 우리 마을에서 전선 원호미로 작년 겨울에만 바친 것이 이백 가마나 되네. 얼마나 대견한 숫자냐 말야!"

윤수는 리 당 위원장의 말을 듣자 고개가 저절로 수그려졌다.

전선에서 적과 싸울 때에는 아닌 게 아니라 때때로 고향 마을의 일이 걱정되었다.

혹시 농사가 흉년이나 들지 않았을까? 일손이 모자라서 땅을 묵히지나 않을까? 이런 걱정들이 없지 않았던 것이다.

"정말 이만큼 우리 후방이 튼튼함으로 해서 전방에서 잘 싸울 수 있는 겝니다."

윤수는 결론을 말하듯 하고 나서 그들에게 담배를 권했다. 그들은 담배를 한 개씩 붙여 물더니

"자, 그럼 우린 또 파종에 대한 회의가 있어서 가야겠네. 금년엔 다수확 농민을 많이 낼 뿐 아니라 낙후한 농민들을 이끌고 나아가야 할 것이 큰 과업일세."

리 당 위원장이 일어나자 리 위원장도 따라 일어난다.

"아아니, 잠깐만 기다리오. 밤늦도록 회의하려면 뭘 좀 요기를 해야잖소."

윤수 아버지가 권하자 리 위원장은 씽긋이 웃으며

"아들이 돌아왔다구 밤참을 내려우? 그럼 이따가 자위대 동무들 몇

사람 올려 보낼 테니 요기나 시켜 보내오!"

하고 슬며시 나간다.

"아, 두 분두 올라오시구려, 이런 때니 한몫 씁시다."

윤수 아버지는 방문 밖까지 나와 그들을 전송했다.

윤수는 밭 두덩까지 따라 나가 그들에게 인사를 하고 돌아오는 길에 부엌을 힐끔 들여다봤다.

어머니는 밥솥에 불을 때고 연옥이는 반찬을 장만하는 데 정신이 팔려 윤수가 들여다보는 것도 알지 못하고 도마질만 부지런히 하고 있다.

3

밤은 깊어져갔다.

윤수는 오래간만에 아버지와 어머니 곁에 잠자리를 나란히 하고 어느덧 곤히 잠이 들었다.

그러나 윤수는 얼마 만에 무슨 소리에 놀래어 어렴풋이 잠이 깨여 눈을 슬며시 떴다.

"뛰—."

하고 귀를 한참 동안 울려오는 긴 기적 소리였다. 윤수는 정신이 선뜻 새로워졌다.

전선에서는 별로 들어보지 못하던 기적 소리다.

원수놈들을 쳐부수기 위한 무기와 탄약과 양곡과 물자들을 가득 싣고 전선으로 달려가는 기차 소리임을 생각할 때, 윤수의 가슴은 벅찬 감격 속에 울렁거렸다.

윤수는 벌떡 일어나 방문을 열고 뛰어나왔다. "우루루……" 하고 멀리서 들려오던 쇠바퀴 소리가 차차 커지며 가까워진다. "칙칙폭폭 칙칙폭폭" 소리로 또렷이 변해진다.

마을 앞 넓은 벌판 한 가운데로 내뻗은 궤도 위를 달려가는 소리라고 생각되었다.

달빛은 아까보다 더 흐리고 사방은 안개가 더 깊어졌다.

윤수는 자기도 뜻하지 않았건만 어느덧 밭두덩 길 위로 거닐고 있었다.

어디서엔지 갑자기 "섯! 누구야?" 하고 고함치는 소리에 그는 깜짝 놀랬다. 더구나 여자의 목소리였기 때문이다.

윤수는 발길을 멈추고 나서 소리 나는 쪽을 향하여 자기 신분을 말하였다.

"아이유, 난 누구시라구……."

확실히 연옥이 목소리였다. 밤잠도 자지 않고 마을을 지키는 연옥이의 늠름한 모습이 안개 속으로 또렷이 나타났다.

"그런데 연옥 동무 혼자서 보나?"

윤수는 연옥이가 총을 거머쥐고 서 있는 산 밑 바위 아래 보초막 곁으로 가까이 걸어갔다.

"혼자면 메라나요, 뭐, 언제나 어린 줄 아세요?"

연옥이는 명랑하게 대답하며 목총탁으로 땅바닥을 두세 번 이겨댄다. 찬 이슬비를 머금은 바람마저 쌀쌀하게 불어친다.

"나뭇가지에 물을 더 올리려구 이러나 봐요."

"그럼 인젠 봄인데 뭐. 뒷산 골짜기 양지바지엔 아마 진달래가 피었을걸!"

"암 피구 말구요."

"……."

윤수는 잠깐 말이 없더니 안개에 잠긴 뒷산 골짜기 쪽으로 멀리 바라다본다.

"진달래꽃이 필 때면 고향 마을 생각이 나시죠?"

연옥이가 방긋이 웃으며 묻는다.

"아 나구 말구, 진달래 필 때뿐인가, 뭐……."

"우리 언니 생각두 나시죠?"

"……."

윤수는 가슴이 뜨끔하였다. 얼른 대답이 나오지 않는다.

"진달래 필 때면 우리 언니 생각이 더 나실 거예요?"

"왜?"

"그때가 언젠가, 윤희 오빠하구 우리 언니하구 산에서 진달래꽃을 꺾어가지고 내려오지 않았어요?"

"음, 그때 일을 연옥이두 잊지 않고 있나?"

"그럼 몰라요."

"아, 그것이 벌써 15년 전 옛날 일이 됐구먼. 내가 그때 열한 살 연숙이는 여덟 살……."

윤수는 어느덧 눈앞에 그때 일이 회상되었다.

그해 이른 봄 어느 날, 어린 윤수는 지게를 지고 연숙이와 함께 뒷산 골짜기로 나무를 하러 갔다가 산 임자에게 붙들려 매를 맞고 지게와 낫을 빼앗기던 일…… 연숙이와 함께 분함을 참지 못하고 한참 동안 울기만 하다가 진달래꽃을 한 다발씩 꺾어가지고 내려오던 일― 보리밭 고랑에서 연숙이와 셋이 냉이를 캐다가 보리 밭 임자에게 욕을 먹던 일―.

윤수는 그때 일들이 엊그제 일처럼 떠올라왔다.

"그때 우리 언니하구 풀각시놀음 하시던 것 아세요?"

연옥이는 또 윤수의 머릿속을 흔들었다.

"참, 그 때 나두 풀각시놀음 하는 데 한몫 끼었었지! 하하……"

이때 멀리서 "쿵 쿵" 울리는 포 소리가 어렴풋이 들려온다. 마을에서 백 리가 채 못 되는 바다 쪽으로부터 들리는 소리다.

윤수는 어느덧 과거의 감정 세계에서 현실 세계로 돌아왔다.

"함포 소리지?"

"네."

"요즈음 놈들이 최후발악을 하는 판이니깐!"

"제놈들이 함포 아니라 더한 걸 가져다 쏴두 누가 놀래나요?"

연옥이는 태연스럽게 말을 하며 좌우편 안개 속을 유심히 살펴였다.

사방은 더 어두워졌고 짙은 안개는 보슬비로 변했다.

"그만 들어가시라요. 비가 오는데."

"아니, 난 괜찮어. 그런데 연옥 동문 어떡하나 비가 오니—."

"저요? 이까짓 비쯤 어때요? 오늘 밤 같은 날일수록 경각성을 더 높여야 되잖아요."

연옥이는 늠름한 자태로 서서 굳센 결의를 보였다.

이때 우르르…… 하고 저공해 오는 적 비행기 소리가 가까이 들려온다.

"암 경각성을 높여야지, 요즈음 놈들은 우리 후방을 교란시키려고 간첩들을 자꾸 떨구거든……."

"우리 마을에다두 며칠 전에 두 놈이나 떨구었어요. 그날 밤도 안개가 자욱히 끼었었는데 이만 때 뒷산 위를 저공으로 한참 동안이나 감돌았어요."

"그래 그놈들은 붙잡았어?"

"그럼요. 우리 자위대에서 붙들었죠. 인민군대로 가장하고 뒷산 골짜기에서 내려오는 놈들을 담빡 붙들었죠 뭐……."

연옥이가 신이 나게 자랑하는 동안 적 비행기의 폭음은 갑자기 귓청을 뚫을 듯 더 가깝게 저공해 오면서 옆산 넘어에다 "쏴아—" 하고 폭탄을 떨군다. 그러나 작렬하는 폭음은 들리지 않았다.

"원수놈들! 신작로에다 시한탄을 떨구는군!"

"요즈음 와선 놈들이 신작로에만 떨구는 게 아니예요. 밭에두 떨구고 논에두 떨구거든요……."

"아니, 우리 마을에다두 떨구었어?"

"바로 마을 앞 다리께 길모퉁이 밭에다 요 일전에 두 군데나 떨구었어요!"

"그래 제거했어?"

"아직 못했어요. 제절로 폭발하기만 기다리는데 언제 폭발될는지 모르니깐 탈이죠. 다른 밭들은 거의 갈았는데 그 밭은 아직 갈지두 못해요. 그 밭만 못 가는 게 아니예요. 그 곁에 있는 밭들까지 위험해서 못 갈고 있어요……. 신작로는 달구지도 못 다니구."

연옥이의 이야기를 듣는 윤수는 주먹이 불끈 쥐어졌다. 전선에서 멀리 떨어진 후방 도로를 파괴하고 농사를 못 짓게까지 방해하는 원수놈들의 악랄한 만행을 보고 그대로 참고만 있어야 할 것인가?

아름다운 고향 마을— 언제나 그리던 고향 마을을 원수놈들이 폭격으로써 모조리 파괴했음에도 불구하고 또 무엇이 모자라 도로와 논밭에 시한탄까지 떨구는 것인가.

윤수는 더욱 흥분된 기분을 참을 수 없었다.

'오냐! 원수놈들! 네놈들이 떨군 더러운 폭탄을 내 손으로 용감히 뽑아 팽개칠 테다!'

윤수는 어느덧 작년 여름 동부 전선에서 자기 손으로 시한탄을 제거하고 트럭을 달리던 일이 연상되었다. 그는 자기의 용감성과 헌신성을 발휘함으로써 그리운 고향에 돌아온 보람 있는 표적을 남겨두고 싶었다. 인민군대로서, 모범 군무자로서 고향에 돌아온 기회에 고향 마을 사람들에게 이익을 줄 일을 한다는 것은 얼마나 자기로서 떳떳한 일이며 또 고향 마을 사람들의 마음을 든든히 해주는 것인가! 그는 저력 있는 목소리로 입을 열었다.

"연옥 동무!"

"네?"

"염려 말아! 내일 낮에 당장 내가 제거해줄 테니!"

"안돼요, 위험해서 어떻게 해요."

연옥은 펄쩍 뛴다.

"괜찮아, 막상 용감히 대들어 제거하고 나면 아무것도 아닌데 뭐!"

"그렇지만 만일……."

"괜찮아 그런 걸 생각하다간 전쟁 못하게! 우리는 전방이나 후방이나 꼭 같이 적과 싸우고 있다는 걸 알아야 해! 얼른 제거해버리구 밭갈이를 해야지 제절로 폭발될 때를 기다리다가는 까딱하다 밭을 묵히고 말게야!"

윤수는 굳센 결심을 보이면서 연옥이의 얼굴을 바라보았다.

"그래서 사실은 리 당과 리 인위에서 대책을 세우긴 했어요. 곧 파내버리기루!"

연옥이는 이렇게 말하더니 깜짝 놀라며 안개 속을 유심히 살핀다. 뚜벅뚜벅 발자국 소리와 함께 검은 그림자 하나가 나타나자 "섯? 누구야?" 하고 아까처럼 고함을 꽥 지른다.

"대원이요!"

"군호!"

"대동강!"

젊은 남자의 목소리다.

"좋소!"

연옥이의 태도는 늠름하였다.

젊은 자위대원은 총을 들고 보초막 앞에 와 발길을 멈추더니 윤수에게 인사를 하고 나서

"자, 인젠 연옥 동문 들어가오. 교대합시다."

하고 턱 버티고 선다.

"몇 시나요?"

"세 시 반."

"그럼 수고하시라요!"

연옥과 윤수는 밭두렁 길을 잠깐 동안 같이 걸었다. 밭모퉁이 갈림길에서 연옥과 헤어진 윤수는 집 앞으로 돌아왔다.

아까는 마을 사람들에게 둘러싸여 인사를 주고받느라고 자기 집 모습조차 잘 보지 못했으므로 그는 마당 앞에 잠깐 동안 우두커니 서서 집 안을 살피였다.

기와집은 아니나마 전시 건물로서는 아담스럽고 기둥도 실해 보였다. 마당 앞에는 거름 더미가 높이 쌓였고 집 좌우로는 큰 밤나무가 들어찼고 밤나무 밑에는 벼 날가리가 쌓여 있다. 뒤로는 소 외양간이 있고 그 곁으로 탈곡기가 보습 기타 농구들을 넣어둔 헛간이 달렸다. 갑자기 그 속에서 "꼬끼요—" 하고 닭이 홰를 치며 운다. 때를 거의 같이하여 외양간에서 부스럭대며 누웠던 황소가 슬그머니 일어난다.

윤수는 기뻤다. 말 못하는 짐승들이지만 자기를 알아보고 반가운 모양이다.

윤수는 외양간 쪽으로 발을 옮기어 갔다. 낯설은 황소의 등을 만지어 봤다.

'네가 나 없는 동안 우리 집 농사에 얼마나 힘썼느냐! 정말 고맙다.'

윤수는 잔등 털을 쓰다듬으며 나직이 중얼거리었다.

윤수가 방으로 들어오려고 방문을 막 열었을 때다. 윤수는 깜짝 놀라지 않을 수 없었다.

아버지는 어느새 일어나 앉아 싹, 싹 소리를 내면서 새끼를 꼰다.

"아니 고단할 텐데 잠 안 자고 어딜 갔다 오니?"

"네, 바깥바람을 좀 쐬었어요! 그런데 아버지는 왜 벌써 일어나셨어요!"

"벌써는 뭐가 벌써냐, 얼마 안 돼 날이 샐 텐데……."

"저두 좀 꼬죠."

윤수는 아버지 곁에 있는 짚단을 잡아당기었다.

"그만두구 넌 어서 더 자려무나."

아버지는 이렇게 말하면서 새끼를 바삐 꼬기 시작한다.

"냉상 모판에 덮을 거적을 엮어야겠다. 너는 훈장을 두 개씩이나 달고 왔는데 내사 아무것두 못해서 훈장 하나 못 탄 것이 부끄럽다. 요 담에 돌아올 제는 나도 저 넘어 마을 영삼이처럼 노력 훈장을 달구 맞아주마. 어디 두고 봐라, 내 못하나."

"좋습니다. 다만 제가 영웅 훈장을 못 차고 온 것이 좀 부끄럽습니다. 그러나 저도 다음에 돌아올 때는 꼭 영웅 훈장을 달고 돌아오겠습니다."

"오냐. 사람은 승부욕이 있어야 하느니라. 한 날 한 시 너허구 나갔던 연호만 다니러 왔을 때 좀 섭섭은 했지만 부모 욕심은 그렇지 않더라. 넌 그래두 반드시 연호헌테 떨어질 애가 아니라고……."

아버지는 은근히 아들을 격려하면서 자기 자신도 스스로 격려하였다.

곤히 자던 어머니가 부자 사이의 이야기 소리에 부스스 일어난다.

"여보 글쎄 나 좀 일찍 깨주잖구!"

어머니는 부랴부랴 옷을 주워 입는다.

"오늘부턴 식전참에 연옥이허구 저 건너 산비탈 밭들을 갈기루 하잖았수. 언제 쇠죽을 먹여가지고 나간담!"

"괜찮어, 오늘은 대낮까지 안개가 낄 텐데 뭘 그래……."

아버지는 빙긋이 웃으며 꼬던 새끼를 놓고 담배를 부친다.

윤수 어머니는 부엌으로 나와서 쇠죽가마를 열었다. 쇠죽에서 풍기는 콩깍지 냄새와 지푸라기 냄새가 윤수의 코를 구수하게 찔렀다.

윤수는 어머니가 말리는 것도 듣지 않고 쇠죽 옹빼기를 번쩍 들고 외양간으로 가서 죽통에 부어주었다.

회색빛 어둠 속에 깃들인 외양간 안을 뽀얀 쇠죽 김이 뿜어올랐다.

황소는 기다리고 있었다는 듯이 죽통 곁으로 육중한 대가리를 돌리며 몸집을 움직인다.

"어머니! 이 소는?"

"이 소는 그때 그 송아지다. 에미, 새끼를 다 끌고 후퇴했다 다시 끌고 오너라고 무척 고생두 했단다."

"에미 소는 어떡하셨어요?"

"작년 봄 밭갈이를 하다가 원수놈들 기 총알에 맞아 그만……."

어머니는 새삼스럽게 분격에 차오르는 음성으로 말하면서 또 죽을 한 옹배기 퍼다 부어준다.

윤수는 에미 소를 쏘아 죽인 원수놈들에게 대하여 더한층 증오심이 불타올랐다.

자기도 없는 손 아쉰 집 일을 생각할 때는 언제든지 소도 식구처럼 곁들여 생각하며 스스로 자위를 했던 것이 아니었던가?

말 못하는 짐승이지만 그 소는 자기 집 농사일뿐만 아니라 마을의 농사일에까지도 장정 여러 사람 몫을 능히 감당해 내려왔다.

토지 분여 이후 그 어미 소를 사들여왔을 때는 참으로 산더미를 하나 끌어들인 것처럼 듬직하고는 새 힘이 북돋아올랐던 것이다.

윤수는 그때의 어미 소를 생각하면서 그 새끼였던 황소의 잔등을 또 한 번 어루만져주었다.

4

새벽의 어둠은 차차 걷히기 시작했다. 보슬비도 그치었으나 안개만은 여전히 지새지 않는다.

안개 속 밭두렁 길 위에서 움직이는 그림자 하나가 나타났다. 차차 이쪽으로 가까워져온다. 동자바지를 입고 수건을 쓴 연옥이가 빈 지게를 지고 온다.

연옥이는 별로 피곤해 보이는 기색도 없이 들어닥치더니 고개를 갸우뚱 숙여 윤수에게 인사를 하고 외양간 뒤로 돌아가 보습을 지게에 얹는다.

"연옥 동무는 보섭 다룰 줄두 아나?"

윤수는 지게를 바로 잡아주며 연옥이의 얼굴을 바라보았다.

"보잡이 선수란다. 군 인민위원회에서 표창까지 탔으니 말할 것 있니!"

어머니가 먼저 나서서 자랑한다.

"어디 그럼 나하구 한번 경쟁해볼까?"

"왜, 언니만큼 못할까봐 그러세요, 참 내⋯⋯."

연옥이는 보습을 지고 일어서며 명랑하게 웃는다. 연숙이가 간호원으로 간 뒤부터 연옥이는 연숙이에게 전수받은 방법으로 보습을 다루었다. 그러나 보잡이란 쉬운 일이 아니었다. 그러나 연옥이는 기어이 싸워 이겼다. 어머니는 외양간에서 소를 몰아 내온다.

"인 주시라요."

연옥이는 윤수 어머니 손에서 쇠고삐를 받아 쥔다.

"아니, 너 고단하지두 않니?"

"괜찮아요. 어서 아침 진지나 일찍 자시라요."

윤수 어머니는 소 고삐를 넘겨준 채 멍하고 섰더니 윤수를 힐끗 쳐다 보며

"그럼 소는 네가 몰아다주고 오렴. 나는 뒷밭에 거름 내던 거나 마저 내야겠다."

하고 만족한 얼굴에 웃음을 띠운다.

"자, 인 줘, 내가 몰고 가지."

윤수는 그대로 서서 구경만 하기가 거북스러워 고삐를 자기가 끌려 하던 차에 어머니의 지시가 알맞게 나왔으므로 대들어 연옥이의 손에서 고삐를 잡아당겼다. 그리고는 연옥이를 앞장서서 밭두덩 길을 소를 몰고 갔다.

어느덧 안개가 걷히기 시작했다. 지새는 안개 속으로 소 잔등 같은 능선이 좌우로 어렴풋이 흘러내린 마을 뒷산 백운봉은 불쑥 봉우리를 내밀었다.

마을 앞을 가로 흘러내려간 개울 언덕바지에는 늙은 수양버들이 푸릇푸릇 물 오른 가지들을 척척 늘어뜨렸다.

벌써 여기저기 소를 몰아 밭갈이를 하는 사람들이 눈에 뜨인다.

윤수는 청신한 아침 공기를 흠벅 들어마시며 한참 만에 밭두덩 위에다 소를 세우고 연옥이가 지고 온 보습을 마주잡아 내려주었다.

"내가 좀 갈아볼까?"

윤수는 보습을 세우고 소를 몰아 밭을 갈려고 대들었으나 연옥이에

게 거절을 당했다.

"저리 나가 구경이나 허시라요."

연옥이는 방그레 웃으며 소 고삐를 잡더니 보습을 대고 밭을 갈기 시작한다.

아닌 게 아니라 연옥이는 능란한 솜씨로 보습을 잡고 소를 몰아 나간다.

땅도 산비탈 밭으로는 놀랄 만큼 기름졌다.

4년 전만 해도 이 밭뙈기는 돌자갈밭이었다. 윤수는 그 때 밭을 아버지와 함께 손질을 하다가 채 다 못하고 군대로 나갔던 터이다.

보습이 갈아 넘긴 밭고랑의 흙덩이는 도토리 가루처럼 거무죽죽하고 파시르르했다.

그동안 아버지와 어머니가 거름을 많이 내고 손질을 자주 한 흔적이 역력히 드러났다.

연옥이는 힘 하나 안 들이는 것처럼 줄줄 손쉽게 밭고랑을 갈아 넘긴다.

"어때요, 이만하면 됐지요."

"정말 난 연옥이가 보잡이 선수가 될 줄은 몰랐는데……."

"나만 선순 줄 아세요. 우리 마을 처녀들두 다 보잡이 선수들이 됐어요."

"과연 전선에서 생각하는 것과는 딴판인데……."

"저기 저 집집마다 마당에 쌓인 거름더미들을 좀 보시라요. 작년 여름 풀베기 투쟁에 모두 다 열성적이었지요. 거기 누가 일등을 한지 아세요?"

연옥이는 빵긋이 웃으며 윤수가 서 있는 쪽으로 소를 몰아 들어오면서 종알거렸다.

"뭐 말하지 않아두 알 수 있지. 연옥 동무가 웃는 것으로……."

"군대에서두 했죠!"

"아, 허구말구! 난 부끄럽게두 우리 부대에서 삼등밖에 못했는걸!"

"정말이지 금년 농사는 염려 없어요. 풀베기 때문에 거름이 많아져서……."

연옥이의 말을 들으며 윤수는 마을의 집들을 내려다봤다.

여기저기 마당 앞에는 자기 집 마당 앞처럼 거름더미들이 높직하게 쌓여 있다.

전에 보지 못하던 새로 생긴 삼 간짜리 토굴집이 바로 발아래 내려다보이며 마당에는 게시판이 우뚝 섰다.

연옥이는 갈던 보습을 놓고 땀을 씻으며 윤수 곁으로 와 앉는다.

"여기 이 집이 민주선전실, 저기 저 반토굴로 된 집이 리 인위 사무실, 그 곁에 민청, 여맹, 그리구 여기 큰 소나무 밑에 있는 집이 자위대 사무실이에요."

연옥이는 일일이 손가락으로 가리키며 설명해주었다.

원수 미군놈들의 폭격으로 말미암아 마을 안이 대부분 파괴되었지만 제분소가 새로 생기게 되었고 마을 앞 동둑 넘어 양수기가 또 한 개 새로 가설되었다는 사실을 연옥이에게 들으며, 자기 눈으로 직접 목격한 윤수는 또 한 번 감격에 넘쳐 올랐다. 뿐만 아니라 2년 동안에 걸쳐 마을 사람들의 힘으로 쌓아 올렸다는 동둑 제방이 눈에 띠일 때 윤수의 가슴은 더욱 뻐근하였다.

더구나 날이 밝기도 전부터 밭갈이들을 시작한 마을 사람들의 증산에 대한 열의를 눈앞에 똑똑히 보았을 때 윤수는 머리를 수그리고 말았다.

연옥은 어느덧 손쉽게 밭을 다 갈아부치고 나서 저편 쪽 밭으로 소를 몰고 보습을 지고 갔다.

"이게 우리 반에 들은 밭 가운데 하나예요. 아주 요걸 온 김에 갈아

부치고 가야겠어요."

"음, 이건 누구네 밭이더라."

"어제 밤, 그 수건 쓴 아주머니네 밭이랍니다."

"오, 참 그렇지, 그런데 이 밭은 쇠통 거름기가 없구먼! 돌 자갈은 왜 이리 많은가!"

윤수는 걱정스럽게 말했다.

"그렇기에 우리 그룹에서 제일 빠지는 밭이에요. 밭농산 질 줄 몰라요. 첫째 작년에는 거름을 제때에 못 냈어요. 또 내나 마나 했으니 낟알 날 게 뭐예요."

연옥이는 밭고랑으로 들어서며 보습을 대고 소를 몰았다. 흙덩이가 뒤집어진다. 숱한 돌멩이와 자갈들이 파 뒤집어지는 흙덩이 속에서 튀어나왔다.

거름 맛을 보지 못한 굶주린 흙빛이었다.

"거름을 단단히 내야겠군. 이거 어디 토박해서* 쓸 수 있나."

"저기 저 밤나무 밑에 있는 거름더미 보시라요. 그 아주머니네 거름이에요. 그 아주머니네도 이젠 정신을 바싹 채린다니까요. 작년 풀베기에 참 열심히 했어요. 저만하면 금년 농사엔 모자라지 않을 거예요."

연옥이 말을 들으며 윤수는 밤나무 밑 거름더미로 눈을 돌리었다.

이슬을 머금은 거름더미에서는 뽀오얀 김이 모락모락 피어오른다.

"아니, 윤수는 고단하지두 않은가. 멀리 와서……."

윤수의 등 뒤에서 여자의 목소리가 들렸다. 밭 임자인 수건 쓴 아주머니다.

"밤새 안녕하세요!"

| * 토박하다(土薄—): 땅이 기름지지 못하고 메마르다.

윤수는 고개를 까닥하며 빙긋이 웃었다.

"아, 연옥아, 너희 언니가 있었더라면 윤희 오빠가 맘이 흐뭇할 텐데……. 그러나 뭐 네가 있으니깐……."

아주머니는 방긋 웃어 보이며 윤수의 표정을 훑더니

"왜, 내가 거짓말 허나? 입은 삐뚤어져도 말은 바루 하랬다구……."

하고 밭고랑으로 들어닥치며 연옥이의 손에서 보습과 소고삐를 가로챈다.

"인 주어, 내가 좀 갈아볼게."

소는 그저 말없이 먼 산을 쳐다보며 새김질을 하고 섰다.

"이라! 이라."

수건 쓴 아주머니는 소 고삐로 소 뱃가죽을 철석철석 두세 번 올려부쳤다. 소는 네 굽을 옮겨놓았다. 보습이 뒤뚱거리고 밭이 갈아지지 않고 소걸음과 맞지 않는다. 소는 다시 걸음을 멈추었다.

"하, 하, 하 이기 도무지 난 보잡이 노릇은 못하겠으니 어떡해! 소가 다 알아채리고 가지를 않는 것 좀 봐!"

"인 주세여, 내가 좀 갈어볼게요."

윤수는 벙글거리며 고랑으로 뛰어들었다.

"이라!"

윤수는 소 고삐로 소를 가볍게 건드렸다. 소는 걷기 시작했다. 아까 연옥이가 갈 때와 별반 차이가 없이 보습은 순조롭게 흙덩이를 갈아넘긴다.

"역시 윤수는 솜씨가 남았구먼!"

아주머니는 한참 동안 윤수의 솜씨에 쏠려 밭두덩만 바라보더니

"흥! 네가 내 밭 갈러 나온 걸 보고 그대루 앉았을 수 없어 왔더니만 도루 안 나온 것만 못하게 됐다."

하고 밭두덩에 주저앉아 주머니 끈을 주르룩 끌러 담배를 꺼내어 말
아 피운다.

연옥이는 다시 그 곁에 갈지 않고 그대로 나자빠진 밭뙈기로 보습을
옮기었다. 이 밭도 뼈마르고 토박하고 돌자갈 투성이었다.

"아, 이건 최 똥보네 밭이지?"

"네, 이것두 우리 그룹에 속한 밭인데 작년에 제일 꼴찌루 수확을 올
렸기 때문에 마을 안에서 말썽이 많았죠."

"밭 꼬락서니가 요 지경이니 그럴 수밖에 별 수 있나!"

윤수는 이맛살을 찡그리며 파 뒤집혀지는 흙빛을 내려다보았다.

"그렇지만 금년에는 누가 이대루 허두룩 내버려두나요. 우리 그룹에
서 제대로 수확을 올리도록 끌고 나가야죠."

연옥이는 자신이 있어 보이는 어조로 말하며 방긋 웃는다.

"정말이지 공화국이 좋긴 허구먼, 그들의 죄과를 용서하고 게다가 또
농사까지 지어 먹도록 조직해주구 협조해주는 데 대갈통을 못 고친다면
사람이 아니지."

윤수는 담배를 한 개 피워 물고 나더니

"참, 어느 밭이야? 시한탄 떨어진 밭이?"

하고 긴장된 표정으로 묻는다.

"바루 저기 저 다리 건너 큰 신작로 곁 밭이에요. 그리구 또 하나는
저편 쪽 산 밑의 밭이구."

윤수는 연옥이가 가리켜준 곳을 우두커니 내려보다가 갑자기 힘찬
목소리로

"연옥 동무! 내 오늘 당장 다 제거해놓을 테니 보라우."

하고 주먹을 불끈 쥐며 밭두덩 길을 걸어 내려섰다.

뒷산 골짜기에서는 멀리 뻐꾹새가 운다. 제법 자란 밀보리밭에서는

종달새가 종알거린다.

5

해가 불쑥 솟아올랐다. 안개 이슬에 젖었던 산과 나무와 밭두덩과 갈아놓은 밭뙈기들에는 따뜻한 햇빛이 쪼여 김들이 모락모락 피어오른다.

윤수는 곡괭이와 삽을 둘러메고 다리 앞 달구지 길을 지나 큰길가 밭으로 달려갔다. 윤수가 시한탄을 파내러 갔다는 소문이 마을 안에 퍼지자 사람들은 모두 윤수의 용감성에 놀라며 뒤를 따라 그곳으로 모여들었다.

"온 저런, 용감한 사람이 있나!"

"역시 우리 인민군대란 용감한 군대라니."

"아 저거 만일 파다가 폭발되면 어떡허냔 말야!"

"여보게! 그만두구 이리 나오게! 위험하네!"

마을 사람들은 행길 가 밭 모퉁이 멀찌감치 떨어진 곳에서 윤수가 파고 있는 밭을 바라다보며 걱정스럽게 말들을 했다.

"괜찮아요. 더 좀 멀리들 가시라요! 더 좀!"

윤수는 재빠르게 파내기 시작했다. 마을 사람들 틈에서 젊은 사람 두셋이 괭이와 삽을 둘러메고 뛰어나왔다. 새벽에 보초막에서 만난 자위대원도 끼어 있다.

"동무들 나가시오! 얼른, 만일을 모르는 것이니깐……."

윤수는 젊은 사람들의 협조를 거절하였다. 대담하게 제거작업을 하려 덤비기는 했지만 결사적인 작업임에는 틀림없었다.

"염려 말구 윤수 동무나 나가우. 오랜만에 고향에 다니러 왔는데 이런 위험한 일을 시켜서야 우리 체면이 서겠소."

젊은 동무들은 대들어 약속이나 한 듯이 윤수를 밭고랑으로 내밀었다. 그러나 윤수는 다시 달려 들어가며

"온 동무들두 별말을 다 하오. 내, 뭐, 손님으로 왔소?"

하고 폭탄이 처박힌 언저리를 파 뒤집는다. 이윽고 폭탄이 나타났다. 젊은 동무들은 뽑아내려 대들었다.

"동무들! 경험 없으면 건드리지 말구 나가오. 큰일 나오."

윤수는 놀래며 그들의 접근을 거절하였다. 그리고 그는 포켓에 넣어 갔던 □치와 집게와 나사못뽑이를 꺼내어 들고 재빠르게 해제작업에 착수했다. 그는 어느덧 폭탄 뚜껑을 열고 폭발장치를 분해해버렸다.

윤수는 비로소 숨을 내쉬며 담배를 피워 물고 수건으로 이마의 땀을 씻었다. 마을 사람들은 와아 몰려들었다. 모두 다 신기스럽고 기쁨에 넘치는 표정들이였다.

"아이유, 윤수가 안 왔더라면 그만 우리 밭을 묵힐 뻔했어…… 묵힐 뻔!"

춘식이 어머니가 기뻐 날뛰며 들어닥치었다.

"인민군대가 좋긴 해! 그저 걱정들만 허구 뽑아내 팽개치는 사람은 없더니만 윤수가 들어닥치니깐 당장 뽑아 팽개치는구만그래!"

"영웅 군대니깐 그 악귀 같은 미군 놈들을 막아내지 않아."

마을 여인들은 서로 지껄이며 야단들이다. 그러나 얼굴에 걱정을 띤 한 여인이 윤수 앞으로 다가서며

"아이유, 그런데 우리 밭에 박힌 것은 누가 파내나!"

하고 윤수의 눈치를 살핀다. 그는 최 뚱보의 마누라다.

윤수는 그들이 치안대를 했다는 생각이 불쑥 머리에 떠올라오자 갑자기 미운 마음이 북받쳐 올라왔으나 이 순간 꾹 참고

"염려 맙쇼! 오늘 내가 파내드릴 테니 농사나 잘 지십쇼!"

하며 기분 좋게 최 뚱보의 밭으로 옮겨갔다.

이 밭은 신작로 가에 있는 산비탈 밭이었다. 윤수는 폭탄이 처박힌 곳으로 서슴지 않고 달려갔다. 마을 사람들은 아까처럼 모여들었다.

"인젠 동무는 그만 나가우, 우리 손으로 한번 해볼 테니!"

젊은 동무들이 대들었다. 연옥이와 두셋 처녀들도 들어닥치며 윤수를 불러내려 했다.

그러나 윤수는 그 반대로 젊은 동무들을 밭두덩으로 몰아냈다.

"안되오, 여럿이 대들어 할 일이 아니오, 다들 나갔다 나중에 오라우."

윤수는 접근해오는 사람들을 강경히 거절하며 혼자서 폭탄을 파내었다. 그러나 탄피에는 거무죽죽 녹이 쓸었다.

"불발탄인가?"

윤수는 선뜻 생각되었으나 그러나 알 수 없는 일이어서 해제를 해보려고 덤벼보았다. 그러나 먼저 파낸 폭탄과는 겉 구조가 달랐고 해제하기도 힘들 것만 같았다.

그는 섣불리 만지다가 화를 입을 것 같아 재빠르게 끌어안고 끙끙거리며 달음질쳐 산잔등 넘어 골짜기로 내려갔다. 이 골짜기에는 인가도 없고 밭뙈기도 없다. 그는 이 골짜기에다 내버리고 오려 함이었다.

윤수가 막 폭탄을 내려놓고 물러서서 열댓 걸음 뛰어나오자 등 뒤에서 갑자기 "꽝!" 하고 요란스러운 폭음을 내면서 폭탄이 폭발되었다.

이 순간 윤수는 자기도 모르게 잎으로 거꾸러지고 말았다. 그러나 정신은 말짱하였다. 그는 이를 앙다물며 일어나봤다. 확실히 자기가 폭풍에 죽지 않았고 또 파편에 맞지도 않았다는 것이 판명되었다.

"용감한 사람 앞엔 총알도 파편도 피해 가는 법이다."

윤수는 전선에서 자기 분대장 동무로부터 자주 들은 이 말이 진리라고 생각되었다.

"아, 큰일 날 뻔했소, 동무!"

"얼마나 놀랐소, 동무!"

"아 아니, 글쎄 용감두 하지……."

"온, 넌 군대가 되더니만 간이 덕석만' 해졌니? 겁두 없게!"

산잔등을 넘어서서 젊은 동무들과 부인네들이 뛰어와 윤수의 손을 붙들고 야단들이다.

"뭘, 그까짓 것……."

윤수는 태연한 어조로 입을 열었다.

마을 사람들은 모두 놀라움과 기쁨에 넘치는 얼굴로 윤수를 둘러싸며 마을로 내려왔다. 마을 안은 명랑한 웃음들이 꽃피었다.

윤수 때문에 못 갈던 밭을 갈게 되고, 제때에 씨앗을 뿌릴 수 있다는 것과 윤수 때문에 신작로 길로 달구지가 안심하고 다닐 수 있게 되었다는 사실은 결국 무엇을 말하는 것인가? 그것은 윤수가 인민군대에 입대하여 더욱 용감해지고 고향을 사랑하는 마음이 더욱 열렬해졌다는 것을 말하고 있는 것이 아니고 무엇인가?

윤수는 마을에 돌아오자마자 대뜸 이러한 결사적인 큰일을 해치움으로써 고향을 아끼고 사랑하는 자기의 뜨거운 정성을 보여주었고 그것이 또한 인민군대로서의 마땅히 발휘해야 할 영용성이며 마을 인민들에게 응당 지켜야 할 의리라고 생각되었다.

벌써 준식 어머니는 보습을 지고 소를 몰고 폭탄을 파낸 자기 밭으로 달려갔다.

윤수는 자기 힘으로 시한탄이 제거되자 못 갈던 밭들이 당장 갈려지고 못 가던 달구지가 안심하고 다닐 수 있게 되었다는 사실이 심히 유쾌

| * 덕석: 추울 때에 소의 등을 덮어 주는 멍석.

하고 기뻤다.

그러나 그는 걱정되는 것이 있었다. 새벽녘에 옆 산 넘어 큰 다리목에다 뿌린 시한탄대에 대한 걱정이었다.

"음, 내친걸음에 그것마저 해치워야지!"

윤수는 젊은 동무들과 함께 산을 넘어 큰 신작로 가로 갔다. 전선으로 통하는 중요한 수송 도로다. 새벽에 떨군 시한탄은 벌써 다 제거되고 없었다.

"동무네들 오려면 빨리 오지 늦잖았소. 날 샐 무렵에 행군하던 군대 동무들이 달려들어 모두 다 제거해버렸소."

다리목 앞 갈림길에 선 교통 정리원 동무가 빙글거리며 웃는다.

"에이, 분해!"

윤수는 무심코 입이 열려졌다.

윤수는 마을로 돌아왔다. 연옥이의 안내를 받으며 정식으로 리 당 위원장을 만나 인사를 하고 리 인민위원회, 여맹 민청에도 얼굴을 나타냈다.

그러고 나서 인민군대 가족들의 가정을 방문하기 시작했다.

"아이유, 애야, 용감두 하지, 그래, 마을 안에서 못하는 일을 네가 해치웠으니 정말 고맙구나. 뭘루 대접을 하나 응, 어서 집으로 들어가자, 들어가!"

어젯밤 자기를 둘러싸고 반가이 맞아주던 머리 센 할머니 집이었다. 할머니는 마당에 쇠스랑으로 거름더미를 손질하다가 윤수를 마주보고 어쩔 줄을 모른다.

"아이구, 할머니가 그런 힘드는 일을 허십니까?"

윤수는 대뜸 덤벼들며 거들려고 하자 태연한 목소리로

"아, 내가 머리털만 시었지, 맘도 늙었는 줄 아니? 이까짓 거름더미 손질허는 것쯤이야 약과지! 그저 내게두 군복을 입혀서 총칼을 메준다면

330

너희들처럼 미군놈들 몇 십 명 무찌르기는 식은 밥 먹기지……. 그렇지만 역시 나이가 많으니깐 허는 수 없구나, 그저 나 같은 늙은이는 마을에서 농사를 정성껏 지어 국가 식량을 단 한 톨이라도 더 많이 생산해야 허지 않겠니?"

할머니는 기쁜 얼굴로 말하며 방으로 들어가더니 잎담배가 담뿍 담긴 바가지를 들고 나온다

"자, 내가 농사지은 담배 맛 좀 보렴, 제법 구수하단 말야……."

윤수는 할머니가 권하는 담배를 한 대 말아 피우고 나서 그 이웃에 있는 반토굴집으로 갔다. 명호 동무의 아내가 혼자서 어린아이를 키워가며 살아가는 집이다. 그는 토굴집 앞에 있는 조그만 밭에 무슨 씨앗을 뿌리다가 놀래며

"아이유, 이렇게 오셔서 어떻거나."

하고 반가움과 기쁨을 참지 못한다.

"애기 키우실라 농사지으실라 힘드시겠습니다!"

"뭐, 힘들 게 있나요. 힘드는 일은 모두 다 동리에서들 협조해주는걸요 뭘……. 여맹에서 도와주구 민청에서두 해주구……."

애기 어머니가 말하자 연옥이가 뒤를 이어 입을 연다.

"그렇지만 애기 어머니는 보섭질두 할 줄 알고 김매기 타작하기 남하는 일 다 헌답니다."

"허기야 허지만 암만 해두 손이 뜨지요. 뭐…… 마을에서 모두 애 아버지가 군대 나갔다구 돌봐주어서 정말 고맙기가 짝이 없어요."

애기 어머니는 윤수의 얼굴을 쳐다보다가 "엄마!" 하고 뒤뚱거리며 마당 저쪽에서 달음질쳐오는 어린애를 끌어안는다. 아이는 포동포동한 게 무척 귀여웠다.

"어 그놈 의전* 저의 아버지 같구나 어디 이리 온……."

윤수는 어린애를 덥석 끌어안아보았다.

아이는 낯익은 사람에게나 안긴 듯이 싱글벙글 웃으며 윤수의 가슴 위에 달린 훈장을 만지작거린다.

"참, 애기 어머니, 요 전에 애기 양복 배급 나왔지?"

연옥이가 애기 어머니에게 불쑥 말을 꺼낸다.

"양복뿐인가, 신발두 나왔는데."

"그럼 입히지 그래, 애끼지 말구."

"너무 좋아서 이담에 입히려구 그러지 뭐……."

"참 딱헌 소리두 허네, 애기는 자꾸 크는데 애껴 놔두면 옷이 적어지지 않나배……."

"걱정이지 아까워, 즈 아버지가 이기고 돌아오는 날 입히려고 애끼지. 어쩌면 우리 민주 국가에서는 그렇게두 고맙게 좋은 물건들을 많이 보내줄까. 미국놈들은 날마다 날러와 날강도질을 하는데……."

애기 어머니는 고마움에 충만된 얼굴로 연옥이와 이야기를 주고받는다.

"소련과 중국은 더 말할 것두 없구 웽그리아,** 체코, 루마니아, 파란,*** 동부 독일, 불가리아, 몽고…… 이러한 나라에서 우리 조선 인민의 승리를 위하여 얼마나 많은 구호물자와 원호물자들을 보내주는지 알우?"

연옥이가 신이 나서 해설해주더니 이윽고 윤수를 데리고 다른 집으로 옮겨갔다.

닭을 많이 키우는 집, 돼지를 기르는 집, 양과 소를 먹이는 집…… 윤

---

* 의전意田 : 〈불교〉 생각이 일어나게 하는 바탕.
** 웽그리아 : 헝가리.
*** 파란 : 폴란드.

수는 여러 집들을 방문하고 집으로 돌아왔다.

강렬한 전쟁 환경 속에서도 군대 가족들의 생활은 명랑하고 안정되었다는 사실들을 보았고 아울러 가족들의 마음이 모두 다 한결같이 우리가 반드시 승리한다는 굳센 자신감에 불타고 있음을 느꼈을 윤수의 마음은 흐뭇하고 만족하였다.

과연 후방은 안심해도 좋다고 새삼스럽게 느껴지자 윤수는 전선에 돌아가면 동무들에게 "후방은 안심하라." 이렇게 외치려고 마음먹었다.

그 이튿날 저녁때였다. 연옥이를 중심한 민청원인 몇몇 처녀들이 민주선전실을 바삐 들락거리기 시작했다.

다른 날 같으면 아직도 밭에서 일을 하거나 거름을 내거나 하고 있을 그들은 일손들을 일찍 떼고 오락가락 바삐 서둘렀다.

그들은 윤수의 '귀향 환영회'를 개최하려 함이었다.

리 당 위원장이 중심이 되어 리 인민위원회, 여맹 민청들에서 각기 위원들을 선정하여 대뜸 환영회 조직에 착수했던 것이다.

지난번에 돌아왔던 연호를 환영할 때나 마찬가지로 마을 안은 갑자기 활기를 띠고 명랑한 기분이 넘쳐흘렀다.

수건 쓴 아주머니며, 머리 센 할머니며, 또 다른 아주머니들이 함지박에 제각기 무엇들을 담아 이고 골목으로 바삐 오고 갔다.

연옥이는 민청원들과 함께 환영회장을 꾸미느라고 정신이 팔리었다.

연옥이는 어느 틈에 오빠 영호의 환영회 날 입었던 분홍 저고리에 곤색 치마를 갖추었다.

다른 처녀들도 서로 약속이나 한 듯이 새 옷들을 꺼내 입었다. 노랑저고리에 분홍 치마, 옥색 저고리에 남치마, 흰 저고리에 검정 치마, 모두가 깨끗한 새 옷들이었다.

"아, 너희들 오늘은 더 예쁘구나, 오늘 모두 인물들이 환한데! 어디들 가까이 좀 보자꾸나."

머리 센 할머니가 먼저 연옥이의 얼굴을 들여다보며 말문을 연다.

"아이유 할머니두…… 처음 보세요, 제 얼굴을……."

"아니다. 네 얼굴이 오늘은 오전 달팽이 같구나."

"아이참 할머니두……."

연옥은 부끄러워 얼굴을 숙이었다.

"아, 오늘 같은 날 몸치장 않으면 언제 할고! 넌 연숙이 몫까지 합쳐서 두 몫은 해야 한다."

수건 쓴 아주머니가 입술을 실룩실룩하며 익살을 핀다.

"아이 참 아주머니두……."

연옥이는 더욱 얼굴이 화끈해졌다.

회장이 대강 꾸며진 뒤에 연옥은 윤수의 집으로 바삐 뛰어갔다. 윤수를 얼른 데려다 주석단에 앉히려 함이었다.

그러나 윤수는 아직 집에 돌아오지 않았다.

그는 아침부터 보습을 지고 소를 몰고 아버지와 함께 옆 산 너머 자기네 밭으로 갔다.

천여 평이 넘는 비탈 밭을 단숨에 갈아부치고 난 윤수는 자기네 밭뙈기 곁에 뼈마르게 나자빠진 최 뚱보네 사촌의 밭으로 보습을 옮겨가는 아버지를 바라보며 입을 열었다.

"아버지, 아, 그건 저이들이 갈게 내버려두죠!"

"어느 천년에…… 그것들 믿다가는 이 밭뙈기를 묵히고 말 께니 어디 곁에서 갑갑해 그걸 볼 수 있니! 더구나 우리 그룹에 들은 밭이란다."

아버지는 소를 몰아 밭을 갈아 넘기었다.

"그렇지만 버릇이 되잖아요!"

"벼룩두 낯짝이 있지 누가 만날 저이 할 일 해줄 줄 알구 게으름 부리겠니! 한두 번 이렇게 도와주어서 낙후한 사람들을 끌고 나가면 저희들도 양심이 있으니깐 안 하지 못한다."

윤수 아버지는 자신이나 있는 듯이 말을 한다.

윤수는 아버지의 말이 옳다고 생각되었다.

"허기야 그자들이 치안대에 가담해가지구 미군놈들에게 이익을 주고 온통 마을 안을 뒤집어엎던 죄상을 생각하면야 어떤 시러배 자식이 밭을 갈아주겠니! 그렇지만 우리 공화국 정부가 그자들의 죄상을 용서하고 올바른 길로 인도해나가는 판이니깐……."

윤수는 아버지 말을 들으며 아버지가 쉬는 동안 나머지 고랑을 모조리 갈아 넘기었다.

해질 무렵에야 윤수는 아버지와 함께 집으로 돌아왔다.

"저, 인젠 시간이 됐으니 나가시자요."

연옥이가 기다리고 있었다는 듯이 들이닥치었다.

"글쎄 왜 환영회는 조직했어. 좌담회 정도면 좋지 않아. 난 너무 부끄러워 야단났는데!"

윤수는 가볍게 사양하며 당황해한다.

"뭐, 내가 조직했나요, 마을 사람들이 조직한 거죠."

윤수는 부리나케 세수를 하고 군복 저고리를 주어 입고 군모를 쓴 다음 비스듬히 기운 훈장을 반듯이 고치면서 연옥이 뒤를 따라 민주 선전실로 나갔다.

벌서 해는 저물어 어둑어둑하기 시작했다.

마을 사람들은 벌써부터 마당 앞에 가뜩 늘어서서 자기 오기만을 기다리고 있는 것 같았다.

윤수는 미안하고 송구스러운 생각과 아울러 생전 처음으로 느끼는 놀라움과 기쁨과 감격과 물결에 가슴은 더욱 울렁거려졌다.

깨끗하게 차린 처녀들의 다채스러우면서도 소박한 옷맵시는 윤수의 기분을 청신하게 했고 기쁘게 했다.

윤수는 연옥이의 안내를 받아 장내로 들어섰다. 벌써 장내에는 인민학교 아이들이며 민청원들이며, 노인네 아주머네들이 여기저기 자리를 잡고 앉았다가 윤수가 나타나자 장내가 떠나가게 박수를 친다.

리 당 위원장, 인민위원장, 선전실장, 서기장, 농맹 위원장, 자위대장들과 악수를 교환하고 윤수는 주석단으로 안내되어 올라가 앉았다.

윤수는 아버지와 어머니도 주석단에 모셔 앉히었다.

수많은 눈동자들이 일제히 윤수의 가슴 위로 쏠리었다. 윤수는 도리어 거북하고 부끄러워졌다.

'오냐 다음 기회는 반드시 영웅 훈장을 달고 와서 떳떳이 대하리라.'

윤수는 속으로 결심하면서 고개를 쳐들어 모여온 사람들을 바라보았다.

이윽고 환영회는 진행되었다. 먼저 리 당 위원장의 개회 선언이 있었고 리 위원장의 간단한 보고가 있은 후 젊은이들이 연달아 축사를 했다.

윤수는 우렁찬 박수 속에서 민청을 대표하여 연옥이가 주는 꽃다발을 받았고 여맹을 대표해서 젊은 아주머니가 주는 선물 뭉치를 두 손으로 공손히 받았다.

빛깔 고운 진달래와 개나리 산과 들에 일찍이 피는 민들레며 은금화…… 이런 꽃들에서 풍겨 나오는 그윽한 향기! 장내는 더한층 명랑하고 상쾌한 기분에 넘치었다.

윤수는 자기를 환영해주기 위하여 이렇게 많이 모여온 마을의 어른들과 처녀들과 어린아이들이 다른 때보다도 더한층 고마웠다. 비록 말은 어눌하나 인사를 아니 할 수 없었다.

"저는 기쁨과 부끄러움으로 가슴이 벅차올라 무어라고 말씀드릴지 모르겠습니다. 저는 마을에 돌아와서 느낀 것이 무어냐 하면 여러분들이 놀랄 만큼 원수놈들과 싸워 이기고 있다는 사실입니다. 원수놈들의 폭격으로 말미암아 겉으로는 파괴된 듯하나 속으로는 튼튼하게 무장되고 발전되었다는 것은 곧 우리 후방이 견고하다는 것을 말하는 것이고 그것이 곧 원수들에게 대한 불타오르는 증오심과 아울러 우리의 승리에 대한 자신심이 철통같이 굳고 전투 역량이 태산같이 크다는 것을 말하는 것입니다. 이는 곧 우리의 수령과 당과 정부의 올바른 지도에 의한 것임을 깨달을 제 더욱더 마음이 든든해집니다. 우리는 우리의 영명하신 수령 김일성 원수의 주위에 강철같이 뭉치어 조국 해방 전쟁의 완전 승리를 위하여 원수 미제와 그 주구 이승만 도당들을 한 놈도 남김없이 물리치는 싸움에 하나같이 용감히 싸워나가십시다. 저는 이번에 전선에 나가서 전우들에게 소리 높여 외치겠습니다. 뭐라구? '후방은 견고하다. 안심하고 싸우자!'고. 그러면서 저는 이번 전선에 나가면 원수놈들을 수많이 무찌르고 제가 이다음 돌아올 때는 반드시 영웅이 되어 돌아올 것을 굳게 맹세함으로써 오늘 이 분에 넘치는 환영회에 보답하려 합니다……."

윤수의 인사는 끝이 났다. 또 우뢰 같은 박수가 쏟아졌다. 이 순간 그는 얼굴이 화끈 달아올랐다. 낮부터 좀 생각해둔 바도 있었지만 그것은 죄다 잊어버리고 흥분된 그대로 지껄인 게 어쩐지 할 이야기를 다 못한 것 같아 면구스러웠다. 윤수는 화끈거리는 얼굴을 약간 수그리고 울렁거리는 가슴을 가라앉히었다.

"자, 나두 한마디 하게 해주."

머리 센 할머니가 벌떡 일어난다.

"참, 우리 마을의 큰 영광이요. 아들을 낳거든 윤수나 연호처럼 낳아야겠소. 아 윤수가 안 왔더면 시한탄을 누가 치웠겠소. 시한탄을 윤수가 치워주었기에 밭갈이가 제때에 되게 되잖았소. 우리 인민군대는 영웅 군대 아니고 뭐요. 올에 우리 농사들을 제각기 잘 지어서 우리 마을의 영광스러운 자랑을 더욱 빛내야겠소. 작년 농사도 잘 지었지만 금년 농사는 작년보다 더 많이 할 작정들을 합시다."

머리 센 할머니가 입을 다물자 곧

"옳소!"

"합시다."

"증산으로 우리 마을의 영예를 지킵시다."

하는 소리가 연달아 들리며 요란스런 박수 소리가 장내를 한참 울리였다.

뒤이어 곧 오락회로 들어갔다. 첫 번 인민학교 아이들의 합창이 있었고 민청원들의 독창이 시작되었다.

윤수가 놀랜 것은 연옥이 또래의 처녀들이 차례차례 일어서서 맑고 고운 목소리로 씩씩하고 명랑하고 숫기 좋게 노래 부른 것이다.

연옥이도 활발하게 일어나 노래를 불렀고 윤수도 씩씩하게 군인답게 큰 목소리로 〈수송 전사의 노래〉를 우렁차고 멋지게 불렀다.

6

자기를 위하여 아니 자기 마을의 영예를 위하여 아니 더 크게 조국의 자유 독립과 평화와 행복을 위한 성스러운 해방 전쟁의 종국적 승리를 위하여 열어준 환영회에서 실컷 감격한 윤수는 명랑과 흥분 속에서 파종 사업에 며칠을 협조하다가 예정한 날 해질 무렵 마을을 떠나게 되었다.

그는 야간 차편을 이용하려면 자연 밤에 자기 마을을 떠나야만 했다.

윤수는 행장을 챙겨 짊어지고 문 밖을 나섰다.

"인 주세요. 배낭은—."

연옥이가 대들며 윤수의 등에서 배낭을 빼앗아 둘러메고 나선다.

마을 사람들은 섭섭한 정을 못 이기어 윤수의 뒤를 따라 나섰다.

민주선전실 앞에서 정식으로 대개 작별인사를 고했음에도 불구하고 거의 십여 명이 넘는 어른들과 처녀들이 그대로 줄줄 따라왔다.

마을 앞 다리 위에서 윤수는 발길을 멈추고 돌아서며 여러 사람들에게 또 작별인사를 했다.

리 당 위원장, 리 위원장, 자위대장 등과 하나 하나 굳은 악수를 나누었다. 인민학교 아이들이 모여들었다. 마치 정들었던 선생님이나 작별하는 순간처럼 말 없는 표정으로 경례들을 하면서 발길들을 멈추더니 씩씩하게 생긴 어린아이 하나가 불쑥 윤수 곁으로 뛰어나오며

"인민군대 아저씨! 잘 싸워 이기고 돌아오세요, 네?"

하고 명랑하게 입을 연 다음

"인민군대 아저씨 만세!"

하고 선창을 부르니 다른 아이들도 일제히 소리를 같이 하여 만세를 부른다.

"오냐! 너희들 공부 잘해라! 응?"

윤수는 빙그레 웃으며 아이들의 손을 하나하나 모두 힘 있게 쥐어주었다.

아이들은 모두 다 별같이 빛나는 두 눈을 반짝거리며 기쁜 얼굴로 윤수를 쳐다보았다.

"자, 인젠 어서 들어가십시오."

윤수는 아직도 모여 선 채 헤어지지 않은 사람들에게 인사를 던지었다.

어머니와 아버지며 수건 쓴 아주머니며 연숙이 어머니며 머리 센 할

머니가 그대로 엉거주춤하고 섰다.

연옥이는 벌써 윤수의 배낭을 멘 채 제 또래의 처녀 두 셋과 슬금슬금 걸어 나간다.

윤수는 아버지와 어머니의 얼굴을 다시 정면으로 바라보면서 거수경례로 인사를 하고 용단을 내어 돌아서서 성큼성큼 걸었다.

그러나 그들은 또 자기 뒤를 따라오고 있었다. 산길로 들어서는 밭두렁 길모퉁이에서 윤수는 발길을 멈추고 앞에 가는 연옥이 일행을 불렀다.

"괜찮아요. 고개까지 져다 드리죠."

연옥이가 입을 연다.

"암, 고갯마루까지 져다 줘라."

연숙이 어머니가 따라오며 명령한다.

"아버지와 어머니께서 어서 들어가십시오. 그래야 다른 어른도 들어가실 것 아닙니까!"

윤수는 돌아서며 그들의 발길을 막았다.

"오냐. 부디 잘 가서 잘 싸워 이기고 오너라."

"집안 걱정이나 마을 걱정은 아예 말아."

어머니와 아버지는 기쁨에 싸인 웃음을 머금고 발길을 멈추었다.

윤수는 최후로 거수경례를 힘 있게 해 붙이고 돌아서서 재빨리 걸었다.

산비탈 길로 기어 올라가다가 구부러진 길목에서 발길을 멈추고 뒤를 돌아다봤다.

아버지와 어머니와 연숙이 어머니와 머리 센 할머니가 그곳에 그대로 선 채 윤수를 바라보았다. 가기서 더 떨어진 다른 사람들은 멀리 수건들을 흔들어주었다.

윤수는 얼른 들어가시라는 뜻으로 한 손을 높이 들어 흔들었다. 어머니와 아버지와 연숙이 어머니도 손을 흔들어주었다.

빽빽하게 들어찬 소나무 숲 모래알이 바시락 바시락 밟히는 좁은 길로 들어서면서 윤수는 또 한 번 뒤를 돌아다봤다. 그러나 여기에서는 소나무 숲에 가리어 그들의 모습은 전연 보이지 않았다.

"동무들! 인젠 그만 들어가라요."

"괜찮아요."

"산마루까지만 바래다 드려요."

연옥과 두셋 처녀들은 바시락거리는 모래알을 밟으며 윤수의 앞을 서서 천천히 걸어 올라갔다.

이윽고 그들은 산마루에 올라섰다. 주황빛 저녁노을이 사라지고 어느덧 둥근 달이 떠올라 온다. 며칠 전 안개에 잠겼던 어스름 달이 오늘은 유난스럽게도 가을 달처럼 맑고도 밝았다.

"자 인젠 그만 배낭을 내게 주어요!"

윤수는 연옥이에게서 배낭을 받아 짊어지려 했으나 연옥이는 못 들은 체 그대로 걷기만 했다.

산마루 위 멋들어지게 늘어진 늙은 소나무 가지에는 달빛이 더욱 푸르고 밝았다.

"전선에서 혹 언니를 만나시거든 우리 마을 이야기 자세히 전해주세요. 집안 걱정일랑 아예 말라구……."

"음 염려 마! 혹시 내가 가고 난 뒤에 언니가 오거든 내가 이번엔 꼭 영웅이 되어 이 고개를 넘어온다고 맹세했다는 말을 잊지 말고 해줘."

윤수는 배낭을 받아 짊어졌다.

"가시다가 시장하시거든 배낭 속에 것을 꺼내 잡수시라요!"

"아니 뭘 참 이렇게 무겁게 넣었어?"

윤수는 사 년 전 이 고개 위에서 연숙이 싸서 주던 백설기 떡이 연상

되었다.

"자, 동무들, 어서 들어가오. 그리구 그동안 민청 일들 잘들 허라우! 응?"

윤수는 손을 내밀어 그들과 뜨거운 악수를 나눈 다음 잠깐 눈을 돌리어 산 아래로 멀리 고향 마을을 내려 보았다.

거무룩한 능선, 그 아래 옅은 안개에 잠긴 마을, 그리고 마을 앞에 툭 트인 들판, 들판 가운데를 굽이쳐 흘러 내려간 한 가닥 시내, 중긋중긋한 숲들, 기다란 동둑, 동둑 넘어 멀리 보이는 궤도— 이 모든 것들이 그림같이, 그리고 사 년 전에 이 고개를 넘을 때와 같이 환하게 보였다.

'아아, 아름다운 내 고향!'

윤수의 가슴은 벅찬 감격 속에 울렁거려졌다.

아름다운 고향— 이 고향을 지키기 위하여 윤수는 지금 패기도 새롭게 씩씩한 모습으로 또다시 전선에로의 길을 재촉하고 있는 것이다. 모든 것을 수령과 조국과 인민에게 바치는 길 위에 그는 늠름하게 서 있는 것이다.

달빛은 이날따라 유난히 밝다. 돌아올 제 걱정스럽고 궁금하던 고향 일이 이제는 활짝 풀려 발길조차 한껏 가벼웠다.

그는 산마루를 내리기 시작했다. 그는 전선에서 싸우는 전우들을 생각하면서, 그리고 비둘기처럼 하얀 위생복을 입고 재빠르고 용감하게 공작하는 간호원 연숙이의 영용한 모습을 그리면서…….

《조선문학》, 1953년 4월

복숭아나무

1

정훈은 소스라쳐 잠이 깨었다.

벽에 걸린 시계가 방금 세 시를 친 뒤였다. 가늘고 긴 금속성 여음이 고요한 방 안을 은은히 울리고 있었다.

정훈은 이불을 젖히면서 벌떡 일어났다. 방 안 공기는 싸늘하였다. 윗목에서는 아내가 이불도 덮지 않고 옷을 입은 그대로 웅크리고 누워서 외면을 한 채 자고 있었다.

'얄미운 것!'

정훈은 속으로 중얼거리며 이불을 아내의 몸 위에 덮어주었다.

자는 줄만 알았던 아내가 갑자기 이불을 걷어차고 발딱 일어나 앉으며

"누가 이불을 덮어 달랬소? 어서 가라요! 왜 그년 안 따라가고 기어 들어왔느냐 말이요?"

하고 새파랗게 성이 난 어조로 쏘아붙였다.

"여보 글쎄, 그게 무슨 소리요? 이웃이 부끄럽소! 아예 그런 소리 마오!"

정훈은 점잖이 입을 열었다.

"힝! 부끄러운 줄은 아는 게지……. 어서 나가란 말이요……. 내가 무슨 당신 아내요? 그년이 당신 아내지!"

"허 허, 참 기막혀……. 글쎄 여보 같이 영화를 좀 보러 갔기로서니 그게 무슨 연애요? 사랑이요? 왜 그리 속이 좁소?"

정훈은 서글프게 웃어제끼었다.

"영화? 그래 영화관에만 같이 갔소? 나오다가 식당엔 왜 갔소? 또 요 전 일요일 날 무슨 일로 그년 집에 온 종일 처박혀 있었느냐 말이요? 그 런 짓 하려구 날 집안에다 주저앉히고 직장을 그만두게 했소? 그동안 어 쩌나 보느라구 내버려두고 보니깐 이건 아주 몰라서 가만히 있는 줄 아 는 모양이지."

"글쎄 여보! 식당에 좀 갔기로서니 어떻소? 또 요전 일요일은 재봉틀 을 고쳐 달래서 갔대두 그래……."

"그만둬요…… 다 알아요. 인젠 아주 그 경숙이년 집에 가서 살든지 그렇지 않으면 그년을 데려다 터놓고 살든지 맘대루 해요! 난 무식하고 못나고 소가지두 사납구…… 그뿐인가 나 같은 헌 여편네 팽개치고 처 녀장가 들면 오죽 좋으리!"

아내는 서슴지 않고 종알대며 농 문짝을 화다닥 열어젖히더니 옷들 을 들쑤셔 꺼내기 시작한다.

정훈은 아내와 맞서서 더 말다툼을 하기 싫어졌으므로 벽 밑에 놓여 있는 자기 책상 앞에 다가앉았다.

책상 위에는 담배 재떨이가 폭삭 엎어져 있었고 잉크병도 쓰러져 책 상 바닥을 물들여놓았다.

어젯밤 늦게까지 자기 아내와 말다툼을 하던 끝에 그만 울화를 참지 못하여 자기 책상 위에 있는 물건들에게 분풀이를 하고 만 것이었다.

그는 책상 위를 대강 정리하고 선반 위에서 길고 두꺼운 두루마리 종이를 내렸다.

그는 두루마리 종이를 책상 위에 펴놓고 제도 연필을 찾았다. 제도 연필은 책상 밑에 떨어져 있었다. 뾰족하게 깎아놓았던 끝이 언제 부러 졌는지 뭉툭하게 부러져 있었다.

그는 얼마 남지 않은 1·4분기 말까지 완성해야 할 자기의 창의 고안 품인 '자동식 가마니 직조기'의 최종적 설계인 '귀갑' 설계를 시급히 완 성해야 할 바쁜 시기에 아내와 충돌하게 돼서 자기 사업에 적지 않은 지 장이 초래되었다고 생각하였다.

"저 되지두 않을 놈의 가마니 직조긴지 뭔지 당장 저놈의 종이쪽을 불살라버리고 싶다니까!"

아내가 또 종알대었다.

"여보 떠들지 말고 가만히 좀 있소. 인젠 다 돼가는 판인데 왜 그리 몰라주……."

정훈은 약간 부드럽게 말했다.

"힝…… 다 되거나 말거나 내가 알 게 뭐요! 가마니 기계에 미친 년 데려다 살라요……. 훈장 타고…… 처녀장가 들고 좀 좋소……. 왜 그 럴 걸 애당초에 나 같은 년하구 살림을 시작했느냐 말이요!"

아내는 여전히 쏘아붙이며 보퉁이를 싸기 시작한다.

아내가 신경질을 부리고 보퉁이를 싸며 시위를 하는 것은 벌써 두서 너 번이나 있었던 상습이어서 그는 별반 겁나지도 않았고 또 알은 체하 고 대들고 싶지도 않았다. 모르는 체하고 가만히 놔두는 것이 오히려 아 내의 성질을 가라앉히는 유일한 방법이라고 생각한 그는 태연한 태도로 시침을 따고 앉아서 설계도만 들여다보았다.

그러나 설계면이 제대로 보이지 않았고 정신은 산만해지기만 했다.

전쟁기간 중 적의 폭격으로 아내가 사망한 이후 여러 해를 두고 독신

생활을 하다가 작년 초봄에 비로소 이 아내와 결혼을 하였는데 아내는 웬일인지 결혼 이후 얼마 되지 않아서부터 남편에게 불만과 불평을 품기 시작했다.

그러나 정훈은 그것을 별로 느끼지 못하였고 또 그런 데에 관심을 돌리지도 못했던 것이다.

말하자면 정훈은 아내에게 대하여 무뚝뚝하고 잔 인정이 없는 사나이였다.

뿐만 아니라 정훈은 자기의 창의 고안품 완성을 위하여 연구에 몰두해야 할 시간이 많아야 하는 만큼 가정생활이나 부부생활에 무관심할 때가 자연 많았으니 아내로서 불만과 불평을 품을 것도 무리는 아닌 것이었다.

그러나 정훈은 전쟁 중에 가장 곤란한 생활을 하면서도 별로 불평불만이 없이 꾹 참아가며 자기의 사업을 잘 도와주던 그전 아내와는 딴판으로 현재 아내의 성격이 다르다는 것만은 결혼 후 얼마 안 가서 느꼈다.

그러나 그것이 요즘처럼 지나치게 신경질적으로 질투심이 강한 여자일 줄은 몰랐던 것이다.

직장장 윤오의 중매로 작년 봄, 그와 쉽사리 결혼은 되었지만 사실은 윤오가 중매하기 전부터 정훈은 그를 잘 알고 있었다.

그는 원래 자기 남편을(그도 이 공장 노동자였다.) 전쟁 중에 폭격에 잃은 여자였다.

그는 남편을 잃은 뒤 공장 내 양복부에서 재봉공으로 일했었다.

정훈은 노사용 옷감을 배급 타면 의례 양복부에 맡기어 옷을 지어 입었다.

그는 옷을 지으려 □□ 양복부에 들락거리다가 자연 그를 알게 되었던 것이다.

갸름하고 해맑은 얼굴, 좁은 입, 맑고도 빛나는 두 눈, 오뚝한 콧날, 호리호리한 키, 이 모든 것이 퍽 상냥스러워 보였고 또 깔끔해 보이는 여자였다. 양복부에 드나드는 동안 둘이는 서로 친숙해졌고 다시 얼마 뒤에는 피차 없어서는 안 될 자기의 어느 한 부분으로 생각하게까지 되었다.

이리하여 정훈은 윤오의 중매가 한낱 형식에 불과할 만큼 순조롭게 결혼이 성립되었던 것이었다.

결혼 후 아내로부터 사랑을 받은 정훈은 아직도 아내를 사랑하였다.

아내는 결국 정훈의 희망에 의하여 재봉공을 그만두고 가정 살림살이에 충실하였다.

그들의 생활은 의논성 있고 행복스럽게 전개되어갔다.

그러나 얼마 되지 않아 웬일인지 아내는 정훈에게 대하여 점점 태도가 달라지며 불평과 불만을 품기 시작하였던 것이다.

정훈은 그 이유를 모르지 않았다.

누구에게나 다 있는 것처럼 결혼 직후의 정열은 그렇게 오래 계속되지 못하고 식어져버렸다. 게다가 자기의 창의 고안에 대한 연구 사업이 마지막 고비에 이르게 되어서 집 안에 들어와도 결혼 직후처럼 오순도순 다정스럽게 이야기를 주고받는 순간이 적어졌고 또 어떤 날은 거의 말이 없이 지낸 날도 있게 되었다.

뿐만 아니라 어떤 날은 직장 내 연구실에서 회의를 하다가 시간이 늦어 그만 그대로 자고 들어올 때도 있었고 또 어떤 날은 아내가 밥을 먹지 않고 기다리고 있는 줄을 번연히 알면서도 직조기 연구를 하느라 공장에서 그만 밤을 밝히고 새벽녘에 들어갈 때도 있었다.

이런 것들이 모이고 쌓여 남편에 대한 불만의 씨가 싹트기 시작한 것이었다.

그런데다가 경숙이와 오작가작이 있게 되어 그렇지 않아도 까칠하던 아내의 신경이 극도로 악화된 것이었다.

"살기 싫거든 진작 그만두지 왜 사람을 곯리느냐 말이요! 벌써 그년이 다 꿍꿍이속이 있어서 복숭아나무까지 파다가 마당에 심어놓은 걸 누가 알았어! 그렇지만 그놈의 복숭아나무를 그대로 둘 줄 아나?"

아내의 이 위협적인 말투에 정훈은 갑자기 기분이 불쾌해졌다.

"아니 여보! 복숭아나무를 누가 심었다구 그러우?"

"누가 심어! 그년이 와 심었지!."

"홍…… 당신 그 생각을 버려야 하오! 경숙이가 와서 심긴 했지만 그것은 경숙이네 조합에서 심어준 거란 말이요."

정훈은 정색을 하며 아내에게 말했다.

"조합에서 심으면 심었지 왜 하필 그년이 나서서 우리 집 마당에 와 심고 가느냐 말이요! 그게 다 앙큼한 꿍꿍이수작 아니고 뭐요ㅡ."

"허, 참 당신허구는 말을 못하겠소!"

정훈은 화가 치받쳐 올라왔으므로 제도 연필을 내던지고 문짝을 활짝 열어젖히었다.

휘황하게 밝은 전등 불빛이 마당으로 내려 비치었다. 배꽃송이 같은 흰 눈이 소리 없이 펄펄 쏟아져 내려오고 있었다.

마당 앞에 우뚝 심어놓은 한 그루의 아담한 복숭아나무가 가지마다 송이 눈이 쌓여 꽃이 핀 것처럼 아름답게 보이었다.

"힝! 아침저녁으로 갈 때 올 때 보는 놈의 복숭아나무를 그새 못 잊어서 밤중에 문짝을 열어젖히고 보는 거요? 신물이 나도록 어서 실컷 보라요!"

아내는 또 정훈의 화통을 건드렸다.

"……"

정훈은 더 아내와 대꾸를 하고 싶지 않았으므로 담배를 피워 물고 연기를 길게 내뿜으며 선뜻 작년 봄 식수사업 때의 일을 회상하였다.

공장 부근 농촌 협동 조합원들이 자기네들과 관계가 깊은 농기계를 생산하는 이 공장 지대와 사택 마을에 나무를 심어준 일이 있었다. 그때 자기 집 마당에 복숭아나무를 심어준 것은 경숙이였으나 경숙이는 무슨 아내가 말하는 것처럼 꿍꿍이속이 있어서 심어준 것이 아니라 다만 자기네 협동조합에서 혁신 노동자들의 집에다가는 특히 과일나무를 심어주기로 한 일을 자기도 분공을 맡아 해준 것뿐이었다.

　복숭아나무는 뿌리가 땅에 붙다 옮겨 심은 티도 없이 성싱하게 꽃이 피고 잎이 피고 가지가 뻗어서 여름에는 제법 푸른 그늘을 마당에 던져 주었다.

　금년 봄에는 작년보다 꽃이 더 만발할 것이며 열매가 열릴 것이 예견되고 있건만 정훈의 아내는 이 복숭아나무를 요즘 와서 몹시 미워해 내려온 것이었다.

　작년 가을 낙엽이 지고 날씨가 추워지기 시작했을 때, 정훈은 복숭아나무 뿌리가 겨울 동안 얼지 않도록 흙을 북돋아주었고 아랫도리를 짚으로 싸서 새끼로 동여매주었으며 이웃 아이들이 가지를 꺾을까 보아 새끼줄을 쳐서 못 들어가게 해놓았을 때 아내는 비웃으며 군소리를 했던 것이다.

　"흥! 집안 살림살이를 저렇게 좀 돌보면 어때! 아무리 온 잔정이 없는 사내기론 요즘은 어디 가서 물 한 통 들어다주길 허나 석탄을 한 번이나 이겨주길 허나……."

　아내는 정훈이가 복숭아나무를 가꾸는 데 대해서는 딴 일이며 그것을 심어주고 간 경숙이에게 대한 일종의 연모의 감정에서 우러나온 행동이라고 해석해 내려온 것이었다.

　정훈은 실로 아내의 이러한 질투심리가 너무도 해괴하고 변태적인 것에 대하여 기가 막힐 때가 한두 번이 아니었다.

정훈은 눈송이가 말없이 내려 퍼붓는 복숭아나무 가지만 물끄러미 내다보았다.

"그래 그놈의 복숭아나무만 내다보면 그년 생각이 제절로 나는 게지? 어디 보자 그놈의 복숭아나무를……."

아내는 옷 보퉁이를 싸다가 말고 부리나케 부엌으로 나가더니 무엇을 찾는 모양이었다. 정녕 아내는 칼이나 도끼를 찾는 것만 같았다.

이 순간 정훈은 아내의 행동에 대해서 그대로 보고만 있을 수 없는 불같은 분노가 치솟아 올랐다.

'만일 복숭아나무를 찍기만 해봐라!'

정훈은 긴장되고 흥분한 채 아내의 행동을 주시하였다.

아내는 한 손에 식칼을 들고 나와 복숭아나무 쪽으로 달려가고 있었다.

정훈은 눈에서 쌍심지가 솟아올랐다. 그는 자기도 모르게 번개같이 버선발로 마당으로 뛰어내려갔다.

"왜 이러우? 당신 미쳤소?"

정훈은 아내의 손에서 식칼을 빼앗아 어둠 속 길바닥으로 팽개쳐버리고 아내의 등을 밀어 방 안으로 몰아들였다.

"미치다니 내가 미쳤다구? 흥! 당신이 그년한테 미쳤지 내가 미쳤어?"

아내는 거의 발광 상태가 되어 남편에게 포악을 부리고 대드는 것이었다.

정훈은 화나는 대로 하면 당장 아내의 따귀를 몇 번 갈겨 정신이 들게 해주고 싶었으나 그러자면 자연 이웃까지 알게 될 것이므로 그저 꾹 참아버리었다.

그는 잠깐 동안 흥분된 감정을 가라앉히고 냉정한 두뇌로 자기를 반성해보았다.

아내의 신경질적 질투 행동이 다만 그의 성격에서 오는 것으로만 해석하기에는 너무도 이유가 박약하며 또한 일방적인 감이 없지도 않았다.

그는 아내가 그러한 질투 행동을 일으킬 만한 원인이 자기 자신에게도 없지 않다고 뉘우쳐졌다.

어제 저녁만 하더라도 그랬다. 퇴근 후 바로 영화 구경을 가다가 길거리에서 경숙이를 만났으면 그저 보통 인사나 하고 헤어졌어야 옳았을 것인데

"동무! 영화 구경 안 가겠소?"

하고 무심코 말을 건 것이

"그러잖아두 구경하려고 오는 길이에요!"

하고 경숙이가 바싹 자기 곁에 다가서 왔고

"그럼 같이 가자우!"

하고 경숙이와 어깨를 마주 대고 영화관 앞으로 가다가 공교롭게도 배급을 타가지고 오던 아내에게 들킨 사실—또 영화관에서 나와 경숙이와 함께 식당에서 냉면을 먹고 나오는 길에 아내에게 들킨 사실—이 두 가지 사실만으로도 아내의 질투 감정을 일으킬 충분한 재료가 될 수 있는 것이다.

게다가 며칠 전 일요일 경숙이네 집에 가서 재봉틀을 고쳐주고 금방 나왔으면 문제는 없었을 것을 경숙이가 붙들고 못 가게 하는 바람에 저녁식사까지 대접을 받고 나온 사실—그보다 훨씬 거슬러 올라가 작년 여름 이앙 협조대로 경숙이네 마을에 나갔을 때 그날 밤 선전 사업도 있고 해서 공교롭게도 자기는 경숙이네 집에서 하룻밤 숙식을 하게 된 사실…… 이런 것들이 아내의 신경을 날카롭게 만든 원인이 된 것은 두말할 필요도 없다.

그렇다고 해서 정훈은 아내에게 대하여 양심상 가책을 느끼는 점은

조금도 없었던 것이다.

그는 역시 자기를 이해하지 못하는 아내가 밉살스럽고 원망스러웠으므로 입을 다문 채 책상 위에다 고개를 틀어박고 설계도만을 다시 보았다.

옷 보퉁이를 차려가지고 금방 집을 뛰어나갈 것 같던 아내의 기세는 웬일인지 약간 수그러지고 한참 동안 침묵이 흘렀다.

'그러면 그렇지, 제가 가기는 어딜 가! 공연히 시위지!'

정훈은 속으로 결론을 내리고는

"아니 옷 보퉁이를 꾸렸으면 어서 가지 왜 안 가오?"

하고 한번 톡 쏘아보았다.

"걱정 말아요! 어련히 갈까봐서!"

아내의 음성엔 독이 오를 대로 올랐다. 아내는 정훈의 출근 시간이 가까워오도록 밥 지을 생각도 않고 옷 보퉁이를 베고 누워 있기만 했다. 과연 남편과 집을 버리고 나가버리는 게 자기를 위하여 이로울 것인가? 해로울 것인가? 여기 대하여 속 깊은 자기 고민 속에 파묻힌 것이리라.

"여보! 그리 말고 오해를 풀란 말이요! 공연히 그년, 그년하며 경숙이를 욕하지 말란 말이요."

정훈은 부드럽게 타일러보았다.

"힝! 저것 봐! 그래두 그년을 싸고 돌지……."

아내는 여전히 팩 쏘아대었다.

"경숙이가 만일 이 사실을 알게 된다면 당신을 사람으로 알겠소?"

"힝!"

아내는 아니꼽다는 듯이 그저 콧방귀만 뀌었다.

정훈은 아내와 더 시비를 따지고 싶지 않았으므로 주섬주섬 출근복을 입고 그대로 휙 밖으로 나와버렸다.

그의 겨드랑이에는 벤또 보자기 대신 설계 도본만이 도르르 말린 채

끼어 있었다.

2

크고 작은 공장 건물들과 여기저기 흩어진 사택 마을들은 하룻밤 동안에 흰 눈으로 뒤덮였고 아침 해살이 동악 마을 산봉우리 위에서 퍼져 오르자 잠시 동안 공장 지대는 옅은 보랏빛으로 물들어졌다.

사택 마을에서 공장 쪽을 향하여 곱게 뻗은 두세 갈래의 신작로로는 노동자들이 일렬로 줄을 지어 눈길을 바삐 걸어오고 있다.

육중한 방한화에 눈이 범벅으로 묻어 발길 옮기기가 거북하고 둔할 뿐 아니라 오늘 따라 머리가 어지럽고 기분이 명랑치 못한 정훈은 심드 렁해서 노동자들의 행렬에 끼어 공장 정문을 들어섰다.

그는 자기 직장인 '시험 직장'으로 들어섰다. 자기의 창의 고안품인 '자동식 가마니 직조기'가 설치되어 있는 자기 작업장으로 옮겨 가서 설계 도본을 궤짝 위에 내려놓고 기름때 묻은 노동복으로 바꾸어 입었다.

말없이 우두커니 서 있는 육중한 가마니 직조기! 그는 오늘 따라 이 기계가 새삼스럽게 자기의 오랜 고생의 역사를 속삭여주는 듯싶고 자기 를 물끄러미 바라보며 위로해주는 듯도 싶었다.

정훈은 8·15 해방 전 남의 집 머슴이었다. 일제의 징용을 피하여 도 시로 도망해 나와 직업을 구하다가 결국 이곳 농기계 수리 공장 견습공 이 된 그는 해방이 되자, 공장이 자기들 노동자들의 손에 의하여 운영되 게 되었고 민주개혁이 실시되고 노동자 농민이 잘 살 수 있는 세상이 되 었다고 느낀 그는 이제야말로 내 나라를 위하여 자기 몸을 바칠 때가 돌 아왔다고 생각하였다.

그는 자기가 농촌에서 머슴살이를 할 때 겨울에도 단 하루를 쉬어보지 못하고 가마니 짜기에 고생하던 일이 되살아올라서 급기야 일정한 학문적인 기초도 없이 오직 열의 하나만으로 '자동식 가마니 직조기'의 창의 고안에 착수하였던 것이다. 그러나 전쟁이 일어나자 그의 창의 고안은 순조롭게 진행되지 못했고 정전 후 다시 연구에 착수하여 3개년 계획의 마지막 해인 작년에 비로소 기본설계가 완성되어 '시험 직조'를 시작하게 되었던 것이다.

조선 노동당 12월 전원회의의 결정을 받들고 얼마 전에 이 공장 내 종업원 궐기대회가 있을 때의 일이었다.

수많은 노동자들이 서로 다투어 일어나 증산과 절약을 위하여 자기들의 투쟁 계획을 말했을 때, 정훈도 토론에 참가하여 자기 결의를 표명하였던 것이다.

그는 아직 완성되지 못한 '귀갑' 설계를 1·4분기 이내로 완성해 내놓기 위하여 모든 정력을 다 바치겠다고 맹세하였다.

그는 궐기대회가 있은 이후 지금까지 2-3개월 동안을 밤늦게 잤고 그러면서도 새벽 세 시면 반드시 일어나 설계도를 그리며 연구하곤 했다.

오늘 새벽 세 시에 그가 자동적으로 잠이 깬 것도 그의 생활이 낳은 습관적인 것이었으나 아내의 심한 질투로 인하여 그는 다른 날과 달라 아직도 머리가 무겁고 기분이 맑지 못하였다.

"정 동무 어찌 됐소? 거의 돼가오?"

빙긋이 웃으며 정훈의 곁으로 다가온 사람은 직장장 윤오였다.

"글쎄요!"

정훈은 웬일인지 자기 어조가 불친절하게 나온 것 같아서 미안한 생각이 들었다.

윤오는 어느 틈에 정훈의 얼굴을 훑고

"동무 요즘 너무 밤잠 안 자지 않소? 두 눈에 충혈이 심하구만. 건강에 주의해야겠소!"

하고 인정미가 풍기는 어조로 말하며 정훈이가 가져다놓은 설계 도본을 들여다보았다.

"음! 인젠 다 됐군그래. 수고했소!"

윤오는 넓적한 얼굴에 만족한 웃음을 띠웠다.

"글쎄올시다. 거의 다 돼가기는 허지만 어디 설계대로 됩니까."

바늘이 건숭 오락가락 한다거나 짚을 물리는 기계가 태공을 한다거나 바디가 제 임무를 다 못하고 힘이 약해진다거나 하는 따위의 초보적인 결함들을 시정하기 위하여서도 그는 설계도를 수십 번 뜯어 고치었고 거기 따라 부분품을 여러 번 새로 만들어 다시 조립하여 시험해보았던 것이다.

정훈은 오늘 자기가 가지고 온 설계도에 맞추어 새 부분품을 갈아 넣고 기계를 다시 조립해가지고 '직조 시험'을 해보려 하였다.

"그런데 정 동무! 오늘 오전 중에 서악 협동조합에서 또 짜러 온다는데……."

"서악에서요? 아마 오늘 동악에서도 올는지 모르겠는데요."

정훈은 기계에 다가서서 부분품을 한 개 두 개 뜯어내며 다시 말을 이었다.

"농민들의 편의를 봐주는 것은 좋지만 요즘은 하루 이틀 아니고 계속적으로 짜러 덤비니 이건 정작 해체해놓고 연구할 새가 있어야지요!"

"허지만 어떡하겠소. 시험 직조 기간에 우리가 농민들을 위해서 그만한 것쯤 편리를 못 봐줘서야 되겠소."

"그야 그렇지만……."

"문제의 해결은 동무의 '귀갑' 설계가 완성되어 하루 바삐 완전한 기계가 제작되어 나오는 데 있소."

직장장 윤오는 이렇게 말하며 유리창 밖을 힐끔 내다보다가

"아니 저런! 저 극성덩어리가 또 온단 말이야!"

하고 빙그레 웃었다.

정훈은 오늘 일이 자기의 계획대로 되지 않을 것이 예견되자 갑자기 마음이 초조해지지 않을 수 없었다.

동굴 납작하고 가무스름한 얼굴에 풍만한 육체를 가진 경숙은 방긋이 미소를 띠우며

"정 동무! 오늘은 우리 조합에서 좀 짜 가자요!"

하고 기계 곁으로 다가 선다.

"오늘은 서악에서 짜러 온댔는데……"

"누구든지 먼저 온 사람부터 짜 가자요……"

경숙은 자기네 공장이나 되듯이 자기가 끌고 온 달구지에서 짚단과 새끼를 들고 들어와 기계 곁에 내려놓는다.

서악 조합의 달구지를 몰고 들어온 것은 최 노인이었다.

최 노인도 짚단과 가마니 날을 들고 들어와 정훈의 작업장 앞에 내려놓는다.

"자네, 오늘두 좀 수고해주게나! 어제 직장장 동무한테 관리위원장이 부탁했다네……"

최 노인은 정훈이에게 말하고 나서 자기가 경숙이보다 먼저 짜겠다고 달려들어 가마니 날 뭉치를 풀어가지고 기계 곁 벽에 박힌 못에 걸기 시작했다.

"할아버지! 늦게 오셔서 먼저 짜 가시는 법도 있어요? 안 돼요……. 나중에 짜시라요!"

경숙은 생긋 웃어 보이며 자기가 먼저 짜겠다고 가마니 날 뭉치를 풀

러 못에 걸려고 서둘렀다.

"애애 늦게 왔지만 먼저 좀 짜 가자꾸나! 너희 조합은 우리 조합보다 거의 곱절이나 짜 가구두 또 극성이냐?"

최 노인은 경숙이를 달래며 부드럽게 말했다.

"곱절은 뭐가 곱절이에요. 할아버지네 조합에서 더 많이 짜 가시구 그러십니까? 우리는 이 달에 겨우 250장밖에 안 짜 갔지만 서악에서는 아마 400장이나 짜 갔을 걸 뭘 그러세요……."

"뭐? 무슨 400장이냐? 그 왕청 같은 소리 말아!"

최 노인과 경숙 사이에는 가볍게 옥신각신이 계속되었다.

정훈은 빙그레 웃으며 해체했던 부분품을 다시 끼워 조립해놓았다.

"자, 할아버지…… 그럼 날을 걸고 한번 짜보시지요……."

"어디 그럼 오늘은 내손으로 한번 짜보리다."

정훈은 최 노인에게 기계를 내맡기었다.

시험 직조 기간에 조합 농민들이 가마니를 짜러 올 때는 기계 사용을 농민들 손에 내맡기고 자기는 농민들이 기계의 결함을 발견하려 하였던 것이다.

최 노인은 자기 손으로 가마니 날을 기계에 걸기 시작했다.

경숙이도 함께 할아버지를 도와주기 시작했다.

어느 틈에 가마니 날이 모두 걸려지고 기계가 돌아가기 시작했다.

최 노인은 추려서 묶어 온 작은 짚단들을 기계 좌우에 나누어 놓았다.

짚을 문 바늘이 날 사이로 재빠르게 오고 가고 바디가 덜그럭거리며 지푸라기를 힘차게 내려 눌러주곤 하였다.

추려진 짚단들과 가마니 날을 바로잡아주는 최 노인의 손은 한창 바쁘게 움직여졌다.

"좀 속력을 빨리 해보시지요."

정훈은 최 노인에게 말했다.

"아니 서투르게 기계 만졌다가 고장이나 내면 어떡하겠소……."

최 노인은 조심스럽게 속도 조절 장치를 만지었다. 이윽고 직조 속도는 약간 빨라졌다.

"할아버지두! 참! 속력을 더 좀 올리시라요…… 하루 종일 할아버지 네 것만 짜 가실래요?"

경숙은 짚단을 바로잡아주다가 별안간 기계에 뛰어들어 속력 조절 장치를 홱 잡아 틀었다.

기계는 갑자기 속력이 지나치게 빨라졌다.

"앗!"

정훈은 깜짝 놀라며 기계에 대들었으나 미처 바로 잡을 사이도 없이 기계는 별안간 변조를 일으키며 바늘대만 건중 오고 가고 할 뿐이었다.

이 순간 경숙의 얼굴은 새파랗게 질리기 시작하였다.

정훈은 기계를 정지시켜놓고 요소를 손질하면서 세밀히 관찰하였다.

기계는 별로 큰 고장은 나지 않았으나 웬일인지 말을 잘 듣지 않았다.

"고장이 났어요?"

경숙이가 무색한 목소리로 물었다.

"아니 넌 왜 서투르게 기곌 만져서 고장을 내놓니?"

최 노인은 경숙이를 핀잔주었다.

정훈은 이 순간 자기 기계가 역시 농민들의 손으로 사용되기에는 아직도 많은 결함이 있다는 것을 깨달을 수 있었다.

더구나 그는 속력 조절기에 안전장치를 해야만 누가 만지든지 지금처럼 변조를 일으키지 않을 것이라고 생각하였다.

그렇다면 오히려 경숙이가 속력 조절기를 만져서 고장을 낸 것이 자기 연구를 위하여 큰 도움이 된 것이었다.

정훈은 한참 동안이나 기계를 만져서 겨우 정상적인 상태로 돌려놓았다.

"기계를 함부로 만져두 고장이 잘 안 나도록 만들어 달라요! 속력을 좀 세게 놓았다구 이렇게 고장이 나면 만날 고장만 고치다가 시간을 다 보낼 텐데 뭘!"

경숙은 아까와는 딴판으로 변죽 좋게 정훈을 도리어 핀잔주었다.

"경숙 동무 말이 옳소! 아직두 내 연구가 부족하오! 기계 사용에 익숙지 못한 농민들 손에 함부로 사용되더래두 별반 고장이 나지 않고 또 간혹 고장이 나더래두 누구나 쉽사리 고칠 수 있을 만큼 기계 구조가 완전치 못한 것은 사실이요······."

정훈은 나지막하게 말했다.

"그걸 어서 연구해야 해요. 그리구 이 기계가 좀 커요! 몸집이 작고 아담하게 만들어 달라요. 값두 낮게 만들어야지 비싸면 안 돼요."

경숙의 이런 요구는 옳은 요구라고 생각되었다.

"그렇잖아두 그런 걸 염두에 두고 설계를 개조해나가는 중에 있소!"

정훈은 속력 조절기를 다시 만지어 속도를 더 올리었다.

정훈은 얼른 최 노인에 가마니를 짜주고 오후부터는 경숙이네 것을 짜주려고 생각하였다.

"여보게 정 동무! 그런데 어느 때나 돼야 '귀갑'까지 기계로 같이 짜게 되겠나?"

최 노인이 짚단을 대면서 정훈을 바라보았다.

"금년 안으로는 완성시킬 예정입니다······."

"암! 금년 안으로 돼 나와야지, 허기야 지금 사정 같아서는 귀갑은 그대로 손으로 짤 셈 치고 이대루 제작해 내놔두 농촌 노력이 얼마나 절약되는지 모르지! 하루에 두 사람이 겨우 예닐곱 장밖에 못 짜는데 이 기계는 한 시간 내에 그만큼 짜니 얼마나 빠른가 말야!"

최 노인이 말했을 때 잠자코 서서 가마니 날을 골라주던 경숙이가

"아이 참 할아버지두— 그까짓 게 뭘 빨라요……. 한 시간에 적어도 열댓 장씩은 짜내야죠!"

하고 정훈의 얼굴을 바라보며 빵긋 웃었다. 그러고 나서 다시 말을 이었다.

"그렇잖아요? 정훈 동무! 어서 더 연구해서 한 시간에 열댓 장씩 짤 수 있게 고치시라요!"

경숙의 격려의 말에 정훈은 그저 빙긋이 웃기만 하였다.

"넌 욕심두 크다. 이만한 기계라두 우선 한 조합에 한 대씩만 있어 봐라. 겨울 동안 조합원들이 가마니 치느라구 딴 일을 못하고 애쓸 필요도 없고 그 남는 노력으로는 다른 일을 할 수 있지 않나."

최 노인이 경숙을 공박하자

"할아버지두 이만한 기계를 내놓으려면 벌써 내놓았게요. 더 훌륭하고 좋게 만들어내려구 정훈 동무께서 지금 이렇게 연구하잖아요……."

경숙은 최 노인을 깨우쳐주듯이 방그레 웃으며 말했다.

"오냐 네 말이 옳다. 더 좋은 기계가 나와 하구말구……."

최 노인과 경숙이가 이야기를 주고받으며 짜지는 가마니를 들여다보는 동안 기계는 이따금씩 한 장이 다 짜졌다는 표로 몇 가닥의 지푸라기가 듬성듬성 짜지기 시작하더니 또 계속해서 바디는 힘차게 지푸라기를 눌러 쫑쫑 짜여져 나가곤 하였다.

이윽고 점점 시간을 알리는 사이렌이 요란스럽게 울었다. 시끄럽게 돌아가던 기계 소리가 한꺼번에 멎어버렸다.

그러나 정훈은 자기 기계를 멈추지 않고 그대로 가마니를 짜나갔다.

"인제 이 장만 짜구 그만두세! 오후엔 경숙이네 조합 걸 짜줘야 할 게

아닌가!"

최 노인은 이렇게 말하면서 새끼 날을 더 풀지 않았다.

이윽고 가마니는 다 짜졌다. 최 노인은 30여 매 가량이나 되는 가마니를 추려가지고 마당으로 나갔다.

경숙이는 최 노인의 달구지에 가마니를 실어주고 나서 그 길로 직장 상점 쪽으로 발길을 옮기였다.

이윽고 경숙이는 신문지 뭉치로 싼 뭉텅이를 그러안고 정훈의 앞에 나타났다.

정훈이가 점심을 가져오지 않은 눈치를 챈 경숙은 빵을 사가지고 온 것이었다.

"잡수라요!"

경숙이가 신문지 뭉치를 헤치고 빵을 정훈에게 권했을 때다. 정훈의 아내가 보자기에 점심밥을 싸서 들고 시험 직장 문을 밀며 들어섰다.

그는 남편이 경숙이와 무슨 이야기인지 정답게 소곤거리며 빵을 먹고 있는 광경을 보자 대뜸 얼굴빛이 질리며 잠시 동안 발길을 멈춘 채 남편과 경숙의 행동을 뚫어지게 쏘아보다가 무엇인가 결심한 표정을 보이고는 성큼 정훈의 앞으로 가까이 걸어갔다.

"아이유, 아주머니가 오시네. 어서 오시라요!"

경숙이는 반가운 얼굴로 일어서며 인사를 했으나 정훈의 아내는 옆눈도 떠보지 않고 입을 꼭 다문 채 점심 보자기만 궤짝 위에 탁! 소리가 나게 고의 내던지다시피 내려놓고 나서는 그길로 휙 돌아서서 나가버렸다.

"아니 저 아주머니가 왜 말두 않구 저렇게 성이 났어?"

경숙이는 영문을 몰라 눈을 똥그랗게 뜨고 정훈의 아내가 나간 쪽과 정훈의 얼굴을 번갈아 보며 섰다.

정훈은 아내가 어느 정도 성이 가라앉아 점심을 해가지고 온 것이라고 생각되었으나 또 경숙이를 보자 이처럼 오해를 하고 질투를 일으키며 표독스런 태도로 나가는 꼴이란 우습고 밉살스러우면서도 한편 이상하리만큼 배배 꼬이는 자기들의 일이 못내 한탄되었다.

정훈은 어느덧 빵을 먹을 생각도 점심밥을 먹을 생각도 없어져버렸다.

오늘 밤 집에 돌아가면 또 어젯밤과 오늘 새벽과 같은 충돌이 벌어질 것만 같아 그는 머릿속이 또다시 어지러워지는 것이었다.

"어서 점심을 잡수시라요!"

경숙은 정훈의 앞에 점심 보자기를 내놓았으나 정훈은 별로 먹을 생각을 하지 않고 담배를 피워 문 채 잠시 동안 침묵에 잠기었다.

그의 아내가 왔다 간 뒤 정훈의 기분이 불쾌해진 것을 느낀 경숙은 자기도 이상스럽게 기분이 달라져버렸다.

무슨 이유로 자기가 인사를 했는데도 못 들은 체하고 성을 새파랗게 낸 채 휙 나가버렸을까?

무슨 이유로 그는 어제 영화관 앞길에서 자기를 보고 도끼눈을 해가지고 불쾌한 표정으로 쏘아보며 지나쳐 간 것일까?

경숙은 정훈의 아내의 이러한 태도가 퍽 이상스럽고 해괴해 보이었다.

혹시 정훈과 자기와의 사이를 의심한 데서 나온 질투 행동인가? 만일 그렇다면 이 얼마나 가소롭고 불쾌한 일인가?

그러나 경숙은 그것이 자기의 너무나 지나친 해석이라고 고개를 흔들어 그런 생각을 잊어버리려 했다.

이윽고 작업 사이렌이 울었다. 경숙은 기계에 가마니 날을 걸고 짚단을 옮겨다놓았다. 기계가 요란스럽게 돌아가기 시작했다.

"50매를 짜려면 밤까지 걸려야 되겠죠?"

경숙은 기분을 바꾸어 미소를 띠우며 정훈의 얼굴을 힐끔 바라보았다.

"50매를 꼭 짜야겠소."

"필요하긴 하지만 정 동무한테 너무 미안하니깐 말이죠……."

"어디 짜는 대로 짜봅시다."

정훈은 경숙이가 날을 풀어 대주느라고 미처 짚단을 대주지 못하는 것을 보고 그저 있을 수는 없었다.

"동문 날이나 어서 풀어 대우."

정훈은 기계 곁으로 대들어 경숙이가 미처 대주지 못하는 짚단을 재빠르게 대주었다.

3

퇴근 시간이 지난 뒤에도 가마니 짜는 소리만은 그대로 덜그럭거리며 고요해진 직장 안을 시끄럽게 울리었다.

밤도 이슥해진 열 시가 넘어서야 가마니는 경숙이가 요구한 대로 50여 매가 짜졌다.

경숙은 가마니를 달구지에 싣기 시작했다. 정훈은 가마니를 밖으로 내다 주었다.

"정 동무는 안 가실래요?"

"왜 나두 가야지."

경숙은 소고삐를 잡고 달구지를 몰아 공장 마당을 나섰다.

정훈도 그 뒤를 따라 나왔다. 그들은 공장 밖 컴컴한 신작로로 나섰다.

동악 마을을 가자면 정훈의 사택 마을 앞을 지나야만 했다.

새벽까지 내린 눈이 낮 동안에 대부분 녹았으나 길바닥은 엷게 살얼음이 잡혀 질퍽거리었다.

"인젠 봄이 올 날두 며칠 안 남았지요?"

"이제부턴 동무네 조합에서두 한창 바쁘겠소……."

"언제는 안 바쁜가요? 금년엔 작년보다 더 많은 생산계획을 세웠으니깐 눈코 뜰 새 없어요! 우선 며칠만 지내면 식수 사업부터 시작할 텐데…… 금년엔 과수 나무를 더 많이 심기로 했어요……."

경숙은 소고삐를 끌어당기면서 종알거렸다.

"인제 몇 해 안 가서 우리 동악 마을뿐 아니라 이 공장 지대까지두 복사꽃, 사과꽃, 배꽃 속에 파묻히게 될 거예요."

경숙은 여기까지 말하다가 갑자기

"그런데 참 정 동무네 복숭아나무는 뿌리가 얼지 않았어요?"

하고 궁금한 듯이 물었다.

"아니……."

정훈은 이 이상 더 할 말이 없었다. 사실은 복숭아나무로 말미암아 자기 아내와 큰 싸움이 벌어졌던 오늘 새벽 일에 대하여 구태여 경숙이에게 이야기해줄 필요는 없었기 때문이었다.

이윽고 달구지는 정훈의 사택 마을로 들어가는 갈림길 앞을 지나게 되었다.

"자 동무 어두운데 잘 가오."

정훈은 사택 마을길로 들어섰다.

경숙은 달구지를 잠깐 세우더니

"정 동무 수고스럽지만 저기 저 비탈길 올라가는 데 좀 밀어 달라요. 암만 해두 미끄러워서 달구지가 못 올라갈 것 같아요."

경숙은 정훈에게 간청하였다.

"그래, 밀어주지……."

정훈은 선선히 대답하였다. 그는 오늘 따라 자기 집에 들어가고 싶은 생각이 적어졌다.

동악 마을 산모퉁이 비탈길로 달구지가 올라갔을 때는 반 남아 이지러진 달이 동악산 봉우리 위로 뾰조름히 이마를 내밀기 시작하였다.

정훈은 경숙이와 헤어진 뒤 사택 골목으로 들어서서 걷기는 하였으나 그는 아내와 또 한바탕 충돌이 계속될 것이 예상되었으므로 집에 들어 갈 생각이 없어져버렸다.

그러나 그는 새벽에 일어나 설계도를 검토해야 할 것이 생각되자 얼른 집에 들어 가 쉬지 않을 수 없었다.

그는 자기 집 마당으로 발길을 옮겨놓았다.

"앗!"

아침에 나올 때까지 분명히 서 있던 복숭아나무가 간 데 없었다.

정훈은 불같이 치솟는 울화를 참을 수 없었다.

그는 방문을 화닥닥 열어젖히었다. 있을 줄만 알았던 아내가 간 데 없고 방 안에 걸려 있던 아내의 옷들이며 아침에 뭉뚱거리던 보퉁이들이 하나도 눈에 뜨이지 않았다.

아까 공장으로 점심밥을 해가지고 온 아내가 경숙이와 자기가 빵을 먹으며 이야기하는 것을 보고 또 질투를 일으켜 표독스럽게 밥보자기를 내던지고 가기는 했지만 이처럼 복숭아나무까지 뽑아 없애고 집을 나가 버릴 줄은 몰랐다.

정훈은 금방 그가 가 있을 그의 친정으로 뛰어가 붙들고 와서 단단히 버릇을 고쳐놓고도 싶었다.

그러나 이미 자기를 반대하고 집을 나간 사람을 다시 데려올 필요는 없다고 생각하자 풀썩 그 자리에 주저앉고 말았다.

불쾌하기도 하고 애수하기도 한 종잡을 수 없는 마음에 정훈은 한동안 멍하니 천장만을 쳐다보고 있었다.

이때 밖에서 발자국 소리가 나며

"정 동무 왔소?"

하고 윤오가 들어왔다.

윤오가 벌써 정훈의 아내가 집을 나간 사실에 대하여 알고 있었던 것이다.

"동무가 너무 부부생활은 돌보지 않고 연구 사업에만 열중했던 탓이요. 그러나 별 문제는 없소. 내게 맡기오!"

윤오는 노련하게 말하며 정훈을 위로하였다.

"뭐 나는 아내가 되돌아오기를 바라진 않소. 내 사업을 이해 못하고 내 성격을 몰라주는 아내와는 오히려 헤어지는 게 마땅할 게요."

정훈은 제법 흥분된 어조로 자기 결심을 보이었다.

"아니요. 동무 부인은 동무를 지극히 사랑하고 있다는 걸 알아야 하오……. 문제는 꼭 복숭아나무 때문이요…… 하하하……."

윤오는 껄껄껄 한바탕 웃어제끼었다. 그리고는 다시 말을 이었다.

"내가 중매를 잘했더라면 이런 일이 없었을 것인데…… 낸들 어찌 남의 성질을 속속들이 알 수 있소? 별수 없소. 내 뺨이라도 서너 번 치오. 허허허."

윤오의 말에 정훈도 쓴웃음을 웃었다.

"그런데 경숙이하곤 도대체 어느 정도로 친하우? 그래두 무슨 근거가 있지 않겠소?"

"직장장 동무도 결국은 나를 그렇게 모르오? 하 하 하."

"허기야 동무 성격이 경숙이와 애정 관계에 빠질 사람은 아니지만……."

윤오는 이렇게 말하다가 갑자기

"동무 어서 일어서오! 우리 집에 가 한잔합시다."

하고 정훈을 데리고 자기 집으로 갔다.

4

며칠이 지났다. 그러나 아내는 돌아오지 않았다.

정훈은 평소와 마찬가지로 공장에서 퇴근을 하면 혼자서 밤 늦도록 연구에 몰두하였다.

그는 자기 설계에 맞추어 제작한 부분품을 자기 집에까지 가지고 와서 이놈저놈 만져도 보고 다시 자기 손으로 □기도 했다.

그는 아내가 돌아오도록 참고 기다릴 것인가? 그렇지 않으면 가서 데리고 올 것인가? 그렇지도 않으면 아주 단념해버리고 깨끗이 아내와의 관계를 청산해버리고 말 것인가?

날이 갈수록 정훈의 머릿속은 복잡해지기만 했다.

아내에게 고분고분하게 굴지 못했고 또 상이라도 베어 먹을 것처럼 잔 인정 있는 자기가 아니지만 아내의 인격을 무시했거나 천대를 한 일은 없었고 또 욕을 하고 손질을 해서 모욕을 준 일은 더구나 없지 않았던가…….

이런 생각을 하면 할수록 지난날 그전 아내와 행복스럽게 살던 시절의 기억이 어느덧 그의 눈앞에서 팔락이는 것이었다.

전쟁 전 그 어느 해의 일이었다. '가마니 직조기'의 기본 설계에 착수했을 때 정훈은 그때도 매일 밤 늦게까지 잠을 안 잤고 새벽이면 일찍 일어나 설계도 위에 지혜를 짜내곤 했었다.

어느 날 밤 정훈은 설계도를 그리다가 도면 위에 자기도 모르게 코피를 뚝뚝 떨어뜨리었다.

"아이유 제발 인젠 그만 쉬시라요! 너무 여러 날 무리하시더니."

아내는 재빨리 냉수를 떠다가 이마를 식혀주고 솜으로 코를 막아주었다.

"그런데 이걸 어떡해요…… 허사가 아니에요. 여태까지 그린 데다 코피를 흘렸으니……."

아내는 어느 틈에 설계도 위에 물든 코피를 솜으로 닦아내고 있었다.

그는 이처럼 남편 몸을 아끼었고 또 설계도를 귀중히 여기지 않았던가!

만일 그 아내가 원수놈들의 폭격에 죽지 않았다면 오늘 자기의 사업에 얼마나 큰 도움을 주었을 것이며 부부생활은 또 얼마나 행복스러웠을 것인가…….

이렇게 부질없는 명상에 잠기어질 때 정훈의 머리는 더욱 어지러워지기만 했다.

"잊어버리자!"

정훈은 고개를 흔들어 옛 기억을 잊어버리려 애를 썼다. 그러나 어제 오늘은 어찌 된 일인지

"어서 설계나 완성시키라요……. 부질없이 옛일을 생각 말고……."
하고 방긋이 웃으며 그의 눈앞에 떠오르는 것은 죽은 아내가 아니라 경숙이의 얼굴이었다.

경숙이는 둥근 얼굴, 빛나는 두 눈, 웃으면 볼우물 지는 양볼! 어느 모로 보든지 그전 아내의 처녀 시절과 비슷하대서일까? 허나 그런 것만은 아니었다.

정훈은 아내가 집을 나가고 난 뒤부터 자기도 모르게 경숙이에게 대하여 이상한 방향으로 자기의 감정이 끌려들어가는 것을 느끼지 않을 수 없었다.

경숙은 응당 자기 사업을 이해해줄 것이고 또 동정해줄 수 있는 믿음직한 처녀가 아닌가? 그렇다면 경숙에게 자기의 심경을 솔직히 호소해 볼 필요가 있지 않을까? 경숙이와 자기와의 사이에 애정이 싹이 터 가정을 이룰 수 있다면 그것은 얼마나 행복된 일인가?

정훈은 이렇게 한참 동안을 가슴만 설레다가 꿈에서 깨어난 사람처럼 어느덧 자기 현실로 돌아오곤 하였다.

비록 자기와 충돌을 하고 집을 나가 여러 날째 돌아오지는 않았으나 결혼 후 자기를 위하여 직장까지 그만두고 집안에 처박혀 가정을 이루어준 아내가 아니었던가!

경숙이와 자기와의 사이가 오해할 성질의 것이 아니었다는 것을 확인하기만 한다면 아내는 곧 돌아와 자기 잘못을 뉘우칠 수 있는 그런 상냥스런 성격도 지닌 그라고 생각하였다.

그는 공장장에 나가나 집에 돌아오나 이런 감정의 갈등 속에서 머리가 떵하고 마음이 늘 가라앉지 않았다.

그는 어떤 날 밤이면 술에 취해가지고 집에 돌아오기도 했다.

텅 비인 방 안에 맹숭맹숭한 기분으로는 도저히 잠을 이룰 수 없었던 때문이다.

이렇게 불규칙한 생활이 계속되는 동안 그의 창의 고안 사업은 결국 답보 상태에 빠지고 말았다.

윤오는 걱정 끝에 식사를 자기 집에 와서 하라고 여러 번 권했지만 그는 남에게 폐를 끼치고 싶지 않았으므로 자기가 손수 밥을 지어 먹었다.

그 때문에 출근 시간을 지각한 때도 한두 번 있었고 또 어떤 날인가 그는 몸이 몹시 고단하여 출근을 하지 못하고 누웠다가 오후에야 겨우 정신을 차려 출근한 일도 있었다.

그는 해방 이후 지금까지 공장생활에서 별로 지각이나 결근이나 조퇴라고는 해보지 않은 근실한 사람이었건만 가정생활의 파탄에서 오는 영향은 무서운 힘으로 그의 정신을 어지럽혔고, 사업에 큰 지장을 일으켜준 것이었다.

그는 자기 사업이 순조롭게 진행되어나가지 못하는 자기 현실에 대하여 몹시 괴로웠고 또 같은 직장 동무들 보기에도 양심상 부끄러웠다. 뿐만 아니라 그는 국가 앞에 죄를 짓는 것만 같기도 했다.

그는 해방 이후 지금까지 자기의 창의 고안 사업의 성공을 위하여 국가가 자기에게 방조를 준 것을 회상해보지 않을 수 없었다.

무슨 남보다 뛰어나고 뾰족한 재주가 있는 것도 아니었고, 또 무슨 기초 지식이 충분히 있는 것도 아닌 자기로서 오늘날 □□ 사업이 거의 완성에 가까워온 것은 오로지 자기의 성공을 위하여 격려해주고 채찍질해주고 물심양면에 걸쳐 방조를 해준 공화국의 혜택이라고 생각되는 것이었다.

그는 그동안 자기 사업의 성공을 위하여 연구에 사용되고 소비된 설계도 용지만 계산해봐도 미상불 대여섯 달구지가 실할 것임을 깨달았을 때, 새삼스럽게 놀라지 않을 수 없었다. 또한 수백 개가 넘는 부분품을 만들었다 부서뜨리고 또 만들었다 부서뜨리고 하는 동안에 소비된 물자와 시간과 노력 □수를 따져본다면 더욱 놀라지 않을 수 없을 것이었다.

이렇듯 자기 사업에 방조를 해준 당과 정부 앞에 □□□다가는 자기 사업에 최후 완성을 보이지 못하고 허사가 되고 말 것만 같은 불안함을 느끼었을 때 그는 갑자기 두려운 생각이 들었다.

날씨는 어느덧 달라졌다. 햇볕은 따뜻해지고 바람결은 부드러워졌다. 서악과 동악 골짜기에서는 벌써 아지랑이 같은 것이 눈앞을 사물거리기 시작했다.

공장 부근 농업협동조합원들은 춘경 □□ □□□ □□□ □□전처럼 공장 안 정훈의 작업장에 가마니를 짜러 오는 일이 드물어졌다.

정훈은 좀처럼 가라앉지 않는 감정의 갈등 속에서도 자기 사업을 완성시켜야겠다는 의욕은 여전히 불타올랐다.

어느 날이었다.

정훈은 공장 지배인과 당위원장을 비롯한 간부들과 도 중앙에서 내려온 손님들에게 둘러싸여 자기 기계의 최종적 시험을 하기 시작했다.

그동안 완성을 보지 못했던 '귀갑'이 훌륭하게 기계로 직조되어 나오는 것을 본 손님들은 모두 다 신기스럽고 만족한 얼굴로 가마니 직조기를 바라보다가는

"동무! 과연 수고했소!"

하고 감격된 어조로 찬사를 올리며 기름때 묻은 정훈의 손을 덥석 쥐고 흔들어주는 것이었다.

이 순간 정훈은 몹시 감격되고 기뻤다. 이런 장면을 집을 나간 아내에게 보여주고 싶은 마음이 불쑥 치밀어올랐다.

"동무! 그런데 혹시 이 기계에 대해서 앞으로 더 개선해야 할 점은 없소?"

지금까지 침착하게 기계를 들여다보고 섰던 손님 하나가 빙그레 웃으며 정훈의 얼굴을 바라보았다.

"솔직히 말씀드리자면 이것을 창의 고안품이라고 세상에 내놓기가 부끄럽습니다. 첫째, 기계를 다루는 데 익숙지 못한 농민들 손에 함부로 사용되더라도 고장나는 률이 적도록 단단히 고장이 나더라도 아무나 쉽

게 고칠 수 있도록 더 개선해야 할 것과 둘째, 속도가 지금보다 적어도 50프로 가량 더 높아져야겠고 셋째로, 기계 몸집을 작게 해서 운반과 사용에 편리하도록 하며 아울러 기계 제작 비용을 적게 들여 농민들의 부담을 가볍게 해야 할 문제들입니다."

정훈은 얼마 전 경숙이가 자기에게 요구하던 그 말 그대로를 연상하면서 손님들 앞에 자기 의견을 말했다.

정훈의 대답을 듣던 한 손님은 더욱 만족한 웃음을 띄우며

"동무의 지적이 솔직해 좋소. 나는 동무에게 경의를 표하오. 부디 더 계속 연구하시오……."

하고 또 한 번 굳게 악수를 해주었다.

정훈은 이렇게 손님들이 자기를 격려해주고 칭찬해주는 데 대하여 어쩔 줄을 몰라 한참 동안 가슴만 설레어졌다.

그날 오후에는 공장 부근의 농업협동조합원들이 모여들었다.

그들은 정훈의 '자동식 가마니 직조기'가 '귀갑'까지 완전히 기계로 짤 수 있게 설계가 완성되었다는 소문을 듣고 기쁜 마음에 몰려온 것이었다.

그들 가운데는 동악의 경숙이와 서악의 최 노인도 섞여 있었다.

그들은 한참 동안이나 직조 광경을 바라보다가 정훈에게 치사를 하고 악수로써 헤어져 갔다.

그러나 경숙은 웬일인지 정훈의 작업장에 혼자 남아 머뭇거리고 있었다.

"정 동무! 오늘 퇴근 후에는 별루 바쁜 일 없어요?"

경숙은 돌연 이렇게 말하며 긴장된 얼굴로 정훈의 눈치를 살피었다.

"왜?"

"할 말이 있어 그래요……."

"오늘은 학습이 있는데…… 그럼 지금 민주선전실로라도 잠깐 가시자요!"

경숙이 요청으로 정훈은 직장 민주선전실로 들어갔다. 때마침 민주선전실 안에는 아무도 없었다.

"난 그동안 소문을 듣고 놀랬어요."

경숙이가 먼저 입을 열었다. 정훈은 갑자기 창피스런 생각이 났으므로 그저 말없이 담배만 피울 뿐이었다.

"허지만 나는 아주머니가 나쁘다고 보지 않아요! 정 동무가 나빠요……. 왜 가서 얼른 안 데려오시나요? 가마니 기계는 훌륭히 만들어내면서 자기 아내는 왜 교양을 주지 못해요?"

경숙은 생글생글 웃으며 정훈의 얼굴을 건너다보았다.

"동문 그 말을 하려고 나를 찾아왔소?"

정훈은 자기도 뜻하지 않았건만 어조가 불숙 퉁명스럽게 나온 것을 느꼈다.

"사실은 내가 어제 군 민청 회의에 갔다 오다가 아주머니를 찾아갔었어요……."

"……?"

정훈은 깜짝 놀랐다.

"나는 아주머니가 복숭아나무를 뽑은 데 대하여 항의를 하러 갔었어요……. 그러나 나는 앓아누워 있는 아주머니를 보고 그 말이 나오지 않았어요……."

정훈은 또 놀라지 않을 수 없었다.

"앓아누웠다구?"

"복숭아나무를 뽑아버리고 그길로 집에 가서 바로 앓아누운 모양이에요! 정말 정 동무를 무척 사랑하는 아주머니란 것을 느꼈습니다. 나는 아주머니에게 정훈 동무와 나 사이에 하등 오해할 건더기가 없다는 것을 자세히 말씀드렸어요. 내일이라도 가서 데리고 오시라요……."

경숙은 거의 명령적으로 정훈에게 말했다.

"동무두 딱한 소리 마오……. 나를 싫어서 나간 여자를 데리려 갈 필요는 없을 것이요. 막상 데리려 간들 기분 좋게 오겠소?"

"아니에요! 가보시라요. 이젠 오해가 풀렸어요. 그날 점심밥을 싸가지고 와서 팽개치고 나갈 때와는 아주 딴판이에요."

"딴판은 무슨 딴판이겠소."

정훈은 경숙의 이야기를 별로 흥미 있게 들으려 하지 않았다.

"글쎄 그렇잖아요. 간단히 말하자면 자기가 집을 나간 걸 후회하고…… 또 자기가 성질이 팩하고 고약하다는 것을 뉘우치고 또 정 동무의 사업이 중요한 사업이라는 걸 알면 되잖아요?"

경숙은 여기까지 말했으나 정훈은 그 말이 곧이들리지 않았다. 불과 며칠 동안에 자기 아내의 심경이 그처럼 변할 리 없고 또 성격이 달라질 수는 없기 때문이다.

"정말이지 내가 어제 얼마나 아주머니와 장시간 동안 이야기했는지 아세요? 아주머니의 오해를 풀어드리려 한 거예요. 언제 우리가 아주머니를 배척하자구 공론을 했으며 또 아주머니가 의심하는 것처럼 정 동무와 내가 서로 연애를 했어요? 참 우스운 일이었어요……."

경숙의 어조는 어느덧 가벼운 흥분 속에 떨려 나왔다.

"사실 경숙 동무에게 미안한 일이요. 뿐만 아니라 바깥소문이 나빠 불쾌하고 부끄러운 일이요. 어떻게 해서든지 경숙 동무의 불명예를 씻어야겠소……."

정훈은 경숙이에게 대해서 도리어 미안한 생각이 든 것이다.

"내 문제는 문제가 아니에요. 정 동무의 사업이 중요하지 않아요? 아주머니와 불화가 계속되는 동안 그만큼 연구 사업은 지장을 가져올 것이에요!"

"……."

정훈은 잠깐 동안 말없이 명상에 잠겨 있었다. 경숙이가 이처럼 자기 일에 발 벗고 나서서 오해를 풀어주기 위하여 애를 쓰고 있다는 것을 생각했을 때, 정훈은 새삼스럽게 경숙이가 존경되었다.

"어쨌든 오늘 내일 동안에 가보시라요. 오고 싶어도 열적어서* 못 오고 있어요, 지금…… 몸도 아프기는 하지만두 만일 정 동무 혼자 가기 싫으면 나허구 같이 가시자요……."

경숙이가 이런 말을 했을 때 밖에서는 사이렌이 요란스럽게 울렸다. 이윽고 노—를 든 노동자들이 민주 선전실 문을 열고 들이닥치었다.

"그만 갈래요."

경숙은 황망히 일어나 밖으로 획 나가버렸다.

학습이 시작되었다. 그러나 정훈은 강사의 이야기가 귀에 잘 들어오지 않았다. 그는 오늘 따라 마음이 더욱 복잡해지고 심란해졌다.

경숙이가 아내에게 갔다 온 사실, 아내가 앓아누웠다는 사실, 아내가 후회를 한다는 사실, 경숙이로부터 자기가 아내를 교양 주지 못했다고 비판을 받은 사실……. 정훈은 자기에게도 응당 잘못이 없지 않다고 뉘우쳐졌다.

만일 경숙의 말대로 아내가 집을 나간 것을 진심으로 뉘우친다거나 돌아오고 싶어도 열적어서 못 돌아오고 있다면 자기는 한시라도 빨리 가서 아내를 데리고 와야 할 게 아닌가?

성질이 지나친 신경질이어서 뾰족하고 팩하고 이해력이 부족하고 오

| * 열적다: 열없다. 좀 겸연쩍고 부끄럽다.

해를 잘 하는 것이 아내의 결함인 것만은 사실이나 싹싹하고 눈치 빠르고 상냥한 맘이 없지도 않은 아내가 아닌가!

더구나 전쟁에 피해를 입은 불행한 사람끼리 서로 만나 행복한 가정을 창조하자고 약속하던 그때의 그 정열과 지향이 어찌 다시 소생될 수 없을 것인가!

그는 어느덧 앓고 누워 있다는 아내의 일이 몹시 궁금해지며 한편으로 불안한 생각까지 났다.

집으로 돌아온 그는 마음이 더욱 설레었다.

방 안은 유달리 쓸쓸하고도 싸늘하였다. 아침에 덮고 가기는 했으나 석탄불이 꺼져버린 것이 분명하였다.

그는 컴컴한 부엌으로 들어갔다. 부엌 안 공기도 냉랭하였다. 석탄불은 싸늘하게 꺼져버렸다. 그는 불을 피우려 불쏘시개를 찾았으나 눈에 잘 뜨이지 않았다. 겨우 통나무 한 토막을 발견한 그는 도끼를 찾아 들고 내려 팼다. 이 순간 갑자기 쨍하고 무엇인지 깨어지는 소리가 났다. 장작개비가 튀어 찬장 유리문을 깨뜨린 것이었다.

그는 울화가 치솟아 올랐으나 꾹 참고 석탄불을 피운 다음 밥을 지으려 서둘렀다. 얼마 만에 밥 탄 냄새가 났다. 밥 길은 밥물이 적어 퍼질 사이도 없이 생쌀 그대로 바닥에 눌어붙어 타기 시작한 것이었다. 그는 당황해졌다. 물을 담박 부었다. 얼마 만에 그릇에 펐을 때는 밥이 아니라 화기내가 풍기는 거무테테한 죽이었다. 게다가 숟가락마다 돌이 썹히었다.

그는 먹던 밥그릇을 밀어 던지고 담배들 피우며 한참 동안 냉정히 생각하였다. '이래가지구서야 내 사업이 어찌 앞으로 더 발전할 수 있겠는가!'

그는 속으로 중얼거리면서 무엇을 결심했다는 듯이 벌떡 일어나 벽에 걸린 자기 저고리를 더 껴입고 밖으로 나왔다.

그는 어느 틈에 자기 아내가 가 있는 마을 쪽을 향하여 걷고 있었다.

캄캄한 밤, 인적조차 드문 들판과 산모퉁이를 돌아가며 그는 또다시 곰곰이 생각하였다. 그는 갑자기 걷던 발길을 멈추며 엉거주춤하고 한참 동안 그대로 서 있었다.

아내를 찾아가는 자기가 새삼스러이 쑥스럽게 생각된 때문이다.

자기가 찾아간다고 해서 과연 아내가 오해를 풀고 자기를 따라 돌아올 것인가? 암만해도 경숙이의 말이 자기에게는 그대로 신용되지 않았다. 만일 경숙이의 반대로 아내가 그렇게 쉽게 자기 오해를 풀고 자기의 잘못을 뉘우칠진댄 구태여 데리러 가지 않더라도 돌아와야 할 게 아닌가! 그렇다! 진심에서 우러나 자기가 스스로 오해를 풀고 집에 돌아올 때까지 기다리자!

정훈은 이렇게 생각하면서 발길을 돌려놓고 말았다.

그는 힘없는 발길을 터벅터벅 옮겨놓으며 다시 사택 마을로 돌아왔다.

이집 저집 창문으로는 전등 불빛이 휘황하게 비치었고 오순도순 이야기 소리 웃음소리가 흘러 나왔다. 어떤 집에서는 부부가 함께 나와 배급받은 석탄을 퍼 나르고 어떤 집에서는 고기 굽는 냄새가 코를 찔렀다.

모두가 자기네 부부보다는 행복한 사람들 같고 즐거워 보이었다.

5

경숙으로부터 그런 이야기를 들은 이틀 뒤 오정 사이렌이 공장 지대를 요란스럽게 울고 난 지 조금 지나서였다.

머리에 수건을 쓰고 분홍 저고리에 검정 동자바지를 입고 어깨에 삽을 둘러멘 경숙이가 정훈 작업장에 나타났다.

경숙은 공장 건너편 동악 마을 산비탈에 □□조합원들과 과일 나무를 심다가 점심시간을 이용하여 정훈을 만나러 내려온 것이었다.

"……."

정훈은 말없이 담배만 피워 물고 먼 산을 바라보았다.

아내를 데리러 가다가 도중에서 되돌아오고 만 자기의 심정을 경숙이에게 밝히기가 웬일인지 거북하고 쑥스러웠다.

"동무에게 미안하오!"

정훈은 이렇게 한 마디를 해내 던지고는 더 말을 하지 못했다.

"참 정 동무도 딱하세요. 밤중이라도 갔다 오셔야죠. 누구 때문에 병이 나 앓는다구 안 가보세요!"

경숙은 명랑한 목소리로 말했다.

"내가 간다구 병이 낫겠소? 안 가도 양심이 있으면 오겠지……."

정훈의 어조는 냉정하였다.

"아이유 참 그러니까 정 동무가 나빠요. 그만두라요. 내가 한 번 더 갔다 올 테니!"

경숙은 여전히 쾌활하게 말하면서 빙그레 웃어 보이고는 바쁜 걸음으로 공장 밖을 나가버리었다.

정훈은 경숙이가 건너편 산비탈 길로 올라갈 때까지 한참 동안 유리창 밖을 물끄러미 내다보았다.

명랑하고 쾌활하고 믿음직한 경숙이, 자기를 위하여 이렇듯 애를 태워가며 호의를 다해주는 그 심정이 새삼스럽게 고맙고도 아름답게 생각되었다.

그날 밤이었다. 정훈은 자기의 2·4분기 사업 계획을 직장장 윤오와 더불어 토의하고 열 시가 되어서야 집으로 돌아갔다.

아내가 집을 나간 이후 언제나 밤에는 불이 꺼진 그대로 고요하던 자기 집 방 안에 전등불이 훤하게 켜지고 누구인지 도란도란 이야기를 주고받는 소리가 들려나왔다. 정훈은 그것이 누구의 목소리인가를 직감적으로 알아낼 수 있었다. 그는 밤길을 주춤하면서 방 안에서 나오는 목소리에 귀를 기울였다.

"이제는 부디 잘 사시라요. 내개 대한 오해두 다 풀어버리셨으니까. 나 때문에 정 동무한테 불명예를 끼친 걸 생각하면 나두 얼른 결혼을 해야겠어요. 참! 내달에는 잔치를 하기루 작정은 해놨답니다……."

경숙의 말소리는 그치었다. 정훈은 아내가 무슨 말을 하려나? 하는 호기심보다도 경숙이가 시집을 가기로 작정되었다는 돌발적인 말에 대하여 유달리 긴장되었다. 사실 경숙이가 시집을 가기로 날짜까지 결정되었을까 그렇지 않으면 자기 아내의 마음을 가라앉히기 위한 일시적인 응변인가? 정훈은 경숙의 말이 암만해도 믿어지지 않았다.

"인젠 나두 잘 알았으니 그만해두구려."

아내의 목소리가 나지막하게 들려나왔다.

"정말 아셨어요? 정 동무가 그동안 얼마나 창의 고안에 고심했습니까? 아주머니는 그것을 아셔야 해요! 앞으로도 정 동무의 사업은 더 중요합니다. 지금 '귀갑'은 성공했지만 완전한 큰 성공은 아직도 멀었어요! 정 동무가 큰 성공을 하느냐? 못하느냐?의 문제는 가정에서 아주머니의 방조 여하에 따라 결정된다는 걸 아셔야 해요."

경숙의 목소리엔 약간 웃음이 섞여 들렸다.

"아 글쎄 경숙 동무! 그 소리는 벌써 내게 몇 번째! 인제 다 알았으니 딴 이야기나 하자요!"

아내의 말소리도 약간 웃음이 섞여 들리었다.

정훈은 이 이상 더 엿들을 필요가 없다고 생각하고 기침을 하며 방문을 열었다.

이 순간 경숙이는 방긋 웃으며 정훈을 바라보았다. 그러나 정훈의 아내는 고개를 숙인 채 정훈을 똑바로 바라보지 못했다.

"자, 정 동무! 이제 난 갈래요! 이만 하면 내 할 일은 했으니까……."

경숙은 벌떡 일어나 문을 열고 나섰다.

정훈은 경숙이 뒤를 따라 나왔다.

"어서 들어가시라요. 아주머니가 또 오해를 하시면 어떡하실라구!"

경숙은 명랑하게 말했다.

"동무의 호의는 고맙소."

정훈은 정중하게 말했다.

"이젠 그전보다 좀 다정하게 굴라요."

경숙은 정훈에게 부탁하면서 악수를 청했다. 그리고는

"그런데 참 난 이번 결혼하기로 결정했어요. 이번 제대되어 우리 조합에 온 동무랍니다."

하고 침착하게 말했다.

"축하하오!"

정훈은 경숙의 손을 잡으며 다정스럽게 이렇게는 말했으나 그러나 어쩐지 마음 어느 한구석이 허전해지는 것을 어쩔 수 없었다. 그것은 자기도 모를 감정이었다.

정훈은 경숙과 악수를 나누고 나서도 얼마 동안 그대로 서 있었다. 어둠 속으로 사라져가는 경숙의 발자국 소리를 듣다가 그는 자기 정신으로 돌아와 발길을 돌리고 자기 집으로 달려왔다.

아내는 그동안 방 안을 깨끗이 쓸어내고 단정히 그러나 고개를 외면하고 그린 듯이 앉아 있었다.

그들 사이에는 한참 동안 침묵이 계속되었다.

"여보! 어린 경숙이한테 교양을 받으니 부끄럽지도 않소?"

참다못하여 정훈이가 먼저 침묵을 깨뜨렸다. 그러나 아내는 아무런 대꾸가 없었다.

"허기야 나도 경숙이한테서 비판을 받았소. 생각해보면 나도 당신에게 잘못한 일이 한두 가지가 아니었소."

정훈의 목소리는 나지막하였으나 긴장된 분위기 속에서 떨리어 나왔다.

"당신이나 나나 전쟁의 쓰라린 상처를 입은…… 처지가 같은 사람끼리 결합된 사이가 아니오. 작년 봄 우리가 결혼한 것은 행복한 생활을 창조하기 위함이었소."

정훈은 잠깐 말을 끊고 담배를 피워 물었다

"─우리 다시 그때로 돌아갑시다. 당신은 그때 얼마나 상냥스러웠소? 또 나를 얼마나 위해주었소?"

정훈은 담배 연기를 깊이 빨아들여서는 길게 내뿜었다.

이 순간 방 안은 유달리 고요하였다.

아내는 고개를 숙인 채 여전히 말이 없더니 두 어깨를 들먹거리며 가볍게 흐느껴 우는 소리가 들리었다.

그동안 너무나 지나친 질투 행동에 대하여 자기를 뉘우치는 표정이라고 느낀 정훈은 부드러운 목소리로

"울지 마오. 당신에게 구태여 잘못했다고 책망하지는 않겠소. 서로 다 잘못했으니까."

하고 나지막하게 입을 열었다.

"나두 당신만 잘못했다고 생각진 않아요. 내 성질이 고약하고 이해성이 없고! 당신을 오해한 내 잘못이 더 큰 줄 알아요……."

아내도 낮은 목소리로 말했다.

그는 홧김에 남편을 원망하고 집을 버리고 친정으로 가기는 했지만 도리어 마음은 집에 있을 때보다 더 괴로웠고 친정 식구들 보기에 미안한 생각이 들었던 것이었다.

"애 너 인제는 여러 날 됐으니 그만 가거라. 그래두 그렇지 않다. 사람이 다 한 가지 흠은 있느니라 무뚝뚝해 그렇지 무슨 악한 사람이냐?"

그의 어머니는 걱정을 하며 이렇게 타일렀을 것이다.

사실 그도 하루 이틀, 날이 가는 동안 흥분되었던 울화는 어느 정도 가라앉게 되었고 냉정한 자기로 돌아가긴 했으나 그 반면 그의 심신은 극도로 피곤하였다. 밤으로는 잠을 못 이루고 거의 뜬눈으로 날을 밝히다가 그는 그만 병이 나서 앓게 되었던 것이다.

그는 병석에 누워서 곰곰 생각하였다. 혹시 자기가 단정해 나온 경숙과 남편과의 사이에 의심할 만한 아무런 근거도 없는 것을 자기가 신경질적으로 오해한 것이라면 남편은 자기의 이번 행동에 대하여 얼마나 자기를 원망하고 야속스럽게 생각할 것인가?

자기 마음이 갈수록 괴롭고 피곤한 것처럼 남편의 마음도 응당 괴롭고 피곤할 것이 아닌가?

이런 생각을 할 때면 그는 불현듯 보퉁이를 다시 이고 집으로 돌아오고 싶었던 것이다.

그러나 막상 자기 혼자서 꺼벅꺼벅 집에 돌아오기가 심히 열적고 부끄러운 생각이 없지도 않아 하루 이틀 주저주저해 내려왔던 것이었다.

솔직히 말하자면 그는 남편이 자기를 데리러 왔으면 싶은 생각이 없지도 않았고 경숙이가 자기에게 왔다 간 뒤에도 여러 날이 되도록 오지 않는 남편에게 대하여 역시 야속스러운 생각까지 들지 않을 수 없었던 것이다.

"사실 나는 당신을 데리러 가다가 도중에서 다시 돌아왔소. 당신이 진심으로 오해가 풀려 스스로 돌아오기를 바란 때문이었소."

정훈은 또 부드러운 음성으로 말했다.

"인젠 제발 그렇게 사람을 곯리지 말라요. 도중에서 되돌아올 건 뭐예요. 나는 당신에게 차라리 매를 맞는 게 낫지 그렇게 은근히 곯려주는 건 더 괴로워요."

아내의 말소리는 비로소 정상적인 상태로 돌아왔다.

정훈은 비로소 빙그레 웃음을 띠우며 아내의 얼굴을 바라보았다

아내도 빙그레 마주 웃음을 띠우며 고개를 벽 쪽으로 돌리였다.

정훈은 잠깐 동안 무엇을 생각다가 입을 열었다.

"여보 당신에게 이번 기회에 할 말이 있소!"

"……?"

아내는 긴장된 표정으로 남편을 힐끔 바라보았다.

"다른 말이 아니요. 당신도 직장에 나가오. 당신을 직장에 못 나가게 한 것이 내 잘못된 생각이었소. 가정 여성의 직장 진출 문제는 이제 새삼스럽게 제기된 것은 아니요. 더구나 재봉공으로 기술을 가진 당신을 가정에만 처박아둔 게 국가적 손해였소."

남편의 말에 아내는 잠깐 동안 잠자코 있다가

"사실 나두 직장에 나가고 싶었어요. 어린아이를 둘씩 셋씩 가진 어머니들도 아이들을 탁아소에 맡기고 직장에 나가는 판인데 집안 살림살이가 뭐 대단한 게 있다고 직장엘 못 나가겠어요. 그럼 어머니를 오시라고 해야 돼요……"

아내의 목소리엔 갑자기 생기가 솟아올랐다.

"그렇소! 장모님을 모셔 옵시다."

"그러잖아두 어머니는 내가 만일 다시 직장에 나가면 우리 집에 와 살림을 거들어줘야 할 것을 각오하고 계세요."

"됐소. 그럼 내일부터 당장 새로운 기분으로 직장에 나가오. 인젠 날보고 집안에 처박아놓고 그런 짓 하라고 했다고 오금 걸지 말고……."

정훈은 이렇게 말하며 앞으로 다시 전개될 자기들의 새로운 생활을 눈앞에 그려보았다. 그리고는 방 안에 가득 찬 담배 연기를 내뿜기 위하여 방문을 활짝 열어부치었다.

전등불빛이 마당을 비치자 정훈은 또 복숭아나무가 생각되었다.

"흥 애꿎은 복숭아나무만 없어졌군……."

정훈은 속으로 중얼거리며 빙긋이 웃었다.

이튿날 아침이었다.

정훈은 아내가 자기를 흔들어 깨우는 바람에 깜짝 놀래어 눈을 떴다.

"경숙 동무가 왔어요…… 나가보시라요……."

"응 경숙 동무가?"

정훈은 어젯밤에 헤어진 경숙이가 식전에 또 온 것은 무슨 용무인지 갑자기 궁금한 생각이 들었다.

"아주머니! 깨우지 말라요! 우리끼리 심자요."

경숙의 목소리는 역시 맑게 들려왔다.

"심자니? 뭘?"

"복숭아나무예요!"

정훈은 옷을 주섬주섬 입고 밖으로 나갔다.

머리에 수건을 덮어 쓴 경숙이가 삽을 들고 마당 가 복숭아나무 구덩이로 덤벼들었다.

"아니 동문 부지런두 하오."

"뭐가 부지런해요. 오늘은 늦었는데……. 오늘은 사택 마을 도로에다도 과일나무를 심기로 했어요! 공장 민청원 동무들도 지금 협조하러

나왔어요."

경숙은 구덩이에 삽을 박고 힘껏 흙을 파 넘기었다.

"아주머니! 아주머니두 잠깐 나오시라요. 얼른 심자요⋯⋯."

경숙이가 소리쳐 부르자 부엌에서 밥을 짓던 정훈 아내도 삽을 들고 나와 구덩이로 대들었다.

마당가 한 쪽 옆에는 경숙이가 끌고 온 복숭아나무를 실은 달구지가 기다리고 있었다. 키가 길 반이나 되는 큰 복숭아나무였다.

경숙과 정훈의 아내는 구덩이를 깊고 넓게 파놓고 나서 복숭아나무를 달구지에서 끌어내리었다.

"자! 보라요! 이 나무는 보통 복숭아나무가 아니에요. 먼저 나무보다는 가지도 좋지만 꽃도 아주 탐스럽고 아름답게 피고 열매도 주먹만큼씩하게 열리는 나무에요. 우리 조합에서 제일 좋은 나무를 가져왔다는 걸 아셔야 해요. 왜 그런지 아세요? 정 동무의 창의 고안이 바로 우리 조합에 큰 도움을 주었기 때문이에요."

경숙은 이렇게 말하면서 뿌리가 상할까봐 조심스럽게 구덩이까지 옮겨다놓았다.

그들은 힘을 합하여 나무 등치를 구덩이 속에 세워놓고 흙을 덮었다.

세 사람은 뿌리가 잘 붙도록 발을 굴려가며 한참 동안 심은 자리를 단단히 다지었다.

경숙의 이마에는 좁쌀땀이 흘러내리고 있었다. 그는 머리에 썼던 수건을 벗어서 이마를 씻으며 어느덧 달구지 곁으로 옮아갔다.

사택 마을 도로들에서는 농민들이 여기저기 흩어져서 과일나무들을 심고 있었다.

"아니 좀 쉬어 가라요."

정훈의 아내가 말했다.

"아니요, 쉴 새 있나요. 또 가서 심어야죠."

경숙은 소고삐를 끌고 달구지를 몰면서 웃음 띤 얼굴로 정훈의 아내를 또다시 바라보았다.

"아주머니! 인젠 저 복숭아나무 뽑지 마시라요……. 그리고 잔칫날엔 꼭 두 분이 오시라요!"

경숙은 이렇게 말하고 달구지를 몰아 신작로 쪽으로 바삐 걸어갔다.

정훈과 그 아내는 잠깐 동안 약속이나 한 듯이 우두커니 서서 경숙이가 사라져가는 쪽만 바라보았다.

동악산 봉우리 위에서는 따뜻한 햇살이 퍼져올랐다.

어디서엔지 이름 모를 새 두 마리가 날아들어 금방 심어놓은 복숭아나무 가지에 앉아서 쪼비쪼비 쪼비비하고 그들 부부를 바라보며 종알대면서 이 가지 저 가지로 옮겨앉았다.

이제는 다시 복숭아나무를 뽑지 말라는 듯이……

《조선문학》, 1957년 7월

추방과 탈주,
경계인의 문학적 실천—엄흥섭론

_이승윤

1. 경계인으로서의 삶

엄흥섭은 1920년대 카프 시절부터 해방 후 북한에서의 활동에 이르기까지 문단과 언론에서 활발한 활동을 한 다작多作의 작가이다. 그러면서도 그는 한국문학사에서 정당한 평가를 받지 못한 작가 중 하나라 할 수 있다. 월북·납북 작가들의 해금이 이루어진 이후에도 남쪽의 학계와 문단에서 엄흥섭은 주목받는 작가에 끼지 못하였다. 1990년대에 엄흥섭에 관한 석사학위 논문이 집중적으로 발표된 이래, 약 20여 년 동안 10편 남짓한 단위 논문이 발표된 것이 그에 대한 연구의 전부이다.

엄흥섭에 대한 연구가 미진했던 이유는 일차적으로 식민지 시기와 해방 공간에서 시와 소설, 평론 등에서 왕성한 창작활동을 했음에도 불구하고, 카프를 비롯한 당대의 주류문학과 일정한 거리를 두고 있었다는 사실에 기인한다. 월북 이후의 행적에 대한 객관적이고 실증적인 자료의 부족도 그에 대한 본격적인 연구의 토대를 마련하는 데 어려움으로 작용했다. 또한 그의 문학적 실천이 본격소설에서 아동문학에 이르기까지 광범위하게 분포되어 있을 뿐 아니라, 언론과 출판계에서도 독특한 이력을 보여줌으로써 특정 경향으로 분류하기 어렵다는 점도 연구를 더디게 한

요인으로 작용하였다.

그의 작품 활동은 주로 단편소설에 집중되어 있다. 그는 본격적인 작가 생활을 한 1920년대 후반부터 월북 후의 활동까지 포함하여 약 70여 편에 이르는 작품을 생산하기에 이른다. 작품 또한 프로문학과 대중문학에 이르기까지 다양한 스펙트럼 속에 놓여 있다. 월북 후에는 당과 집권층의 배려 아래 창작활동을 이어가며, 1956년에는 조선작가동맹 평안남도 지부장을 역임한다. 1957년~1958년까지는 김일성의 교시에 따라 《평양신문》에 장편 「동틀 무렵」을 연재하기도 하였다.

'소설가' 엄흥섭의 문학 인생은 '시'로부터 출발한다. "짤막한 한 줄의 시! 사람의 마음을 단박 흥분시키고 감동케 하는 그 힘"이란 그의 고백처럼 습작시절 엄흥섭은 시 창작에 몰두하였다.

> 콩밭에 밤콩이
> 살이 쪄
> 통통하여질 때면
> 나는 엄마 무덤을
> 살피러 간다.
> 작년에 베힌 풀이
> 어느새 자라서 우북
> 서투른 낫질로
> 나는 그 풀을 벤다
> 옛일이 그림같이
> 눈 앞에 떠올라와
> 속으로 울면서도
> 나는 그 풀을 벤다.

—시「성묘」전문(《동아일보》, 1925년 9월 24일)

사범학교 시절 엄흥섭은 동급생인 문진희, 박상돈 등과 함께《학우문예》라는 동인지를 만드는 등 문학수업을 시작한다. 이때 창작한「성묘」는 돌아가신 어머니에 대한 그리움과 슬픔을 감상적으로 그리고 있는 작품이다. 그가 공식 매체를 통해 처음 발표한 것도 소설이 아니라 경남도립 사범학교 시절《동아일보》에 투고한「꿈속에서」,「성묘」,「바다」,「달고도 쓴 꿈을 깨다」등의 시를 통해서였다.

1906년 충남 논산에서 태어난 엄흥섭은 일찍 아버지를 여의고, 11살때 기독교 신자이며 주위로부터 인텔리 소리를 들었던 어머니마저 잃게된다. 일확천금을 꿈꾸던 큰형은 이즈음 군산 등지를 돌아다니며 투기사업을 하다 실패하며 집안이 몰락하기에 이른다. 이후 엄흥섭은 아버지의 고향인 진주로 내려와 숙부의 집에서 소학교와 경남 도립사범학교를 졸업한다.

엄흥섭의 문학적 전기 중 특이한 점은 작품 창작뿐 아니라 언론, 출판, 동인지 등 다양한 활동을 전개하였다는 점이다. 습작 시절 엄흥섭은 특히 1927년《습작시대》창간호에 시「내 마음 사는 곳」을 발표하며 맺은 인천문단과의 인연은 이후 엄흥섭의 창작과 언론활동의 발판이 된다. 1937년에는 역시 인천에서 발행되던《월미月尾》의 동인으로 활동하며, 해방 후에는 인천에서 창간된《대중일보》(1945년)와《인천신문》(1946년)의 편집국장, '조선문학가동맹'의 인천지부 위원장을 역임하기도 하였다. 이외에도 엄흥섭은 서울에서 발간되던 문학전문 주간지《문학신문》(1946년) 편집장과《제일신문》(1947년) 편집국장을 맡으며 언론인과 출판인으로서도 활약한다.

또 하나 주목할 만한 사실은 그의 아동문학에 대한 지속적인 관심이다. 1929년 아동잡지 《별나라》 편집 동인으로 활동한 그는 1933년부터 '엄향嚴響'이란 필명으로 동화와 동시, 동극 등을 발표하며, 해방 후에는 송영 · 박아지 · 김도인 등과 함께 폐간되었던 《별나라》의 복간 작업에 참여하기도 한다. 이러한 경력과 함께 진주 시절 교원으로서의 이력, 30년대 서울 · 인천 등지에서 지속적으로 관심을 두고 활동하였던 무산 아동 교육 사업은 월북 후 '금성청년출판사'에서 초등 및 중등교재 발간 사업으로 이어진다.

엄흥섭은 한국전쟁 중인 1951년 9 · 28 서울 수복 직전에 인민군에 합류하여 월북한 것으로 보인다. 북한문학사에서 그에 대한 평가는 매우 긍정적이다. 1930년대 그의 주요 작품들은 "당시 조선 인민 앞에 제기된 민족적 및 계급적 파업들, 당시 선진분자들을 격동시킨 사회적 문제들을 제기하고 예술적인 해명"을 준 작품으로 평가받는다. 월북 후의 활동에 대해서도 "조선 노동당과 공화국 정부의 따뜻한 배려에 고무되어 고도의 창조적 열정을 가지고 꾸준히 마르크스 레닌주의의 미학을 학습하며 창작에 붓"을 들고 있다고 전하고 있다. 실제로 엄흥섭은 《조선문학》에 1953년 3월 단편 「다시 넘는 고개」를, 1957년 7월 「복숭아나무」를 발표하면서 북한 체제에 헌신하는 인물상들을 형상화하고 있다. 또한 1957년 12월부터 이듬해 5월까지 《평양신문》에 장편 『동틀 무렵』을 3부로 나누어 연재하고, 1960년에 그중 1부를 수정 · 개작하여 단행본으로 출판한다. 이후 1965년 2월 《조선문학》에 발표한 수필 「새 봄에 부치는 편지」를 끝으로 엄흥섭의 북한에서 창작활동은 확인된 것이 없으며, 최근 북한 측 자료에 의하면 1987년 사망한 것으로 전해진다.

그의 삶에서도 확인할 수 있듯이 엄흥섭은 한국문학사에서 경계에 서 있는 작가이다. 그가 경계인이라는 진술은 그의 작품과 문학적 실천이 어떤 하나의 경향으로 쉽게 재단되지 않는다는 것을 의미한다. 그는 문학이란 "언제나 사회적 성격을 완비하는 데서 문학으로서의 가치가 규정되는 것"이라고 강조하며, 문학 창작과 출판·언론 등 다양한 활동을 통해 당대의 민족 현실에 대한 문제를 천착해나간다. 하지만 작가의 선언과 당위론적 진술이 언제나 현실에 관철되는 것은 아니다. 1930년부터 해방기에 이르기까지 발표한 작품의 경향과 그가 걸어온 전기적 사실은 그가 프로문학과 통속문학, 좌익과 우익, 남과 북 사이에서 끊임없이 부유하고 있음을 보여준다.

2. 참담한 현실 인식과 닫힌 전망

엄흥섭의 실질적인 문단 데뷔는 1929년 12월 「흘러간 마을」을 이기영이 편집을 담당하던 《조선지광》에 투고하면서부터이다. 이 작품으로 엄흥섭은 카프의 각광을 받기 시작하지만, 한편으로는 사상이 불온하다는 이유로 교직에서 파면당하기에 이른다. 엄흥섭은 「흘러간 마을」이 진주 남강 어느 상류 P라는 조그만 마을에서 일어난 사실에 기반한 것이며, 일제 친일 지주를 반대해 투쟁하는 소작인들의 모습을 형상화하기 위해 작품을 썼다고 고백하고 있다.

1929년 상경한 그는 이후 카프의 맹원으로 활동하면서 본격적으로 마르크시즘과 카프의 강령에 입각한 소설들을 창작하기 시작한다. 1930년을 전후하여 발표된 「파산선고」, 「꿈과 현실」, 「지옥탈출」, 「출범전후」 등이 이 시기의 대표적인 작품이다. 특히 「출범전후」는 어촌을 배경으로 하여 어업자본조선가와 어민 사이의 대립을 통해 식민지 자본주의의 착취 과정을 보여준다는 점에서 다른 작품들과 구별된다. 이들 작품을 두고 카프의 많은 평자들은 그의 소설을 일종의 전형적 소설로 평가하기도 하였다.

하지만 1931년 5월 엄흥섭은 이른바 '《군기軍旗》 사건'으로 인해 카프로부터 제명되기에 이른다. 《군기》는 카프의 개성지부에서 노동자 농민을 위해 발간하던 기관지였다. 《군기》를 편집하던 양창준 · 민병휘 · 이적효 · 엄흥섭 등은 카프 지도부를 '적색 상아탑'이라고 비판하면서 아무런 활동을 하지 않은 카프의 지도부를 비판하며 '전조선예술가단체협의회'와 같은 조직으로 카프를 재조직해야 한다고 주장하였다. 이에 대해 카프 지도부는 1931년 3월 카프 재조직을 위한 중앙위원회를 소집하려 했으나 일제 경찰에 의해 무산되었다는 사실을 전제하며, 주 · 객관적 정세가 불리하여 조직 강화를 실행하고 있지 못하다는 사실을 알면서도 이를 문제 삼는 것은 해당행위라고 규정, 《군기》의 편집인들의 제명을 결의하기에 이르는 것이다.

엄흥섭은 이 사건에 연루되어 조직으로부터 제명되지만, 그가 이미 카프 중앙위원이었음을 상기하면 직접적인 비판의 대상은 아니었음을 짐작할 수 있다. 엄흥섭을 비판한다는 것은 곧 카프 중앙부를 비판하는 것이 될 수도 있기 때문이다. 실제로 사건 이후의 자료들에서는 "엄흥섭에 대해 자세히 조사해보니 그 가담의 정도가 미소微小하였던 것을 알게 되었다."거나, 그가 양창준 · 민병휘 등을 배격하고 "계급진영으로 환언하려고 노력"하고 있다는 등의 지도부 진술을 발견할 수 있다.

이 사건이 있은 뒤 김기진 · 유수춘 등은 엄흥섭을 동반자 작가로 규정한다. 박영희에 의하면 '동반자 작가'란 "카프 작가가 아니면서도 카프의 예술적 강령에 추종하려는 경향을 가진 작가"이다. 그렇다면 카프의 중앙위원까지 지냈던 엄흥섭의 경우는 다른 동반자 작가들과는 다르게 평가되어야 할 것이다. 이효석 · 유진오 · 이무영 · 채만식의 경우는 자신들의 의사와는 다르게 카프에서 일방적으로 인정한 동반자 작가라 할 수 있지만, 엄흥섭의 경우는 제명 이후에도 오랜 기간 프로문학의 길을 걸었다는 점에서 이들과는 다른 식의 접근과 해명이 필요할 것이다. 사실 동반자 작가라는 개념 규정은 한 작가에 대한 해석 가능성을 제한하는 한계가 있다. 무엇보다 당시 몇몇 논자들의 진술에 의존해 엄흥섭의 문학적 성향을 재단해버릴 수는 없는 노릇이다.

엄흥섭이 자신의 의사와는 다르게 동반자 작가로 불리게 된 《군기》 사건도 다른 한편으론 카프 지도부의 헤게모니 장악을 위한 과잉 대응으로 파악할 수 있을 것이다. 기관지를 가지지 못한 지도부가 개성지부에서 《군기》를 중심으로 좌익 중심의 문학운동이 일어나자 조기에 이를 제압하기 위한 정치적 의도가 작용했다는 해석이 그것이다.

제명 이후에도 엄흥섭의 창작활동은 왕성하게 이루어진다. 엄흥섭은 외적으로는 조직의 밖으로 밀려나게 되었지만 여전히 내용상 프로 계열의 작품들을 창작하였다. 제명 직후 발표한 단편 「그대의 힘은 약하다」와 「온정주의자」는 오히려 카프 시절보다 볼셰비키적 논리에 충실하고 있음을 방증하는 작품들이다.

「그대의 힘은 약하다」는 원래 장편으로 구성된 작품이었다. 엄흥섭은 1회 연재의 부기附記에 "이것은 내가 쓰고 있는 어떤 장편長篇의 서곡序曲에 지나지 않는다. ……지금의 P군은 ××력량이 얼마나 강력적으로 진전될는지? 또다시 속편續篇 가운데에서 새로운 P군을 발견할 수 있을 줄 안다."고 적고 있다. 주인공 P는 자신이 가졌던 소부르주아적 성격을 힘든 노동 현실의 경험을 통해서 버리고 오히려 그러한 성격을 가지고 살아가는 친구와 절연하는 모습을 보여준다.

「온정주의자」는 본격적으로 프롤레타리아의 헤게모니를 가진 도시 노동자들의 자본가에 대한 저항을 형상화한 작품이다. 여기서 '온정주의자'란 가족적 슬로건을 내세워 노동자들을 착취하는 공장주를 빗댄 말이다. 공장주는 노동자와 고용주가 '가족', '한집안'임을 강조하며 두 계급 간의 계급적 갈등을 은폐하려 한다.

우리는 다른 공장처럼 자본가니 노동자니 공장주니 직공이니 하는 그런 계급적 관념으로 대하지 말고 그저 한가족으로서 한집안으로서 다 같이 일해나아가는 데 일이 많을 때에는 배당도 많을 것이요. 적을 때에는 또한 적을 것이요. 그러니까 같이 먹고 같이 굶자는 것이 우리 공장의 중요한 슬로건이올시다.

하지만 노동자들은 공장주의 수작이 무엇을 의미하는지 이미 간파하고 있다. 그들은 노조에 가입하여 '야업 반대, 온정주의 배척, 배당 실행, 휴일 실행' 등의 요구조건을 내세우며 파업에 돌입한다.

흥! 가족적! 온정주의의 탈을 쓰고 이면으로 제 뱃장에는 기름을 흠박을 이고 향락하고 다니고 설렁탕 한 그릇에 여섯 시간 동안의 야업을 시키고…… 그리구도 가족적! 누구를 속이려고! 용식이의 머리에는 번갯불처럼 이런 생각이 지내쳤다.

이 작품의 가장 큰 성과는 자본가와 노동자의 관계를 도식적으로 파악하던 다른 프로문학의 틀을 벗어났다는 점이다. 온정주의의 허울을 벗기고 개인이 집단으로 전화되어 의식의 각성을 통하여 자발적인 파업투쟁에 이르는 과정을 자연스럽게 형상화하고 있는 것이다.

「안개 속의 춘삼이」(1934년)는 등단작 「흘러간 마을」의 후편에 해당하는 작품으로 작가의 참담한 현실 인식이 그대로 드러나 있는 작품이다. 감옥에서 나온 주인공 춘삼이 자신의 동조세력이라고 믿고 있던 마을 사람들로부터 외면당한다.

　"원래 김 참봉이 별장 지을 때유, 숭어마을 앞으로 흐르는 시내를 끊
어서 연못까지 만들었대유. 그래서 시내 바닥이 말라 비틀어져서 고기새
끼 한 마리 안 올라왔대유. 그란다구 앙심을 품고 미친 사람처럼 밤중에
불을 놓았대유."

　사나이는 다시 말을 잇는다.

　"불 났었자 별수 없었지유. 그까짓 것 별장 한 개 탔자 김 참봉 같은
사람이 큰 손해날 게 없구. 불 논 놈만 징역치구 별장은 더 크게 지었는걸
유."

　"별장을 더 크게 지었다구?"

　춘삼은 "후" 하고 한숨이 나왔다.

　그렇게 되리라고는 자기도 이미 짐작한 것이었으나 십오 년 전의 자
기의 노력이 너무도 허무한 꿈이 되고 만 것이 한없이 기막히다. 그보다
도 더한층 기막힌 것은 십오 년 전의 자기의 그 행동을 다만 '미친놈의
짓'이라고 해석해내려온 숭어마을 사람들의 태도였다.

　오히려 15년 전 자신이 김 참봉 별장에 불을 지른 것은 '미친놈의
짓'으로 회자되고 있으며, 그 자리에는 더 큰 기와집이 지어져 있다. 15
년 전 자신의 방화가 아무런 문제도 해결해주지 못한 것이다. 이제 춘삼
에게는 청춘도 가족도 남아 있지 않다. 그의 행동을 이해해주는 사람도
없다. 아무리 싸워보아야 현실은 정복되지 않는 존재인 것이다.

　「번견 탈출기」(1935년)는 이른바 《군기軍旗》 사건으로 카프에서 제명
된 자신의 모습을 번견에 빗대어 이야기하고 있는 흥미로운 작품이다.
여기서 주인공은 사람이 아니라 번견이다. 이 작품의 화자話者이자 주인

공인 '개'는 궁핍한 빈농인 전前 주인으로부터 부유한 집의 번견 및 애완견으로 팔려간다. 현現 주인의 횡포에 대한 반감과 전 주인의 몰락에 대해 동정을 느끼고 있던 중, 전 주인이 도둑질을 하러 왔다가 잡힌 사실을 알고 구해준다. 그 죄로 결국 맞아죽게 되자 번견은 사슬을 끊고 도망간다. 결국 이 작품의 핵심은 전 주인의 궁핍 속의 몰락과 번견의 자유를 행한 탈주이다. 전체적으로 이 단편은 번견과 옛 주인 유 영감, 새 주인 최 주사를 중심으로 은혜의 고리로 연결되는 우화적인 이야기라 할 수 있다. 이는 마치 엄홍섭과 카프, 그리고 카프에서 제명된 작가의 알레고리로 읽힌다.

작가의 현실에 대한 참담한 인식은 「과세」, 「힘」에서도 여실히 드러나고 있다. 이들 작품은 억압받고 착취당하는 민중의 삶과 좌절감을 느낄 수밖에 없는 객관적 현실에 대한 파악이 드러나고 있다. 「과세」는 자작농으로부터 소작농으로, 다시 소작마저 떼이게 된 나무장수 김 첨지네 가족의 참담한 설의 모습과 함께, 식모로 간 딸, 탄광으로 석탄팔이를 나가는 아들의 모습을 통해 농민의 몰락 과정을 보여주고 있다.

「힘」은 농촌으로부터 축출되는 농민이 어떠한 삶에 직면하는가를 그려내고 있다. 같은 마을에서 목재 운반장으로 옮겨온 '윤보'와 '만수'는 최저생계비도 되지 않는 임금을 받게 된다. 그들은 소를 가지고 탈주를 시도하다 감독에게 붙잡혀 "자기의 홋힘이 너무도 약한 것을 또렷이 느끼며" 일터로 돌아가게 된다. 현실 앞에 개인의 힘은 무력할 수밖에 없다. 「힘」은 공장 감독과 노동자의 갈등 관계보다는 뿔뿔이 흩어져 있는 노동자들의 실상을 보여주고 있는 작품이다.

엄홍섭은 프로문학에 대한 열정으로 현실에 대한 다양한 모색을 시도하였다. 그러한 시도 속에서 진행된 30년대 열악한 식민지 상황에 대한 사실적 묘사는 일정한 성과를 거두고 있다. 그가 인식한 당대 조선의 모습은 "방향을 잃은 암울한 바다와 같은 현실"이며, "명랑이 없이 우울을 가진, 희열이 없이 고뇌를 가진" 조선인의 상황인 것이다. 하지만 열정의 과잉으로 말미암아 주관적·낭만적 경향으로 빠지기도 하며, 엄밀한 의미에서 정치적·계급적 투쟁으로 나아가지 못하는 한계를 노출하기도 한다. 결국 이 시기 그의 작품에 드러나는 주조는 참담한 현실 속에 놓인 무력감과 그로부터 귀결되는 닫힌 전망임을 확인할 수 있다.

3. 통속적 세계로의 도피

1930년대 후반에 이르면 엄흥섭은 신문과 잡지를 통해 일련의 통속적인 장편들을 발표한다. 한때 "통속소설을 연재하기란 양심 있는 작가로서 불쾌한 일"이며, "조선 현실에서 조금도 실재성이 없는 오직 독자대중의 흥미에만 끌려 자연보다는 부자연, 현실보다는 비현실, 필연보다는 우연이 언제든지 앞을 서 내려온 것"이라고 지적했던 엄흥섭 자신도 일제말의 억압적 상황과 생활고로 인해 결국 통속작가로의 길로 들어서고 만 것이다. 이 시기 작가는 이전에 보인 지식인의 투쟁적 면모에 대한 강조가 아닌 '계몽적 면모'에 초점을 두고 있다. 1938년 발표된 「행복」이후 엄흥섭은 이제 통속 장편소설의 창작을 주업으로 삼는다.

「행복」은 총독부 기관지였던 《매일신보》에 연재되었던 작품이다. 작품의 전체 구조는 주인공들 간의 일상적이고 현실적인 삼각 애정관계지만 여러 지식인의 사회적 참여와 이상적인 삶도 나타나는 이원구조를 지닌다. 그러나 애정 문제를 다루면서 우연적 서술로 일관하고 있고 감상적 낭만성이 과도하게 노출되고 있다는 한계를 노출하고 있다. 신문 연재 장편이라는 저널리즘적 특성 또한 이러한 경향에 일조한 것일 터인데, 당시 김남천은 이 작품을 들어 "통속성이 명확히 들어 있는 작품"이란 평가를 하였다. 「행복」의 남자 주인공은 일본 유학생 출신 김성철이다. 손보경, 박원주 같은 여인들이 김성철과 연애관계를 가진다. 부자 유학생 황승일은 손보경을 차지하기 위해 온갖 술수를 동원한다. 결말은 황승일이 갑자기 자신의 행동을 회개하고 손보경을 포기함으로써 김성철과 손보경이 결합하는 것으로 마무리된다.

「행복」의 이러한 설정은 이후 장편들에서 드러나는 유형적 요소들을 대부분 담고 있다. 사건의 발단은 인물의 연애감정이다. 등장인물의 분포는 남녀가 거의 1:1의 비율로 배치된다. 모두 외국 유학을 한 지식인이며, 연애관계가 그들 사이에 얽혀 있고, 전체 연애관계의 중심에 남자가 있다. 신문 연재소설에 걸맞게 줄거리를 진행시키는 연애 사건들은 속도감 있게 전개되지만 인물의 심리, 사건의 배경, 현실 상황 등 디테일의 묘사는 찾아보기 힘들다. 대부분의 갈등은 악한 인물의 갑작스런 회개와 개과천선으로 해소된다. 작중 인물들은 개성적이라기보다는 평면적 인물에 가깝다. 그리고 이들의 생산활동은 거의 나타나지 않는다. 그들은 많은 소비를 하면서도 어떻게 벌어서 살고 소비하는지가 분명히 나타나지 않는다.

「인생사막」에 이르면 통속성의 경향이 더욱 노골적으로 드러나기에 이른다. 엄흥섭은 다양한 사람들이 살아가는 세상을 '인생사막'으로 설정하고 있다. 이 작품은 기본적으로 다섯 명의 남녀가 애정관계로 얽혀지며 주인공들은 모든 것이 마음만 먹으면 간단히 해결되는 공간 속에 살고 있다. 그 공간은 식민지 조선의 현실과는 무관한 세계이다.「행복」처럼 모든 사건과 갈등은 간단명료하게 진행되고 해결된다. 남녀의 연애관계에서 부수되는 디테일은 생략되어 있으며, 사랑의 의미와 가치에 대한 고민도 등장하지 않는다. 작품 속에서 제시된 사랑이란 남녀 간에 짝을 맞추고, 그렇게 이성을 소유하는 것 정도가 전부일 뿐이다.

「봉화」의 중심 서사와 이야기 전개도 앞의 두 작품과 다르지 않다. 주인공 변영주를 중심으로 많은 연애관계들이 얽힌다. 채영희를 비롯한 여러 여성 인물들이 변영주와 연애관계를 맺기 위해 경쟁한다. 여기에 채영희의 전남편이자 자산가인 강만수가 채영희와의 재결합을 위하여 수단과 방법을 가리지 않는다. 꼬여가던 연애관계는 결국 악역 강만수의 '갑작스런' 회개와 포기로 바로 해결된다. 앞의 두 작품에 비해서 이 작품은 비교적 문학적 성과를 인정받고 있는 작품이다. 연애담의 배경적 요소로 농촌 봉사활동을 설정함으로써 사회 현실과의 고리를 만들고 있기 때문이다. 하지만 그러한 설정조차도 사실은 주인공의 도덕성을 돋보이게 하기 위한 소도구로 작용하는 정도이다. 농촌의 궁핍한 현실이나 농촌 계몽의 필요성과 효과에 관한 사건은 거의 나타나지 않는다.

이들 작품에서 엄흥섭은 개연성 없는 반전이나, 감상적인 어투의 빈번한 사용, 반복되는 우연성 등 과거 자신이 혐오해 마지않았던 통속 장편소설의 면모를 그대로 답습하고 있다. 그가 구축한 통속소설의 세계에는 더 이상 몰락하는 민중도, 희생자적 지식인도 없으며 오직 연애와 행복과 낭만의 세계만이 존재한다. 일종의 판타지인 셈인데 그곳은 더 이상 '절망적 현실'을 고민할 필요도, 그것을 극복하고자 하는 노력도 필요없는 곳이다.

1930년대 중반까지 엄흥섭의 창작활동은 계급문학에 기초한 일정한 경향으로 평가할 수 있을 것이다. 카프 가입과 중앙위원으로서의 활동에서 제명에 이르기까지의 이력과, 지방에서 서울, 다시 지방으로 이어지는 활동 공간의 진폭 등이 그의 작가적 신념이나 창작에 영향을 주지는 못하였다. 제명의 이유였던 종파주의자·개량주의자란 딱지와 동반자 작가라는 타이틀이 그에게 주어졌을 때도 오히려 그 이전보다 더욱 계급

성이 강한 작품들을 발표하기도 하였다. 하지만 30년대 후반에 이르면 등단 당시 오히려 단점으로 지적받기도 했던 '과도한 열정'은 간데없고 전형적인 통속의 길로 도피하고 만다. 나아가 1940년에 이르면 총독부 기관지인 《매일신보》의 편집기자로 활동하며 국책문학에 동조하는 작품과 평론을 발표하기에 이른다. 하지만 해방을 맞으면서 엄흥섭은 다시한 번 작가적 변모를 시도한다.

4. 해방, 그리고 현실로의 귀환

해방이 되자 엄흥섭은 다시 현실로, 리얼리즘의 세계로 돌아온다. 1945년 엄흥섭은 이기영, 한설야 등과 함께 '조선문학가동맹' 중앙집행위원으로 가담하는 한편 소설부 위원으로 활동한다. 당시 그는 적극적인 언론활동과 작품활동을 병행한다. 그는 해방 후 월북까지 약 5년여의 기간 동안 16편의 작품을 발표하고, 4권의 소설집을 출간한다. 이 시기 그는 서울과 지방을 포함한 3개의 신문사에서 편집국장을 지낸다.

그러나 해방공간이 엄흥섭의 활동을 모두 보장해줄 수 있는 것은 아니었다. 1946년 《인천신문》의 편집국장 시절에는 필화 사건에 연루되어 미군정에 의해 집행유예와 벌금형을 언도받으며, 1948년 서울의 《제일신문》 편집국장 시절에는 북조선 인민공화국의 창건 소식을 대대적으로 보도한 것이 발단이 되어 검찰에 의해 구속되기도 한다. 출옥 후 엄흥섭은 남한의 단일한 문예조직이었던 '한국문학가협회'에 참여하는 한편, 좌익 성향의 인사들을 감시하고 통제하기 위한 조직인 '국민보도연맹'에 가입하기도 한다. 하지만 엄흥섭의 이 시절 행보는 월북과 이후 북한에서의 활동을 보더라도 자의에 의한 것이라고 보기는 어렵다.

이 시기 엄홍섭의 소설은 대부분 민족해방과 일제 잔재 청산, 자주적 민족국가 건설을 형상화한 단편들이다. 일제에 의해 강제로 끌려간 조선 민중들의 주체적 행보를 통해 해방이 가져다준 충격과 감격을 극적으로 드러낸다. 해방의 환희를 극적으로 형상화한 대표적인 작품이 「귀환일기」이다. 이 작품은 여자 정신대로서 또는 징병 및 징용노무자로서 일본으로 끌려갔던 사람들의 귀국을 다룬 작품이다. 귀환의 길을 다룬 소설이 대부분 만주나 중국에서 독립운동을 하던 지사나, 유이민들의 모습을 소재로 하고 있는 경향에 미루어볼 때, 이 작품은 일본에 끌려간 정신대, 그리고 천대받던 술집 작부인 여인들의 귀향을 묘사한다는 점에서 주목되는 작품이다.

「귀환일기」의 주인공 순이는 일본에 정신대로 끌려갔다가 결국 작부가 되고 임신까지 하게 되어 귀국선 안에서 옥동자를 순산한다. 배 안에 탄 여러 승객들은 모두 다 같이 "너야말로 정말 우리 조선나라 건국동이로구나!" 기뻐한다. 건국동이에 대한 애정은 결국 조선의 독립에 대한 기쁨과 애정이라 할 수 있다. 이때 순이는 결코 일본놈에게 몸을 허락한 적이 없으므로 태어난 아이를 해방된 조선의 아이로 키울 것을 다짐한다. 귀국선 안에 승객들은 그 과정에서 따뜻한 동포애를 체험하고 일본에 대한 증오를 느끼며 해방된 조국에 대한 무한한 기대감을 갖는다.

하지만 해방된 조국의 현실은 생각처럼 기대를 환희로 충족시켜줄 수 있는 상황은 아니었다. 「발전」은 귀환일기의 속편에 해당하는 작품이다. 건국동이를 안고 갖은 고생 끝에 돌아온 순이를 기다리고 있는 것은 흔적도 없이 사라진 집터뿐이다. 가족들의 행방은 알 길이 없고, 당장의 끼니를 걱정하며 다시 술집 작부가 되어야 할 형편인 것이다. 전전긍긍하던 순이는 귀국 과정에서 만난 청년의 도움으로 '조선부녀동맹' 모임을 통하여 의식의 각성을 이루면서 친일민족반역자들을 청산하여 조선의 완전한 독립을 이루었으면 좋겠다는 포부와 소원을 가지게 된다.

해방 이후의 단계는 국가 만들기이다. 그러기 위해서는 과거 청산이 선결되어야 한다. 엄흥섭은 민족 내부의 부정적 현상들을 고발하고 그들과의 싸움을 집중적으로 형상화한다. 「빙야」의 주인공 춘보의 소원은 '독립'이다. 엄흥섭의 소설에서 '해방'과 '독립'은 구분되어 있다. '독립'은 엄밀하게 말해서 좌익 정부의 수립이다. 하지만 과거의 친일파이자 모리배들이 들끓어 독립은 요원한 것처럼 보인다. 독립을 이루기 위해서는 일단 이들과의 싸움에서 승리하는 것이 선결과제인 것이다. 여기서 '춘보'는 막벌이 자유노동자이면서 투철한 애국심과 정의감, 투쟁 의지를 가진 모범적 인물로 그려져 있으며, 그의 처는 「귀환일기」와 마찬가지로 작부 출신으로 설정되어 있다.

해방 직후 엄흥섭의 단편소설은 주로 해방의 기쁨과 전 민족적 과제인 독립국가 건설을 귀국 동포들의 생활과 친일잔재 청산을 통해서 보여 준다. 그러나 질적으로 변화된 현실에서 민주주의 국가 건설에 실천적으로 참여하는 새로운 인물의 성격 창조에까지 이르지는 못하였다. 관찰자에 머물거나 현실과 직접적으로 매개되기보다는 심정적인 차원에서 사태를 바라보고 결론짓거나, 당면한 과제에 대한 피상적이고 주관적인 인식에 머물고 있는 것이다. 구체적 전망을 획득하고 객관성을 확보하기 위해서는 아직 시간적·문학적 거리가 필요했다.

한국문학사 기술에서 모든 작가의 모든 작품을 대상으로 한다는 것은 가능하지도 않을 뿐더러 유의미한 작업이라 할 수도 없다. 결국 작품의 함량에 따른 취사선택의 과정이 뒤따라야 할 것이다. 그러나 문학사가의 관점 이전에 분명 주목할 만한 가치가 있는 작가임에도 불구하고 여러 이유로 문학사에서 탈락하거나 누락된 작가와 작품들도 존재한다.

엄홍섭의 경우가 이에 해당한다고 할 수 있다.

월북 후 엄홍섭은 북한에서 당과 집권층의 배려 아래에서 활발한 작품 활동을 벌여나간다. 1960년대에는 구체적인 작품활동의 모습이 보이지 않는다. 1962년 북한에서 한설야를 위시한 박팔양, 이서행 등이 노선 투쟁에서 밀리면서 비판을 받았고 숙청되기에 이른다. 항간에는 이때 엄홍섭도 숙청된 것으로 보고 있다. 하지만 최근 자료에 의하면 엄홍섭은 1965년에 《조선문학》에 수필 「새봄에 부치는 편지」을 발표하고, 70년대 중반에도 '조선청년출판사'에서 근무하였음을 확인할 수 있다. 그럼에도 불구하고 월북 후의 활동은 단편적인 정보와 남쪽에서 확인할 수 있는 몇몇 작품들에 국한되어 있어 엄홍섭 문학세계의 전모를 드러내기에는 여전히 부족한 상황이다. 앞으로 보완하여 할 대목이다.

엄홍섭은 카프작가로 출발하여 전향 및 친일 훼절했다가 다시 사회주의 작가로 반전을 거듭하면서 평론까지 겸하였던 비교적 다작의 작가이다. 조직에서의 강제 제명이라는 상황 아래에서도 작가적 성실성과 독창성을 발휘하여 독자적인 문학을 이루어 나갔던 독특한 작가였다. 계급문학에서 통속 연애소설에 이르기까지, 아동문학에서 본격문학, 그리고 진주에서 평양까지 그가 걸어온 길은 한국문학사와 한국 근현대사의 파란만장한 이력을 고스란히 체화하고 있다. 여러 논쟁과 작품 창작활동을 통해 엄홍섭은 체험을 바탕으로 구체적 현실의 모습을 조명하기 위한 작품 생산에 몰두하였다. 많은 편차가 있음에도 불구하고 역사 변혁 주체들의 삶을 집약적으로 묘사해낸 그의 소설적 성과는 새롭게 조명되고 평가되어야 할 것이다.

1906년   9월 9일 충남 논산군 채운면 양촌리에서 4남매의 막내로 출생(본적 경상
               남도 진주부 수정동 654번지).

1917년   일찍 아버지를 여의고 11살 때 기독교 신자였던 어머니마저 돌아가시자
               아버지의 고향인 진주로 이주하여 숙부 집에 거주함. 유년 시절에 『아라
               비안 나이트』,『로빈슨크루소』,『이솝이야기』 등을 접하면서 문학에 대한
               동경을 가지게 됨.

1923년   경남 도립사범학교 입학.
               하이네, 바이런, 괴테의 시집을 탐독함.
               재학시 《학우문예學友文藝》라는 학생문예잡지를 창간하고 주필 역할을
               맡음.

1925년   경남 도립사범학교 졸업.
               진주에서 약 3년 동안 보통학교 교원으로 근무.
               박아지 · 진우촌 · 한형택 등과 함께 인천에서 발간된 월간 순문예지《습
               작시대習作時代》의 동인으로 활동함. 경제적인 문제로《습작시대》가 해체
               된 후 공주의《백웅白熊》을 거쳐, 진주에서《신시단新詩壇》편집동인으로
               활동함.
               《동아일보》에 시「꿈속에서」,「성묘」,「바다」,「달고도 쓴 꿈을 깨다」등을
               발표함.

1927년   《백웅》에 시「바다」와 단편소설「갈등에 얽매인 무리」를 발표하며 문단활
               동 시작함.

1929년   상경. 카프 가입.
               《조선문학朝鮮文藝》1호에 시「세 거리로」발표.
               잡지《별나라》편집동인으로 활동하면서 서울, 인천 등지에서 무산 아동
               교육에 전력함.
               《여성지우女性之友》편집부 활동을 함.

1930년   1월 이기영이 편집을 맡고 있던《조선지광朝鮮之光》에 단편「흘러간 마을」
               을 발표하면서 카프로부터 호평을 받음. 본격적인 창작활동을 시작함.

단편 「파산선고」, 「꿈과 현실」, 「지옥탈출」, 「출범전후」 등을 발표. 안막, 권환, 송영 등과 함께 카프 중앙위원을 지냄.

1931년 양창준 · 민병휘 등과 《군기軍旗》를 통해 카프를 적색 상아탑이라며 지도 부를 비판. 이 사건으로 카프에서 제명됨.

1932년 단편 「그대의 힘은 약하다」, 「온정주의자」 발표. 아내와 이혼함.

1933년 아동잡지 《별나라》에 '엄향嚴響'이란 필명으로 34년까지 동화, 동시, 동극 등을 발표.

1934년 단편 「절연」, 「방울 속의 참소식」, 「허물어진 미련탑」, 「좀먹는 단층」, 「우울의 궤도」, 「안개 속의 춘삼이」 발표.

1935년 단편 「순정」, 「악회」, 「윤락녀」, 「번견 탈출기」, 「숭어」, 「새벽바다」를 발표함. 장편 「고민」을 《신동아新東亞》에 연재.

1936년 단편 「가책」, 「조그만 시련」, 「추회」, 「과세」, 「힘」, 「구원초」 발표.
중편 「정열기」를 《조광朝光》에 연재함.
《신가정新家庭》에 엄흥섭을 포함하여 박화성 · 강경애 · 이무영 · 조벽암 · 한인택 등 6인이 돌아가며 '연작소설' 「파경」을 연재함.
개성에서 발간되던 《고려시보高麗時報》의 편집을 담당.
'한성도서주식회사'에 입사.

1937년 단편 「길」 발표. 재혼.
인천에서 발행되던 문예지 《월미月尾》 동인으로 참여하며 창간호에 수필 「해방항시 인천소감」 발표.

1938년 단편 「아버지 소식」, 「명암보」, 「숙직사원」, 「여우지망자」, 「패배 아닌 패배」, 「유한청년」 발표.
소설집 『길』(한성도서주식회사) 발표.

1939년 단편 「노청년」, 「여명」, 「유혹」 발표.
소설집 『세기의 애인』(광한서림), 『파경』(중앙인서관) 발표.

1940년 단편 「옥희」, 「조그만 쾌감」 발표.
장편 「인생사막」을 《신세기新世紀》에 연재함.
장편 「수평선」을 《매일신보每日申報》에 연재함.
5월 총독부 기관지인 《매일신보》의 편집기자로 활동하며 국책문학에 동조하는 작품과 평론을 발표함.

1941년	소설집 『행복』(영창서관), 『정열기』(한성도서주식회사) 발표.
1944년	단편 「그들의 전업」 발표.
1945년	단편 「새로운 아침」 발표.
	해방 후 이기영 한설야 등과 함께 '조선문학가동맹' 중앙집행위원으로 가담하는 한편 소설부 위원으로 활동함.
	송영·박아지·김도인 등과 함께 《별나라》의 복간 작업에 참여함.
	10월 인천에서 창간된 《대중일보大衆日報》의 편집국장을 지내는 한편, 인천신문 기자회의 위원장직을 겸직함.
	12월 좌익 진영의 결속으로 진보적 민족문학 건설을 목표로 확대 개편된 '조선문학가동맹'의 인천지부 위원장 역임.
1946년	단편 「청동화로」, 「귀환일기」, 「빙야」, 「소도적」, 「관리공장」, 「쫓겨 온 사나이」, 「악수」 발표.
	《대중일보大衆日報》의 편집국장을 사임하고, 《인천신문仁川新聞》의 초대 편집국장으로 부임.
	서울에서 발행되던 문학전문 주간지 《문학신문文學新聞》의 편집장 겸임.
	5월 《인천신문》 적산과장에 대한 명예훼손 관련 필화사건에 연루되어 미군정에 의해 집행유예와 벌금형 언도.
1947년	단편 「집 없는 사람들」, 「발전」, 「자존심」 발표.
	소설집 『봉화』(성문당) 발표.
	7월 서울의 《제일신문第一新聞》 편집국장으로 부임.
1948년	단편 「봄 오기 전」, 「산에 사는 사람들」 발표.
	소설집 『흘러간 마을』(백수사) 발표.
	9월 《제일신문》에 북조선 인민공화국 창건 소식을 대대적으로 보도한 것이 발단이 되어 검찰에 의해 구속됨.
1949년	11월, 1년 2개월 만에 출옥.
	정지용·정인택·박로아 등과 함께 좌익 성향의 인사들을 감시하고 통제하기 위한 조직인 '국민보도연맹'에 가입함.
	남한의 단일한 문예조직이었던 '한국문학가협회' 참가.
	소설집 『인생사막』(학우사), 『행복』(영창서관) 발표.
1950년	단편 「G군과 나의 영옥」, 「야생초」, 「중매철학」 발표.

1951년	한국 전쟁 중 월남한 이병철, 이용악 등과 함께 활동하다 월북함.
1953년	단편 「다시 넘는 고개」 발표.
1956년	'조선작가동맹' 평안남도 지부장 역임.
1957년	단편 「복숭아나무」 발표.
	김일성의 교시에 따라 전후 남한의 사회경제 형편과 정치정세를 배경으로 다양한 계층의 반미 투쟁을 그린 장편소설 「동틀 무렵」을 1957년 12월부터 1958년 5월까지 《평양신문》에 총 3부로 연재함.
1960년	문학예술총동맹 개성지구위원회 위원장 역임.
	신문 연재 당시의 내용을 수정 개작하여 '조선작가동맹출판사'에서 「동틀 무렵」 1부를 출판함.
	중편 「마음의 노래」가 기술학교, 중고 학생용 교과서에 실림.
	'아동도서출판사'에서 「마음의 노래」 출간.
1965년	《조선문예朝鮮文學》 2월호에 수필 「새봄에 부치는 편지」 발표.
1975년	초등 및 중등학교 교재와 교원출처 자료, 그리고 사회교육용 자료들을 발간하던 '금성청년출판사'의 소속으로 활동함.
1987년	사망.

| 작품 연보 |

■ 시

1925년　「꿈속에서」,《동아일보》, 9월 12일

　　　　　「성묘」,《동아일보》, 9월 24일

　　　　　「바다」,《동아일보》, 10월 12일

　　　　　「달고도 쓴 꿈을 깨다」,《동아일보》, 12월 6일

■ 단편소설

1927년　「국밥」,《습작시대》, 2월

　　　　　「갈등에 얽매인 무리」,《백웅》, 7월

1930년　「흘러간 마을」,《조선지광》, 1월

　　　　　「파산선언」,《대중공론》, 6월

　　　　　「꿈과 현실」,《조선지광》, 6월

　　　　　「지옥탈출」,《대중공론》, 7월

　　　　　「출범전후」,《대중공론》, 9월

1932년　「그대의 힘은 약하다」,《비판》, 1월

　　　　　「온정주의자」,《비판》, 3월~5월

1933년　「숭어」,《비판》, 11월

1934년　「아내에게 주는 편지」,《조선문학》, 1월

　　　　　「유모」,《중앙》, 3월~4월

　　　　　「방울 속의 참소식」,《문학창조》, 6월

　　　　　「허물어진 미련탑」,《신동아》, 10월

　　　　　「좀먹는 단층」,《청년조선》, 10월

　　　　　「우울의 궤도」,《개벽》(속간), 12월

　　　　　「안개 속의 춘삼이」,《신동아》, 12월

1935년　「악희」,《개벽》(속간), 1월

　　　　　「순정」,《신동아》, 1월

　　　　　「고민」,《신동아》, 2월~8월

「소도적」,《신세대》, 5월

「관리공장」,《민성》, 6월

「쫓겨 온 사나이」,《신문학》, 8월

「악수」,《학생월보》, 8월

「자존심」,《백민》, 11월

1948년 「봄 오기 전」,《신세대》, 5월

「산에 사는 사람들」,《청년예술》, 5월

1950년 「G군과 나와 영옥」,《백민》, 2월

「야생초」,《연합신문》, 2월

「중매철학」,《학생일보》, 2월

1953년 「다시 넘는 고개」,《조선문학》, 4월

1957년 「복숭아나무」,《조선문학》, 7월

「동틀 무렵」,《평양신문》, 12월~58년 5월

1960년 「마음의 노래」, 아동도서출판사, 7월

1965년 「새봄에 부치는 편지」,《조선문학》, 2월

■ 장편 및 단행본

1939년 『세기의 애인』, 광한서림

『파경』, 중앙인서관

1941년 『행복』, 영창서관

『정열기』, 한성도서주식회사

1947년 『봉화』, 성문당

1948년 『흘러간 마을』, 백수사

1949년 『행복』, 영창서관

『인생사막』, 학우사

1960년 『동틀 무렵』, 조선작가동맹출판사

『마음의 노래』, 아동도서출판사

한국문학의재발견-작고문인선집

엄홍섭 선집

지은이 I 엄홍섭
엮은이 I 이승윤
기　획 I 한국문화예술위원회
펴낸이 I 양숙진

초판 1쇄 펴낸날 I 2010년 4월 5일

펴낸곳 I ㈜**현대문학**
등록번호 I 제1-452호
주소 I 137-905 서울시 서초구 잠원동 41-10
전화 I 516-3770
팩스 I 516-5433
홈페이지 www.hdmh.co.kr

© 2010, 현대문학

값 12,000원

ISBN 978-89-7275-537-1 04810
ISBN 978-89-7275-513-5 (세트)